Daphne Unruh

Zauber der Elemente

Blütendämmerung

Weitere Bände der *Zauber der Elemente*-Reihe bei Loewe:

Band 1: Himmelstiefe
Band 2: Schattenmelodie
Band 3: Seerosennacht
Band 4: Blütendämmerung

FSC
www.fsc.org
MIX
Papier aus verantwortungsvollen Quellen
FSC® C014496

ISBN 978-3-7855-8568-9
1. Auflage 2017

Bereits erschienen als eBook unter dem Originaltitel *Blütendämmerung*

Lektorat: Gisa Marehn
Umschlaggestaltung: Sebastian Runow
Coverbild: Freepik.com
Printed in Germany

www.loewe-verlag.de

Daphne Unruh

Zauber der Elemente

Blüten dämmerung

Loewe

Prolog

Ich sah das goldene Abendlicht des Sommers auf den Straßen der Stadt, Leute in Ausgehlaune, verliebte Paare – Paare, wie Tim und ich eins sind. Berlin, diese hässlich-schöne und kreative Metropole, lag uns zu Füßen. Das Leben hier war laut und nicht so melodisch wie in der magischen Welt, es war bunt, aber nicht so farbintensiv; es war voller Möglichkeiten, die man jedoch nicht mit Zauberei ergreifen konnte. Aber dafür war es *normal* … so wunderbar normal … allerdings nur hinter den Lidern meiner Augen, sodass ich sie am liebsten für immer geschlossen halten wollte.

Denn wenn ich sie öffnete, sah ich nur milchiges Grau. Dunst in alle Himmelsrichtungen, Kälte und Leere. Eine Welt, in der ich meinen Platz nicht fand, die stärker als ich war, die mich zerriss. In der ich nicht mehr Gut und Böse unterscheiden konnte, nicht mehr wusste, was wahr oder falsch war. Nicht einmal, welcher Teil zu mir gehörte und welcher nicht.

Das Feuer verbrannte die Vulkane, das Wasser überflutete den Ozean, der Wind riss Löcher in den Himmel und die Erde begrub unter sich das Leben.

Und der Raum, der alles umgab und die Dinge beseelte?

Der Äther, die Liebe, das Lebenselixier – wie auch immer man es bezeichnete –, es schien seine Kraft zu verlieren, sich in alle Himmelsrichtungen zu verziehen und das Zusammenspiel der Elemente zu zerstören.

Tim schwor mir seine Liebe und umarmte eine andere. Ich schwor ihm meine Liebe und gehörte zu jemand anderem. Was vernichtete diese Welt? War es allein Riley und sein unerklärlicher Hass? War es Jeromes überhitzter Geist? Wer oder was war es?

Warum hatten sie mich hierhergeholt?

Teil 1

1. Kapitel

Nervös zählte ich noch einmal die Teller und ging im Kopf die Leute durch, die ich erwartete. Mit mir würden wir neun sein. Noch nie hatte ich so viele Gäste an meinem Geburtstag gehabt. Und noch nie hatte ich auf einer Wiese voller Butterblumen gefeiert. Am 1. Juli sind sie in der realen Welt schon lange verblüht. Doch hier in der magischen Welt ist die Wiese hinter meinem kleinen hellblauen Schwedenhaus das ganze Jahr über mit leuchtend gelben Tupfern übersät.

Ich bückte mich, pflückte einige Blüten und legte eine auf jeden Teller, rückte noch einmal die Gläser zurecht, überprüfte, ob auch bei jedem Gedeck eine Kuchengabel lag, und lauschte immer wieder, ob schon jemand kam.

Ich war aufgeregt. Niemals hätte ich mir träumen lassen, dass ich zu meinem achtzehnten Geburtstag eine Kaffeetafel schmücken würde. Ich hatte mir immer vorgestellt, ich würde allein in Indien oder Afrika mit einem Rucksack unterwegs und unter fremden Menschen sein, denen ich nichts von meinem Geburtstag erzählte. Die leidige Schulzeit würde endlich hinter mir liegen und die große weite Welt noch vor mir.

Nun ja, im Grunde verhielt es sich jetzt genau umgekehrt: Ich hatte meinen großen Aufbruch ein Jahr vorgezogen und herausgefunden, dass die Welt viel größer war als gedacht, und was jetzt vor mir lag, war wieder die Schule. Zu allem Überfluss freute ich mich sogar darauf. Wieder das normale Leben spüren, durch die Straßen von Berlin bummeln, bei Jonny Kartoffelecken essen und vor allem: endlich mit Tim zusammen sein, jeden Tag! Bei dem Gedanken schienen

Schwärme von Schmetterlingen in meinem Bauch aufzufliegen. Wir würden sogar zusammen wohnen.

Das Jahr in der magischen Welt hatte mich sehr verändert; so viel war geschehen, dass es mir unvorstellbar vorkam, wieder bei Delia zu leben. Oder gar bei Gregor – daran dachte ich noch nicht mal im Traum. Gregor und Delia, siebzehn Jahre lang hatte ich geglaubt, dass sie meine leiblichen Eltern seien. Tatsächlich hatten sie mich aber nur großgezogen und lebten nach all den Ereignissen nicht mehr zusammen.

Von meinem Traum vom ganz normalen Leben mit Tim in Berlin trennte mich jetzt nur noch eins: die Abschlussprüfung an der magischen Akademie, die morgen stattfinden würde. Der Gedanke daran machte aus den Schmetterlingen in meinem Bauch sofort einen Feldstein. Ich wusste, dass ich noch nicht so weit war. Schließlich musste ich noch viel mehr lernen, um mit gleich fünf Elementen umzugehen.

Doch die Veränderungen in den magischen Blasen Europas waren besorgniserregend, sodass alle Prüfungen vorgezogen wurden, damit möglichst viele Studenten nach Hause in die Realwelt zurückkehren konnten. Wer die Prüfungen nicht schaffte, wurde auf die Kanaren in die Urblase Europas gebracht. Während immer mehr magische Blasen instabil wurden, galt sie noch als relativ sicher.

Ich wollte es schaffen, musste es schaffen. Das war meine Chance, so schnell wie möglich zu Tim zurückzukehren. Die Anforderungen an die Prüflinge waren immerhin auf das Wesentliche reduziert worden. Es ging neben magischen Reisefähigkeiten hauptsächlich darum, die Elemente so weit zu beherrschen, dass man die Durchgänge gefahrlos passieren konnte. Bei mir aber war noch nicht mal klar, welche Elemente ich umfassend verkörperte und zu welchen ich lediglich eine Affinität besaß. Nur bei Wasser und Erde zeigte sich eindeutig, dass sie meine Hauptelemente waren. Den Wasser- und den Erddurchgang zu passieren, müsste mir hoffentlich gelingen … Durchs

Wasser hatte ich es sogar schon einmal unerlaubt geschafft, wenn auch mit Gewalt. Vielleicht würden sie noch Luft verlangen. Aber Äther und Feuer …

»Happy birthday to you …! Happy birthday to you …! Happy birthday, liebe Kira …« Ein mehrstimmiger Chor riss mich aus den immer selben Gedanken, die mein Gehirn in Beschlag nahmen.

Fabian, Cynthia, Dave, Marie, Jonas und Kay, die mit mir ungefähr zeitgleich an der Akademie begonnen hatten, liefen singend über die Wiese auf mich zu. Sie waren nicht von vorn über die rund um das Häuschen laufende Terrasse gekommen, sondern aus dem Wald. Marie hielt einen riesigen Blumenstrauß in die Höhe und Kay trug eine Geburtstagstorte, die garantiert Else, die Köchin unserer Akademie, für mich gebacken hatte und auf der achtzehn Kerzen bunte Funken versprühten.

Sie umarmten mich stürmisch und überhäuften mich mit guten Wünschen. Am meisten drückten sie mir natürlich die Daumen für die morgige Prüfung. Es hatte sich wohl herumgesprochen, wie wichtig es mir war, sie zu bestehen.

»Was wollt ihr denn trinken? Ich habe …«

»Kira, setz dich einfach nur hin«, bestimmte Marie und dirigierte mich an das Kopfende der Tafel. »Wir machen das schon.«

Gerührt und irgendwie glücklich betrachtete ich das bunte Treiben auf meiner sonst recht stillen Terrasse. Meine Mitstudenten alberten herum, während jemand den Kuchen anschnitt und Kay und Fabian zusätzlich Kleingebäck und eine weitere Obsttorte auspackten – natürlich hatte sich Else nicht damit zufriedengegeben, einen einzigen Kuchen zu backen.

Plötzlich regnete ein Schwall klingender Blüten auf mich herab. Überrascht sprang ich auf und drehte mich um. Hinter mir stand Neve und fiel mir sofort um den Hals. Sie hatte einen großen Korb voller magischer Blüten für mich gesammelt.

»Auf dass es in deinem neuen Lebensjahr immer nur singende Blumen auf dich regnet«, rief sie. »Ist natürlich symbolisch gemeint und nicht, dass du die Prüfung morgen versemmeln und hierbleiben sollst.«

Sie lachte ihr glockenhelles Lachen.

»Das glaube ich dir gern. Schließlich bist du jetzt viel öfter bei Janus im Antiquariat als hier. Also brauche ich wohl die *Greencard* für die Realwelt, wenn wir uns regelmäßig treffen wollen.«

»Genau so ist es!«

»Okay, die Beerenbowle ist fertig. Wer möchte denn?« Marie kam mit einem bauchigen Glaskrug aus der Küche. Wow, sie hatten sogar Bowle gemacht. Gläser wurden befüllt und herumgereicht, und dann saßen wir endlich zusammen. Nur Leos Platz war noch leer. Ob er überhaupt kommen würde? Er redete zwar nicht darüber, aber ich war mir sicher, dass ihm Grete, die der Rat vor Kurzem gelöscht hatte, etwas bedeutete. Nicht umsonst hatte sie mich vor ihrer Löschung darum gebeten, Leo zu informieren.

Was für eine traurige Geschichte. Leo würde ihr aus dem Weg gehen müssen. Er mit seinem Wissen über ihre Vergangenheit und sie mit ihrer erworbenen Unwissenheit über das, was wirklich mit ihr geschehen war, hatten schließlich keine gemeinsame Basis.

Dabei hatte ich es Leo sehr gewünscht, die Richtige zu finden. Und Grete hätte zu ihm gepasst. Sie war mutig und freiheitsliebend wie er. Nur hatte sie leider mit ihren Eigenmächtigkeiten den Bogen zu weit gespannt. Sie war unerlaubt in andere magische Blasen gereist, einfach in die Realwelt ausgebrochen und hatte sogar jemanden Unbegabtes aus der Realwelt mit in die magische Welt gebracht.

Leider war etwas schiefgegangen bei der Löschung. Grete war nicht mit einer leichten Grippe wieder aufgewacht, sondern lag in einem Berliner Krankenhaus im Koma. Wie ich Leo kannte, machte ihn das ziemlich fertig. Hoffentlich unternahm er keine Dummheiten …

»Hey! Geburtstagskind! Was ziehst du denn für ein Gesicht? Man wird nur einmal achtzehn, Tag null der großen Freiheit und Selbstbestimmtheit. Mögen Millionen solcher Tage noch vor dir liegen!«

»Leo!« In seinem grinsenden Gesicht entdeckte ich keine Spur von Traurigkeit. Hatte ich mich in Bezug auf Grete getäuscht? Vielleicht bedeutete nur er ihr etwas und nicht umgekehrt? Schwungvoll überreichte Leo mir einen Strauß Lampionblumen.

»Hey, schön, dass du gekommen bist!«, sagte ich. »Geht es dir gut?«

»Den Umständen entsprechend, ja.« Er sah mich vielsagend an und ich konnte seinen Blick nicht deuten. Rührte sein Optimismus etwa daher, dass er etwas ausheckte? *Stopp*, ermahnte ich mich. Ich musste endlich aufhören, mir ständig Gedanken zu machen. Heute sollte trotz der Sorgen ein schöner Tag sein, einfach nur ein schöner Tag, als könnte man die Welt und ihre Probleme anhalten.

»Auf Kira!«, rief Kay, und wir stießen mit der Bowle an.

Dann fielen wir über den Kuchen her. Ich wischte eine Blüte von meinem Teller. Komisch, sie war gar nicht weiß, sondern grau. Schon wieder war ich drauf und dran, mir Sorgen zu machen. Ach was! Wahrscheinlich war mir nur noch nie eine graue aufgefallen. Neve, die neben mir saß, bemerkte jedoch mein Zögern und folgte meinem Blick auf die Blüte.

»Die ist ja grau«, sagte sie.

»Zeig mal her«, rief Fabian neben ihr. Das Lachen verschwand aus seinem Gesicht. Jetzt wurden auch die anderen aufmerksam und wollten die Blüte sehen.

»Hier ist noch so eine«, bemerkte Jonas, unser kleiner Professor, sammelte eine weitere vom Boden auf, hob seine Nickelbrille an und hielt sie sich dicht vor die Augen.

»Das ist nicht gut.«

Die feierliche Stimmung war augenblicklich verflogen. Wahrscheinlich war sie die ganze Zeit aufgesetzt gewesen, hatten alle nur ihre

Ängste überspielt. Schließlich wusste jeder, dass die magische Welt in ganz Europa seit ihrem Bestehen noch nie so ernste Probleme hatte wie jetzt.

»Was heißt nicht gut?«, wollte Marie wissen.

»Ehrlich gesagt, ich bezweifle, dass die Räte das Problem in den Griff bekommen, bevor Schlimmeres passiert.«

»Jonas, niemandem nützt es, wenn du den Teufel an die Wand malst. Bisher trifft der Rat einfach nur Sicherheitsvorkehrungen«, meinte Cynthia, lächelte und steckte sich ein großes Stück Kuchen in den Mund.

Inzwischen waren beide Blüten bei Dave gelandet, der seine blonden Locken zurückstrich und die Blüten an sein Ohr hielt.

»Geben auch keine Töne mehr von sich«, bemerkte er.

»Egal, was geschieht. Hauptsache, wir sind in Sicherheit. Nur wäre ich viel lieber wieder zu Hause, als in die Urblase reisen zu müssen.« Maries Stimme zitterte leicht. Sie hatte die Prüfung bereits gestern gehabt und nicht bestanden. Genau wie Kay. Bei ihm vermutete ich allerdings, dass er sich keine Mühe gegeben hatte, damit er Marie in die Urblase begleiten konnte. So, wie er sie ansah, schien sie ihm einiges zu bedeuten.

»Hey, das wird bestimmt interessant in der Urblase. Schließlich kommt man dort nur auf Einladung hin. Viele haben sie in ihrem gesamten magischen Leben nicht betreten. Und wir, wir können schon jetzt hinreisen«, versuchte er Marie zu trösten.

Leo griff nach den Blüten in Daves Hand, zermalmte sie und warf sie weg.

»Leute! Ist das hier ein Geburtstag oder eine Trauerfeier, hm? Klar gibt es Probleme, aber es liegt nicht in unserer Verantwortung, sie zu lösen. Wir sollten den Räten vertrauen, schließlich haben sie seit der Entstehung der Urblase vor dreitausend Jahren alles ganz gut im Griff.«

Er erhob sein Bowleglas.

»Auf dich, Kira. Auf dass alles gut wird und wir deinen Neunzehnten auch wieder zusammen feiern!«

»Au ja«, rief Marie erleichtert. »Ich sage schon jetzt zu.«

Die anderen erhoben ebenfalls ihre Gläser und stießen auf mich an.

Egal, ob Leos Sorglosigkeit nur gespielt war oder er es genau so meinte, wie er es sagte, er hatte ja recht. Wir waren nur Studenten und konnten die Probleme nicht lösen. Heute war heute, und der tiefblaue Himmel der magischen Blase flimmerte über uns, während singend weiße Blüten vom Himmel segelten. Vielleicht sahen wir auch nur überall Gespenster.

Erschöpft fiel ich abends in mein Bett unter der Dachschräge und löschte das Licht. Unzählige Sterne flimmerten durch das kleine runde Fenster im Giebel herein.

Es war eine tolle Geburtstagsfeier gewesen. Bis tief in die Nacht hatten wir auf der Wiese getanzt. Ranja war noch kurz vorbeigekommen und sogar Kim. Sie hatten mir im Namen des Rates gratuliert. Trotzdem fehlte mir Tim. Die ganze Zeit. Ohne die Vorgänge in der magischen Blase hätte er mich besuchen dürfen und wäre dabei gewesen. So war es geplant gewesen seit dem Winter. Aber nun verließen alle die Blase.

Noch einmal las ich seine E-Mail, die Pio ausgedruckt und Ranja mir gebracht hatte. Das Papier war schon total zerknittert.

Tim klang so zuversichtlich. Er wollte mich übermorgen zwölf Uhr mittags an der Weltzeituhr auf dem Alexanderplatz abholen. Ich wusste noch nicht, welchen Durchgang ich nehmen würde, aber sicher einen, der sich in der Nähe befand. Übermorgen war für mich bereits morgen gegen Mitternacht, freute ich mich – WENN ich die Prüfungen schaffte.

2. Kapitel

»Alle Achtung. Bei dreißig Reisekräutern hast du dich nur mit einem vertan.« Ranja nickte mir anerkennend zu. Als ehemalige mittelalterliche Hexe war sie die Expertin in Kräuterkunde und prüfte mich in einem der Seminarräume der Akademie, während der alte, knorrige Jolly, Element Wind, schweigend neben ihr saß.

Erleichterung machte sich in mir breit. Wegen eines falschen Reisekrauts fiel man nicht durch. Nicht mal, wenn man drei falsch hatte.

»Mit welchem denn?«, erkundigte ich mich.

»Goldenes Wulfenia führt nicht in die Schweiz, sondern nach Österreich.«

»Oh, stimmt. Ich erinnere mich. In der österreichischen Realwelt ist Wulfenia sogar eine endemische Pflanze.«

Jolly brummelte zustimmend. Trotzdem kam es mir vor, als wenn ihn irgendwas an meinen guten Ergebnissen störte.

»Okay«, Ranja lächelte mich an, »dann hättest du diesen Prüfungsteil ebenfalls bestanden.«

Vorher waren ein paar Fragen zu Kristallkunde und zu magischer Geologie gestellt worden, aber die hatte ich vollständig beantworten können. Und heute früh war ich bereits unter der Aufsicht von Sulannia durch den Wasserdurchgang geschwommen. Alles hatte ohne Probleme geklappt, während Jolly am Ufer des Sees saß und den Vorgang beobachtete. Die Undinen gehorchten mir und ließen mich widerstandslos Richtung Realwelt ziehen. Ich durfte jedoch nur nah an den Ausgang heranschwimmen und musste dann wieder umkehren. Immer noch war nicht klar, wie Elementarwesen verschwinden konnten, um später in der Realwelt als Elementarmenschen aufzutauchen und für Aufsehen und Ärger zu sorgen. Deshalb hielten die Undinen Abstand zur Friedrichsbrücke am Berliner Dom, und der Durchgang zu dem unterirdischen See im Humboldthain, durch den ich vor knapp einem Jahr gekommen war, war komplett gesperrt worden. Hier waren bereits zu viele Undinen verschwunden. Zudem begann er auch, mit seerosenähnlichen Schlingpflanzen zuzuwachsen.

Allerdings war das bisher der leichteste Teil meiner Aufgaben gewesen. Wasser war zu meinem Lieblingselement geworden. Bei Erde hatte ich mir auch keine großen Sorgen gemacht. Ich mochte die Gnome mit den gelben Augen nach wie vor nicht besonders, aber ich hatte sie inzwischen im Griff.

Bei den restlichen Elementen kam es darauf an, was der Rat von mir erwartete. Ich hatte keine Ahnung.

Zusammen mit Ranja und Jolly verließ ich die Akademie. Ich fragte mich, zu welchem Durchgang sie mich zuerst bringen würden? Doch sie schlugen gar nicht den Weg zu den Durchgängen ein, sondern gingen Richtung Birkenhain. Dort warteten bereits Kim, Marco und Sulannia auf uns.

Warum alle auf einmal? In meinem Magen meldete sich ein flaues Gefühl. Sulannia schien es mir anzusehen und lächelte mir aufmunternd zu.

»Jolly hat uns übermittelt, dass alles bisher wunderbar gelaufen ist. Da du Begabungen in mehreren Elementen hast, werden wir gemeinsam auf das Übungsfeld gehen und sehen, wie es mit deinen Sonderbegabungen aussieht und ob du die Elemente zusammenspielen lassen kannst.«

»Aber … ich dachte … ist denn das wichtig? Ich meine, mir wurde gesagt, es geht darum, die Durchgänge zu meistern. Daran sieht man doch, welche Elemente ich beherrsche, damit ich in der Realwelt keine Symptome mehr habe …«, sprudelte es aus mir heraus, obwohl ich wusste, dass mir das überhaupt nicht zustand. Doch ich durfte die Prüfung auf keinen Fall vermasseln.

Erwartungsvoll sah ich von einem zum anderen, sie schwiegen jedoch und sahen mich nur an.

»Der Rat weiß, was er tut«, sagte Kim streng, und Jolly räusperte sich missmutig.

»Entschuldigung, ich … es tut mir leid.« Mist, hoffentlich hatte ich jetzt keine Minuspunkte gesammelt.

Wir liefen durch den Wald. Auf dem großen Feld, an dessen Rand sich der Feuerdurchgang befand und die Salamander loderten, blieben wir stehen. Ich erinnerte mich, wie ich hier meine ersten Übungen absolviert und mich dabei in einen kleinen Machtkampf mit Leo verwickelt hatte. Es schien mir so lange her. Damals hatte ich noch versucht, meine Sondertalente zu verbergen. Inzwischen war alles anders. Ich musste darüber eine Prüfung ablegen, aber nicht, um etwas Besonderes zu sein, sondern einfach nur, um mich ohne Schwierigkeiten in der Realwelt aufhalten zu können.

»Als Erstes wollen wir gerne die Fähigkeiten sehen, die du bisher an dir beobachten konntest. Würdest du sie uns zunächst nennen?«

Okay, das war nicht schwer. Ich konnte Dinge mit meinen Händen anfassen und sie damit verkohlen. Dabei ließ ich kleine Flammen aus meinen Fingern züngeln. Die Fähigkeit, mich in einen Wind zu verwandeln, wie es mir damals auf der Flucht vor Jerome an der Friedrichsbrücke gelungen war, hatte ich weiter geübt, und es funktionierte inzwischen leicht, schnell und sicher. Ich konnte mich jedoch auch ohne Wind unsichtbar machen, so wie Neve. Und ich war in der Lage, dabei zu jumpen. Das hieß, ich konzentrierte mich auf einen beliebigen Ort, und schon befand ich mich dort. Allerdings war mir das in der magischen Blase bisher nur auf einige Meter Entfernung gelungen, während ich damals in Berlin durch den gesamten Prenzlauer Berg gejumpt war. Außerdem besaß ich die Fähigkeit, mich in Träume anderer einzuklinken. Ich konnte nicht direkt eingreifen wie Neve, aber ich konnte dem Traum zuschauen. Das hatte ich herausgefunden, als ich Tim beobachtet hatte, während er schlief und Minchin ihn besitzergreifend umklammert hielt.

Der magische Rat ließ sich meine Windfähigkeit vorführen. Ich fegte einige Minuten über das Feld und wirbelte Sand auf. Auch die Fähigkeit zu jumpen wollten sie noch einmal bewiesen haben. Ich nannte den Ort, an dem sie mich wiederfinden würden – am Waldrand. Dann verlor ich meine Sichtbarkeit und tauchte einen Augenblick später dort auf. Die Ratsmitglieder, mit denen ich Seminare gehabt hatte, kannten diese Fähigkeiten bereits. Mir war nicht klar, warum ich sie hier noch einmal vorführen sollte. Aber ich fragte lieber nicht.

»Und du schaffst es nicht mehr weiter als bis an einen Ort, den du bereits mit bloßem Auge siehst?« Jolly war unzufrieden.

»Nein, tut mir leid.«

Er brummelte irgendwas, während Kim bestätigte, dass meine Fähigkeit, mich in Träume einzuklinken, gut entwickelt war.

»Nun gut, das reicht«, entschied Jolly. »Das sind alles besondere Fähigkeiten, die zu den jeweiligen Elementen gehören. Aber keine davon ist symptomatisch für eine Dreifach-, Vierfach- oder gar Fünffach-Begabung. Höchstens für eine Doppelbegabung. So wie das Jumpen. Es scheint eine Mischung aus Äther und Luft. Würdet ihr mir da zustimmen?«

Die anderen Ratsmitglieder nickten. Ich hatte nicht mehr das Gefühl, dass ich eine Prüfung bestehen musste, sondern eher, dass sie mich aus ganz anderen Gründen auf die Probe stellten.

»Gut. Ich würde sagen, dass wir Kira nun den Elementen aussetzen, um zu sehen, wie sie mit ihnen umgehen kann.« Wieder gaben die übrigen Ratsmitglieder mit einem leichten Kopfnicken ihr Einverständnis. Jolly wandte sich an mich.

»Deine Aufgabe ist es, die Elemente zu beruhigen beziehungsweise zur Zusammenarbeit zu bewegen, so gut es dir gelingt.«

»Okay«, brachte ich hervor und schluckte. Einmal, im Grünen Raum, hatte es irgendwie geklappt, aber seitdem hatte ich ausschließlich den Umgang mit den einzelnen Elementen geübt. Sollte ich vielleicht darauf hinweisen? Ich traute mich nicht recht, während Ranja schon ihren kleinen Besen schwang.

Sie legte eine Feuerspur quer über das Feld. Jolly blies einen Wind hinein, der die Flammen vergrößerte und Funken in alle Himmelsrichtungen spie. Die Salamander rangen mit den Sylphen. In der magischen Welt, wo die Elementarwesen sichtbar waren, konnte man mit ansehen, wie sie sich gegenseitig aufpeitschten.

Gleich würden die Funken einen Waldbrand verursachen, wenn ich nichts unternahm. Also konzentrierte ich mich auf den tiefblauen Himmel, bis er voller schwerer dunkler Wolken hing, und ließ einen kräftigen Regenschauer niederprasseln. Winzige Undinen in schweren Wassertropfen stürzten sich auf die flammenden Salamander und ließen sie im Nu wieder kleiner werden. Gleichzeitig wirbelte ich Sand auf und erstickte die Flammenspur.

Als Nächstes sorgte Sulannia dafür, dass die Wasserpfützen vom Regen in den Furchen des Feldes zu einem unruhigen See zusammenflossen, auf dem sich Schaumkronen zu bilden begannen. Sofort stellte ich mir einen Vulkan vor, der unter diesem See ausbrach und eine Feuerfontäne spuckte, die den See im Nu in zischenden Wasserdampf verwandelte und einen dicke Wolken ausstoßenden Krater zurückließ. Ich entspannte mich etwas, fühlte mich gut. Es klappte doch wunderbar.

Da rief Jolly: »Stopp! So hat das keinen Sinn. Du tust nichts anderes, als ein Element mit einem anderen Element zu bekämpfen. Du sollst sie jedoch zusammenarbeiten lassen!«

Aber genau das hatten wir in den Seminaren immer gemacht, ein

Element mit einem anderen in Schach gehalten, und nichts anderes. Was wollte er denn? Er klang fast wütend, als wäre das hier keine Simulation, sondern ernst.

»Wieso, ich …«

Doch Jolly wollte mir nicht zuhören und verlangte: »Noch einmal …«

Ich fing Ranjas Blick auf. Sie schien mit Jolly ebenfalls nicht einverstanden, aber schwieg.

Vor mir erhob sich eine Windhose, die Jolly erzeugte und Marco mit Massen von Sand anreicherte. Ich sah, wie die Sylphen darin die Gnome hoch in die Luft wirbelten, während diese wütend mit Erdklumpen nach ihnen warfen.

Wie erstarrt ließ ich die Wand auf mich zukommen und wusste nicht, was ich tun sollte. Schon schloss sie mich ein und ich japste nach Luft, hustete Sand, kniff die Augen zusammen, zerbrach mir den Kopf, doch mir fiel nichts anderes ein, als mich unsichtbar zu machen und aus der Situation herauszujumpen, um nicht zu ersticken. Atemlos fand ich mich am Waldrand wieder und schüttelte mir einen halben Eimer Sand aus den Haaren.

»Wiederholen«, verlangte Jolly und signalisierte mit einer Handbewegung, dass ich zurückkommen sollte.

»Ich finde, wir sollten sie nicht …«, begann Ranja zu widersprechen, doch Jolly unterbrach sie:

»Sie hat es aus dem Grünen Raum geschafft. Das funktioniert nur, wenn man die Elemente zusammenarbeiten lässt. Du weißt das, Ranja.«

»Ja, schon. Aber das war eine Ausnahmesituation. Ihre blank liegenden Gefühle haben dabei geholfen. Damit schaffen viele Anfänger zufällig etwas. Doch unter normalen Umständen muss sie erst die nötige Reife erlangen. Und die kann man nicht erzwingen!«

»Noch einmal«, wiederholte Jolly stur, ohne auf das einzugehen, was Ranja sagte. »Nächster Versuch. Erinnere dich, wie du es im Grünen Raum angestellt hast, als ihr auf der Flucht wart, du und dein Freund Tim.«

»Okay«, antwortete ich und wünschte mir, dass alles möglichst schnell vorbeiging.

Ranja ließ mein Sweatshirt Feuer fangen. Gleichzeitig schickte Kim ein paar Ätherwesen auf mich los, die mir um den Kopf schwirrten, bis mir schwindelig wurde. Sie wisperten irgendwas, sollten mir augenscheinlich den Verstand vernebeln. Ich spürte die Hitze des Feuers. Erst brannten die Bänder meiner Kapuze, dann züngelten die Flammen meine Ärmel herauf. Gleichzeitig schwoll das Wispern der Ätherwesen zu einem ohrenbetäubenden Lärm in meinem Kopf an. *Der Grüne Raum.* Was hatte ich da getan? *Arbeitet zusammen*, etwas in der Art hatte ich gerufen. Jetzt flüsterte ich es nur und wusste, meine Worte besaßen null Kraft.

Ich sackte auf dem Feld zusammen, krümmte mich im Schneidersitz, schloss die Augen und schlug die Hände gegen meine Ohren, damit der Lärm aufhörte, während mein ganzes Sweatshirt lichterloh brannte. Die Flammen machten mir nichts aus, nur der Rauch biss in der Nase und ich musste erneut husten. Inzwischen war mir alles egal. Sollten sie mich doch durchfallen lassen. Ich hatte keinen Schimmer, was sie von mir wollten.

Plötzlich wurde es still um mich. Kim hatte die Ätherwesen wieder abgezogen und mein Shirt hörte auf zu brennen. Eine Hand legte sich sanft auf meine Schulter.

»Alles in Ordnung, Kira?«

Ich öffnete die Augen und starrte auf fließende blauschwarze Haare, die sich über den Boden und meine Schuhe ergossen. Sulannia stand dicht vor mir und blickte auf mich herab.

»Komm.« Sie reichte mir die Hand und zog mich wieder auf die Beine. Erschöpft wischte ich mir Ruß aus dem Gesicht.

»Geht's?«, fragte Ranja.

»Ja, ist schon okay.«

Resigniert wartete ich auf ihr Urteil. Doch die Ratsmitglieder sahen mich nur an. Nervös plapperte ich:

»Wusste nicht, dass man das können muss. Hat nie einer mit mir geübt.«

Jolly ignorierte meine Bemerkung, als hätte ich sie gar nicht gemacht.

»Wir sollten jetzt die restlichen Durchgänge prüfen.« Ich verstand nicht, warum das denn jetzt noch?

»Das finde ich auch«, pflichtete Marco ihm bei. »Gut möglich, dass Kira die volle Begabung für alle Elemente entwickelt. Trotzdem können wir nicht mehr von ihr verlangen, als sie zu diesem Zeitpunkt vermag.«

»Sie hat mehr drauf. Da bin ich mir sicher.« Jolly musterte mich, als hätte ich mich nur nicht genug angestrengt. Seine hohen Erwartungen erzeugten Ohnmachtsgefühle in mir. Wollte er etwa, dass ich durch die Prüfung fiel, damit ich in der magischen Welt blieb, weiter an meinen Fähigkeiten arbeitete und endlich etwas ganz Besonderes entwickelte? Eine göttliche Superfähigkeit oder so?

»Selbst wenn weitere Potenziale in ihr schlummern, die Prüfungen werden für jeden vorgezogen, da es zurzeit am sichersten ist, nach Hause zurückzukehren. Kira hat das gleiche Recht wie alle«, pflichtete Ranja Marco bei, und ich fühlte große Dankbarkeit ihr gegenüber.

Jolly holte tief Luft.

»Niemand braucht mich daran zu erinnern«, schnarrte er. »Fangen wir mit Feuer an.«

»In Ordnung.« Ranja klang zufrieden. »Dann komm, Kira.«

Wir steuerten auf die Feuerwand neben dem Feld zu. Ranja wusste bereits, dass es Tage gab, an denen ich gut mit den Salamandern klarkam, und andere Tage, an denen überhaupt nichts klappen wollte.

»Versuche, entspannt zu bleiben, egal, wie es heute ist. Du musst dich nicht verrückt machen«, raunte sie mir zu, als wir dicht vor den flimmernden Salamandern stehen blieben. Vorsichtig taten wir einen Schritt hinein in die Flammen. Ich konzentrierte mich. In den Übungsstunden waren wir immer am Eingang geblieben. Doch jetzt musste ich die Salamander in einem ungefähr fünfzig Meter langen Feuertunnel in Schach halten, bis ich ihn auf der anderen Seite in der Müllverbrennungsanlage wieder verlassen konnte.

Ich ging vor und Ranja lief hinter mir. Zuerst wichen die Salamander zurück und bildeten eine Art Laubengang, während es zu meinen Füßen aufhörte zu brennen und nur noch etwas Qualm aus dem Boden stieg. Doch nach einigen Metern begannen sie, nach mir zu lecken. Erst streckte ich ihnen drohend die Hände entgegen, um sie zum Zurückweichen zu zwingen. Aber sie griffen trotzdem an und züngelten nun auch aus dem Boden vor mir. Ich wich zurück, verlangsamte meine Schritte.

»Konzentriere dich, Kira, noch zwanzig Meter!«, rief Ranja von hinten. Doch ich konnte nicht. Das Feuer war vor mir, neben mir, unter mir, und es kam mir so vor, als wäre es bereits auch in mir.

Ich drehte mich um und begann zu rennen, floh vor den Feuer speienden Salamandern, rempelte dabei Ranja an, glaubte zu verbrennen und tat einen panischen Sprung aus der Feuerwand hinaus auf das Feld. Dabei überschlug ich mich zweimal, rollte mich aber irgendwie ab und löschte die Flammen auf meiner Haut, die nun schon wehgetan hatten.

Ranja folgte mir und half mir wieder auf. Erschrocken schaute ich auf die kleinen Brandblasen an meinen Handgelenken.

»Das Feuer im Durchgang ist aggressiv. Auch für Feuerbegabte.«

»Ich bin wohl kein Feuer«, beeilte ich mich zu sagen. Nie wieder würde ich versuchen, diesen Durchgang zu benutzen! Ranja holte ein Fässchen Salbe aus einem Beutel, den sie an ihrem Gürtel um die

Hüfte trug, und behandelte meine Verletzungen damit. Sofort begannen sich die Blasen zurückzubilden.

Dann wandte sie sich den Ratsmitgliedern zu.

»Ich würde das Element Feuer bei Kira als Affinität aufgrund ihrer Flammenfähigkeit einstufen. Die Salamander haben Respekt vor ihr, aber durch den Durchgang lassen sie sie nicht.«

Die anderen stimmten zu. Jolly verzog keine Miene und schwieg.

»Als Nächstes liegt Wind auf dem Weg«, kündigte er an und setzte sich in Bewegung.

Nach ein paar Minuten erreichten wir die Lichtung mit dem Luftwirbel, der den Durchgang für das Element Luft bildete. Ich war ihn schon oft zu Übungszwecken hochgestiegen und hatte trainiert, mir die Sylphen gefügig zu machen. Eigentlich müsste ich den Luft-Durchgang bewältigen können.

Die Elementarwesen, kleine pausbäckige Mädchen und Jungen, zogen sich in die Länge und schleuderten mich und Jolly, der mich begleitete, in ihrem Wirbel weit nach oben, um uns dann wieder tief in die Erde einzusaugen. Schon sah ich den stillgelegten U-Bahn-Schacht, durch den es mächtig zog. Die Sylphen begleiteten mich Richtung Ausgang. Doch ehe ich die unterirdische Sackgasse der U-Bahn erreichte, die hier endete und dieselbe Strecke wieder zurückfuhr, kehrte ich um. Die Elementarwesen verhielten sich äußerst vorsichtig, denn einige, die sich dem Ausgang zu sehr genähert hatten, waren bereits verschwunden.

Jolly wartete dort auf mich, wo wir in den Windwirbel eingetreten waren.

»Sie ist Element Wind«, berichtete er, als wir von den Sylphen sanft auf der Wiese abgesetzt wurden. Zusammen mit der Fähigkeit, sich in Stürme zu verwandeln, definierte er es als eine vollständige elementare Begabung.

Blieb also nur noch Äther. Da konnte ich gleich sagen, dass ich das nicht war, denn Kim hatte mich noch nie dazu gebracht, von dem Felsvorsprung in die Äthertiefe zu springen. Das kam mir wie glatter Selbstmord vor. Ich konnte mich zwar unsichtbar machen und in Stürme verwandeln. Dabei musste ich jedoch nicht von einem hohen Dach ins Nichts rauschen, sondern fand Halt an einer Wand oder einem Baum.

Trotzdem, ich hatte das dumme Gefühl, dass alles von Jollys Meinung abhing. Ich musste mich trauen, musste! Dann würde Feuer der einzige Durchgang sein, an dem es nicht geklappt hatte, und ich besaß vielleicht eine Chance, die Prüfung zu bestehen – falls das, was auf dem Feld geschehen war, keine Bedeutung für die Prüfung hatte. Auch das war natürlich nicht klar. Gar nichts war mehr klar.

Ein paar Minuten später stand ich mit Kim auf dem Felsvorsprung und schaute in die Himmelstiefe. Unter uns das gewohnte Bild des Berliner Nachthimmels, der mit ein paar Sternen durch die Nebel der Ätherwesen hinaufglitzerte.

Kim fasste mich an der Hand und sah mir forschend in die Augen.

»Du musst nicht, wenn du das Gefühl hast, es nicht zu packen. Die Ätherwesen werden deine Angst spüren.«

Hm, sie redete es mir nahezu aus. Das erhärtete meinen Verdacht, dass nicht nur Jolly, sondern auch andere Ratsmitglieder es am liebsten sähen, ich würde in der magischen Welt bleiben.

Entschlossen kniff ich die Augen zusammen, zog meine Hand aus Kims Hand und ließ mich todesmutig fallen.

Alles ging so schnell. Der Nachthimmel raste auf mich zu oder ich auf ihn, gleichzeitig hüllten mich Nebel ein und wisperten mir in die Ohren oder sogar in meinem Kopf. Etwas fing mich auf wie ein Netz, dann fiel ich wieder tief in ein Luftloch. Das war das Ende. Ich sah Beton auf mich zurasen. Im gleichen Moment wurde ich in die Höhe katapultiert … und landete unsanft auf etwas Hartem.

Au!

Das tat weh.

Ich kam mir vor, als wäre ich Achterbahn gefahren und aus dem Wagen geschleudert worden. Mein Absprung war schiefgegangen, doch im ersten Moment war mir nicht klar, inwiefern. Hände halfen mir auf. »Hast du dir sehr wehgetan?«, vernahm ich Kims Stimme.

»Nein, geht schon.«

Die anderen Ratsmitglieder saßen auf einem Baumstamm in der Nähe des Absprungs.

»Okay, Äther bin ich auch nicht«, sagte ich und versuchte ein Lächeln. Dabei war mir in Wirklichkeit zum Weinen. Das war lebensgefährlich gewesen und ich konnte einfach nicht mehr. Obwohl ich mich inzwischen wohlfühlte in der magischen Welt, ganz im Gegensatz zu meiner Anfangszeit, wollte ich mehr als in jeder einzelnen Stunde zuvor nach Hause, oder besser gesagt zu Tim. Ich spürte, wie mir Tränen über die Wangen liefen.

Kim ließ mich auf einem Baumstamm gegenüber den Ratsmitgliedern Platz nehmen und reichte mir ein Taschentuch. Ich wischte mir damit übers Gesicht.

»Sorry. Das ist alles … doch irgendwie … anstrengend.«

»Du brauchst dich nicht zu entschuldigen, Kira. Natürlich ist es das. Ich finde sogar, wir sind zu weit gegangen, haben zu viel verlangt.« Ranjas Stimme klang fest und warm, während sie einen Seitenblick auf Jolly warf.

Ich schnäuzte mir die Nase, atmete einmal tief ein und aus, straffte mich und fühlte mich ein wenig besser.

»Nicht zu viel, aber zu einem zu frühen Zeitpunkt, den wir den Umständen schulden«, ergänzte Jolly.

»Vielleicht ja, vielleicht auch nicht«, schaltete sich Sulannia ein. »Kira beherrscht drei Elemente eindeutig: Erde, Wasser und Luft. Zu den anderen zwei Elementen Äther und Feuer besitzt sie Affinitäten. Nach wie vor ist das ein außergewöhnliches Talent, das weiter gefördert und geschult werden sollte.«

»Der Meinung bin ich auch, und ich gehe sogar so weit zu behaupten, dass auch Äther und Feuer nicht nur Affinitäten sind«, ergänzte Jolly. Langsam begann ich, ihn zu hassen. Warum ließ er mich nicht in Ruhe? Warum war er so versessen darauf, dass ich alle fünf Elemente beherrschte?

»Wie auch immer. Jetzt ist nicht der Zeitpunkt dafür«, übernahm Sulannia wieder das Wort, »Kira hat bewiesen, dass sie drei Durchgänge ohne Schwierigkeiten passieren kann und das jeweilige Element beherrscht. Für mich ist das neben ihrer sehr guten Leistung im theoretischen Teil vollkommen ausreichend, um die Prüfung als bestanden anzusehen.«

Ranja, Marco und Kim stimmten sofort zu. Jollys Gesichtsausdruck verriet nichts. Ich hielt die Luft an, während ich auf seine Reaktion wartete und hoffte, dass der Rat nicht einstimmig entschied, sondern ein Ratsmitglied auch überstimmt werden durfte.

Dann räusperte sich Jolly.

»Ich gratuliere dir zur bestandenen Prüfung, Kira«, sagte er und streckte mir seine knorrige Hand hin. Alle Anspannung fiel von mir ab. Gütiger Himmel, hatte er das eben tatsächlich gesagt? Schon wieder lief mir eine Träne die Wange hinunter, während ich nach seiner Hand griff und staunte, wie warm sie war. Das hieß – ich konnte nach Hause! Heute Abend noch.

»Allerdings …«, fuhr Jolly fort und mir stockte der Atem. »Ich gebe zu, dass ich mir gewünscht hätte, du wärest ehrgeiziger, Kira, würdest mehr Verantwortungsgefühl für die magische Welt zeigen. Hättest dich mehr angestrengt, ihr zu dienen und sie als deine Hauptaufgabe zu sehen, statt …«

Mit jedem Wort fühlte ich mich kleiner werden.

»Jolly, es reicht!«, ging Ranja dazwischen. »Dinge brauchen Zeit, um zu wachsen, und die haben wir nicht. Kira hat ihr Studium immer ernst genommen und sie besitzt große Ziele, für die ihr Studium in der realen Welt genauso wichtig ist wie ihre Weiterentwicklung in der magischen Welt. Alle großen Heiler unserer Geschichte haben in der realen Welt Medizin studiert. Trotz magischer Fähigkeiten ist fundiertes Wissen unabdingbar. Du verlangst zu schnell zu viel, Jolly. Dabei müsstest du es besser wissen. Selbst wenn unsere derzeitige Situation vielleicht ein kleines Wunder brauchen könnte, kann man es von niemandem erzwingen. Kira besitzt große Talente, ja. Aber sie ist noch jung und steht ganz am Anfang.«

Ranjas Augen funkelten Jolly an, der unter ihrem feurigen Blick die Lider senkte. Statt etwas zu erwidern, ergriff er noch einmal meine Hand.

»Ranja hat recht. Es tut mir leid.«

Das beeindruckte mich, augenblicklich verflogen meine Hassgefühle. Noch nie hatte ich erlebt, dass Jolly klein beigab. Er blieb eben unberechenbar.

»Äh … mir tut es leid. Danke«, stotterte ich verlegen.

Nacheinander kamen die anderen vier auf mich zu. Sulannia und Marco schüttelten mir ebenfalls die Hand, während Ranja und Kim mich umarmten. Kim war in letzter Zeit viel zugänglicher geworden. Inzwischen mochte ich sie richtig.

Ob es die magische Krise war, die alle vertraulicher machte und näher zusammenrücken ließ? Und wenn ich sie doch irgendwie im Stich ließ, indem ich zurück nach Berlin ging? Vielleicht würde ich etwas bewirken können, von dem ich jetzt nur noch nichts ahnte. Aber wie? Ich wusste es ja nicht und der heutige Tag hatte es wieder gezeigt.

Als könnte Ranja meine Gedanken lesen, sagte sie:

»Und nun packe deine Sachen für heute Abend und mach dich auf die Reise nach Hause. Alles zu seiner Zeit. Das Beste, was du für uns tun kannst, ist, zunächst deinen Weg in der realen Welt zu gehen. Da bin ich ganz sicher.«

3. Kapitel

Einige Stunden später stand ich mit meinem Rucksack wieder auf der Lichtung des Winddurchgangs und schaute hinauf in den Wirbel, der in der nächtlichen Dunkelheit glitzerte wie die Milchstraße. Das Lachen der Sylphen wirkte nun, da die Blüten verstummt waren, lauter und hallte sorglos in den Wald hinein. Leise rauschten die Wipfel der riesigen magischen Bäume.

Es war kurz vor Mitternacht. Als ich mein Häuschen verließ, hatte mich Wehmut ergriffen und ich machte mir Sorgen, es vielleicht nie wiederzusehen.

Auch der Abschied von denen, die in ein paar Tagen in die Urblase reisen würden, hatte sich ernster gestaltet als gedacht. So, als verabschiedeten wir uns aus einem schönen Traum, den man nie wieder träumen würde.

Ach, was war ich sentimental, viel zu wehmütig, verlor mich in melodramatischen Gefühlen, die nicht wirklich zur Situation passten. Dabei würde ich doch gleich Tim sehen und dann würde ein neues Leben beginnen: unser Leben!

Mein Herz machte einen Hüpfer.

Ich trat in den Windwirbel. Während der Prüfung hatte ich mich so wohl gefühlt im Winddurchgang, dass ich mich gleich wieder dafür entschieden hatte. Gut möglich, dass das mein Lieblingsdurchgang werden würde. Schließlich hatten mich U-Bahn-Tunnel bereits als Kind fasziniert. Nie hatte ich genug davon bekommen können, aus dem Fenster zu schauen, um die vorbeiflitzenden Rohre oder gar abbiegende Tunnel oder schlafende U-Bahnen auf Abstellgleisen zu beobachten – als hätte ich schon immer geahnt, dass es da irgendwo weitergehen musste.

Mit Schwung wurde ich hinaufgetragen und dann hinunter in die Erde gezogen. Die Sylphen schienen richtig Spaß mit mir zu haben und machten mir keinerlei Probleme. Nahezu elegant landete ich auf dem Schotter im Tunnel. Wie ein leichter Wind verzogen sich die Elementarwesen durch das Lüftungsgitter und es wurde still.

Ich lief das Abstellgleis entlang, Richtung Tunnelausgang. Eine U-Bahn zerriss die Stille und donnerte mir von der Endstation aus entgegen. Etwas erschrocken drückte ich mich in eine Nische. Die U-Bahn hielt an. Der Schaffner stieg aus, lief den schmalen und nur spärlich beleuchteten Steg neben der Bahn entlang, um vorn wieder einzusteigen und in ein paar Minuten den Rückweg anzutreten.

Wie ich es gelernt hatte, kletterte ich auf den Steg, öffnete die letzte Tür des Waggons und stieg ein. Kurz darauf fuhr ich in den U-Bahnhof ein, schulterte meinen Rucksack und machte mich auf den Weg nach oben. So viele Menschen, das normale Großstadtleben. Es fühlte sich an, als würde ich von weit her angereist sein. Was ich ja auch war, aber irgendwie auch nicht.

Ich nahm die letzten Stufen. Schon kam die Weltzeituhr in Sicht. Zehn vor zwölf. Noch ein bisschen Zeit. Trotzdem begann mein Herz zu klopfen. Nicht vom Treppensteigen, sondern weil Tim gleich vor mir stehen würde. Das letzte Mal hatten wir uns im Herbst gesehen, als er mich in der magischen Welt aufgestöbert hatte und es mir gelungen war, ihn vor einer Löschung zu bewahren. Aber das war ein Ausnahmezustand und pures Chaos gewesen.

Jemand tippte mir auf die Schulter. Ich drehte mich um und sah in ein Gesicht mit strahlenden dunkelgrünen Augen, in denen goldene Punkte tanzten, und einem Grübchen auf der rechten Wange. Schon lag ich in Tims Armen. Sein vertrauter Duft von Wärme, Sonne, Meer umfing mich.

»Hey, Kira … Happy birthday nachträglich!«

»Hey …« Verlegen sah ich zu ihm hoch. Meine Güte, er war so … schön! So hell irgendwie, gut und leuchtend wie die Sonne. Mein blonder Halbitaliener. Er kam mir viel magischer vor, als ich es war!

Seine Lippen legten sich auf meine und fühlten sich zum ewig Versinken in warme, weiche Wohligkeit an. Für diesen Augenblick waren wir die Welt und mehr *Welt* gab es gar nicht. Ein wunderbares Gefühl tiefster Verbundenheit, das es von Anfang an zwischen uns gegeben hat. Nur dass ich mir inzwischen sicher war, deshalb keine spontanen Fieberschübe mehr zu kriegen oder gar das Bewusstsein zu verlieren. Bei der Erinnerung daran musste ich kichern.

»Hey, was ist komisch an mir?«

»Nichts, rein gar nichts … ich … freue mich einfach so, dich zu sehen.«

»Ich mich auch«, flüsterte Tim und küsste mich noch einmal.

»Komm.« Er zog mich an der Hand zu seinem Moped, das er einige Meter weiter abgestellt hatte, und gab mir meinen Helm. Ich schwang mich hinter ihm auf die Sitzbank, umschlang seine Mitte und Augenblicke später flogen wir durch Berlin, die laue Sommerluft im Gesicht und jede Menge Sonne. Sommerferiengefühl von einer Art, wie ich es noch nie erlebt hatte.

Meine Augen mussten sich erst wieder an die normale Welt gewöhnen. Alles wirkte zwar blasser, aber das Licht blendete viel stärker. Und die Luft war nicht so natürlich frisch, sondern schwer von Abgasen und Großstadtgerüchen. Dennoch, es roch vertraut nach Heimat.

Wir fuhren am Wasserturm vorbei. Das Haus, in dem ich im Dachgeschoss Chaos angerichtet hatte, war immer noch eingerüstet. Wie es aussah, wurde die Wohnung gerade saniert. Seltsam, mein Leben dort gehörte der Vergangenheit an. Meine ehemaligen Eltern hatten verkaufen müssen, nachdem Gregors H2Optimal-Betrugsfirma pleitegegangen war.

Delia hatte sich eine kleine Wohnung in Charlottenburg gemietet, weit weg. Und wo Gregor lebte, wusste ich nicht. Wollte es ehrlich gesagt auch nicht wissen. Am besten ging es mir, wenn ich überhaupt nicht an meinen *Vater* dachte, der damals Geschäfte mit Jerome gemacht und mich meiner *Mutter* Delia als Adoptivkind untergejubelt hatte, weil er sich von mir und meinen magischen Kräften eine Menge versprochen hatte. Ich brauchte ihn zum Glück nicht, war endlich achtzehn und allein verantwortlich für mein Leben.

Es fühlte sich befreiend an und trotzdem auch seltsam, aufregend und ungewohnt. Und ein wenig mulmig war mir ebenfalls zumute.

In Tims Küche mit den weiß getünchten Wänden, hellen Dielen und den vielen Büchern empfing uns eine angenehme Kühle. Auf dem Tisch stand ein großer Strauß bunter Sommerblumen. Wo kamen die denn her? Als würde Tim die Frage in meinem Kopf hören, sagte er: »Die Blumen hat Beate gekauft. Stell dir vor, sie sind endlich zusammen!«

»Wer ist mit wem zusammen?«

»Na, Beate und mein Vater. Sie haben sich jahrelang verpasst, sich nie richtig getraut. Erst fand mein Vater sie zu jung. Dann fand Beate ihn zu wenig greifbar. Dann wollte Beate, aber mein Vater hatte eine Freundin. Danach war es umgekehrt. Aber jetzt … endlich … Sie wollen beide nach Italien gehen. Meine Großeltern haben in Verona, wo mein Vater geboren ist, eine kleine Trattoria, und die werden sie übernehmen. Tja, und das ist meine Überraschung: Schon Ende August gehört die Wohnung allein uns!«

»Wow, ehrlich?«

Allzu gut erinnerte ich mich an die wunderschöne Beate, die unten im Haus in der Zeitungsredaktion arbeitete und auf die ich am Anfang eifersüchtig gewesen war. Dabei war sie mindestens zehn Jahre älter als Tim und viel mehr an seinem Vater interessiert gewesen.

»Ja!«

Tim nahm mir den Rucksack ab, warf ihn auf das Küchensofa, hob mich hoch und wirbelte mich einmal im Kreis herum.

»Soll ich uns einen Kaffee machen?«

»Du meinst, so wie früher?«, scherzte ich.

»Genau so!« Er lachte.

Und während Tim an der Kaffeemaschine hantierte und ich eine große rote Blüte des Straußes befühlte, kam es mir vor, als wäre es erst gestern gewesen, dass ich mit Tim in dieser Küche stand und wir uns das erste Mal küssten.

So viel war inzwischen passiert – als wäre unsere Liebe angehalten worden, bis endlich Zeit dafür war.

Erneut schien Tim meine Gedanken zu erraten. Er schnappte mich, genau wie damals im Herbst, und trug mich in sein Zimmer, um mich dort vergnügt auf sein großes Bett zu werfen.

»Na, was ist mit all deinen magischen Fähigkeiten? Gar keine Gegenwehr?«

»Du weißt, wie es um meine Zauberkräfte bestellt ist, wenn du in der Nähe bist.«

»Hm, das kann man jetzt so oder so auffassen«, erwiderte er mit einem verschmitzten Lächeln. Er verschwand für einen Augenblick in der Küche, erschien aber sogleich wieder mit einem Tablett und reichte mir meine Tasse.

Mein Blick fiel auf das große Aquarium, welches den Schlafbereich von Tims Schreibtisch trennte. Da zog er seine Bahnen, der winzigste Hai der Welt, dem ich damals beinahe den Garaus gemacht hatte, als Tims Bettdecke plötzlich in Flammen aufging und ich den Inhalt des gesamten Aquariums darauf schüttete. Oh Mann, ich war wirklich Opfer meiner ungeahnten Kräfte gewesen. Jetzt spürte ich zum ersten Mal, wie sehr ich mich inzwischen verändert hatte. Ich hatte nun das sichere Gefühl, Herr meiner selbst zu sein.

Andächtig ging ich vor dem Glasbecken in die Hocke und beobachtete das seltene Wassertier.

»Ich hoffe, du hast mir verziehen«, flüsterte ich.

Tim hockte sich hinter mich und legte seine Arme um meine Schultern.

»Das hat er.«

Tims Atem kitzelte in meinem Nacken. Ein aufregendes, kribbeliges Gefühl. Langsam drehte ich mich zu ihm, schlang meine Arme um seinen Hals und wir küssten uns.

Tim zog mich wieder auf das Bett.

Ich wollte, wollte, wollte ihn endlich so richtig, ganz und vollkommen, war erschrocken über meine heftigen Gefühle und gleichzeitig im Rausch, fühlte seine glatte warme Haut unter meinen Händen, seine Brust, seinen Bauch ... ob wir vielleicht heute, vielleicht jetzt ...

Da öffnete sich plötzlich die Zimmertür und eine tiefe männliche Stimme rief fröhlich: »Hey, ich habe ...«, erschrocken lösten wir uns voneinander. »Oh, sorry ... Du musst Kira sein! Ich wusste nicht genau, wann ... Also, hi, ich bin Paolo, Tims Vater.«

Ich setzte mich auf und fuhr mir verlegen durchs Haar.

»Äh, ja, hallo ...«

»Paps!«, ging Tim dazwischen. »Ab jetzt klopfst du bei mir genauso wie ich bei dir, okay?«

»Klar, sorry.« Er strich sich lässig ein paar Haarsträhnen hinter die Ohren und wirkte auf mich eher wie ein Mann in den Dreißigern und nicht wie Mitte vierzig. Keine Frage, woher Tim sein gutes Aussehen hatte. »Guckt mal, ich habe was vom Inder mitgebracht. Stell ich in die Küche, ja?!« Entschuldigend hielt er eine weiße Plastiktüte mit Transportboxen aus Pappe hoch.

Wir bedankten uns artig und er schloss mit einem vieldeutigen Grinsen wieder die Tür.

Tim und ich sahen uns an.

»Wie peinlich!«, kicherte ich.

»Ach was, als er und Beate sich endlich gefunden hatten, konnte man es hier manchmal nur mit Ohrstöpseln aushalten bei dem ständigen Geturtel.«

Mein Blick fiel auf ein paar Sachen, die unter Tims Bett hervorlugten. Ich zog sie hervor, die hellblaue Jeans und das apfelgrüne Shirt mit beachtlichen Brandflecken.

»Oh, du hast …«

»Ja, Andenken an unsere erste, wilde Begegnung.« Er schmunzelte. »Ich hab die Klamotten im Krankenhaus abgeholt. Das Einzige, was mir von dir geblieben war. Roch zwar mehr nach Kaminschlot als nach dir, aber na ja …«

Ich kuschelte mich in Tims Arm. Nachdem sein Vater hereingeschneit war, war die vibrierende Spannung zwischen uns erst mal verflogen. Wir tranken unseren lauwarm gewordenen Kaffee und ich erinnerte mich, wie ich in der düstersten Nacht meines Lebens hierhergejumpt war und Tim dabei zusah, wie er von mir träumte, während Minchin sich an ihn schmiegte.

Unwillkürlich zuckte ich zusammen und Tim sah mich verwundert an.

»Alles in Ordnung? Woran hast du gedacht?«

Ich verriet es ihm, erleichtert, dass das alles überstanden war, aber er machte dennoch ein ernstes Gesicht.

»Und woran denkst du jetzt?«, wollte ich wissen. Tim zuckte mit den Schultern. »An nichts Bestimmtes.«

»Dann scheinen deine Augen zu lügen.« Ich lächelte, aber Tim blieb nachdenklich und strich mit seinem Daumen sanft über meinen Handrücken.

»Okay, ich sag's dir. An einen Traum. Einen anderen, den ich neuerdings habe und der immer wiederkehrt … und mich beunruhigt.«

Tim fixierte den Hai.

»Nur einen Traum?« Ich war erleichtert, doch Tim sah mich bedeutungsschwer an.

»Ja, nein. Er ist anders als andere Träume. Er fühlt sich wahr an. So wahr wie … wie die magische Welt wahr ist, verstehst du? Vielleicht ist er so was wie eine Vision.«

Während Tim das sagte, drückte er meine Hand immer fester, bis es wehtat.

»Au«, ich entzog sie ihm irritiert.

»Oh, sorry! Oje …« Er nahm sie behutsam wieder in beide Hände und pustete darauf, als hätte ich mich verbrannt. »In dem Traum, da verliere ich dich. Ich weiß nicht, warum. Aber es muss sein. Es ist dein Schicksal. Und auch meins. Ich kann nichts dagegen tun. Und du auch nicht. Du wirst jemand anders, wie ein anderer Mensch. Die magische Welt, sie steht darin am Abgrund …«

»Pssst«, ich entzog Tim erneut meine Hand, die er schon wieder zu pressen begann, und legte meinen Zeigefinger auf seinen Mund.

»Quatsch, warum sollte das eine Vision sein? Es ist nur ein Traum. Ein simpler Traum.«

Tim tat einen Seufzer, der wenig überzeugt klang.

»Es wäre nicht das erste Mal, dass ich visionäre Träume habe … Das passiert mir öfter.«

»Zum Beispiel?« Ich nippte an meinem Kaffee, der mir auf einmal sehr bitter vorkam.

»Mit drei Jahren träumte ich auf ähnliche Art von meiner Mutter. Es war einige Wochen, bevor sie ins Krankenhaus kam und dann in das betreute Wohnen für psychisch Kranke.«

»Vielleicht, weil du gespürt hast, dass sie nicht in Ordnung ist.«

»Kann sein. Aber es war nicht meine Mutter, die in dem Traum vorkam. Es waren die Örtlichkeiten, in denen ich sie später noch ein paar Mal besuchte. Der Flur, ihr Zimmer und der Park, ich sehe das heute noch vor mir.«

Das war tatsächlich etwas seltsam.

»Und was siehst du in Bezug auf mich?«

Tim schwieg einen Moment.

Dann sagte er:

»Es ist nicht so konkret. Es stürmt und regnet und du schreist mich an und dann …« Tim stockte, »gehst du mit jemand anderem fort.«

»Du hast Angst, dass ich mit einem anderen fortgehe? Aber das brauchst du nicht, das ist völlig unmöglich.«

Ich lächelte gerührt und nahm seine Hand.

»Ja, aber es ist nicht nur das. Mit dir passieren Dinge …«

»Befürchtest du, dass ich doch noch durchdrehe?«

Ungläubig musterte ich ihn.

»NEIN! Ja … nein … Ich bestimme das doch nicht, es ist nicht von mir, aber ich sehe es, verstehst du? Ich sehe es einfach, wie ein Beobachter.« Tim rieb sich nervös die Schläfen.

»In einem Traum«, ergänzte ich und er nickte.

»Glaub mir, Tim, ich bin in Ordnung und fühle mich gut. So gut wie noch nie im Leben. Das alles liegt bereits hinter uns. Es ist Vergangenheit. Vielleicht hast du es nur noch nicht richtig verarbeitet und tust es jetzt in deinen Träumen.«

Tim atmete ein paarmal durch und sah mich an.

»Okay, vielleicht. Vielleicht hast du recht.«

Ein kleines Lächeln stahl sich auf seine Lippen.

»Sie werden aufhören, weil ich jetzt da bin und nicht mehr fortgehe. Okay?«

»Okay. Nur …«

»Psst«, wiederholte ich und küsste den aufkommenden Einwand von Tims Lippen. Ich wollte nichts mehr hören davon. Nichts, was meine eigenen Ängste wecken könnte. Wir waren endlich zusammen und vor uns lag eine Zukunft, auf die ich mich freute. Ich band mir das dunkelblaue Tuch ab, das mir Tim damals von sich gegeben hatte, bevor ich in die magische Welt zurückgekehrt war, und gab es ihm zurück.

»Ich brauche es nicht mehr. Denn nun bist du ja jeden Tag bei mir.«

Er ließ es durch seine Finger gleiten und lächelte. Dann sagte er: »Ich habe etwas für dich«, und beugte sich zu dem Schränkchen, das neben seinem Bett stand. Aus der Schublade zog er ein kleines mit rotem Krepp beklebtes und weißem Schleifenband umwickeltes Kästchen und überreichte es mir. »Zu deinem Geburtstag.«

Vorsichtig, wie einen wertvollen Schatz, wickelte ich das Geschenkband ab und öffnete den Deckel. Da lagen in glänzendem Seidenpapier eine getrocknete rote Rose und zwei Schlüssel. Einer davon sah normal aus und einer war reich verziert und golden, als gehöre er zu einer Schatztruhe.

Ich nahm die Gegenstände nacheinander in die Hand.

»Also, der normale Schlüssel passt unten für die Haustür und gleichzeitig zur Wohnung. Der goldene steht dafür, dass sich jede Tür öffnen mag, durch die du gehen musst. Und die rote Blume da …« Tim lächelte mich verlegen an. »Ein bisschen kitschig, ich weiß«, sagte er.

»Nein, ist es nicht«, flüsterte ich, berührte die Rose mit meinen Lippen, legte sie behutsam zurück in mein wertvolles Kästchen und dann küsste ich Tim.

4. Kapitel

Als Tim am nächsten Vormittag die Wohnung verließ – er arbeitete gerade Vollzeit für die Zeitung, so lange, bis seine Journalistenausbildung im Herbst anfing –, rief ich als Erstes bei Luisa an. Ich brauchte eine Weile, um auf den grünen Hörer zu tippen. Luisa war in der magischen Welt gewesen. Grete hatte sie dorthingebracht. Sie wusste Bescheid. Nur wie ging es ihr mit alldem? Schließlich war jetzt klar, dass ich sie angelogen hatte. Ob sie mich verstand? Oder war sie sauer? Ein bisschen bestimmt.

Matthias, ihr Vater, hob ab und teilte mir mit, dass Luisa sich bei Gretes Mutter am Wetterplatz aufhielt. Sie bereiteten zusammen mit den anderen Hausbewohnern zu Neves dreiundzwanzigstem Geburtstag eine Feier im Hof vor, mit der gleichzeitig das frisch sanierte Haus eingeweiht wurde. Er meinte, ich solle unbedingt vorbeischauen, Luisa würde sich sehr freuen. Es lag mir auf der Zunge, ihn zu fragen, wie Luisa drauf war. Sicher hatte sie Matthias von ihrem Ausflug mit Grete erzählt. Ob er ihr im Gegenzug offenbart hatte, dass er ebenfalls eine magische Begabung besaß?

Beim Abschied hatte ich vom magischen Rat ein wenig Geld erhalten, damit ich über die Runden kam, bis ich meine finanzielle Situation geregelt hatte. Ich kaufte für Neve in einem kleinen Laden eine weiße Haarspange mit silbernen Steinchen. Die würde ihr bestimmt gefallen.

Staunend blieb ich vor dem ehemals düsteren und verrußten Haus am Wetterplatz stehen. Ein wahres Schmuckstück strahlte mir entgegen. Wunderschön restaurierte Jugendstilelemente, eine weiße Fassade mit Glitzereffekt, Balkone mit Blumen, ein tiefrotes Dach und darauf ein bunter Wetterhahn. Wow.

Ehrfürchtig griff ich nach dem großen goldenen Knauf an der rot lackierten Tür, die durch die Einfahrt führte.

Unter der Birke im Hof auf der neu angelegten Wiese war eine Geburtstagstafel aufgebaut. Neve saß an der Stirnseite des Tisches in einem roten Kleid und ihre Wangen waren ebenso rot. Neben ihr saß Janus. Daneben sah ich Luisa, die mich auch grade entdeckt hatte, aufsprang und mir entgegenlief.

»Kira!«

Es war wunderbar, sie in diesem Moment endlich wieder in meinen Armen zu spüren.

»Was machst du hier? Warum hast du mich nicht angerufen und gesagt, dass du kommst? Du dummes, verrücktes, unverbesserliches, mutiges … ach … Ich bin so froh, dass du wieder da bist!«, sprudelte sie los, während sich ihre Stimme unnatürlich überschlug. Ich war nicht sicher, ob sie dachte mir vorspielen zu müssen, dass ich aus Indien zurückgekehrt war.

»Ich bin auch so froh«, sagte ich und fragte vorsichtig: »Und du bist nicht mehr sauer?«

»Ach, wieso sollte ich? Ich habe das Abi hinter mich gebracht, während du noch ein Jahr in der Schule absitzen musst. Und zwar ohne mich! Das ist Strafe genug«, antwortete sie übermütig und ich pflichtete ihr bei. Dann umarmten wir uns noch einmal und sie zog mich zur Kaffeetafel. Irgendwas stimmte nicht mit Luisa, so überdreht hatte ich sie noch nie erlebt.

Ich gratulierte Neve und sie freute sich sehr über mein Geschenk. Wir lächelten uns vieldeutig an. So viel war passiert, seit ich die erste Nacht in ihrem Turmhaus verbracht hatte. Und nun standen wir hier, jede an einer völlig anderen Stelle ihres Lebens. All das lag in dem Blick, den wir tauschten, und brauchte keine Worte.

Sie stellte mir Tom vor, den Komponisten, von dem sie anfangs geschwärmt hatte, und Charlie, die Physikerin. Tom und Charlie verschwanden gleich darauf im Haus und ließen Neve etwas irritiert zurück. Eine Minute später erklang oben von der Dachterrasse des Seitenflügels wunderschöne Klaviermusik. Dazu begann es, Blüten zu regnen, die Charlie aus einem Korb über das Terrassengeländer warf. Es war ein Konzert der klingenden Blüten – atemberaubend, magisch – so magisch wie mein Dasein. In dem Moment war es unvorstellbar, dass es irgendwo auf der Welt Probleme geben könnte, egal ob in der magischen oder der realen.

»Hey, komm, ich zeige dir das Haus, besonders den Dachboden musst du sehen«, rief Luisa, nachdem wir Kaffee getrunken und Kuchen gegessen hatten.

»Ja, zeig ihr alles«, Gretes Mutter Emma lächelte mich an. Sie war eine liebenswerte Frau, die eine zeitlose Aura umgab. Es musste schlimm für sie sein, dass Grete derzeit im Krankenhaus im Koma lag, angeblich wegen Meningitis, die sie sich auf ihrer Reise nach La Gomera zugezogen hatte. Schwer lag mir das schlechte Gewissen im Magen, die wahre Geschichte zu kennen. Langsam hasste ich diese Löschungen. So was durfte doch einfach nicht passieren!

Luisa zog mich übermütig die Treppen hinauf und schwang die Tür zum Dachboden auf.

Vor uns öffnete sich ein weitläufiger Raum mit einem alten Eisenbett, das vor einem großen, halbrunden Fenster stand. Es gab einen schönen Blick auf das dichte Blätterwerk der Kastanie und den blauen Himmel frei.

»Ist das nicht toll? Der Ort hier ist für alle Mieter.«

Luisa ließ sich auf das Bett plumpsen und klopfte auf die Decke neben sich, damit ich mich auch setzte.

»Toll, nicht?«, wiederholte sie.

»Luisa, falls du glaubst, ich wüsste nicht, dass … Also, ach, es tut mir alles so leid, aber ich … Wir müssen unbedingt reden«, stolperte es aus mir heraus.

Luisas Fröhlichkeit verschwand. Stocksteif saß sie auf einmal da und starrte an die gegenüberliegende Wand.

»Okay, ich wusste nicht, ob du weißt, dass ich …«

Sie schluckte und schwieg wieder. Dann schlug sie die Hände vors Gesicht und ihre Schultern fingen an zu zucken. Immer mehr und immer mehr. Ein heftiger Weinanfall schüttelte meine beste Schulfreundin. Ich legte den Arm um sie und drückte sie an mich.

»Ich habe dich angelogen, aber ich wusste nicht …«

»Nein, nein, schon gut … du musstest das tun. Ich verstehe das alles. Das ergibt alles Sinn, aber …« Schluchzer ließen ihr mehrmals die Stimme wegbrechen. »Ich habe das Abi gar nicht geschafft, weißt du. Ich war zwei Monate nicht in der Schule, seit Grete mich … in diese Welt … in eure Welt … in …« Sie brach ab und zog ein Taschentuch hervor.

»Was? Oje …« Mir fehlten die richtigen Worte. Dass es so schlimm um Luisa stand, machte mich völlig fertig. Verdammt, wie auch immer sich die Dinge verhielten, ich hätte sie auf alles vorbereiten müssen! Und Grete hätte nicht …

»Du darfst aber Grete keine Schuld geben«, unterbrach Luisa meine Gedanken. »Ich habe es so gewollt, ich habe sie gezwungen, mich in die magische Welt zu bringen. Es ist allein meine Schuld. Ich … Aber ich bin froh, dass ich jetzt alles weiß.« Sie sah mich an. Ein kleines Lächeln stahl sich in ihr tränennasses Gesicht.

»Luisa, es tut mir leid.«

»Quatsch, du bist doch da genauso reingeschlittert wie ich! Außerdem ist die magische Welt echt cool. Und es geht mir auch schon viel besser, wirklich. War eben noch mal ein kleiner Anfall. Du bist so plötzlich wieder hier aufgetaucht und ich wusste nicht, ob du Bescheid weißt. Grete durfte doch niemandem was sagen.«

»Nein, durfte sie nicht, aber vor ihrer Löschung ist sie trotzdem zu mir gekommen und hat mir von eurem Ausflug in die magische Blase erzählt.«

»Sie ist übrigens heute aufgewacht, sagt Emma.«

»Tatsächlich? Oh, das sind ja gute Nachrichten.«

»Aber hat bisher nur kurze Wachphasen, schläft immer noch viel. Laut meinem Vater ist irgendwas bei dieser Löschung schiefgelaufen.«

Okay, Matthias hatte ihr also alles erzählt. Luisa sah mich spöttisch an.

»Jawohl, ich weiß Bescheid, dass nicht nur du mich angelogen hast, sondern sogar mein eigener Vater. Aber … Ach, Kira, es ist alles so verrückt!«

»Das ist es.«

»Nur dass es diese magischen Blasen gibt … das macht die Welt viel größer, weißt du.«

»So ist es.«

Wir lächelten uns an. Erst jetzt fielen mir Luisas dunkle Augenringe auf und dass sie ein paar Kilo abgenommen hatte.

»Und das Abi?«, begann ich zu fragen.

»Machen wir eben zusammen noch mal die Zwölfte. Auch wenn du es überhaupt nicht verdient hast«, antwortete sie und wischte sich eine letzte Träne aus dem Augenwinkel.

»Übrigens, eine Woche vor Schulanfang startet so ein Biologie-Kunst-Projekt. Das klingt spannend und man kann das easy auf beide Kurse anrechnen. Außerdem leitet das Projekt Frau Zuleit, man kann sich also drauf verlassen, dass es nicht langweilig wird. Hast du dich denn schon wieder zurückgemeldet? Dein Vater hatte dich doch beurlaubt. Also, dein Ziehvater. Mein Vater hat mir auch das erzählt.«

Jetzt legte sie den Arm um mich und lehnte ihre Schläfe an meine.

»Gegen dich habe ich eigentlich gar keinen Grund zum Heulen.

Mein Vater hat mir nur verschwiegen, dass er zaubern kann. Deiner dagegen …«

Sie sah mich mitleidig an.

»Tja, meine Geschichte ist 'ne echt fette Torte für eine gute Psychologin, würd ich sagen.« Ich prustete los.

Luisa sah mich einen Moment lang verunsichert an, doch dann stimmte sie ein.

»Ach ja, cool. Das Biologie-Kunst-Ding mach ich natürlich mit. Und weißt du was? Ich freu mich irgendwie drauf, dass wir an der Schule gemeinsam 'ne Zusatzrunde drehen.«

Luisa lächelte.

»Ich auch.«

5. Kapitel

Sosehr ich die anhaltend warmen Sommertage in Berlin genoss, noch schöner waren die Nächte. Wenn Tim gegen Abend aus der Redaktion kam, bummelten wir bis Mitternacht durch die Stadt oder legten uns irgendwo auf eine Wiese, bis ein Sternenhimmel über uns aufging, der anders war als der in der magischen Welt. Dort blinkten Sterne, die es in der Realwelt nicht gab, und hier stammte das Licht aus der Vergangenheit, von weit entfernten Sonnen, die teilweise nicht mehr existierten.

Und dann schlichen wir uns in die Wohnung, während Beate und Paolo bereits schliefen, und erfanden eine ganz neue magische Welt unter Tims großer Bettdecke. Meine Augen leuchteten auch in der realen Welt von selbst, wenn es stockdunkel war. Tim gefiel das sehr.

Wir waren zusammen Kondome kaufen gegangen, hatten sie jedoch noch nicht benutzt. Und das lag an mir. Alles war viel zu aufregend, bereits auch ohne bis zum Letzten zu gehen. Aber vor allem verunsicherten mich Tims Vater und seine Freundin nebenan, und ich wollte lieber warten, bis wir ganz allein waren. In nicht mal zwei Wochen machten sich die beiden auf den Weg nach Verona. Sie packten bereits und Beate hatte ihre Wohnung schon aufgelöst. Tim hatte diesen Abend in seinem Wandkalender mit vielen Herzchen markiert und ich hoffte, dass Beate oder Paolo das nicht sahen und die richtigen Schlüsse zogen.

»Und wenn schon«, neckte mich Tim. »Seit du mit ganzen Firmen und Wasserwerken in Berlin aufgeräumt hast, passt Zurückhaltung gar nicht mehr zu dir.«

»Na und, du machst mich eben immer noch schüchtern.« Ich drehte mich zu ihm und lächelte ihn an. Er nahm mich in die Arme und gab mir einen Kuss auf die Stirn. Die Morgensonne blinzelte durch die Vorhänge. Gleich würde er aufstehen müssen und ich auch, denn heute war ich mit Delia verabredet und das verursachte jedes Mal, wenn ich daran dachte, einen Stich in meiner Magengegend. Das letzte Mal hatten wir uns gesehen, als ich und einige andere magische Leute unsere Dachgeschosswohnung zerlegt hatten. Delia hatte erst gar nichts verstanden und dann war sie im Flur ohnmächtig geworden. Wie war es ihr seitdem ergangen, was dachte sie und wie lebte sie jetzt?

Ich klingelte und sofort ertönte der Summer, als hätte Delia neben der Gegensprechanlage gewartet.

Mit meinem ganzen Gewicht lehnte ich mich gegen die mächtige Tür und drückte sie auf. Sie gehörte zu einem herrschaftlichen Haus der vorletzten Jahrhundertwende. Der großzügige Eingangsbereich besaß neben Marmorfliesen, beigefarbenem Kokosteppich und riesigen Spiegeln an den Wänden einen dieser alten Fahrstühle mit reichen Jugendstilverzierungen. Alles war längst nicht mehr neu, aber dafür umso charmanter. Hatte es Delia nicht immer eher modern gemocht? In unserer ehemaligen Wohnung hatten sich jedenfalls keine Antiquitäten befunden, sondern nur Designermöbel.

Ruckelnd brachte mich der Aufzug in die vierte Etage. Meine *Ziehmutter* öffnete die Wohnungstür, während ich ausstieg, und sofort sprang ein kläffendes weißes Bündel auf mich zu. Delia hatte also ihren Traum wahr gemacht und sich einen Malteser angeschafft.

»Lotta, hör schon auf. Das ist Kira, ich hab dir doch von ihr erzählt.«

Sie lächelte mich an. Für einen Moment war ich unsicher, ob tatsächlich Delia vor mir stand und nicht eine fremde Frau. Ich hatte sie tagsüber noch nie ungeschminkt und schon gar nicht in legeren Klamotten gesehen. Sie trug eine weite anthrazitfarbene Stoffhose, ein schlabbriges Shirt und ihre glatten dunkelblonden Haare fielen ihr offen über die Schulter.

»Hi …« Verlegen stand ich vor ihr.

Delia trat unsicher von einem Bein aufs andere. Dann gab sie sich einen Ruck und legte ihre Hände auf meine Schultern.

»Darf ich?«

Sie gab mir links und rechts ein Küsschen auf die Wange. Mir fiel auf, wie klein und zerbrechlich sie eigentlich war. Zu Hause hatte sie immer Schuhe mit Absätzen getragen und war nie einfach barfuß gelaufen.

Spontan legte ich meine Arme um sie und hörte mich sagen: »Ich habe dich vermisst.« Es stimmte, das hatte ich wirklich.

Durch ihren Körper ging ein leichtes Zucken. Ich ließ von ihr ab. Seufzend strich sie sich eine Haarsträhne hinter das Ohr.

»Ich dich auch. Komm rein.«

Lotta hoppelte aufgeregt vor mir herum und wedelte mit dem Schwanz. Delia schloss die Wohnungstür.

Ich zog meine Schuhe aus und sie führte mich geradeaus in einen großen Raum mit drei hohen Kastenfenstern, um die orangefarbene Vorhänge drapiert waren. Auf den Dielen lag ein großer flauschiger Teppich. An der einen Wand hing ein Buddha-Ölbild und an einer anderen eine Bambusmatte. Leise plätscherte in der Ecke ein Brunnen. Drei große Sitzkissen waren vor einem niedrigen Tisch aus Holz und Messing angeordnet. Es duftete nach Räucherstäbchen und indischem Chai. War ich wirklich bei Delia zu Besuch?

»Setz dich irgendwohin. Ich hoffe, du magst Gewürztee? Gibt es in Indien sicher an jeder Ecke.«

»Ja, gerne.«

Delia ließ sich im Schneidersitz auf eins der Sitzkissen nieder und schenkte den Tee in zwei Keramikschalen ein.

Ich nahm auf dem Kissen neben Delia Platz. Sie reichte mir eine Schale.

»Schön ist es hier … gemütlich.«

»Ja, nicht?«

»Ich dachte immer, ich wusste gar nicht …«

»Dass ich Designermöbel eigentlich gar nicht mag? Na ja, es hat sich viel verändert, seit du …« Sie holte tief Luft. »Seit du bei deiner Mutter warst.«

Erstaunt sah ich sie an und versuchte meine Überraschung sogleich zu tarnen. Sie dachte also, ich wäre bei meiner echten Mutter gewesen?

»Ich war nicht. Also, meine Mutter ist doch …«

»Pst, pst«, unterbrach sie mich. »Ich weiß, dass es mehr gibt, als man sieht, dass die Dinge nie sind, wie sie scheinen, dass du ein besonderes Mädchen bist, das mit anderen Dimensionen in Verbindung steht. Und ich muss zugeben, dass mir das am Anfang furchtbare Angst gemacht hat. Aber durch meine Therapie weiß ich, jeder muss die Dinge für sich selbst entdecken, selbst entscheiden, wann er welche Kanäle öffnet. Niemand anders darf ihm das vorwegnehmen.«

»Du machst eine Therapie?«

»Ja, war wohl nötig, nachdem das alles mit Gregor passiert ist und mit dir. Diese Leute, die erst in unserer Wohnung randaliert haben und dann in den Büros von H2Optimal. Gregor – ein Betrüger. Diese okkulte Mafia. Und du darin verstrickt. Ich weiß ja, für dich muss das auch alles ein Schock gewesen sein.«

»Mafia? Nein, Delia, das ist keine Mafia. Es sind gute Leute. Und ich …«

»Pssst«, unterbrach sie mich wieder. »Kira, sag nichts. Es ist okay. Ich bin noch nicht so weit. Meine Psyche ist nicht so stark, dass ich mit Toten reden könnte oder mit Geistern oder eben Leuten, die sich mit Paranormalem befassen.«

Ich biss mir auf die Lippen und versuchte einzuordnen, was sie sagte. Delias Augen flackerten. Meine Güte, sie hatte wohl wirklich um ihre geistige Gesundheit gerungen.

»Schau mal, diesen Buddha hat jemand in meinem Meditationskurs gemalt.« Sie zeigte stolz auf das Bild an der Wand. »Ich gehe jetzt regelmäßig ins buddhistische Zentrum und ich fühle mich da wirklich wie zu Hause. Mein ganzes Leben lang habe ich keine Menschen kennengelernt, wie ich sie dort finde. Mir geht es gut, wirklich gut. Ich glaube, so gut ging es mir noch nie.«

Ihre Hände zitterten ein wenig, als sie ihre Trinkschale abstellte. Ich sah Tränen in ihren Augenwinkeln. Unerwartet lehnte sie sich zu mir herüber, umschlang mich mit ihren Armen und drückte ihren Kopf gegen meinen Bauch.

»Oh, Kira. Aber irgendwie bin ich doch immer noch deine Mutter, oder nicht? Ich weiß, keine besonders gute. Ich hatte oft keine Ahnung, wie ich mit dir umgehen sollte, hatte immer Angst, was falsch zu machen. Wahrscheinlich haben mir ohne Schwangerschaft einfach die Mutterinstinkte gefehlt, aber … ich habe dich trotzdem geliebt. Ich liebe dich, Kira. Nur, damit du es weißt.«

Jetzt kamen mir ebenfalls die Tränen. Ich strich Delia über die Haare, beugte mich zu ihr und legte meine Wange auf ihren Kopf.

»Natürlich bist du meine Mutter. Und ich hab dich lieb. Werd dich immer lieb haben.«

Während ich die Worte sagte, merkte ich, wie wahr sie waren. Delia hatte mich großgezogen, siebzehn Jahre lang. Ob biologisch oder nicht, sie war meine Mutter und sie würde es immer sein, auch wenn Clarissa ebenfalls meine Mutter war.

»Wirklich?« Delia sah mich an.

»Jede Mutter nervt hin und wieder, aber deshalb hat man sie trotzdem lieb«, versuchte ich zu scherzen.

»Ich war so lange so dumm gewesen. Meine Ziele und Werte, sie waren so klein und egoistisch. Ach was, sie waren gar nicht wirklich vorhanden. Erst habe ich Gregor gehasst. Aber dann habe ich verstanden: Warum ihm die Schuld geben? Ich selber war es doch, die zu allem Ja gesagt hat, ich habe das doch alles gewollt!«

Das Geständnis schockte mich und machte mich glücklich zugleich. Ich hatte immer geglaubt, Delia würde sich ohne Gregor in Luft auflösen. Aber Delia war viel stärker, als ich gedacht hatte. Stärker als Gregor.

»Ich bin … stolz auf dich, Mama, wirklich!«

Delia kniete vor mir und wir hielten uns an der Hand.

»Ich auf dich auch. Ich habe dich immer beneidet … wohl, weil ich selbst keinen richtigen Lebensinhalt hatte. Aber jetzt, seit dieser Mann mir zeigt, worauf es wirklich ankommt im Leben«, sie sah zu dem Buddha-Bild hinüber, »bin ich stolz, dass ich so ein schlaues und besonderes Kind haben durfte. Das ist ein Geschenk. Ich hoffe, ich habe nicht zu viel Schaden angerichtet.«

»Aber nein, das hast du nicht. Schau mich doch an, mir geht es gut, alles ist noch an mir dran. So viel falsch gemacht kannst du also gar nicht haben.«

Ich lächelte sie an und fühlte mich überwältigt. Delia lächelte zurück und befühlte vorsichtig meine Locken.

»Du bist eine Schönheit, Kira.«

»Ach was, darauf kommt es doch nicht an.«

»Auf Schönheit von innen schon.« Sie erhob sich, nahm meine Hand und zog mich ebenfalls hoch.

»Ich hab was für dich, komm mal mit.«

Neugierig folgte ich in ihr Schlafzimmer. Dort sah es genauso gemütlich und fernöstlich aus wie im Wohnzimmer. Delia zog hinter einem Paravent eine Truhe hervor. Meine alte Schatztruhe! Sie hatte sie aufgehoben für mich, obwohl sie das alte Ding früher nie leiden konnte.

»Ich hoffe, es ist alles drin, was dir wichtig ist. Deine Lieblingsbücher habe ich noch dazugetan, als die Wohnung ausgeräumt wurde.«

»Oh, danke, Mama!« Sofort hockte ich mich davor und öffnete sie. Meine Bücher, meine Tagebücher, kleine Kinderschätze und vor allem meine Lieblingssachen. Das lange bunte Kleid und das rote mit dem grünen Saum, und auch mein rotes Kopftuch mit den weißen Punkten war noch da. Ich wusste noch genau, wie mich Tim mit Kopftuch und dem roten Kleid an Jonnys Kartoffeleckenbude zuerst nicht erkannt hatte, weil ich in der Schule immer nur in schwarzen Röhrenjeans und grauem Kapuzenshirt herumlief.

»Bist du denn noch mit Tim zusammen? Er ist wirklich ein toller Junge. Er hat mich kurz besucht, als du wieder fortgegangen warst.«

»Ja, bin ich. Ich werde bei ihm wohnen.«

»Oh … Das ist schön.« Sie sah mich etwas wehmütig an. Vielleicht hatte sie gehofft, dass ich wieder bei ihr einziehen würde, wenn ich nach Berlin zurückkehrte?

»Sein Vater geht mit seiner Freundin nach Italien. Ich kann dann sein Zimmer haben.«

»Ich werde dich natürlich unterstützen. Sag mir, wie viel du brauchst. Wirst du denn das Abitur zu Ende machen?«

»Ja. Ich habe mich bereits zurückgemeldet. Und ich weiß endlich, was ich studieren will.«

»Was denn?«

»Medizin.«

»Das klingt gut. Es passt zu dir. Anderen helfen, das war schon immer dein Wunsch. Als Anwältin, wie es dir Gregor immer einreden wollte, habe ich dich dagegen nie gesehen.«

Mir lag die Frage nach Gregor auf der Zunge, wo er jetzt lebte, was er tat. Aber meine nach wie vor vorhandene Wut auf ihn und alles, was er getan hatte, schnürte mir die Kehle zu. Eigentlich wollte ich überhaupt nie wieder was von ihm hören oder wissen.

Delia schien zu bemerken, was in mir vorging.

»Aber lass uns nicht über Gregor reden. Ich bin, nachdem ich eine Weile in einem psychiatrischen Krankenhaus zugebracht hatte, ihm nur noch einmal begegnet und das eher ungewollt, in der alten Wohnung. Er versuchte, ein Gespräch anzufangen, aber weißt du, ich wollte überhaupt nichts mehr wissen, gar nichts.«

»So geht es mir auch«, bekannte ich.

»Dann sind wir uns ja einig.«

In dem Moment begann mein Magen laut zu rumoren.

»Hey, du hast Hunger. Das ist prima, ich habe nämlich was gekocht.«

Delia kochte? Das war die nächste Überraschung.

Ich folgte ihr in die Küche. Dort hatte sie eine köstlich duftende Gemüselasagne vorbereitet, die sie noch einmal im Backofen aufwärmte. Wir deckten den Tisch. Nebenher lief entspannte klassische Musik im Radio.

Während wir aßen, erzählte mir Delia von Rosa, unserer ehemaligen Haushaltshilfe.

»Ohne sie hätte ich es niemals geschafft. Sie wohnt jetzt auch hier im Haus, ich helfe ihr mit der Miete. Und sie bringt mir dafür all den Kram bei, den ich nie in meinem nutzlosen Leben gelernt habe.« Sie lachte.

»Hey, du musst aufhören, schlecht von dir zu reden.«

Delia fuhr sich verlegen durchs Haar und schaute auf ihren Teller. Einige Augenblicke herrschte Schweigen.

»Es schmeckt übrigens köstlich«, wechselte ich das Thema und lächelte ihr aufmunternd zu. Ich gab Lotta, die die ganze Zeit bettelnd vor mir stand, ein Stückchen Nudelteig mit Käse.

»Wirklich? Das freut mich. Wirst du mich öfter besuchen kommen, wenn es was zu essen gibt?«

»Natürlich, und nicht nur dann.«

Wir aßen unsere letzten Happen und hörten den Nachrichten im Radio zu.

»… die Vorfälle von Diebstählen, Überfällen und Einbrüchen einzelner Personen tagsüber häufen sich weiter. Besonders sind kleine Lebensmittelgeschäfte oder einzelne Passanten betroffen. Dabei gehen die Täter überraschend auffällig vor. Sie steigen durch offene Fenster ein, ignorieren die Bewohner, während sie den Kühlschrank ausräumen, benutzen ihre Betten, wenn sie müde sind, bedienen sich wie selbstverständlich in Lebensmittelgeschäften, ohne zu bezahlen, oder öffnen und durchsuchen Taschen von Fahrgästen in der U-Bahn. Sie verhalten sich ruhig, solange man sie gewähren lässt, schauen dabei niemandem in die Augen, werden jedoch aggressiv, wenn man versucht, sie an ihrem Handeln zu hindern. Bitte bewahren Sie in einem solchen Fall Ruhe und rufen Sie die Polizei. Noch ist unklar, was dieses Verhalten bei einer immer größer werdenden Zahl von Menschen verursacht … Ein Virus oder Ähnliches konnte bisher nicht gefunden werden. Die Hypothese, es könnte sich um Auswirkungen übermäßiger Handystrahlung handeln …«

Ich wollte davon nichts hören, sprang auf und schaltete das Radio aus. Delia sah mich seltsam an.

»Sorry. Immer diese Panikmache – irgendwie war mir gerade nicht danach«, versuchte ich zu erklären.

In Delias Gesichtsausdruck mischte sich Sorge. Sie warf mir einen misstrauischen Blick zu, aber dann nickte sie nur und griff nach dem Servierlöffel.

»Möchtest du noch was?«

»Au ja, es ist wirklich sehr lecker.«

6. Kapitel

Auf dem Schulhof war nichts los. Ich saß auf der Lehne unserer Lieblingsbank und wartete auf Luisa. Hier hatten wir oft unsere Mittagspause verbracht. Es kam mir vor, als wäre das Ewigkeiten her, und gleichzeitig, als wäre es erst gestern gewesen. Lebhaft erinnerte ich mich an meine *Milch-Schnitte*, die ich vor Nervosität zu Brei verarbeitet hatte, während mir Luisa weismachen wollte, dass Tim auf mich stehen könnte. Lag das wirklich erst zehn Monate zurück?

Mein Blick wanderte hinüber zu den Mülltonnen, hinter denen mich Tim gefunden und zum allerersten Mal in seine Arme geschlossen hatte. Schockiert über meine eigenen Kräfte hatte ich mich dort stundenlang versteckt gehalten, nachdem ich unseren Sportlehrer Herrn Falke zwei Meter weit geschubst hatte, sodass er sich dabei das Steißbein brach.

Im Vergleich zu den Ereignissen der letzten Tage kamen mir diese Dinge fast harmlos vor. Mein Kopf fühlte sich schwer an. Es hatte nichts gebracht, einfach das Radio bei Delia auszuschalten. Die Sorge um die magische Welt ließ mich nicht los.

Gretes Löschung war erfolglos gewesen. Dank Riley erinnerte sie sich wieder an ihre magische Vergangenheit. Er besaß die Fähigkeit, Gelöschten ihre Erinnerungen wiederzugeben. Außerdem war er es, dem man die Hauptschuld am Chaos in den magischen Blasen Europas zuschrieb. Jerome und die anderen Mitglieder aus dem magischen Bund machten mit ihm gemeinsame Sache. Auch ihnen hatte Riley offensichtlich die Erinnerungen zurückgegeben.

Es stand viel schlimmer, als ich befürchtet hatte. Einige europäische Blasen waren evakuiert worden, weil ihre Durchgänge nicht mehr funktionierten und sie gefährlich zusammenschrumpften. Immer mehr Elementarwesen verschwanden und liefen in ganz Europa als seltsame Psychos durch die Gegend. Riley und ein paar weitere Leute verstanden es, sie zu Menschen zu machen.

Allerdings hatten Grete und Leo nun ein Problem. Grete stand in Rileys Schuld. Und Leos Schwachpunkt bestand darin, dass Jerome wie ein Vater für ihn war und Leo der fixen Idee nachhing, Jerome auf den rechten Weg bringen zu können. Von außen sah es also ganz danach aus, dass sie mit den beiden gemeinsame Sache machten. Wie würde der Rat darauf reagieren?

Zusammen mit Luisas Vater hatten wir beschlossen, mit den Ratsmitgliedern zu sprechen. Grete und Leo hielten sich derweil versteckt. Nicht nur, weil unklar war, wie die Ratsmitglieder auf Grete reagieren würden, sondern auch, weil sie vor Riley und den anderen auf der Flucht waren, die nur darauf gewartet hatten, dass Grete sich wieder erinnerte. Schließlich war sie ebenfalls in der Lage, Elementarwesen zu Menschen zu machen. Und auf diese Fähigkeit waren sie offensichtlich scharf.

Ich zerbröselte diesmal keine *Milch-Schnitte*, sondern einen Zweig zwischen meinen Fingern. Meine Güte, Leo und Grete hätten viel früher den Rat informieren müssen! Aber das war natürlich leicht gesagt.

Die Unterredung mit den Ratsmitgliedern war unerwartet entspannt verlaufen. Matthias und ich hatten offen und ehrlich berichtet, was wir wussten: dass es sich um Luisa handelte, die von Grete in die magische Welt gebracht worden war, dass sie Leo vertrauen konnten und die Dinge, die wir von Leo über Riley, Jerome und deren Ziele wussten.

Grete und Leo würde nichts geschehen, auch Luisa nicht, obwohl sie unerlaubterweise die magische Welt betreten hatte.

Ranja hatte beruhigend die Hand auf meinen Arm gelegt, weil sie sah, wie aufgeregt ich war.

»Es ist wunderbar, wie sehr du dich einsetzt, Kira. Aber das gehört jetzt nicht zu deinen Aufgaben. Zerbrich dir also nicht den Kopf, den sich andere bei der Sache zu zerbrechen haben, okay?«

»Okay«, stimmte ich zu, obwohl mir alles daran falsch vorkam. Ich konnte nichts dagegen tun, dass ich mich verantwortlich für die magische Welt fühlte. Würde es mir möglich sein, einfach wieder in der Schule rumzusitzen und unspektakuläre Tests zu schreiben, während die magischen Blasen nacheinander kaputtgingen?

Tim hatte ebenfalls versucht, mich zu beschwichtigen.

»Kira, da sind die Räte aller Blasen, der Ur-Rat und erfahrene Leute mit magischen Begabungen. Warum glaubst du, dass du ihnen nicht getrost die Lösung der Probleme überlassen kannst? Was könntest du tun, was sie nicht auch tun könnten?«

»Nichts«, gab ich klein bei, dachte dabei aber besonders an Jolly, der unzufrieden mit mir war und viel mehr von mir erwartet hatte. Bis auf meine Begabung für mehrere Elemente hatte ich jedoch nichts Besonderes zu bieten. Also war es okay, wieder ein normales Leben führen und studieren zu wollen.

Luisa hatte versucht, das Ganze tiefenpsychologisch zu analysieren, ich besäße ein viel zu hohes Verantwortungsgefühl, weil damals mit Delia die Rollen vertauscht gewesen waren. Ich hatte als Kind zu oft geglaubt, mich um Delia kümmern zu müssen, statt umgekehrt.

»Und außerdem, nach der Schule des großen Psychologen Alfred Adler …«

»Luisa, stopp! Kann ja alles sein, aber das hilft mir jetzt auch nicht weiter«, war ich dazwischengegangen und Luisa hatte etwas beleidigt geguckt.

»Hey, was ist los?«, riss mich Luisas Stimme aus meinen Gedanken. Sie stand vor der Parkbank und berührte mich vorsichtig an der Schulter. Ich hatte sie überhaupt nicht kommen sehen. Mir wurde bewusst, dass ich meinen Kopf in die Hände gestützt hielt, dann fuhr ich mir hektisch durch die Haare.

»Alles in Ordnung?«

»Doch, ja, ich warte schon eine Weile auf dich.«

Luisa musterte mich skeptisch.

»Du siehst aber nicht aus, als ob du in Ordnung bist.«

»Nein, na ja, ich habe nur gerade noch mal an das gedacht, was du gesagt hast, wegen Delia und so …«

»Also lag ich doch nicht so falsch?«

»Natürlich nicht. Wie immer.«

Luisa drückte mich.

»Hey. Ist doch alles gut gelaufen. Wir haben getan, was wir konnten.«

»Ja, ich weiß.«

Lächelnd sprang ich von der Bank und kam neben Luisa zu stehen.

»Wo müssen wir denn hin? Ins Atelier?«

»Guck mal, der Falke. Ist auch schon wieder hier, weil die die Waschräume in der Turnhalle sanieren.«

Ich folgte Luisas Blick. Herr Falke kam auf uns zu. Es ließ sich nicht verhindern, dass wir uns begegneten. Verlegen grüßte ich ihn, während er an uns vorbeilief. Zuerst schien er mich nicht zu erkennen. Dann zuckte es jedoch erschrocken um seine Lider.

Zum Glück hatte er die Anschuldigung zurückgenommen, dass ich die Verantwortung für seinen Steißbeinbruch trug. Keine Ahnung, wieso. Vielleicht, weil er wegen seiner eigenen Verfehlungen keinen Ärger bekommen wollte. Schließlich war ihm die Hand gegenüber Luisa ausgerutscht. Luisa vermutete sogar, dass ihr Vater damals im Krankenhaus mit ihm gesprochen hatte.

Es erleichterte mich, dass er wieder gesund war, und ich hoffte einfach, dieses Jahr nicht bei ihm Sport zu haben, was sicher in beiderseitigem Interesse läge.

»Warst du denn schon im Sekretariat?«, wollte Luisa wissen.

»Ja, war ich. Hab mich zurückgemeldet und mit dem Kurs war kein Problem. Sag mal, war unsere Sekretärin eigentlich schon immer so freundlich? Stell dir vor, sie will jetzt auch nach Indien, weil ich da so eine tolle olivfarbene Haut bekommen hätte, und das indische Wasser schien ihr gut für die Haare. Sie gibt dem harten, kalkigen Wasser von Berlin die Schuld für ihre Strohflusen.« Luisa bekam sofort einen Lachanfall. »Und selbst Herr Schmitt«, fuhr ich fort, »hat mich abartig überschwänglich begrüßt, als wäre ich prominent.« Ich schüttelte ungläubig den Kopf. »Auffallen scheint das Nonplusultra im Leben zu sein.«

»Auf jeden Fall … Und wenn die jetzt noch wüssten, dass du zaubern kannst …«, frohlockte Luisa.

»Die sollten sich lieber nicht mit mir anlegen.« Ich lachte.

Wir waren im Atelier angekommen, das sich im Souterrain der Schule befand.

Einige Leute aus dem Jahrgang unter uns saßen bereits auf ihren Plätzen und warteten auf Frau Zuleit. Ich kannte sie alle vom Sehen, doch sie begrüßten mich, als wären wir alte Bekannte, scharten sich um mich und wollten alles über meinen Ausbruch nach Indien wissen. Die Sache mit Falke fanden sie nicht weniger interessant. Für meine Mitschüler blieb ich die, die es ihm mal gezeigt hatte. Angeblich war er viel umgänglicher geworden, seit er nach seinem Krankenhausaufenthalt wieder unterrichtete.

Puuh, es war so seltsam, wieder hier zu sitzen und dabei kein Niemand mehr zu sein. Endlich fühlte sich alles so an, wie ich es mir immer gewünscht hatte. Ich gehörte einfach dazu und sogar mehr als das: Ich stellte eine Art Vorbild dar.

Allerdings war das Gefühl, alles würde ab jetzt normal verlaufen, nur von kurzer Dauer.

Das Projekt, welches sich Frau Zuleit überlegt hatte, brachte das, was ich erfolgreich zur Seite geschoben hatte, mit aller Macht zurück.

Vorsichtig holte sie aus einem großen schwarzen Beutel einige Blüten und Blätter der Schlingpflanzen hervor, die unter anderem im schwarzen Wasser der Spree, aus den unterirdischen Kanälen im Humboldthain und den U-Bahn-Schächten am Alexanderplatz wuchsen.

Nachdem wir die Pflanzen klassifiziert hatten, sollte jeder ein Acrylbild oder eine Collage anfertigen und in einem begleitenden Text der Fantasie freien Lauf lassen und erläutern, was es mit diesem ungewöhnlichen Pflanzenwuchs auf sich haben könnte.

»Nicht selten war es die Kunst, die der Wissenschaft auf die Sprünge geholfen hat …«, dozierte Frau Zuleit. Ihre Worte wurden undeutlicher in meinen Ohren, weil ein immer lauter werdendes Rauschen darin sie übertönte.

Luisa sah mich besorgt an, weil ich mich hastig entschuldigte, um zur Toilette zu gehen.

Im Waschraum lehnte ich mich gegen die kalten Fliesen. Das Rauschen ließ nach. Mein Kreislauf stabilisierte sich. Ich konnte diesen

Kurs nicht mitmachen. Weder sah ich mich imstande dazu, die Wahrheit zum Besten zu geben, noch würde ich mir irgendeinen Quatsch einfallen lassen.

Ein wenig Wasser im Gesicht tat gut. Oder sollte ich mich nicht so haben und alles endlich entspannter sehen? Ich beschloss, ins Atelier zurückzukehren und nichts zu übereilen. Ob ich diesen Kurs besuchte oder nicht, konnte ich noch später in Ruhe entscheiden.

Die Entscheidung wurde mir jedoch abgenommen. Denn als ich nach Hause kam, wartete bereits hoher Besuch auf mich.

7. Kapitel

»Oh Mann, stell dir mal vor. Da packt doch die Zuleit Schlingpflanzen aus den Durchgängen auf den Tisch und die sollen die Grundlage unseres Projektes sein. Ich glaub, ich kann das nicht … Das ist mir zu viel. Luisa meinte auch, sie weiß nicht recht, wie …«

Tim stand schon in der Wohnungstür, nachdem er meinen Schlüssel gehört hatte, und ich sprudelte auf ihn ein.

»Kira, in der Küche wartet jemand auf dich«, unterbrach er mich und gab mir einen Begrüßungskuss. Er klang beunruhigend ernst, sodass ich sofort verstummte.

Ich betrat den Raum und erblickte Ranja, die auf dem Sofa saß. Sie trug nicht ihren gewohnten Mittelalter-Look, sondern Jeans und ein weißes Shirt, von dem sich ihre Locken feuerrot abhoben. Das war sehr ungewohnt. Hatte ich sie eigentlich jemals in einem Realwelt-Outfit gesehen?

Ihr Blick verriet nichts Beruhigendes.

»Was ist passiert?«, fragte ich.

»Hi Kira.« Ranja reichte mir die Hand.

Ahnungsvoll nahm ich Platz, während Tim uns eine Flasche Mineralwasser und zwei Gläser hinstellte.

»Ich lasse euch ein bisschen allein«, sagte er und zog sich in sein Zimmer zurück.

»Folgendes«, begann Ranja. »Ich bin im Auftrag des Ur-Rates hier.«

»Des Ur-Rates?« Ein Schauer lief mir über den Rücken. Dann war es ernst.

»Sie laden dich ein, in die Urblase zu kommen. Sie wollen dich kennenlernen.«

Es verschlug mir die Sprache und ich musste schwer schlucken.

»Und warum?«

»Bisher haben die Probleme der europäischen Blasen die Urblase nicht betroffen, was bedeutet, dass die magische Welt des Kontinents nicht in ihrer Gesamtheit bedroht ist. Doch nun sind auch in der Urblase Irritationen aufgetreten.«

»Was? Oh, mein Gott …«

Ranja machte eine besänftigende Handbewegung.

»Noch ist nicht klar, ob es sich dabei um Phänomene handelt, die mit den Ereignissen in den magischen Blasen zusammenhängen. Aber der Ur-Rat muss natürlich wachsam sein.«

»Und was hat das mit mir zu tun?«

»Wahrscheinlich nichts. Dennoch … Jonay, eines der vier Ratsmitglieder …«

»Ich weiß, er lenkt die Geschicke der magischen Welt mit seinen Visionen.«

Ranja bejahte. »In seiner jüngsten Vision glaubt er, eine Gefahr für ganz Europa erkannt zu haben. Es ist bisher noch rätselhaft, wie sich die Angelegenheit auch auf die Urblase ausweiten sollte. Wie du sicher gelernt hast, herrscht dort eine andere Energie, gibt es keine Elementarwesen einzelner Elemente, sondern Ur-Elementarwesen, die vier Elemente in sich vereinen und zusammen die Qualität des fünften Elements bilden.«

»Ich habe gehört, dass man sie nicht einfach in Elementarmenschen verwandeln kann, so wie Riley und seine Leute es mit den Elementarwesen der europäischen Blasen tun.«

»Das ist richtig.«

Ranja trank von ihrem Wasser, während ich versuchte, mir zusammenzureimen, was der Ur-Rat von mir wollen könnte.

»Ich möchte aber nicht schon wieder die Schule abbrechen. Dann wäre ich nicht mal einen Tag hingegangen!«

»Kira, das Schuljahr fängt doch regulär erst nächste Woche an. Die Reise wird nur ein paar Tage dauern. Sonntag bist du wieder zurück.«

»Sonntag?« Meine Stimme schraubte sich hoch. Das hieß ja …

»Der Flug geht morgen. Wir werden zusammen mit den anderen Ratsmitgliedern sowie Grete, Leo und Jerome fliegen.«

»Jerome? Wieso denn Jerome?«

Ranja berichtete mir, was in der Zwischenzeit geschehen war. Der Rat hatte Leos Wunschort mithilfe von Pio finden können, dort jedoch niemanden mehr angetroffen. Danach führte die Spur zu Leos Vater in der Schweiz, der den dortigen Rat bereits über Leos und Gretes Auftauchen informiert hatte. Augenscheinlich waren sie von Riley und Jerome in den Wunschort verfolgt worden, geflüchtet und ihnen dann in der Schweiz in die Arme gelaufen.

Sie hatten sie in Gewahrsam genommen. Grete konnte ihnen wieder entwischen, Leo jedoch nicht.

Der Rat hatte Grete nach Berlin zurückgebracht und nach einiger Zeit quälenden Wartens waren plötzlich Leo und Jerome aufgetaucht.

»Das ist eine Falle!«, rief ich aus.

Aber Ranja war anderer Ansicht. Auch wenn Jerome aus den falschen Motiven handelte, liebte er Leo aufrichtig wie einen Sohn. Und als Riley drohte, Leo etwas anzutun, hatte Jerome beschlossen, die Seiten zu wechseln, um Leo in Sicherheit zu bringen.

Das konnte sogar stimmen. Jeromes Doppelgesichtigkeit, während er versucht hatte, mich für seinen Geheimbund zu gewinnen, stand mir nur allzu deutlich vor Augen. Ein weiteres Motiv für seinen Wandel hing vielleicht mit Riley zusammen. Wahrscheinlich waren die Dinge nicht so gelaufen, wie Jerome es sich vorgestellt hatte. Also suchte er nach neuen Wegen. Ranja war mit mir einer Meinung. Niemand würde Jerome plötzlich blindes Vertrauen schenken. Bisher lieferte er jedoch wertvolle Informationen.

»Keiner rechnet damit, dass wir mit einem normalen Flugzeug auf die Kanaren reisen. Wir hoffen, das lenkt Riley von der Spur zu Jerome, Grete und Leo ab. Auch wenn es aussieht, als hätte Riley zumindest an Grete und Leo das Interesse verloren. Daraus hat sich wohl auch der Konflikt zwischen Riley und Jerome entwickelt. Leo weigerte sich, seine Fähigkeit, Elementarwesen zu Menschen zu machen, einzusetzen. Daraufhin wurde er für Riley wertlos und Jerome hat Leo in Sicherheit gebracht.«

Das passte alles zusammen. Nur eins verstand ich noch nicht:

»Und warum soll ich …?«

»Vor allem will der Ur-Rat dich wegen deiner besonderen Talente sehen. In Jonays Vision spielt so jemand eine wichtige Rolle.«

»So jemand?«

»Es gibt noch eine andere Person. Eine Frau namens Amber. Sie stammt aus Lugano in der italienischen Schweiz, ist fünfundzwanzig Jahre alt, hat gerade ihr Medizinstudium abgeschlossen und besitzt die volle Begabung für Erde, Wasser, Feuer, Luft.«

»Ein Element mehr als ich. Ich bin nur in dreien vollständig begabt. Und sie ist älter und weiter.«

»Das ist sie. Deswegen glaube ich auch nicht, dass sich dein Aufenthalt dort in die Länge zieht.«

Ich forschte in Ranjas Gesicht. Sagten ihre Augen dasselbe wie ihr Mund? Sicher war ich mir nicht.

»Die Visionen von Jonay sind also nicht besonders genau.«

»Es sind Visionen. Sie geben höchstens fünfzig Prozent der Zukunft wieder. Die anderen fünfzig Prozent verbleiben im Nebel der Möglichkeiten, bis die Zukunft tatsächlich zur Gegenwart wird, und sind eine Frage der richtigen Deutung.«

»Er kann also keine unterschiedlichen Haarfarben oder so erkennen?«, versuchte ich zu scherzen, obwohl mir gar nicht danach war. Ranja lächelte und trank noch etwas.

»Es geht auch um deine Sicherheit, Kira. Jerome verneint zwar, dass Riley an dir Interesse haben könnte, aber ich traue ihm nicht. Auf den Kanaren wirst du besser aufgehoben sein. Riley vermag vieles, aber niemand vermag es, ohne Einladung in die Urblase zu gelangen.«

Das warf jedoch wieder die Frage nach der Dauer meiner Reise auf.

»Was tut es denn dann für meine Sicherheit, wenn ich in ein paar Tagen wieder zurück bin?«

Ranja seufzte.

»Du weißt. Die Quantenkommunikation zwischen den Ratsmitgliedern funktioniert nicht mehr. Der Berliner Rat wird eine persönliche Unterredung mit dem Ur-Rat haben. Jeder europäische Rat hat eine. Es stimmt mich sehr optimistisch, dass sich der Ur-Rat nun in die Problematik einschaltet. Ich glaube daran, dass wir einer Lösung nah sind.«

»Wo werden denn Riley und der magische Bund vermutet? Jerome muss das doch wissen. Man braucht sie doch nur dingfest zu machen und zu löschen!« Ich war ganz aufgebracht.

»Durchaus möglich, dass Jerome an der Stelle mehr weiß, als er zugibt. Vielleicht kommt es aber auch gar nicht darauf an, Riley und seine Leute zu finden. Wichtiger ist, dass ihre Methoden, die Blasen zu zerstören, aufhören zu funktionieren.«

Mir ging ein Licht auf. Natürlich. Der Ur-Rat besaß sicherlich Möglichkeiten, von denen ich nichts ahnte. Trotzdem gab es diese Vision, dass jemand eine wesentliche Rolle spielte …

»Leider besitze ich null Sprachbegabung. In Spanisch war ich eine Niete, genau wie in Englisch.«

Ranja zog zuerst fragend eine Augenbraue hoch. Dann verstand sie: »Darum brauchst du dir keine Sorgen zu machen. Die Mitglieder des Ur-Rates sprechen alle europäischen Sprachen. Schließlich hatten sie viele Jahrhunderte Zeit, sie zu lernen.«

Ranja lächelte mich liebevoll an.

»Okay.« Ich trank mein bisher noch nicht angerührtes Glas in einem Zug leer und stellte es entschlossen auf dem Tisch ab. »Das Projekt, das heute schon angefangen hat, ist sowieso Mist.« Ich erzählte Ranja, was es beinhaltete, und Ranja atmete dabei tief durch.

»Luisa wird enttäuscht sein. Aber mal sehen, vielleicht sagt sie es ja auch noch ab.«

»Wäre in ihrem Fall vielleicht nicht falsch, so sehr, wie sie das alles mitgenommen hat.«

Ich nickte. Ranja kramte in ihrer Tasche und legte ein Flugticket vor mich auf den Tisch.

»Der Flug geht um 10:50 Uhr. Sei am besten zwischen acht und neun am Flughafen.«

8. Kapitel

Benommen starrten wir auf die seerosenartigen Pflanzen und ihre dicken Blüten, die das unter der Friedrichsbrücke fließende Wasser der Spree fast vollständig bedeckten. Man konnte nicht direkt herantreten. Alles war abgesperrt.

Eigentlich sah es schön aus, wenn man nicht wusste, was es bedeutete. Auch die Berliner Blase war jetzt, bis auf Pio, der seinen Turm niemals verlassen würde, vollständig evakuiert. Die Durchgänge funktionierten nicht mehr. Das hatte mir Ranja am Schluss noch berichtet.

Nachdem sie gegangen war, hatten Tim und ich beschlossen, es uns mit eigenen Augen anzusehen. Einige Eingänge zu den U-Bahnen am Alexanderplatz zierten ebenfalls provisorisch zusammengestellte Bauzäune. Explosionsartig waren die Pflanzen über Nacht gewachsen und hatten alle am Morgen überrascht.

Tim drückte mich an sich. Dann löste er das blaue Tuch von seinem Hals und band es mir um.

»Ich werde nachkommen, falls du länger dortbleiben musst.«

»Das wirst du nicht. Den Platz an der Journalistenschule vergeben sie nicht ein zweites Mal an dich.«

»Manchmal gibt es Wichtigeres.« Er sah mich liebevoll an.

»Es hilft überhaupt niemandem, sinnlose Opfer zu bringen. Außerdem klingst du, als wenn du kein bisschen daran glaubst, dass ich am Sonntag wieder zurück bin.«

Tim sah mich ernst an.

»Nein, daran glaube ich nicht«, sagte er ehrlich und versetzte mir damit einen tiefen Stich.

»Pff, na toll!«, meckerte ich, machte mich von ihm los und verschränkte die Arme vor der Brust.

»Du glaubst es ebenfalls nicht, stimmt's?«

Tim legte wieder den Arm um mich. Ich versteifte mich und starrte ohne eine Reaktion geradeaus.

»Komm«, er zog mich sanft von dem abgesperrten Spektakel fort. »Lass uns zu Jonny fahren. Ich kriege langsam Hunger.«

Beim Losgehen hatten wir gesehen, dass seine Frittenbude wieder geöffnet war, während wir sie davor immer nur geschlossen vorgefunden hatten.

»Ich aber nicht«, antwortete ich trotzig. Dennoch ließ ich mich von Tim mitziehen.

Tim hielt ein Taxi an und nannte unser Ziel. So viel Geld hatte er eigentlich nicht, um sich mal eben von einem Taxi chauffieren zu lassen. Aber ich wusste, warum er das tat: damit wir nicht noch an den anderen Durchgängen vorbeikamen, die sich alle rund um den Alexanderplatz befanden und ebenfalls überwuchert waren, und ich davon noch deprimierter wurde. Der Fahrer sollte über die Bernauer Straße bis zum Mauerpark fahren.

Im Taxi redeten wir nicht, ich schmiegte mich nur an Tims Seite. Er bat den Fahrer, das Radio auszuschalten, in dem gerade die Nachrichten angekündigt wurden. Ich war dankbar, dass es Tim gab und dass er mir das sichere Gefühl vermittelte, immer für mich da zu sein. Trotzdem durfte er sich nicht für mich aufgeben. Nein, das durfte er nicht!

Jonny erkannte uns schon von Weitem und winkte. Ich wusste, dass er jetzt mit Lilonda, dem ehemaligen Ätherwesen, das Grete zum Menschen gemacht hatte, zusammen war und sich auch um Minchin gekümmert hatte. Wie viel er wohl von den Vorgängen begriff?

»Hey, Kira Kuhl!«, rief er und zauberte mir sofort ein Lächeln ins Gesicht.

»Die ganze Zeit hebe ich dir schon eine Extra-Portion auf, aber du kommst nie vorbei!«

»Nein, DU bist nie da!« Ich lachte.

Er gab mir Küsschen links und rechts, indem er sich weit aus seiner Luke beugte, und begrüßte Tim mit einem Handschlag.

»Tja, auf einmal hat man so was wie ein Privatleben und das fordert einen.« Er grinste und warf eine ordentliche Menge frisch geschnittener Kartoffelecken in das Ölbad.

Und dann sprang Lilonda aus dem Wagen.

»Hey, du bist Kira! Ich habe dich schon mal am Ätherausgang gesehen und gehört von dir sowieso schon ganz viel.«

Wir kannten uns nicht, aber die magische Welt und das, was wir übereinander wussten, verband uns sofort. Während Jonny Kartoffelecken mit Apfelmus und Zimt herausbrachte und sich dann mit Tim unterhielt, tauschten Lilonda und ich uns über alles aus, was wir wussten.

Sie erzählte mir, dass Minchin nach ihrer Familie suchte und verzweifelt jedem Hinweis nachging, wenn irgendwo Elementarmenschen auffällig wurden. Aber bisher hatte sie kein Glück gehabt. Und sie hatte Lilonda ihr Leid geklagt, wie sehr sie bereute, jemals zwischen Tim und mir gestanden zu haben. Sie fürchtete sich richtig davor, mir irgendwann zu begegnen.

»Sag ihr, das muss sie nicht. Ich finde sehr mutig, was sie getan hat, um es wiedergutzumachen. So mutig würde ich selbst niemals sein.«

»Oh doch, Kira Kuhl, ich spüre, du bist ein besonderes Mädchen«, schaltete sich Jonny in das Gespräch ein. »Eine außergewöhnliche Lady, die ihren Weg gehen muss, egal wo er langführt.«

»Wer sagt das? Tim etwa?« Augenscheinlich hatte er ihm von meiner bevorstehenden Reise erzählt.

»Nein, Kira Kuhl, das sagt mein Herz.«

Er sah mich vielsagend an.

Ich lag neben Tim. Wir hatten die Vorhänge offen gelassen, damit ich am nächsten Morgen nicht verschlief und womöglich den Flug verpasste. Man konnte von hier ein kleines Stück des Himmels sehen. Etwas blinkte direkt zu mir herunter. Ich stellte mir einen wohlwollenden Stern vor, auch wenn es bestimmt ein Satellit war. Das würde also zunächst unsere letzte gemeinsame Nacht sein. Wir würden die erste Nacht, in der wir die Wohnung endlich für uns hätten, nicht gemeinsam verbringen. Stattdessen würde ich mich irgendwo an einem magischen Ort auf den Kanaren befinden.

Tim schmiegte sich an mich. »Schlaf jetzt, Cutie, und hör auf zu grübeln.« Ja, das sollte ich tun. Aber statt mich mit Tim gegenseitig in den Schlaf zu streicheln, lastete schwer auf mir, was da auf mich zukommen mochte. Alle sahen etwas Besonderes in mir und gleichzeitig sollte ich entspannt bleiben. Wie, bitte, sollte das gehen?

Luisa war vorhin noch vorbeigekommen und hatte mir beim Packen geholfen.

»Du, ich mache diesen Kurs auch nicht mit und schreibe uns für was anderes ein, okay?«

»Okay«, hatte ich wenig überzeugt geantwortet.

»Und nu' hör auf, mit deinem Schicksal zu hadern. Niemandem bringt es was, sich dagegen aufzulehnen. Nimm die Dinge an, wie sie sind, und mach das Beste draus. Egal, ob du nun fünf Tage wegbleibst oder länger. Sich gegen das zu wehren, was unausweichlich ist, verschlimmert es nur.«

Ich setzte mich auf den Boden und ließ die Schultern hängen.

»Ich hab aber Angst zu versagen.«

»Ich weiß«, sagte Luisa versöhnlich. »Deswegen willst du ja auch unbedingt in die Schule, weil das viel einfacher ist.«

»Gar nicht wahr«, antwortete ich, obwohl da sehr wohl was Wahres dran war. Luisa hatte recht, und so, wie sie mich anschaute, wusste sie das. An ihrem Talent zur Psychologin bestand kein Zweifel.

»Ich bin echt froh, dass ich jetzt alles weiß. Ich bin für dich da. Und ich komme, wenn du mich irgendwie brauchen solltest, hörst du? Dann verschieben wir das Abitur eben noch mal ein Jahr.«

»Danke, Luisa. Wenn ich dich nicht hätte!«

»Und Tim«, ergänzte sie, »ohne uns sähst du auf jeden Fall ziemlich alt aus.«

»Was ist?«, flüsterte Tim neben mir. Ich hatte wohl seinen Namen geflüstert, während mir der Abschied von Luisa noch einmal durch den Kopf ging.

»Ach, nix. Verzeih mir, dass ich heute komisch bin.«

»Schon okay, Cutie.«

Tim umschlang mich mit seinen Armen und drückte mich fester an sich. Ich mochte es, dass er neuerdings *Cutie* zu mir sagte.

»Und nun schlaf ein bisschen. Sonst kommst du bereits todmüde in einer aufregenden neuen Welt an. Schließlich muss ich dir nicht sagen, wie sehr ich dich darum beneide, die Urblase kennenzulernen.«

Aber wir schliefen nicht, sondern … ich wollte nicht mehr warten, konnte nicht mehr warten, und Tim auch nicht. Alles ging ganz langsam und fließend und fast wie im Traum, als wären wir gar nicht zwei Menschen, sondern nur einer, als wir … miteinander verschmolzen. Es war genau der richtige Moment. Ich vergaß die gesamte Welt um mich und gleichzeitig schien eine ganz neue Welt zu entstehen. Glück durchströmte mich, wie ich es noch nicht kannte, und überflutete jeden Kummer darüber, dass wir uns morgen schon wieder trennen mussten. Vielleicht würde meine Traurigkeit danach nur noch schlimmer werden, vielleicht auch nicht. Ich konnte nicht denken.

»Tu ich dir weh?«, flüsterte Tim an meinem Ohr.

»Nein, überhaupt nicht.« Ich umklammerte ihn fest und wollte ihn nie mehr loslassen. »Ich liebe dich.«

»Ich dich auch, meine Süße.«

9. Kapitel

Der Flug verlief ruhig. Ich saß am Fenster und schaute in den azurblauen Himmel, während sich unter uns eine kuschelige Wolkendecke spannte. Die Sonne brachte die kalte Welt über den Wolken zum Leuchten. Als würde ich mich auf einer normalen Urlaubsreise befinden. Meine Gedanken waren bei Tim und unserer letzten Nacht. Wie gern wäre ich jetzt mit ihm ans Meer geflogen. Aber neben mir saß nicht Tim, sondern der leise schnarchende Jolly – die Luft der Realwelt mache ihn chronisch müde, behauptete er. Und ich flog nicht in einen Badeurlaub, sondern zu einer Begutachtung, ob ich das Zeug dazu hätte, die Welt zu retten.

Neben Jolly saß Kim und las in einem Buch. Wie immer war sie komplett schwarz gekleidet, aber im Gegensatz zu früher lächelte sie auffallend oft. Irgendwie hatte sie das Zusammenwohnen mit Grete verändert. Grete war jemand, den man einfach nur als sehr eigenwillig abstempeln, aber auch als jemanden ansehen konnte, der einen wachsen ließ.

Sie saß hinter mir. Auf dem Schoß hatte sie Mini, die einäugige Katze, die unbedingt mitgewollt hatte und sich nun wie ein Profi in einer kleinen Reisetasche versteckte, wann immer die Stewardess in unsere Nähe kam.

Leo hielt Gretes Hand. Seit er in ihr seine Traumfrau gefunden hatte, war auch der letzte kleine Schatten aus meiner Beziehung zu ihm verschwunden. Neben Leo sah Marco einen Film auf dem kleinen Monitor, der von der Decke hing. Und in der Reihe dahinter befanden sich Ranja und Sulannia, die Jerome in ihre Mitte genommen hatten.

Bisher war es mir gelungen, Jerome aus dem Weg zu gehen. Ich hatte ihn nur mit einem flüchtigen Kopfnicken begrüßt. Sein Blick, der mir aufgesetzt bedeutungsvoll vorkam, ließ mich kalt. Mit Jerome war ich fertig, und zwar für immer.

Allerdings schien er das nicht akzeptieren zu wollen. Während wir nach der Ankunft in La Palma auf unser Gepäck warteten, stand er plötzlich neben mir.

»Kira, du wirst es nicht glauben, aber ich hab dich vermisst.«

Ich räusperte mich, als wäre mir eine Mücke in den Rachen geflogen, und antwortete:

»Ging mir nicht so.«

»Ich denke, jetzt, wo die Dinge völlig anders stehen, sollten wir uns aussprechen.«

»Es gibt nichts zu besprechen. Es ist alles gesagt.«

»Kira, ich kenne dich von klein auf und du warst mir immer wichtig, auch wenn …«

»Spar dir das, Jerome.« Ich sah ihm entschlossen in die Augen und erschrak ein wenig. Sie blitzten immer noch wie damals, aber dieses Blitzen hatte nicht mehr jene Klarheit, die mich einst beeindruckt hatte, sondern machte den Eindruck, als hätte er Fieber. Jerome sah aus, als wäre er in den letzten Monaten um viele Jahre gealtert und befände sich gleichzeitig in den Fängen einer namenlosen Getriebenheit. Ich wandte den Blick ab. »Mir dagegen warst du ziemlich egal. Wir müssen nichts mehr miteinander zu tun haben.«

»Oh doch, das müssen wir. Denn ich weiß Dinge, die wichtig sind, und du hast Fähigkeiten, die sonst niemand hat. Außerdem …«

Mein Rucksack erschien auf dem Gepäckband. Ich drängte mich nach vorne, griff ihn und ließ Jerome einfach stehen.

Während wir alle zusammenstanden und besprachen, wie es weiterging, versuchte Jerome, Augenkontakt mit mir herzustellen, aber ich ließ ihn auflaufen.

Fünf der sieben Kanarischen Inseln waren mit der Urblase verbunden. Von diesen fünf Inseln führte jeweils ein Durchgang in die Urblase. Auf Fuerteventura mit ihrer immerwährenden Brise befand sich der Winddurchgang, auf Lanzarote als Insel der Vulkane der Durchgang für Feuer, auf El Hierro, deren felsige Küste nicht selten von gigantischen Wellen umtost wurde, der für Wasser. Außerdem hatte das kleine Eiland die größte Artenvielfalt an Meeresbewohnern in Europa vorzuweisen. La Gomera beherbergte den Erddurchgang im Nebelwald und La Palma als Ort energiereicher Knotenpunkte der Meridiane, die die gesamte Welt umspannen, den Ätherdurchgang.

Grete verabschiedete sich von Leo. Sie würde als Wasserbegabte mit Mini und Sulannia die Fähre nach El Hierro nehmen und den dortigen Durchgang benutzen. Leo dagegen sollte mit mir, Jerome und Kim von einer Frau namens Edieth abgeholt werden, die Jerome, Leo und Kim bei sich unterbringen und mir den Ätherdurchgang zeigen würde. Ich begehrte auf.

»Wind oder Erde wäre mir lieber. Könnte ich nicht …«

»Es ist mit dem Ur-Rat verabredet, dass du den Ätherdurchgang benutzt.« Jolly sah mich streng an und ich bezweifelte, dass das die Idee des Ur-Rates war. Wahrscheinlich wollte Jolly mich herausfordern.

»Er ist anders als der in Berlin. Du musst in keinen Abgrund springen«, versuchte Kim mich zu beruhigen.

Ranja, Jolly und Marco checkten, wann die Flüge auf ihre Inseln gingen. Zuerst wunderte ich mich, warum neben Leo ausgerechnet die zarte Kim bei Jerome bleiben sollte. Aber dann fiel mir ihre besondere Fähigkeit ein. Nie würde ich vergessen, wie sie um Clarissa in unserer Dachgeschosswohnung einen Lichtbogen geworfen hatte. Sie konnte nicht nur Geister, sondern auch Menschen in einem derartigen Lichtrahmen gefangen halten und sie im schlimmsten Fall sogar vernichten. Sobald Jerome davon eine Kostprobe erhielt, würde er es sich zweimal überlegen, erneut die Seiten zu wechseln.

Vor dem Flughafengebäude empfing uns eine Frau mit einem Pick-up. Ihre kurzen blonden Haare umrahmten ein wettergegerbtes Gesicht mit stahlblauen Augen. Sie begrüßte zuerst Kim, die sie bereits kannte, und reichte dann nacheinander mir, Jerome und Leo die Hand. Unser Gepäck bugsierte sie mit einer Leichtigkeit auf die Ladefläche des Autos, als hätte sie Superkräfte. Von Ranja wusste ich bereits, dass sie ätherbegabt war und so etwas wie eine Verbindungsfrau zwischen La Palma und der magischen Urblase.

Schwerfällig kroch das Auto eine Serpentinenstraße hinauf. Kim saß vorn und Leo hinten zwischen mir und Jerome. Wir redeten nicht. Ich sah aus dem Fenster und beobachtete den immer kleiner werdenden Flughafen, der wie an die steil aufragende Ostküste drangeklippt wirkte und dessen verhältnismäßig kurze Landebahn direkt vor dem Meer endete.

Ein Flugzeug hob ab und verschwand sogleich im Nebel, der tief über dem Wasser hing, als würde es einen Durchgang in eine andere Welt nutzen. Auch wir tauchten darin ein und kämpften uns den Berg immer höher hinauf.

Edieths kleine Finca lag achthundert Meter über dem Meeresspiegel am Rande der Caldera, einer riesigen kraterartigen Vertiefung, die offiziell durch Erosionen entstanden war, in Wirklichkeit aber mit der Entstehung der Urblase zusammenhing.

Die Finca im typischen Stil der Häuser, die ich bereits unterwegs gesehen hatte, besaß weiß getünchtes Mauerwerk, in dem hier und da die Feldsteine sichtbar waren, und ein spitz zulaufendes Dach aus terrakottafarbenen Dachziegeln. Drumherum erstreckte sich in jede Himmelsrichtung der Garten mit Palmen und vielfältigen weiteren Pflanzen mit farbenfrohen Blüten, die den vulkanischen Schotterboden mochten. Im Rücken der Finca stieg der Berg weiter an. Davor ging es schon nach wenigen Metern jenseits der die Finca umgebenden Steinmauer steil in die Tiefe.

Der Ausblick von hier war atemberaubend. Wir befanden uns, wie im Flugzeug, wieder über den Wolken, die die Caldera zu unseren Füßen fast vollständig bedeckten, als wäre sie mit Watte gefüllt. Am Horizont zeichnete sich jedoch das Meer ab und ging nahtlos in den Himmel über.

Edieth zeigte Kim, Leo und Jerome ihre Zimmer. Meine Reise dagegen war noch nicht zu Ende.

Ich umarmte Kim zum Abschied und nickte Jerome kurz zu, während er mir ein widerliches, überhebliches Grinsen zurückgab, so als müsste ich noch viel lernen.

Hier oben erübrigten sich meine letzten Bedenken, was die Kontrolle über Jerome anbelangte. Ohne Auto kam man hier nicht einfach weg, vor dem Haus lag die Caldera und hinter uns schlängelte sich nur ein Pfad hinauf auf die Spitze des Berges.

Genau diesen Pfad führte mich Edieth hinauf.

»Es ist nicht weit«, versprach sie.

Bestand der Weg am Anfang nur aus Schottersteinen und einigen dickblättrigen Pflanzen dazwischen, wurde er jetzt immer verwunschener. Miniaturwolkenbänke schwebten um meine Füße, während wir durch eine Schneise aus hohen Kiefern liefen, deren Stämme ein rot-schwarz-weißes, wabenartiges Muster schmückte.

»Das sieht bereits recht magisch aus«, bemerkte ich, während ich einen der Baumstämme berührte und mich fragte, wie fließend dieser Übergang war.

»Ja, diese Färbung hat tatsächlich etwas mit der Nähe zur Urblase zu tun. Schau, hier zum Beispiel.« Edieth zeigte mir die Zweige von einem kleinen Bäumchen, die mit einer silbrigen Flechte überzogen waren. »Diese Flechte zeugt in der Realwelt von einem hohen Sauerstoffgehalt in der Luft. Drüben wächst sie auf den Köpfen der Ur-Elementarwesen und signalisiert, dass sich alles im Gleichgewicht befindet.«

Ich befühlte das weich aussehende Gewächs, das jedoch fest und drahtig war.

Als Nächstes hob Edieth ein paar Kiefernnadeln auf.

»Diese Nadeln hier sind zum einen ungewöhnlich lang und zum anderen dreinadelig – nicht zweinadelig, wie man es von gewöhnlichen Kiefern kennt. Biologisch ist das eine Anpassung der Bäume, um möglichst viel Flüssigkeit aus der feuchten Luft aufnehmen zu können. Doch wer in die magische Welt eingeweiht ist, weiß, dass die dritte Nadel zudem so etwas wie eine Antenne bildet. Realwelt und magische Welt befinden sich darüber in ständigem Kontakt und schwingen miteinander. Mit ihrer Hilfe werden Bilder aus der Realwelt in eine Grotte übermittelt. Der Ur-Rat wird dir diese Grotte zeigen.«

Ich hob solch ein dreinadeliges Gebilde auf und betrachtete es, während ich Edieth weiter folgte.

»Wirst du mich bis nach drüben bringen?«, fragte ich.

»Nein, das schaffst du allein.«

»Ehrlich gesagt, da bin ich nicht sicher. Und ich verstehe nicht, warum man das von mir verlangt. In Berlin habe ich nämlich noch nie den Ätherdurchgang benutzt.«

Edieth blickte mich zuerst erstaunt an. Dann lächelte sie jedoch und erklärte: »Der Ur-Rat weiß immer, was er tut. Ich vermute, du besitzt entweder mehrere Begabungen oder eine Affinität zu Äther?«

»Das schon …«

»Dann wird es funktionieren. Du hast bestimmt schon gehört, dass die magische Welt hier ein bisschen anders strukturiert ist?«

»Ja, habe ich«, bestätigte ich tapfer. Edieth sagte nichts mehr, sondern konzentrierte sich auf den steilen Weg vor uns.

Bald traten wir aus der Kiefernallee heraus auf einen schmalen Wiesenstreifen, der auf der anderen Seite von einem Wolkenmeer begrenzt wurde. An einer Stelle befand sich ein Steg, der sich im Wolkennebel verlor.

Auf einmal leuchtete direkt vor uns ein Regenbogen auf. Doch schnell verlosch er wieder.

»Was war das?«

»Oh, Regenbögen gibt es viele auf La Palma. Immer wenn einer erscheint, hat jemand einen Durchgang zur magischen Welt durchquert.«

»Tatsächlich?«

»Das ist die wahre Bedeutung des bunten Himmelsschmucks.« Edieths Gesicht leuchtete.

»Und nun mach dich auf den Weg und habe keine Angst. Ich höre die Elementarwesen flüstern, dass du bereits auf der anderen Seite erwartet wirst. Es kann also nichts passieren.«

Ich vernahm ebenfalls ein Wispern, das aus der Wolkenwatte zu kommen schien, die jetzt um meine Füße waberte. Und dann merkte ich, dass sie menschliche Gestalt annahm, erst eine, dann mehrere. Sie bildeten sich flüchtig aus, gingen ineinander über und verloren sich wieder. Sie imitierten mich.

»Das sind ja ganz normale Ätherwesen«, wunderte ich mich.

»Auf der Seite der Realwelt triffst du die Elementarwesen, die du auch von euren Durchgängen kennst. Erst auf der anderen Seite, innerhalb der Urblase, erwarten dich die Urwesen.«

»Ach so.«

Ich stand da wie angewurzelt und wagte mich keinen Schritt weiter.

»Kira.« Edieths Stimme klang sanft. »Geh einfach den Steg entlang. Der Wolkennebel wird dir die Sicht in alle Richtungen nehmen. Aber du verlierst nie den Boden unter den Füßen und nach ein paar Schritten lichtet sich der Nebel wieder, versprochen.«

Aufmunternd nickte sie mir zu.

»Okay.« Ich rückte meinen Rucksack zurecht, fixierte den immerhin recht stabil scheinenden Steg und setzte mich in Bewegung.

10. Kapitel

Noch ein paar Schritte, dann würden mich die wolkigen Wesen komplett einhüllen. Ihr Wispern verstummte. Ich schloss die Augen, setzte einen Fuß vor den anderen, erfühlte, ob ich weiterhin Halt unter den Sohlen fand.

Angestrengt lauschte ich in die Stille hinein. Und wenn ich unbemerkt die Richtung verlor und danebentrat? Panik stieg in mir auf. Pssst, einfach weitergehen … Ich riss die Augen wieder auf … und sah nichts als blendendes Weiß. Etwas in mir wollte umdrehen. Blödsinn, nein, mir passierte doch gar nichts! Es war nur … unheimlich ruhig.

Ich bewegte mich vorsichtig weiter, machte winzige Tippelschritte. Die Angst trieb mich, in die Hocke zu gehen. Schon kauerte ich auf Händen und Füßen, tastete mich auf allen vieren Stück für Stück nach vorn. Der Untergrund fühlte sich jetzt wie spitze kleine Kieselsteine an. Das tat weh an den Handflächen. Schutz suchend zog ich die Bündchen meiner Ärmel über die Handballen. So ging es besser. Schritt für Schritt.

Gütiger Himmel, wie weit war es denn noch? Ich musste bereits über hundert Meter gekrochen sein. So lang konnte doch kein Durchgang sein! Aber das Weiß um mich wollte sich nicht lichten. Zugleich nahm ich ein melodisches Summen wahr. Es klang hoch, als wenn ein Mädchenchor eine Melodie sang. Und dann erscholl dicht über mir ein klingendes Lachen.

»Hey, was tust du denn da? Hast du etwas verloren?«

Ich hielt inne und schaute nach oben. Dabei blieb ich auf den Knien, richtete mich jedoch auf und setzte mich auf die Fersen.

Huch? Plötzlich guckte mein Kopf aus dem Nebelmeer und über mir ragte eine wunderschöne Frau auf, mit dicken blonden Locken, Blumen in den Haaren und einem himmelblauen Sommerkleid, das ein Stück oberhalb ihrer Knie im weißen Wolkenmeer verschwand. Sie reichte mir die Hand.

»Komm, ich helfe dir hoch.«

Dankbar ergriff ich die Hand und kam auf die Füße.

»Du bist Kira, nicht wahr?«

Ich nickte, während ich ergriffen um mich blickte.

»Dann komm. Ich habe auf dich gewartet und bringe dich zu deiner Unterkunft.«

Wieder bekam ich nur ein Nicken zustande. Vor mir verzogen sich die dichten Wolken und gaben den Blick auf eine bizarre Landschaft aus schwarzem Lavagestein frei, auf dem unzählige bunte Blumen jeglicher Art und Form blühten. Dazwischen befanden sich Inseln sattgrüner Wiesen, durch die sich schwarze Pfade und kleine tiefblaue Bäche schlängelten. Hier und da erhob sich ein steiniger Hügel, auf dem ebenfalls Blüten leuchteten. Über allem spannte sich ein weißgoldener Himmel mit bunten Sternen.

Zuerst glaubte ich, dass sie auf die Erde herabschwebten, so wie bei uns die weißen Blüten. Doch dann erkannte ich, dass das, was durch die Luft schwirrte, keine Sterne waren, sondern Glühwürmchen in allen Farben des Regenbogens. Sie erzeugten das Summen, welches ich im Durchgang vernommen hatte.

Neugierig warf ich noch einmal einen Blick hinter mich. Dort erstreckte sich das endlos scheinende Wolkenmeer, aus dem ich gekommen war, und ging nahtlos über in den Himmel.

Zum ersten Mal sah ich Ur-Elementarwesen – hier und da tauchten sie aus den Wolken auf und verschwanden wieder in ihnen. Sie waren tatsächlich grün wie die Wiese und sehr feingliedrig, sodass es sich aufdrängte, sie der Pflanzenwelt zuzuordnen. Von ihrer Haut ging ein

Schimmern aus, als würden sie phosphoreszieren. Ihre Köpfchen schmückte das krause Flechtenhaar, welches mir Edieth drüben gezeigt hatte. Und ihre kurzen Kleider erinnerten an Rohbaumwolle und ließen sich kaum von den Wolken unterscheiden.

»Hattest du eine gute Reise?«

Verwirrt sah ich zu meiner Begleiterin, die geduldig auf mich wartete.

»Oh sorry, ja. Ich … Es ist hier so …«

Sie strahlte mich an wie die Sonne. Wie außergewöhnlich hübsch sie war! Sie wirkte ganz rein und vollkommen unirdisch.

»Ich weiß. Es geht jedem so, der zum ersten Mal hierherkommt.«

Wir setzten uns wieder in Bewegung. Beim Näherkommen erkannte ich, dass es sich bei den blühenden Felsenhügeln um Unterkünfte handelte. Eine Seifenblasen-Membran schützte den Eingang und die Fenster.

Überall waren Kringel in das Gestein graviert und oft mit weißen oder andersfarbigen Steinchen versehen. Jetzt fielen mir ähnliche schneckenartige Gebilde auf der Wiese auf, die sich in einem anderen Grün abhoben oder ganz aus Blumen bestanden. Solche Kringel waren mir bereits in Edieths Haus auf der Tischdecke und den Vorhängen in der Küche aufgefallen. Sie hatte mir erklärt, dass es ein typisches Symbol der kanarischen Ureinwohner darstellte.

Ein pinkfarbenes Glühwürmchen setzte sich für einen Moment auf meine Hand. Dann flog es weiter.

»Was weißt du bereits über die Urblase?«, fragte meine Begleiterin.

»Ich fürchte, nicht besonders viel. Nur das, was ich an der Akademie gelernt habe. Ich konnte mich leider nicht weiter vorbereiten, die Einladung kam so plötzlich.«

»So?« Sie sah mich erstaunt an, als hätte sie nicht damit gerechnet.

»Ja, eigentlich … Ich kam nach Hause zu meinem Freund und da …«

»Deinem Freund?«

»Ja, Tim. Wir wohnen seit Kurzem zusammen. Also, seit ich wieder zu Hause bin, in der Realwelt.«

»Das heißt, du fühlst dich in der Realwelt heimisch und du liebst jemanden?«

»Ähm … ja«, bestätigte ich etwas verlegen und versuchte, ihren Tonfall zu deuten. Ihre Stimme klang samtweich und sehr nachdenklich.

»Dann bist du also nicht glücklich, hier zu sein?«

Die Direktheit ihrer Frage irritierte mich.

»Nein … doch … also, es ist ja nur für ein paar Tage. Es ist … schon okay.«

»Du liebst deinen Freund sehr, stimmt's?«

Ich spürte, wie Röte in meine Wangen stieg.

»Ja, das tue ich.« Puh, sie schien keine Zurückhaltung zu kennen, obwohl wir uns nicht mal fünf Minuten kannten.

»Warum?«

Ihre hellgrauen Augen glitzerten mich an. Wer war sie überhaupt? Eine Studentin der hiesigen Akademie? Vielleicht war sie ja selber frisch verliebt.

»Gute Frage. Es ist …«, ich suchte nach den richtigen Worten. »… ein tiefes Gefühl der Verbundenheit, und dass wir gleich schwingen irgendwie.« Besser ließ es sich nicht beschreiben. »… dass wir uns für die gleichen Dinge interessieren, habe ich erst später herausgefunden«, fügte ich hinzu.

»Für welche Dinge?«

»Zum Beispiel für Metaphysik oder Magie, alles, was über das wissenschaftliche Verständnis hinausgeht. Und wir wünschen uns beide, was Sinnvolles in unserem Leben zu tun. Etwas, was den Menschen nützt, die Welt besser macht.«

Ich fragte mich, warum ich ihr das so genau beantwortete, und kannte im selben Moment die Antwort: weil es guttat, über Tim und mich zu sprechen, und ich ihm damit ein bisschen näher war.

Wir langten auf der Kuppe eines Hügels an. Von hier offenbarte sich, dass die Urblase die Form einer kreisrunden Insel besaß – sie war ein Eiland im magischen Meer, das in lindgrüner Farbe an ihre Ufer brandete und zum Horizont hin in den weißgoldenen Himmel überging.

Vor uns erstreckte sich ein Kessel, wie eine Mini-Caldera, in den von allen Seiten Treppen aus schwarzem Gestein hinabführten. In der Mitte befand sich ein gigantisches, kleckerburgartiges Gebäude, dessen Spitze die gleiche Höhe erreichte wie der Hügel, auf dem wir standen.

»Ist das eure magische Akademie?«

»Akademie?« Sie lachte. »Oh nein. In der Urblase gibt es keine Akademie. Dort lebt der Ur-Rat. Ich sehe, dein Wissen über uns ist tatsächlich gering.«

»Tut mir leid.«

»Muss es nicht. Warum sollte man auch viel über etwas wissen, was man im Leben vielleicht nie zu Gesicht bekommt?«, scherzte sie.

Wir liefen ein Stück am Rand des Kessels entlang. Nicht nur das Summen der Glühwürmchen bestimmte die Geräuschkulisse. Dazu plätscherten hier und da kleine Quellen über das Gestein. Das Quellwasser schimmerte genauso silbrig wie in der Berliner Blase.

»Ich erinnere mich an die Schöpfungsgeschichte der Urblase, die ich in meinem magischen Buch gelesen habe.«

»Dass es vor Tausenden von Jahren einen Herrscher der fünf Elemente gegeben haben soll, der die magische Welt parallel zur Realwelt schuf?«

»Ja, so in der Art.«

»Das ist eine schön geschriebene Legende, aber natürlich nicht wahr.«

»Und was ist die wahre Geschichte?«

Während wir das letzte Stück zu meiner Unterkunft zurücklegten, erfuhr ich, wie sich vor zweieinhalbtausend Jahren alles zugetragen hatte.

Bis dahin hatte der Mensch eine bipolare Psyche besessen und die magische und reale Welt auf einer Ebene existiert. Doch mit der Entwicklung des Gehirns und zeitgleich der Kontinente spaltete sich diese einheitliche Welt nicht nur in den Köpfen auf, sondern auch in der wahrnehmbaren Umgebung.

Jeder Kontinent wies andere geschichtliche Hintergründe auf, während derer sich die jeweilige Urblase aus der Wahrnehmung eines sich verändernden Gehirns verabschiedete und begann, ein Eigenleben zu führen.

»Nachdem sich die Kanaren aus dem Wasser gehoben hatten – wobei du wissen musst, unten im Meer bilden sie nach wie vor ein zusammenhängendes Gebirge –, begannen die Guanchen aus Nordafrika, sie zu besiedeln, und einige von ihnen …«, meine Begleiterin unterbrach sich selbst: »Oh, wir sind da.«

Wir waren vor einem der felsigen Hügel angekommen, die für mich alle gleich aussahen.

»Hier wirst du wohnen, während du bei uns bist.«

Sie schlüpfte durch die Seifenblasenmembran, als wäre sie Luft, und gab mir ein Zeichen, ihr zu folgen.

Drinnen war es erstaunlich hell, weil die Blüten, die auch an den Innenwänden der Höhle wuchsen, leuchteten.

»Oh, das sieht toll aus.«

»Warte nur, bis die Nacht hereinbricht …«

Sie reichte mir ein großes, geschwungenes Glas mit silbrigem Quellwasser. »Hier, trink. Und dort«, sie zeigte auf den niedrigen Tisch, der vor einer orientalisch anmutenden und mit bunten Kissen geschmückten Schlafstatt stand, »steht etwas zu essen für dich.«

Ich bestaunte den Blütensalat in einer blauen Schale, dazu leckere dunkelbraune Brötchen und diverse Schälchen mit verschiedenfarbigen Aufstrichen und Pasten. Es sah köstlich aus und mein Magen signalisierte mir in dem Moment, dass ich ziemlichen Hunger hatte.

Erschöpft ließ ich meinen Rucksack von den Schultern gleiten und atmete auf.

»Danke.«

»Du wirst abgeholt, sobald der Rat mit dir sprechen will. Bis dahin ruh dich erst mal aus.«

»Okay, vielen lieben Dank«, wiederholte ich. Da war die Frau schon durch die Membran getreten und den Weg ein Stück hinaufgegangen, als wäre sie geflogen, und mir fiel auf, dass ich weder gefragt hatte, wie sie hieß, noch, wer sie überhaupt war. Wahrlich, ich wusste so gut wie nichts über die Urblase. Nur, dass sie das Ungewöhnlichste war, was ich je in meinem Leben gesehen hatte.

11. Kapitel

Jemand rüttelte sanft an meiner Schulter.

»Hey, Kira. Wach auf.«

Verschlafen sah ich in die Augen von Ranja, die auf einem der bunten Kissen neben mir Platz genommen hatte.

»Sie wollen dich jetzt gern kennenlernen. Hast du dich ein wenig ausgeruht?«

Ich richtete mich auf und fuhr mir über das Gesicht. Meine Umgebung brachte mich im ersten Moment durcheinander. Hatte die Höhle vorhin nicht noch aus schwarzem Lavagestein bestanden? Jetzt schimmerte es weißgolden und erhellte die Höhle mit einem angenehm warmen Licht, während nach wie vor die bunten Blüten aus den Unebenheiten und Ritzen des Gesteins wuchsen. Durch die Membran konnte ich sehen, dass es draußen Nacht geworden war. Die Wiese vor dem Eingang glänzte, als wäre sie aus purem Silber. Auch die Höhlenwohnungen gegenüber sandten durch ihre Fensteröffnungen weißgoldenes Licht aus und vom schwarzen Himmel glitzerten Tausende goldener und silberner Sterne. Das Ganze erinnerte mich an die Gegenversion des Tages – als wäre die Nacht das dazugehörige Fotonegativ.

»Wie spät ist es?«, fragte ich und freute mich, dass Ranja da war.

»Es wird bald dämmern.«

Sie goss mir eine dampfende Tasse Tee ein. Ich bemerkte, dass ich ein wenig fror. Die Nächte waren viel kälter als in der Berliner Blase.

»Und zieh dir am besten einen Pullover über. Nachts ist es hier kühl wie in der Wüste.«

Ich trank von dem heißen Tee und zog eine Strickjacke aus dem Rucksack, während mein Gehirn vollständig in den Wachmodus wechselte und lauter Fragen formte.

»Wohnst du auch hier?«

»Gleich nebenan.«

»Hat der Rat schon mit dem Ur-Rat gesprochen?«

»Bis eben.«

»Die halbe Nacht durch?«

»Hier lebt man nicht im Rhythmus von Tag und Nacht, so wie bei uns.«

»Oh … und was …«

»Du wirst gleich selbst mit dem Ur-Rat sprechen.« Ranja reichte mir eine Brötchenhälfte, die sie mit einer der Pasten bestrichen hatte.

Ich nahm sie brav und aß, obwohl sich mein Magen wie zugeschnürt anfühlte. Gleich würde ich vor den Ur-Rat treten. Unzählige mögliche

Dialoge waren mir nach meiner Ankunft durch den Kopf gegangen, wie ich mich darstellen und ihn überzeugen konnte, dass ich leider nicht viel zu bieten hatte. Am besten, ich erzählte nichts von Tim und auch nicht von meinem Wunsch, zusammen mit Luisa die Zwölfte zu machen, damit sie mich nicht als eigennützig einstuften. Denn das war ich nicht, sondern … ich musste ihnen klarmachen, dass ich bis jetzt nichts Außerordentliches draufhatte. Nichts, womit …

»Kira?«

»Äh, ja?«

Ranja erschien wieder in meinem Blickfeld. Ich hatte wohl durch sie durchgesehen, während meine Gedanken einen Wettlauf veranstaltet hatten.

Sie stand bereits draußen. Ich zog meine Strickjacke über, trank einen letzten Schluck Tee und folgte ihr.

»Du brauchst nicht nervös zu sein. Sei einfach du selbst, okay?«, versuchte sie mich zu beruhigen, während wir einen jetzt ebenfalls weißgoldenen, breiten Schotterpfad Richtung Talkessel entlangliefen.

Die Treppe schlängelte sich den Hang hinab und führte bis dorthin, wo sich der Kessel zum Meer öffnete und den Blick auf das Eingangsportal der Kleckerburg freigab. Ein paar Leute liefen am Strand entlang. Ich blieb einen Moment stehen, um die Szenerie in mich aufzunehmen. Was da ans Ufer schwappte, sah überhaupt nicht aus wie Wasser, sondern wie Silber. Es erinnerte mich an flüssiges Blei wie beim Bleigießen zu Silvester. Mit dem heraufziehenden Morgen würde die Meeresoberfläche bestimmt wieder einen lagunengrünen Ton annehmen.

Das pompöse goldsilberne Gebäude bestätigte eindeutig, dass diese Gegend nicht von dieser Welt war. Es besaß ungefähr die Höhe eines vierstöckigen Hauses. Dabei erstreckten sich die langen, schmalen Fenster – fünf auf jeder Seite des Eingangsportals – über alle vier Etagen. Dahinter musste sich eine Halle verbergen. Auch hier gab es keine Fensterscheiben und kein Türglas. Die Membranen der Fenster und des Eingangs – bestehend aus drei gewaltigen Kleckersäulen und zwei Eingängen dazwischen – schillerten in Grün-, Silber- und Blautönen.

»Okay, Kira. Geh einfach hinein. Sie warten auf dich«, sagte Ranja.

»Du kommst nicht mit?«

»Nein, sie wollen dich alleine sprechen und ich muss mich jetzt unbedingt ein bisschen hinlegen, denn ich bin seit zwanzig Stunden auf den Beinen.«

»Okay, schlaf gut.«

»Sie sind alle total nett.«

»Mhh.«

Ranja umarmte mich kurz und trat den Rückweg an, während ich auf das Portal zuging, gespannt und ängstlich zugleich.

Nachdem ich die Membran passiert hatte, tat sich vor mir ein Raum auf, der mich verblüffte. Ich fand mich nicht wie erwartet in einer weiten Halle wieder, sondern in einem üppigen Garten voller exotischer Gewächse, Stauden, Moose und Blumen. Über mir sah ich in einen silbernen Himmel. Und dazu war es hier viel wärmer als *draußen*.

»Gärtnern ist meine Leidenschaft. War es schon immer.«

Ich drehte mich nach der Stimme um, die ich bereits kannte …

»Hallo, Kira. Ich bin es, Daida.«

Die Frau, die mich gestern in meine Unterkunft gebracht hatte, nahm mich einfach bei der Hand und zog mich mit sich. Ihre Finger fühlten sich glatt wie die einer Porzellanpuppe an, waren jedoch warm.

Hinter einer mächtigen Schilfstaude eröffnete sich ein Rondell, in dem auf einer üppigen Wildblumenwiese ein paar sehr einladende Polstersessel, bezogen mit weißem Samt, angeordnet waren. Drei Personen saßen dort. Zwei Sessel waren noch frei. Daida, die diesmal ein fliederfarbenes Kleid trug, führte mich zu dem einen und nahm in dem anderen Platz.

Dann gehörte sie etwa zum Ur-Rat? Ich setzte mich und brachte mühselig ein Hallo hervor, während mich vier Augenpaare musterten. Verlegen senkte ich den Blick und betrachtete meine Fußspitzen. Die Energie dieser Runde verursachte ein piksendes Kribbeln auf der Haut und sogar ein Geräusch. Es war vergleichbar mit dem Surren unter einer hohen Starkstromleitung bei schlechtem Wetter.

»Hallo, Kira. Ich bin Jonay und ich freue mich sehr, dich bei uns zu begrüßen.«

Ich sah zu der tiefen, melodischen Stimme auf, die dem Mann mir gegenüber gehörte. Er hatte dunkelblonde Locken bis zum Kinn, war von großer Statur und muskulösem Körperbau und trug ein weißes Leinenhemd und halblange Leinenhosen. In der realen Welt hätte ich ihn auf Ende dreißig geschätzt. Aber ich wusste ja, dass er bereits circa dreitausend Jahre auf dem Buckel hatte.

Er stellte mir die beiden Personen neben sich vor. Die Frau zu seiner Linken hieß Nisa und sah aus wie zwanzig. Und der Mann zu seiner Rechten, ein extrem hübscher Typ mit welligem weißblonden Haar und dunkelbraunen Augen, der ebenfalls wie circa zwanzig aussah, hieß Airam. Airam inspizierte mich unverhohlen, als hätte er das achte Weltwunder vor sich. Nisa, die sich mit ihrer gedrungenen Gestalt in einem geflickten Kleid, blassgrauen Augen, einer Hakennase und farblosen Lippen gegen die drei Schönheiten unscheinbar, wenn nicht gar hässlich ausnahm, warf mir nur einen abschätzigen Blick zu. Sie interessierte sich offensichtlich mehr für ein riesiges grünes Blatt in ihren Händen, das sie gelangweilt zerrupfte.

»Nisa, du benimmst dich unhöflich«, mahnte Daida.

»Mama, hör auf, mich wie ein kleines Kind zu behandeln. Ich bin seit Tausenden Jahren erwachsen.«

Hatte ich das richtig verstanden? Nisa war Daidas Tochter? Mein

Erstaunen stand mir wohl deutlich ins Gesicht geschrieben. Denn Daida klärte mich sogleich auf, dass Nisa nicht nur ihre Tochter war, sondern Airam auch ihr Sohn und Jonay ihr Mann sowie der Vater der beiden.

Wow. Der Ur-Rat war also eine Familie? Sofort suchte ich nach Ähnlichkeiten. Es war ersichtlich, dass Nisa die männlichen Züge ihres Vaters besaß, was ihr als Frau leider nicht besonders gut stand, und Airam hatte eindeutig die Schönheit seiner Mutter geerbt.

»Und entschuldige, dass ich dir gestern nichts über meine Identität verraten habe«, fuhr Daida fort. »Aber ich wollte, dass du unbefangener bist, damit ich dich ein bisschen kennenlernen kann.«

Sie lächelte mich auf eine Art an, dass man ihr nicht böse sein konnte. Trotzdem fielen mir jetzt tiefe Schatten unter ihren Augen auf und sogar Furchen auf ihrer Stirn, als wäre sie in dieser Nacht um viele Jahre gealtert. Was natürlich relativ zu sehen war. Daida war und blieb die vollkommenste Frau, der ich je begegnet war.

Die Sache mit Tim zu verheimlichen, konnte ich jedenfalls schon mal vergessen.

Daida stellte sich als Feuer, Jonay als Erde, Nisa als Wasser und Airam als Luft vor.

»Und Äther?«, fragte ich, damit ich auch endlich wieder was sagte.

»Zu viert erzeugen wir das fünfte Element als weitere Qualität«, erklärte Nisa gelangweilt, als wüsste das jedes Kind. Meine Frage war dumm, weil mir einfiel, dass Ranja es mir bereits erklärt hatte.

Auch wenn Nisa abweisend wirkte, war mir ihre Art angenehmer als das unentwegte Anstarren von Airam. Jonay, sein Vater, beobachtete mich ebenfalls intensiv, aber das fühlte sich anders an. Nicht so … besitzergreifend.

»Nun zu deinem Besuch, Kira, für den wir dir aufrichtig danken.« Jonay legte die Hand an seine Brust und verbeugte sich in meine Richtung. Er begleitete seine Worte mit großen Gesten. Seinem Habitus war anzumerken, dass er aus einer völlig anderen Zeit stammte. Ich nahm mir vor, Ranja als Erstes nach der Geschichte dieser uralten Familie zu fragen, sobald ich zurückkehrte.

»Wie du weißt, steckt die gesamte magische Welt Europas in großen Schwierigkeiten. Das Gespräch mit dem Rat deiner Stadt war sehr aufschlussreich, jedoch erschreckender als gedacht. Wir hätten uns eher einschalten müssen. Doch wie du weißt, ist jeder Satz mit *hätte, wäre, wenn* die Sehnsucht nach einer Möglichkeit, für die der Lauf der Dinge nie einen Weg geschaffen hat.«

Jonay schwieg für einen Moment und sah mich an. Ich hielt seinem Blick stand und hörte mich sagen:

»Dennoch wird es eine Lösung geben.«

Damit fing ich mir ein Lächeln von Daida ein. Airam intensivierte seinen Blick, und ich kaute, überrascht von mir selbst, auf meiner Unterlippe herum.

Jonay wiederholte noch einmal die Dinge, die ich bereits von Ranja wusste. Dass sich bisher unbekannte Phänomene in der Urblase ereigneten und Jonay eine Vision gehabt hatte.

»Eigentlich ist ein Zusammenhang mit den Geschehnissen in den Blasen Europas unmöglich …«

»Na ja, die Titanic galt auch als unsinkbar.« Keine Ahnung, woher ich den Mut nahm, so mit dem Ur-Rat zu sprechen. Aber was brachte es, nicht auszusprechen, was auch sie insgeheim dachten? Nichts, in Anbetracht der Dimension der Probleme.

Um Daidas Augen zuckte es. Sie sog tief Luft ein, während Airam zum ersten Mal das Wort an mich richtete.

»Deswegen bist du hier, Kira.«

Er fing meinen Blick ein und hielt ihn mit einem wohlwollenden Lächeln fest. Ich fuhr mir nervös durchs Haar.

Jonay dagegen sah mich streng an. Die Macht, die von ihm ausging, war nahezu unheimlich. Er begann, von den Ur-Elementarwesen zu reden, dass sie sich eingruben und in letzter Zeit ungewöhnlich lange schliefen.

»Sie graben sich ein?« Ich verstand nicht.

»Nun, sie können sich zwar frei wie Menschen bewegen, weisen jedoch auch Merkmale aus der Pflanzenwelt auf, indem sie sich in Abständen in fruchtbare Erde einbuddeln und dort verharren, bis sie genug Nährstoffe aufgesogen haben«, erklärte Daida.

»Und jetzt pennen sie oft den ganzen Tag durch und nicht nur, wenn es dunkel ist«, ergänzte Nisa, und ich fragte mich, von wem sie es sich abgeguckt hatte, wie ein Teenager meiner Zeit zu sprechen.

»Hat ihr Verhalten denn etwas mit der Vision zu tun?«

Statt zu antworten, erhoben sich die vier von ihren Plätzen und baten mich, ihnen durch den Garten zu folgen.

12. Kapitel

Ich suchte zwischen den Stauden und Büschen nach den Außenwänden des kleckerburgartigen Gebäudes, in dem wir uns befanden, konnte jedoch nirgends welche ausmachen. Nur Bäume und Pflanzen, wohin man blickte, und über uns endlos silberner Himmel.

Wir gelangten an einen Platz aus schneeweißem Marmor mit einer Grotte. Die halb offene Höhle wirkte ebenfalls wie gekleckert, während die Rückwand innen eine spiegelglatte Fläche bildete, vor der sich ein natürlicher Brunnen mit leise plätscherndem Wasser befand.

Jonay trat an den Brunnen, tauchte die Hände in das Wasser, das dabei ein Geräusch wie strömender Regen von sich gab, und strich mit seinen nassen Handflächen über die glatte Marmorfläche. Langsam wurde ein bewegtes Bild sichtbar. Schwarzer Strand, Menschen, die dort entlangliefen, Palmen und ein paar Häuser vor einem mächtigen Felsmassiv.

Das war also das Fenster zur realen Welt, von dem Edieth mir berichtet hatte. Ich erfuhr, dass sich von hier alle fünf Inseln in der Umgebung der Durchgänge beobachten ließen und dass Jonay hier seine Visionen empfing. Das konnte jahrelang oder auch jahrhundertelang immer dieselbe sein. Eine Vision war wie ein Spiegel des Zustandes der magischen Welt. Und vor nicht mal einer Woche hatte sie sich plötzlich geändert.

»Inwiefern denn? Was ist geschehen?«, fragte ich.

»Es sind Bilder, Traumbilder der magischen Welt, die sich schwer beschreiben lassen. Sie sind veränderbar, und dann muss man sie, im Abgleich mit den Geschehnissen und damit, wie sich alles entwickelt, richtig deuten. Dennoch enthalten Visionen Elemente, die unverrückbar sind. Zum Beispiel, dass sich ihre Farbgebung verändert. In der jüngsten Vision ist die Farbe aus meinen Bildern gewichen wie vor einem Unwetter und eine junge Frau taucht auf, die mehrere Elemente beherrscht.«

»Wie viele denn? Ich beherrsche nur drei …«, erklärte ich schnell.

»Wir sind informiert, was deine Begabungen anbelangt … Kira«, unterbrach mich Airam. Es klang tief, melodisch und bedeutungsvoll, wie er meinen Namen aussprach. Ich sah ihm auf die Stelle zwischen den Augen, damit er meinen Blick nicht wieder festhalten konnte. Das funktionierte gut.

»Natürlich. Aber …« Da gab es doch noch Amber. Warum wurde sie nicht erwähnt?

»Jonay, zeig Kira zuerst die Durchgänge«, bat Daida ihren Mann, bevor ich meinen Satz fortführen konnte.

Jonay tauchte seine Hände erneut in den Brunnen und trat wieder an die Bildfläche in der Grotte heran.

Der Winddurchgang lag im Süden der Insel Fuerteventura an der Westküste, wo oft eine starke Brise vom offenen Meer wehte, und zwar an einem kleinen Strand, den man erreichte, wenn man ein Stück über grobes schwarzes Gestein kletterte. Auf La Gomera bedeckte ein Nebelwald die hohen Berge und verbarg an ihrer höchsten Stelle eine Erdhöhle, die man nur mit genauen Koordinaten finden konnte. Die Landschaft von Lanzarote zeigte sich verbrannt wie eine Mondlandschaft. Der rot schimmernde Sand erkalteter Lava gab bereits der realen Welt etwas Unwirkliches. Hier existierte ein winziger Vulkan im Naturschutzgebiet am Meer, den man von der Meerseite aus durch eine Schlucht schwarzen Lavagerölls, in die sich normale Menschen nicht wagen würden, erreichte. Und den Wasserdurchgang auf El Hierro markierte eine der berühmten Krüppelkiefern, die ihr Wasser aus einem unterirdischen See zog. Zu diesem See existierte ein geheimer Zugang, den man kennen musste.

In der Nähe jedes Durchgangs wohnte jemand wie Edieth, der ihn kannte und hütete, Touristen abhielt und Neulinge zu ihm führte. Jonay war in der Lage, diese Leute zu begrüßen, sodass sie in den *Bildschirm* winkten.

»Woher wissen sie, dass du sie gerade beobachtest?«, fragte ich.

»Sie sehen mich oder denjenigen, der das Fenster zur Welt benutzt, vor sich, als würden wir uns tatsächlich begegnen.«

»Wie ein Hologramm?«

»Hologramm ist ein guter Vergleich«, sagte Airam, der unbemerkt dicht neben mich getreten war. Sein Duft stieg mir in die Nase, irgendwie schwer und orientalisch und gleichzeitig blumig.

Instinktiv trat ich einen Schritt beiseite. Er drehte sich zu mir und lächelte mich freundlich an. Ich wusste nicht, ob es tatsächlich die Art war, wie er mich ansah, die mir ein mulmiges Gefühl bereitete, oder ob mich seine ungewöhnliche Attraktivität einschüchterte. Dabei hatte ich geglaubt, seit Tim gegen so etwas immun zu sein.

Jonay wandelte weiter virtuell in der Umgebung der einzelnen Inseln herum, zeigte mir die Bananenplantagen auf La Palma, Weinfelder auf Lanzarote und den knallgrünen See auf der Westseite der Insel, wo die Ur-Elementarwesen ihre Geburtswiege hatten und in der Realwelt als grüne Puschelstauden nahe dem See wuchsen.

Ich verstand die Zusammenhänge nicht ganz, aber fragte auch nicht mehr nach, weil ich langsam unruhig wurde.

Nisa sprach aus, was ich dachte:

»Wir sollten zur Sache kommen und testen, ob Kira die Frau aus der Vision sein könnte.«

Jonay war einverstanden und trocknete die Bildfläche der Grotte mit einem riesigen weichen Blatt einer Staude ab, die gleich daneben wuchs. Der *Fernseher* verschwand und wurde wieder zu einer spiegelglatten Marmorfläche.

Daida nahm mich erneut bei der Hand. Die Geste irritierte mich, aber beruhigte mich gleichzeitig.

Jetzt liefen wir durch einen Laubengang, den ein efeuartiges Gewächs bildete, das jedoch Blätter in allen Farben trug.

Er führte hinaus auf einen frisch gepflügten Acker fruchtbar aussehender Muttererde, auf dem Hunderte Elementarwesen verweilten, als hätte jemand eine große Anpflanzung vorgenommen.

Sie wiegten sich im leichten Wind, hielten sich selbst umschlungen, das Köpfchen zur Seite auf die eigene Schulter gelegt und die Augen geschlossen oder verträumt ins Nirgendwo gerichtet. Ihre Gesichter erinnerten mich an Püppchen: runde dunkelgrüne Augen mit langen Wimpern, eine Stupsnase und … ich stellte fest, dass sie überhaupt keinen Mund besaßen.

Sie schenkten uns keinerlei Beachtung, so als würden wir uns auf einer anderen Seinsebene bewegen.

»Lauf ein bisschen durch sie hindurch«, verlangte Daida. »Sie wachen davon auf und trollen sich dann meist zu einem der Durchgänge.

Wenn du siehst, wie eins sich ausbuddelt, berühre es. Finde heraus, mit welchem Element es reagiert, und dann gib ihm vor, dir zu gehorchen.«

»Wie soll ich das denn machen?«

»Du musst dich auf sie konzentrieren, sie mit deiner inneren Stimme ansprechen, und dann wirst du sie hören.«

Zögerlich betrat ich den Acker und sah mir die Elementarwesen aus der Nähe an. Sie waren kleiner als Menschen, reichten mir höchstens bis zur Armbeuge. Während ich mich zwischen ihnen bewegte und sie beobachtete, waren sie an mir interessiert, wie es Maispflanzen auf jedem beliebigen Acker gewesen wären.

Träge bewegten sie sich hin und her. Bald hatte ich jedoch den Eindruck, es lag nicht an der frischen Brise, sondern an mir. Bogen sie sich nicht alle ein wenig von mir weg, wenn ich in ihre Nähe kam, oder bildete ich mir das nur ein?

»Ein Stück rechts neben dir ist eins aufgewacht«, hörte ich Daidas Stimme.

Ich sah, wie das Elementarwesen sich streckte, die dünnen Ärmchen hoch über seinen Kopf hob, sich schüttelte, und als würde eine unsichtbare Hand von oben an ihm ziehen, zuckte es mehrmals ruckartig in die Höhe, einige Erdkrümel flogen umher und seine grünen Füßchen wurden sichtbar.

Mit ein paar Schritten war ich bei ihm und suchte seinen Blick, während ich es am Arm berührte.

Hey, folge mir nach, ermunterte ich es und glaubte, ein unmerkliches Zucken in seinen Augen wahrzunehmen. In meinem Kopf blieb es jedoch still. Keine Antwort.

Ein unerwarteter Windstoß traf mich. Beinahe verlor ich das Gleichgewicht. Das war eindeutig von dem Elementarwesen ausgegangen. Also, Wind. Ich erzeugte mit einer schnellen Bewegung ebenfalls eine kleine Windbö und lächelte es an.

Das kann ich auch. Folgst du mir nun?

Es sah mich jetzt direkt an, schien mich wahrzunehmen.

Ich gab ihm erneut ein Zeichen, mir zu folgen. Doch statt das zu tun, drehte es sich geschwind um und lief in die entgegengesetzte Richtung. Dabei berührte es die anderen Elementarwesen links und rechts.

Hilflos hob ich die Arme. Okay, das hatte erst mal nicht geklappt. Ich würde es bei einem anderen versuchen.

Inzwischen begannen sich weitere Elementarwesen auszubuddeln. Alle, die das erste berührt hatte, und noch mehr.

Ich bewegte mich auf eins zu. *Hey, was ist dein Element?* Als Antwort erhielt ich einen Schwall kaltes Wasser ins Gesicht. Na toll! Ehe ich reagieren konnte, drehte es sich um und lief ebenfalls davon.

Im Handumdrehen schien das gesamte Feld auf den Beinen. Elementarwesen tippelten an mir vorbei, eilten in verschiedene Richtungen. Ich nahm ein blechern klingendes Stimmengewirr in meinem Kopf wahr, verstand aber kein einziges Wort.

»Kira, du musst sie unter Kontrolle bringen!«, befahl Jonay.

Ja, aber wie denn? Ich hatte keine Ahnung. Die anderen Ratsmitglieder waren uns gefolgt und beobachteten mich.

Ich erhob die Arme, erzeugte Gegenwind von allen Seiten, der die Ur-Elementarwesen abhalten sollte davonzulaufen, und magnetisierte den Boden unter ihren Füßen, damit sie stehen blieben und mir zuhörten. Doch das bewirkte nicht das Geringste. Ihnen machte weder der Wind noch das Magnetfeld etwas aus. Stattdessen herrschte ein Durcheinander, als würden mehrere Schulklassen zu einem Wandertag aufbrechen.

Ratlos ließ ich die Schultern hängen und versuchte nun meinerseits, vom Feld zu kommen. Die Elementarwesen hörten zwar nicht auf mich, aber machten mir gern Platz. Irgendwie fühlte ich mich abgelehnt, stolperte ungeschickt über den Rand der Wiese, die den Acker begrenzte, und kam direkt vor Jonay zu stehen. Das blecherne Stimmengewirr in mir verstummte. Auch die Unruhe auf dem Feld kam zu einem jähen Stillstand.

Stattdessen vernahm ich eine hohe, klare Stimme:

Erde, Feuer, Wasser, Luft …

13. Kapitel

Ich drehte mich um. Inmitten der Elementarwesen stand eine große Frau mit langen dunkelblonden Haaren, Mandelaugen und einem italienisch anmutenden Profil. Sie hielt die Hände über die Elementarwesen wie ein Hirte, der seine Herde schützt.

Die Wesen verharrten in ihrer Position, als hätte jemand die Zeit angehalten. Ergeben richteten sie ihre Puppenaugen auf die Frau. Dann begann der Boden zu zittern, als sie sich alle gleichzeitig einbuddelten.

Das konnte nur Amber sein. Ein kraftvolles Strahlen ging von ihr aus. Langsam schritt sie durch die Reihen der Elementarwesen hindurch auf uns zu, während deren Blicke ihr folgten. In meinem Kopf hörte ich jetzt eine tiefe, beruhigende Melodie, wie die einer Klarinette. Es war unklar, ob die Elementarwesen oder Amber diese Töne erzeugten.

»Was ist hier los?«, fragte Amber und richtete sich an Jonay. Zeitgleich wurde sie meiner gewahr.

»Oh … störe ich?«

»Nein«, antwortete Jonay. »Kira hat versucht, mit den Elementarwesen zu interagieren. Dabei fiel ihnen auf einmal ein, dass sie sich alle gleichzeitig auf den Weg machen könnten. Keine Ahnung, warum. Ein seltsamer Zufall.«

»Hoffentlich nur ein seltsamer Zufall. Ich war besorgt und habe einfach eingegriffen.«

»Das war richtig«, bestätigte Daida.

Jetzt wandte sich Amber an mich und streckte mir die Hand hin.

»Hallo, Kira. Mein Name ist Amber.«

Sie lächelte mich freundlich an, doch in ihren Augen glaubte ich Ablehnung zu lesen. Ganz so, als hätte sie Angst, ich könnte ihr ihre Rolle streitig machen.

»Hallo. Es sieht ganz danach aus, dass man wohl vier Elemente zugleich beherrschen muss, um mit den Ur-Elementarwesen umzugehen.«

»Daran besteht kein Zweifel.« Amber lächelte erneut.

Die Elementarwesen waren größtenteils in den Schlafmodus gefallen. Nur hier und da erwachte eins erneut und verließ tänzelnd das Feld. Alles schien sich wieder normalisiert zu haben.

Amber ging auf Airam zu, küsste ihn links und rechts auf die Wange und begrüßte ihn mit einem tiefen, melodischen Hallo, ehe sie sich dicht neben ihn stellte. Ihre Hand berührte dabei seine, doch ich sah, wie er wegzuckte und etwas Abstand von ihr nahm.

Wow. Waren sie etwa ein Paar? Wie sie da standen, sahen sie jedenfalls wie eins aus, nach dem sich jeder auf der Straße umdrehen würde.

Ich kam mir fehl am Platz vor, nur wie eine flüchtige Besucherin. Nein, ich passte kein bisschen in diesen Kreis.

Daida sah erwartungsvoll zu Jonay. Jonay rieb sich nachdenklich das Kinn, während Airam mir einen vieldeutigen Blick schickte und unruhig blinzelte. Nisa dagegen interessierte sich am meisten für drei Glühwürmchen, die sie umschwirrten, während sie versuchte, sie einzufangen. Die Glühwürmchen schienen bewusst ihren Schabernack mit ihr zu treiben.

»Setzen wir uns«, schlug Jonay vor und wies auf eine halbrunde steinerne Bank in einer Nische aus Bambus, der mindestens zehn Meter in die Höhe ragte.

Zunächst herrschte ein unangenehmes Schweigen, während sich Jonay weiter das Kinn rieb. Sie warteten anscheinend auf sein Urteil. Dann, endlich, sagte er etwas:

»Kira hat noch keinen Zugang zu den Elementarwesen. Aber sie kann es lernen. Sie beherrscht nicht die vier Grundelemente wie Amber, jedoch drei davon, und dazu besitzt sie Affinitäten zu den anderen zweien. Das macht fünf.«

»Du meinst, zwei Elemente ein bisschen beherrschen zählt so viel wie eins vollständig?« Amber klang aufgebracht.

»Ich meine, dass ihr beide bisher keine Sonderfähigkeit ausgebildet habt. Eine Fähigkeit, die es bisher nicht gibt und die aus den Mehrfachbegabungen hervorgeht, so wie ich es in meiner Vision gesehen habe.«

Amber seufzte und schwieg.

»Dennoch, Amber, du bist erfahrener, älter, hast bereits dein Medizinstudium abgeschlossen. Es ist wahrscheinlich, dass du solch eine Fähigkeit vor Kira entwickeln wirst, die noch jung und unerfahren ist. Unerfahrener als erwartet.«

»Du willst damit sagen, dass keine weiteren Tests mit Kira vonnöten sind?«, schaltete Daida sich ein.

»Nach reiflicher Überlegung … Ich gehe davon aus.«

»Wir sollten trotzdem noch ihre Ahnenreihe checken«, bemerkte Airam. »Ich bestehe sogar darauf.«

Amber funkelte ihn missbilligend an. Ahnenreihe? Was war denn damit gemeint?

»Wenn du es wünschst, Airam. Schließlich wiegt mein Urteil in dieser Sache nur zur Hälfte«, antwortete Jonay.

Amber verschränkte die Arme.

»Ihr habt gesehen, was auf dem Feld geschehen ist. Die Fakten liegen auf der Hand. Machst du das, um mich zu ärgern, Airam? Vergisst du, dass mehr auf dem Spiel steht als unser kleiner gestriger Streit?« Amber klang angriffslustig. Aha, dann waren sie vielleicht tatsächlich ein Paar und Airam hatte ihre Hand wegen eines Streits zurückgewiesen.

Airam jedoch blieb ruhig.

»Nein, liebe Amber. Da irrst du. Ich gehe nach dem, was ich sehe und was ich fühle. Meine Aufgabe ist es, die magische Welt zu erhalten und zu beschützen. Das war so, bevor wir uns kennenlernten, und daran ändert sich weder etwas durch unseren Streit noch durch Kiras Besuch.«

Amber zuckte mit den Schultern.

»Nun gut, schau dir ihre Ahnen an. Schaden kann es ja nichts.«

»Ich bin ebenfalls dafür«, sagte Daida. »Auch wenn Kira noch nicht so weit scheint wie Amber, von ihr gehen ebenso starke Energien aus, die wir nicht ignorieren dürfen.«

Meine Ausstrahlung sollte mit der von Amber vergleichbar sein? Das kam mir jetzt doch reichlich übertrieben vor.

»Energien wie Amber? Ha! Lächerlich«, schaltete sich Nisa ein. »Ihr habt mal wieder nichts mitbekommen.« Sie zog eine Schnute. Daida schob fragend eine Augenbraue hoch. Ich sah sie wohl ebenso verdattert an. Mir gefiel, dass sie die Wahrheit sagte, trotzdem fühlte ich mich verletzt. Aber egal, Hauptsache, ich kam aus der Angelegenheit raus.

»Kiras Energien sind unleugbar stark«, verteidigte Daida mich.

Statt zu antworten, sprang Nisa auf, packte meine Hand und zog mich zurück zu den Elementarwesen. Mitten hinein in das Feld.

»Kommt her und seht euch das an. Und zwar … seht genau hin.«

Nisa schob mich in die Nähe eines Elementarwesens und es wich unverzüglich aus. Dann ließ sie meinen Arm den eines Elementarwesens berühren, während die anderen einen Kreis um uns bildeten.

»Seht ihr? Sie weichen zurück. Und die kleinen weißen Härchen auf ihrer Haut stellen sich auf, wenn Kira sie berührt.« Das stimmte.

»Und jetzt umarme eins!«, verlangte Nisa.

Ich zögerte.

»Mach schon, es beißt nicht«, drängelte Nisa. Ich tat, was von mir verlangt wurde, und spürte, wie ein Zittern durch den Körper des Elementarwesens ging. Dann begann das Urwesen, am ganzen Körper zu schlottern. Erschrocken ließ ich es wieder los. In Windeseile buddelte es sich aus und tippelte eilig davon. Wieder berührte es seine Kameraden und sie begannen, sich ebenfalls auszubuddeln.

»Sie haben Angst. Angst vor Kira. Habt ihr jemals zuvor ein Ur-Elementarwesen Angst haben sehen?« Nisa sah in die Runde.

»Das bedeutet, in Kira schlummert eine besondere Macht«, sagte Jonay nachdenklich.

Auf dem Feld brach derweil erneut das Chaos aus.

»Amber, bring das in Ordnung«, befahl er.

Amber warf mir einen vernichtenden Blick zu, sagte jedoch nichts und tat wie geheißen.

»Wir werden dich hierbehalten und ausbilden, Kira. Vorher lässt sich nicht sagen, ob Amber die Frau aus meiner Vision ist oder ob du sie verkörperst. Du bist noch jung und unerfahren, aber das Risiko, dich zurückzuschicken, können wir in Anbetracht der Lage nicht eingehen.«

Die anderen nickten zustimmend, während Amber die Elementarwesen auf dem Feld beruhigte, indem sie sie harmonisch in einem fließenden Tanz einander untergehakt über das Feld schweben ließ. Wahrscheinlich wollte sie ihre Fähigkeiten demonstrieren. Ich bemerkte, wie Daida Airam musterte, dessen Blick schwer auf mir ruhte.

Jonays Entschluss traf mich wie ein Keulenschlag, erzeugte einen

Druck auf meiner Brust, der mir Stimme und Atem raubte. Mir wurde schwarz vor Augen und ich musste mich erst mal auf die Wiese setzen.

Daida drückte meine Hand, während sie mich zurückbrachte. Kaum merklich hatte die Farbe des Himmels von Schwarz über Grau auf Weißgold gewechselt. Ich fühlte mich jedes Mal wie ein kleines Kind, wenn sie mich an die Hand nahm. Es war aber ein schönes Gefühl.

Statt eines genauen Termins für meinen Rückflug hatte ich nun einen mit Airam, der die außergewöhnliche Fähigkeit besaß, meine Ahnenreihe zu visualisieren.

»Tut mir leid, dass du hierbleiben musst«, durchbrach Daida die Stille, die herrschte, seit ich mich von den anderen verabschiedet hatte und wir losgelaufen waren.

»Nein, es ist schon in Ordnung. Besondere Gaben sind ja nicht nur ein Geschenk, sondern auch eine Verantwortung. Und es wäre …«

»Trotzdem bist du traurig, dass du nicht zu deinem Tim zurückkannst, dass dir erneut entgleitet, was du dir wünschst, dass das Schicksal deine Sehnsüchte ignoriert, nicht wahr? Das tut mir wirklich sehr leid.«

Erstaunt sah ich zu Daida. Sie klang bewegt und machte ein Gesicht, als würde ihr das gerade passieren statt mir. Ihr Mitgefühl trieb mir eine Träne in den Augenwinkel. Ich räusperte sie weg und schwieg.

»Vielleicht kann er dich besuchen kommen, wenn es länger dauert?«, überlegte sie.

»Nein, das sollte er auf keinen Fall. Er hat einen Ausbildungsplatz an der begehrtesten Journalistenschule Berlins bekommen. Da kann man nicht fehlen, schon gar nicht am Anfang. Und noch dümmer wäre es, die Ausbildung aufzugeben.«

Dann stellte ich einfach die Frage, die mich am meisten beschäftigte.

»Wie lange werde ich denn hierbleiben?«

»Das weiß ich nicht, Kira. Das kann ich nicht sagen.«

»Nur ungefähr. Also sind es Tage, Wochen oder Monate?«

»Das ist alles denkbar.«

Ich fiel innerlich in mich zusammen. Ich war mir sicher gewesen, sie würde wenigstens die Option *Monate* ausräumen. Aber das tat sie nicht.

»Okay, dann hängt es wohl davon ab, wann Amber die Vision Jonays vollständig erfüllt.«

»Oder du«, ergänzte Daida.

Sie fand die Entscheidung, mich hierzubehalten, genauso richtig wie Jonay, Airam und Nisa, hatte aber auch Mitleid mit mir in dieser Situation. Dafür mochte ich sie umso mehr.

Verblüfft schaute ich auf das Eingangsportal des Kleckerburggebäudes, das hinter einer Wegbiegung vor uns auftauchte. Wir traten nicht heraus, sondern wir standen davor. Fast an der gleichen Stelle, wo Ranja mich verabschiedet hatte.

»Die Grenzen zwischen innen und außen sind hier verwischt. Du wirst dich aber schnell dran gewöhnen.«

Sie küsste mich auf die linke und rechte Wange. Dabei stieg mir ihr lieblicher Rosenduft in die Nase. Ob sie die dreitausend Jahre trotz ihrer ewigen Jugend irgendwie spürte?

»Und wann immer irgendwas ist oder du Kummer wegen Tim hast, kannst du zu mir kommen. Ich bin für dich da.«

Dankbar lächelte ich sie an.

»Nun ruh dich aus. Für deine Verabredung mit Airam heute Abend wirst du Kraft benötigen.«

14. Kapitel

»Hey, Kira.«

Auf dem Weg zu meiner Höhle kam mir Grete entgegen. Sie trug eine Wollmütze, unter der ihre langen blonden Haare hervorschauten, und sah mich mit ihren großen blauen Augen besorgt an.

»Alles in Ordnung?«

»Schön wär's.«

»Heißt, du musst hierbleiben, weil sie dich weiter ausbilden wollen«, deutete sie.

Ich nickte und erfuhr, dass Grete rechts neben mir wohnte.

»Hab gerade Kay und Marie getroffen. Sie wohnen ein Stück weiter im Inselinneren. Da gibt es noch mehr Wohnhöhlen, in denen Flüchtlinge aus anderen Blasen untergekommen sind. Die Leute sollen alle ganz cool sein«, versuchte sie mich aufzumuntern.

»Ja«, sagte ich nur.

Ranja trat aus ihrer Höhle. »Komm, ich habe Tee gemacht. Der wird dir guttun.« Sie führte Grete und mich in ihre Behausung.

Hier sah es ähnlich aus wie bei mir, nur die Möbel waren aus hellerem Holz und die Bezüge der gemütlichen Kissenecke hatten ein anderes Muster.

Ich erzählte ihnen, wie mein Treffen verlaufen war.

»Hast du Amber ebenfalls kennengelernt?«, wollte Grete von Ranja wissen.

»Sie wurde uns vorgestellt, ja, war aber bei der Unterredung mit den Mitgliedern des Ur-Rates nicht dabei.«

»Und wie war dein Eindruck?«, forschte Grete weiter.

Ranja holte tief Luft und ich ahnte bereits, was sie sagen würde.

»Amber strahlt eine mächtige Energie aus. Allerdings ist Kiras Potenzial nicht zu unterschätzen. Und das hat der Ur-Rat erkannt.«

»Was wird der Ur-Rat unternehmen? Sie werden doch nicht nur mich und Amber weiter ausbilden und auf ein Wunder warten, oder?« Ich war ein wenig ungehalten.

»Kira«, mahnte mich Ranja. »So habe ich dich ja lange nicht mehr erlebt.«

»Sorry … ich meinte ja nur …«

»Kam dir der Ur-Rat denn etwa inkompetent vor?«

»Keineswegs! Aber … Was kann man denn tun? Ich meine, es kann Jahre dauern, bis ich …«

»Du fühlst dich nach wie vor überfordert, ich weiß. Was du tun kannst, ist, aufhören, dich unter Druck zu setzen. Und stattdessen Aufgaben übernehmen, die anstehen.«

»Ja, ich weiß ja. Aber …«

»Kira, sieh mir in die Augen.« Ranja klang auf einmal streng. Ich gehorchte und fühlte mich von ihrem intensiven Blick hypnotisiert.

»Nimm die Dinge an, wie sie sind. Nimm deine Aufgabe an!«

»Okay«, flüsterte ich. Ranjas Augen ließen mich wieder los. Das hatte geholfen. Ich fühlte mich besser und spürte, wie Entschlossenheit in mir aufkeimte, alles zu tun, was in meiner Macht stand. Genau das würde auch Tim von mir erwarten. Und Luisa ebenso. Sie waren nicht hier, wir würden uns abermals eine unbestimmte Zeit nicht sehen, aber sie waren in meinem Herzen.

»Hey, ich weiß, ich bin ein schlechter Ersatz, aber vielleicht besser als gar keiner«, sagte Grete und entlockte mir ein Lächeln.

»Danke, aber du bist ganz bestimmt kein Synonym für *Ersatz*«, antwortete ich.

»Na, das nenne ich charmant. Warum fällt mir selten so was Nettes ein?« Sie grinste.

Als Nächstes berichtete Ranja uns von der Unterredung mit dem Ur-Rat. Es gab bereits magisch Begabte, die in der Lage waren, Elementarmenschen wieder zurückzuverwandeln. Doch es waren wenige und ihre Aufgabe sehr mühselig. Und es handelte sich, wie Ranja bereits vorausgesagt hatte, lediglich um Symptombekämpfung. Sie hatten vor, Ur-Elementarwesen in die europäischen Blasen, oder was von ihnen noch übrig war, zu schicken. Niemand wusste, ob es funktionieren würde, weil so etwas noch nie zuvor versucht worden war. Wenn es klappte, konnten ihnen immerhin Rileys Fähigkeiten nichts anhaben.

»Wir müssen versuchen, mithilfe von Jerome den Aufenthaltsort von Riley und seinen Leuten ausfindig zu machen.«

»Dann ist die Lösung also doch, sie zu finden und zu löschen?«

»Das allein kann nicht die Lösung sein. Da sind sich alle einig. Doch wenn, dann ist Riley der Schlüssel zu dem Geheimnis, warum er all diese Dinge als Gelöschter bewirken konnte.«

»Will der Ur-Rat nicht persönlich mit Jerome sprechen?«

»Es ist zu gefährlich, Jerome in die Urblase zu bringen. Nach wie vor ist unklar, was für Vorgänge dafür sorgen, dass solche massiven Einbrüche in der magischen Welt überhaupt möglich sind.«

»Aber sie könnten stattdessen ihn besuchen.«

»Nein, das können sie nicht. Der Ur-Rat verlässt niemals die magische Welt.«

»Wie … niemals?«

Ich sah Ranja ungläubig an. Auch Grete schien bisher nichts davon gewusst zu haben.

»Der Ur-Rat IST sozusagen die Urblase. Seine Mitglieder können andere magische Blasen bereisen, doch hört die Urblase auf zu existieren, gibt es auch den Rat nicht mehr.«

»Du meinst, die Urblase besteht nur durch sie?«

Ranja nickte.

»Aber warum können sie sie nicht verlassen, so wie wir alle?«, fragte Grete.

»Weil sie im Grunde schon in der Realwelt gestorben sind, vor ungefähr dreitausend Jahren.«

Wir erfuhren von Ranja die ganze Geschichte.

Eigentlich waren Daida und Jonay mit ihren zwei Kindern vor dreitausend Jahren eine gewöhnliche Guanchen-Familie gewesen, angesiedelt auf dem Festland im heutigen marokkanischen Wüstengebiet. Sie flohen, nachdem eine feindliche Sippschaft ihre Siedlung zerstört hatte. Mit einem Boot gelangten sie nach La Palma, allerdings vollkommen ausgehungert und kaum mehr am Leben.

Es ist wahrscheinlich, dass sie die ersten Menschen waren, die diese Insel je erreichten. Sie suchten nach Nahrung in den Wäldern, fanden Kräuter und Früchte. Doch irgendetwas stimmte nicht. Vielleicht lag es an einem Kraut oder eben an der besonderen Energie der Insel oder auch daran, dass sich die Psyche der alten Menschen zu wandeln begann. Jonay wurde zum ersten Mal von einer Vision heimgesucht. Er sah einen Ort hoch in der Caldera, den sie aufsuchen mussten. Er war besessen von seinem Wahrtraum, während Daida vermutete, dass die monatelange Mangelernährung ihn verrückt werden ließ. Nisa und Airam waren noch klein, vielleicht fünf und sechs Jahre alt. Sie hatten ebenfalls zu lange schlecht gegessen, waren abgemagert bis auf die Knochen und konnten nur kurze Strecken zurücklegen.

Jonay sah in seiner Vision die einzige Chance für sie zu überleben.

»Wir werden sterben, Daida, das weißt du. Wir können nicht warten, bis das Korn aufgegangen ist, das wir mitgebracht haben, und uns fehlt die Kraft zum Jagen. Auch die Fische wollen nicht beißen. Also haben wir nichts zu verlieren, wenn wir dahin gehen, wohin uns mein Wahrtraum führen will. Es ist ein Ort, an dem uns ein neues Leben geschenkt wird. Ich weiß es, tief in meinem Innern. Du musst mir vertrauen.«

Das Einzige, worauf Daida insgeheim hoffte, war, dass Jonay bereits das Jenseits erblickt hatte und es sich dabei um einen schönen Ort handelte.

Was Jonay in seinem Wahrbild, das täglich wiederkehrte, tatsächlich gesehen hatte, war hinter einem natürlichen Quellbecken die ungewöhnliche Grotte aus Marmor, auf deren spiegelglatter Innenfläche der Ur-Rat heute die reale Welt beobachtete.

Sie schafften es dorthin, unter Aufbietung ihrer letzten Kräfte, und brachen in der Grotte zusammen – die letzten zwei Tage hatte sie nur der Tau auf den Blättern am Leben erhalten. Ansonsten war die Erde hier oben überall verbrannt von Eruptionen und ausgetretener Lava.

Die beiden Kinder lagen bewusstlos in ihren Armen, oder vielleicht schon tot. Weder Daida noch Jonay konnten es mehr sagen. Nicht mal, ob die Grotte in der realen Welt tatsächlich aus Marmor gewesen war und ob es der Brunnen war, in dem sie endlich wieder Wasser fanden oder einfach nur eine Quelle.

Jonay flößte seiner Familie und sich Wasser ein – auch Daida war inzwischen bewusstlos – und dann verlor er selbst das Bewusstsein.

Als sie wieder zu sich kamen, erblickten sie die Grotte aus Jonays Traum, plätschernde Bäche, blühende Wiesen …«

»Als wenn sie gestorben und in einer anderen Welt wieder aufgewacht sind«, überlegte ich.

»Wir werden es nie genau wissen. Denn je älter Erinnerungen werden, desto mehr erfinden wir sie neu. So entwickeln sich Legenden. Es ist im Menschen so angelegt, dass er immer nach der Wahrheit sucht und doch immer Geschichten erzählt.«

Damit wollte sie wohl sagen, dass Daida und Jonay nicht mehr sicher sein konnten, wie sich alles zugetragen hatte.

Wir schwiegen und jede sortierte ihre Gedanken.

»Dann sind Airam und Nisa zu Erwachsenen geworden, Jonay und Daida jedoch nicht mehr gealtert«, überlegte ich.

»Möglich. Sie sind in dem gleichen Alter wie damals, als sie wieder das Bewusstsein erlangten. Aber auch das kann natürlich eine Verzerrung der Erinnerung sein.«

»Aber wie ist dann diese ganze Pracht hier entstanden?«

Ich zeigte hinaus auf die Wiese und den Horizont mit den Tausenden von bunten Glühwürmchen und Sternen.

»Niemand weiß es. Es war einfach da. Vielleicht ist es ein Traum und wir erleben die Wirklichkeit. Vielleicht ist es aber auch die Wirklichkeit, und die Realwelt da draußen, die ist der Traum«, antwortete Ranja.

»Oder es ist alles ein Traum.« Grete strich sich ihr langes blondes Haar nach hinten.

»Es könnte auch alles real und Traum zugleich sein«, gab ich dazu, während mich ein heftiges Gähnen überkam.

»Ich glaube, ich werde mich ein wenig hinlegen, bevor Airam heute Abend meine gesamte Ahnenreihe aus mir herauslesen will.«

»Davon musst du mir danach unbedingt berichten«, sagte Grete und erhob sich seufzend. »Auf mich wartet Jolly, um mit mir die Blitzfähigkeit zu trainieren.«

»Oh, das wird Funkenschlag geben, da bin ich mir sicher.« Ranja zwinkerte Grete zu. Ich hatte bereits davon gehört, dass Grete und Jolly sich gern gegenseitig herausforderten.

Wir verabschiedeten sie und Ranja brachte mich hinüber in meine Behausung.

»Kira, ich habe eine dringende Bitte an dich. Ich weiß, dass du mit Jerome eigentlich nichts mehr zu tun haben willst. Trotzdem möchte ich dich bitten, dass du mit ihm redest. Und zwar, sobald es deine Zeit erlaubt.«

Auch wenn sich alles in mir dagegen sträubte, wusste ich, dass Jerome mich als diejenige auserkoren hatte, der er mehr erzählen würde. Und Ranja wusste das auch. Er würde also seinen Willen bekommen, was mich ärgerte. Also musste ich mir sagen, dass es nicht um Jeromes lächerlichen Triumph ging, sondern um viel mehr.

»Morgen habe ich zwei Treffen, eins mit Daida und dann mit Nisa. Gleich danach werde ich ihn aufsuchen.«

»Ich danke dir.«

Ranja wünschte mir einen geruhsamen Schlaf und ließ mich allein. Ich sah noch, wie Mini miauend durch die Membran hereinkam und begann, sich neugierig in meiner neuen Behausung umzusehen – sie war also auch gut angekommen –, dann sank ich erschöpft auf die Kissen und schlief im selben Moment ein.

15. Kapitel

Ruckartig fuhr ich aus dem Schlaf hoch und starrte in die Dunkelheit jenseits der Seifenblasenmembran. Wie spät war es? Hatte ich etwa verschlafen? In der Urblase lebte man nicht nach der Uhr, sondern nach der Beschaffenheit des Tageslichts. Airam hatte gesagt, wir würden uns gleich nach Einbruch der Dunkelheit, wenn der Himmel von Dunkelgrau in Tiefschwarz überging, an der Urkiefer treffen – einer Kiefer, hoch wie der Fernsehturm.

Ich stand hastig auf, zog einen warmen Pullover über, trank ein Glas Quellwasser, schnappte mir ein Brötchen und trat ins Freie. Der Himmel war bereits tiefschwarz. Nur wie lange schon? Ich hatte keine Ahnung.

Ich eilte unsicher voran, sah mich in alle Richtungen um. Die Umgebung wirkte ganz anders als im Hellen, doch dann endlich … sah ich den Baum. Nur zwei Wegbiegungen hinter meinem Wohnhügel ragte er in den Himmel. Das Weiß seiner rot-schwarz-weißen Rinde hob sich leuchtend vor dem dunklen Hintergrund der Nacht ab – wie mit Lack auf schwarzes Tuch gemalt –, während an den Enden seiner Nadeln, die von Weitem wie große Schneeflocken aussahen, die Sterne des Himmels zu baumeln schienen.

Ich folgte einem Pfad, der in die Richtung des Baumes führte. Es war absolut still. Aus den meisten Wohnhöhlen schimmerte kein Licht mehr. Das hieß, man konnte das gemütlich warme Leuchten der Höhlenwände auch irgendwo ausschalten. Wahrscheinlich kam ich um Stunden zu spät und Airam war längst gegangen.

Hinter dem nächsten Hügel führte mein Weg hinab in eine Senke. Dort stand der Baum genau in der Mitte, während sich an seinen Wurzeln, die hier und da den Boden durchbrachen, kleine Pfade aus allen Himmelsrichtungen trafen.

Ich beschleunigte meine Schritte und rannte auf den Baum zu, umrundete ihn zweimal, was bei seinem Durchmesser von geschätzt vier Metern etwas dauerte, und setzte mich dann ratlos auf einen Wurzelbuckel. Natürlich war Airam nicht mehr hier. Was sollte ich jetzt tun? Zur Kleckerburg laufen und nach ihm fragen? Den Morgen abwarten?

»Hey.« Ich vernahm eine Stimme, erfasste die Umgebung, konnte aber niemanden sehen.

»Hier oben.«

Ich sprang auf und erblickte Airam, der einige Meter über mir zwischen zwei Ästen auf mich herabsah.

»Oh, du bist noch da. Tut mir leid, dass ich …«

»Magischer Jetlag. Damit hab ich gerechnet. Kannst du heraufkommen?«

Ich inspizierte den dicken Baumstamm.

»Heraufkommen? Wie denn?«

Er lachte.

»Guter Witz.«

Zuerst stand ich auf dem Schlauch. In der Berliner Blase durfte man seine Kräfte nur im Notfall nutzen. Airam schien jedoch sehen zu wollen, was ich draufhatte.

Schnell begann ich, mich um meine eigene Achse zu drehen, und schon spürte ich, wie ich leicht wurde und vom Boden abhob, mich aufwärts bewegte, als wäre ich von einer großen Feder abgesprungen. Um meine Gestalt komplett zu verlieren, war die Strecke zu kurz. Bestimmt sah ich aus wie ein buntes Seidentuch, das hinauf ins Geäst gewirbelt wurde.

Ich hielt auf dem Ast neben Airam an, griff nach einem kleineren Ast über mir und verwandelte mich dabei zurück in meine Gestalt. Airam klatschte in die Hände.

»Das sah beeindruckend aus! Als käme eine bunte Sternschnuppe aus dem Boden geschossen. Hab ich so noch nicht gesehen.«

»Danke.«

Er nahm meine freie Hand in seine. Überrumpelt versuchte ich, sie ihm zu entziehen, doch er hielt meine Hand fest und sah mich ernst an.

»Das muss sein. Folge mir und sieh am besten nicht nach unten. Dann kann nichts passieren.«

Wir balancierten auf dem Ast entlang, langsam einen Fuß vor den anderen setzend. Airam vermochte mir tatsächlich sicheren Halt zu geben. Nur steuerte er nicht direkt auf den Baumstamm zu, sondern folgte Nebenästen und weiteren Nebenästen, bis ich mir wie in einem Labyrinth vorkam und den Stamm aus den Augen verlor. Mir war etwas schwindlig.

»Können wir einen Moment Pause machen? Und wo gehen wir überhaupt hin?«

Airam blieb stehen und drehte sich zu mir um. Ich atmete tief durch. Der Schwindel ließ nach.

»Gefällt es dir?«

»Das Astgewirr? Es ist … ein bisschen verwirrend.« Airam lachte. »Stell dir vor, es wäre das Labyrinth der Zeit.«

Ich sah um mich und warf einen kurzen Blick nach unten. Kein Boden mehr zu sehen und auch kein Himmel über uns. Überallhin breitete sich das Netz aus Ästen aus und wir befanden uns mittendrin, wie in einer Kugel.

»Die Zeit geht weder geradeaus noch rückwärts noch im Kreis. Sie ist überall und nirgends. Was morgen ist, ist gestern, und was gestern war, ist heute, und heute wird morgen sein, einen Augenblick umfassen und gleichzeitig die Ewigkeit, verstehst du?«

Ich starrte ihn nur an, während ich im Augenwinkel bemerkte, dass das Geäst sich bewegte und ineinander verschlang. Airams dunkle Augen leuchteten. Er nahm eine meiner Locken von meiner Schulter zwischen die Finger. Ich wich überrascht zurück.

»Rötlich braun. Wunderbare Farbe. Sorry, ich musste sie einfach mal fühlen.«

»Du hättest fragen können.«

»Dann hättest du Nein gesagt.«

»Natürlich hätte ich das.«

Trotzdem war ich nicht sauer, denn Airams Geste fühlte sich kein bisschen nach einer Anmache an, eher nach purer kindlicher Neugier.

»Wie ein warmer Herbsttag.«

»Meine Haare?«

»Nein, die Farbe.«

»Du kannst Farben fühlen?«

»Ich denke schon.« Er nahm wie selbstverständlich wieder meine Hand. »Komm, wir sind gleich da.«

Inzwischen bildeten die Äste ein dichtes Geflecht, das sich von der Kugel, in der wir uns befanden, hier und da in höhlenartige Tunnel öffnete. Durch einen dieser Tunnel führte mich Airam. Ich hielt nun dankbar seine Hand fest, denn alleine würde ich hier nie wieder rausfinden. Dabei staunte ich über die ungewöhnliche Größe seiner Hand, in der mir meine wie ein Puppenhändchen vorkam.

Wir gelangten in ein großes Gewölbe. Es ähnelte einem überdimensionierten geflochtenen Korb, in dessen Mitte jedoch der Boden fehlte. Dort klaffte ein Loch ins Weltall hinaus. So sah es zumindest aus. Äste und Zweige ragten über den Rand und verloren sich in der Weite. Ich kam mir vor wie in einem Raumschiff, in dessen Rumpf sich ein Leck befand, und wer sich zu nah heranwagte, wurde in das schwarze und endlose Vakuum des Raumes gezogen.

Airam nahm auf einem Ast Platz, gab mir ein Zeichen, mich neben ihn zu setzen, und beobachtete mich. Ich blickte nach oben. Dort bildete das Astgeflecht einen Trichter, der sich immer mehr verengte, dessen Ende man jedoch nicht ausmachen konnte.

»Wo sind wir?«

»Im Herzen der Zeit.«

Ich konnte nicht einschätzen, ob Airam das wörtlich meinte oder ob er sich nur sehr metaphernreich ausdrückte.

Er drehte sich weiter zu mir, indem er ein Bein über den Ast schwang, und er wollte, dass ich das Gleiche tat.

Ich zögerte.

»Kira, wir reisen jetzt in deine ganz persönliche Zeit. Setz dich so hin, dass deine Knie meine berühren, leg deine Hände unter meine Ellenbogen, sodass ich dasselbe bei dir tun kann, und sieh mir in die Augen. Am besten ohne zu blinzeln. Denn dann verwischen die Bilder.«

Airam klang sehr professionell. Ich befolgte seine Anweisungen. Zuerst fiel es mir sehr schwer, seinem Blick standzuhalten, und ich zwinkerte dauernd. Airam verunsicherte mich, besonders wenn ich ihm in die Augen sehen musste, und das auch noch dauerhaft.

Ein Lächeln spielte um seine Mundwinkel.

»Versuch dir vorzustellen, du wärst beim Augenarzt«, sagte er. »Das klappt meistens.«

Gute Idee … Was würde Tim davon halten, wenn er mich jetzt mit Airam sehen könnte? Es würde ihm gewiss nicht gerade gefallen. Ich freute mich darauf, ihm morgen, wenn ich Jerome aufsuchte, bei Edieth eine E-Mail zu schreiben. Denn in der Urblase gab es diese Möglichkeit leider nicht.

»Kira?« Airam griff fester um meine Ellenbogen.

»Wo bist du mit deinen Gedanken?«

»Ach, nirgends.«

»Man kann nie *nirgends* mit seinen Gedanken sein.«

»Ich weiß … ich … bin jetzt bei der Sache.«

Fest blickte ich Airam in die Augen, versuchte mir vorzustellen, dass auch ich eine Augenärztin wäre, und inspizierte zuerst das Weiß seiner Augäpfel, das besonders klar schimmerte, ohne ein einziges noch so kleines Äderchen.

In seiner Iris erkannte ich ein Zickzackmuster verschiedener Brauntöne, die zur Pupille hin heller wurden. Der letzte Kreis, der sich um seine Augenmitte zog, war fast bernsteinfarben, mit glitzernden Sternen darin … die sich vergrößerten … und im nächsten Moment von der tiefen Schwärze seiner Pupille verschluckt wurden … wie von einem schwarzen Loch. Ich hielt mich mit meinem Blick an den Zickzacklinien fest, doch die Schwärze zog mich mit aller Macht an. Die unterschiedlichen Brauntöne der Iris verschmolzen zu einem, bildeten einen Trichter, über dessen bernsteinfarbenen Rand ich rutschte … und verschluckt wurde. Weiße Lichtstrahlen schossen auf mich zu, begannen Kreise zu drehen, bildeten abwechselnde Muster, wurden zu bunten Spiralen. Das erinnerte mich entfernt an die Lichtspiele meines Bildschirmschoners.

Ich weiß nicht, wie lange ich mich in diesem Farbenspiel verlor. Es kam mir vor wie eine Ewigkeit, mochte sich aber auch nur um einen Augenblick handeln.

Plötzlich spürte ich einen heftigen Ruck. Ich wurde zurückgesaugt, über den Rand aus Bernstein geworfen. Das Zickzackmuster aus Brauntönen tauchte wieder auf. Dann das Weiß … Ich schaute in Airams Augen … und merkte, dass ich vor Anspannung am gesamten Körper zitterte.

»Pssst«, machte Airam, ließ einen meiner Ellenbogen los und fuhr mir mit seiner großen Hand sanft übers Gesicht, sodass ich die Augen schloss.

»Nun ruh dich aus. Du hast das wunderbar gemacht.«

Ich sank irgendwo gegen – und verharrte dort. Mein Atem ging schwer. Es dauerte eine Weile, bis er sich wieder beruhigte. Ich fühlte mich erschöpft und ausgelaugt, als hätte ich eine anstrengende Wanderung hinter mir.

Arme legten sich um mich und ich vernahm nah an meinem Ohr einen tieffrequenten Herzschlag. Es fühlte sich gut an, tröstlich und kraftspendend. Trotzdem riss ich mich los.

Airam ließ es geschehen und sah mich nachdenklich an.

»Und, was weißt du jetzt alles über mich, was ich nicht weiß?« Nervös richtete ich meine zerzausten Haare und lehnte mich gegen das Holzgeflecht.

»Viel«, sagte er nur. »Du kommst schneller wieder zu Kräften, wenn du dich gegen mich lehnst statt gegen das Geäst.« Airam klang sachlich und ich wusste, dass er die Wahrheit sagte. Trotzdem war es mir nicht möglich, mich einfach an ihn zu lehnen, und ich blieb in meiner unbequemen Position.

Wir schwiegen. Ich wartete, dass er mir erzählte, was er herausgefunden hatte. Doch stattdessen fragte er:

»Du bist verliebt in jemanden, nicht wahr?«

Oje, sah er solche Sachen etwa auch? Ich spürte, wie meine Wangen sich erwärmten.

»Sorry, war nur so ein Gefühl. Nicht dass du denkst, ich könnte solche Dinge aus dir herauslesen.«

»Was genau kannst du denn über die Vergangenheit von jemandem herausfinden?«, lenkte ich von seiner Frage ab.

»Nun, ich gehe weit zurück in die Geschichte meines Gegenübers und dann sehe ich manchmal ein Ereignis, das herausleuchtet – wie das Licht der Sterne dort unten, während der allergrößte Teil drumherum dunkel bleibt.«

Ich folgte seiner Geste, die in das All wies, und umklammerte unwillkürlich einen Ast. Hatten wir die ganze Zeit hier gesessen, während ich in Airams Augen gestürzt war, oder waren wir etwa dort unten gewesen?

»Und? Hast du was gefunden in meiner Ahnenreihe?«

»Ja. Etwas sehr Interessantes. Sie führt zurück auf ein mächtiges Ratsmitglied – irgendwann im Mittelalter, vielleicht zehntes oder elftes Jahrhundert.«

Eine leichte Gänsehaut überzog meinen Körper.

»Ein mächtiges Ratsmitglied?«

Sofort begann ich, die Personen durchzugehen, die ich kannte oder von denen ich aus anderen Ländern gehört hatte.

»Es ist niemand, der noch lebt. Wie du weißt, gehen Ratsmitglieder irgendwann in die reale Welt, werden dort alt und sterben.«

Nein, das hatte ich noch nicht gewusst.

»Warum tun sie das?«

Airam lächelte mich liebenswürdig an.

»Ganz einfach, weil sie sich verlieben.«

Sofort fiel mir Jolly ein und ich versuchte, ihn mir verliebt vorzustellen. Und als Nächstes dachte ich an Nisa und Airam. Wie funktionierte es dann bei ihnen, wenn sie in der Realwelt gar nicht lebensfähig waren? Würden sie ewig leben? Würden sie also ewig allein bleiben? Nein, das mussten sie eigentlich nicht. Sie konnten ja Partner finden, die ebenfalls magisch begabt waren und bei ihnen bleiben würden. Aber auch die durften dann nie wieder die reale Welt besuchen, um über die Jahrhunderte nicht doch zu altern und ihr eigenes, ewiges Leben damit zu gefährden.

Vielleicht währten Airams und Nisas Beziehungen auch immer nur für eine gewisse Zeit. Eventuell hatten sie bereits welche gehabt …

»Kira«, Airam riss mich aus meinen Gedanken. Sein Gesicht befand sich dicht vor mir und er sah mir in die Augen. »Woran denkst du?«

Ich wich ein wenig zurück. »Ach, nichts … nur … Wer war also dieses Ratsmitglied?«

»Du hast dich gefragt, wie es um mich steht, wenn ich die magische Blase nie verlassen kann, nicht wahr?«

Nervös strich ich mir eine Haarsträhne hinters Ohr, konnte er etwa doch Gedanken lesen?

»Vielleicht …«, gab ich zu.

»Nun, vielleicht habe ich diese Person endlich gefunden. Es muss schließlich jemand sein, der besonders ist, wie ich.«

Airams Augen leuchteten mich vieldeutig an. Meinte er etwa …

»Nein, das … Ich kann das nicht sein. Ich liebe bereits jemand anderen«, polterte es erschrocken aus mir heraus.

Jetzt senkte Airam zum ersten Mal den Blick.

»Das tut mir leid. Ist er deine erste große Liebe?«

Es tat ihm leid? Das klang, als bedauerte er mich wegen einer vorübergehenden Verwirrung. Ich stand auf, wobei ich taumelte und merkte, wie wacklig ich auf den Beinen war. Airam erhob sich ebenfalls und hielt mich fest.

»Vorsicht. Dieser Ort ist nicht ungefährlich.«

Er schob mich vor sich in den Gang, durch den wir gekommen waren. Mir fiel auf, wie stattlich er war, größer noch als Tim. Mit seinen breiten Schultern passte er gerade durch diesen Tunnel. Wir blieben stehen. Er beugte sich leicht zu mir herunter und ich wich zurück an die gegenüberliegende Wand. Meine Knie fühlten sich so butterweich an, dass ich mich gleich wieder setzte.

»Er ist nicht nur meine *erste große Liebe*, nach der dann erst die richtige kommt. Er ist bereits …«

»Hey, ich habe dich verschreckt, dabei wollte ich dich auf keinen Fall beunruhigen. Entschuldige bitte.«

»Aber da ist doch Amber …«

»Ich muss dir etwas sagen, was du noch nicht weißt.«

Airam seufzte und setzte sich mir gegenüber.

»Die Frau in Jonays Vision – Jonay sagt, es ist gleichzeitig die Frau meines Herzens. Eine besondere Frau, auf die ich seit dreitausend Jahren warte.«

Sein Geständnis schockierte und entspannte mich zugleich.

»Aber dann kann es doch nur Amber sein! Wenn ich es richtig verstanden habe, seid ihr längst ein Paar – eins, das sich gestritten hat.«

»Oh ja«, Airams Augen begannen zu leuchten, während er in eine unbestimmte Ferne schaute und sich erinnerte. »Ich war verliebt in Amber, gleich als ich sie das erste Mal vor ein paar Wochen erblickte. *Das ist sie*, dachte ich. *Das muss sie sein.* Aber Verliebtheit, Kira, ist nicht immer der Weg zu der Liebe deines Lebens.«

Hätte ich gekonnt, wäre ich noch weiter zurückgewichen, doch der Gang war eng. Airam lachte.

»Hab keine Angst, dass ich wegen meiner neuen Erkenntnisse gleich über dich herfalle. Natürlich sollten wir uns erst einmal kennenlernen …«

»Was ist mit Ambers Ahnenreihe?«

»In jeder zweiten oder dritten Generation findet man bei ihr jemanden, der magisch begabt war, einmal sogar mit einer Doppelbegabung. Doch das entdecke ich in den Ahnenreihen vieler Begabter.«

»Und das soll was aussagen über ihre Bedeutung? Aber das ist doch …«

»Nicht nur das, auch wessen Ahnenreihen sich bereits überkreuzt haben. Wer sich begegnet ist, wer wo gelebt hat. Das nennt man genealogische Verdichtungen. Solche *Knotenpunkte* in der Zeit sind nicht selten. Deine Vorfahren haben sich jedenfalls öfter in den Kreisen von Ratsmitgliedern bewegt, waren bedeutende Persönlichkeiten in der realen Welt. Da ist schon immer eine starke Energie. Zuletzt erkennbar bei deinen Eltern.«

»Das war aber keine gute Energie.«

»Energie ist Energie. Ob sie sich ins Positive oder Negative entwickelt, hängt vom Reifegrad der jeweiligen Persönlichkeit ab. Jedenfalls, deine Wurzeln sind stark verankert in Berlin, seit vielen Jahrhunderten. Dieses Ratsmitglied, es war eine Frau, sie war die Vorgängerin von Jolly. Und ich kannte sie. Sehr gut sogar. Sie war für mich … die Vorbotin von … dir. Ich ahnte es damals schon.«

Perplex starrte ich ihn mit aufgerissenen Augen an und wusste nicht, was ich sagen sollte. Auch wenn er von Urahnen sprach, es erinnerte mich an die Idee verschiedener Inkarnationen. Hier würde mir der Zusammenhang sogar noch schlüssiger vorkommen, vorausgesetzt, ich glaubte an Inkarnationen. Aber Urahnen? Selbst wenn es diese *Verdichtungen* tatsächlich gab, was hatte die Begegnung unserer Urahnen mit uns zu tun?

Airam schien mir meine Fragen auf der Stirn abzulesen.

»Es ist nicht der Geist, nicht die Seele, nicht das Blut. Es ist ein Muster, verstehst du? Ein Muster, das Muster bildet. Es sind Wellen der Zeit, die Interferenzen erzeugen. Vielleicht auch ein Ornament aus Zeit, Seele und Blut – wenn du so willst.«

Das klang irgendwie einleuchtend, auch wenn ich es nicht wirklich verstand. Gleichzeitig kam ich mir nur noch wie eine Spielfigur vor, deren Schicksal bereits festgeschrieben war. Ich zwinkerte mit den Augen, weil mich eine mächtige Müdigkeit überkam. Ging es wirklich nur darum herauszufinden, wie das eigene Schicksal verlief, statt es selbst zu gestalten? Nein, das würde ich nicht akzeptieren.

»Amber und du, ihr seid ein besonderes Paar. Visionen kann man falsch deuten. Wellen können sich auftürmen, über die Jahrhunderte … erst nur eine magische Begabung, dann lange nichts, dann auf einmal …«

Meine Stimme wurde mit jedem Wort leiser, die Kräfte verließen mich, obwohl ich wild entschlossen war, gegen Airams Überzeugungen anzukämpfen.

Er nahm mich in die Arme und legte meinen Kopf erneut gegen seine Brust. Ich ließ es geschehen, weil es sich tröstlich anfühlte.

»Ich kann nicht …«, flüsterte ich und schloss die Augen.

»Du musst grad auch nichts können, außer wieder zu neuen Kräften kommen.«

16. Kapitel

Als ich den Baum der Zeit verließ, war es immer noch Nacht. Dabei kam es mir vor, als hätte ich viele Stunden mit Airam verbracht.

Wir mussten nicht aus dem Geäst nach unten springen, sondern ein Tunnel führte direkt zu einer runden Tür, durch die wir ins Freie traten. Sie befand sich in dem mächtigen Stamm des Baumes, war aber von außen nicht zu erkennen, nachdem Airam sie wieder geschlossen hatte.

»Ich wünsche dir eine gute Nacht«, sagte Airam, verbeugte sich ein wenig und reichte mir förmlich die Hand.

»Ich dir auch.«

»Wir werden uns bald sehen, um an deinem Element Luft zu arbeiten.«

Er wandte sich ab und machte sich auf den Weg. Ich lief in die entgegengesetzte Richtung zu meiner Höhle. Komisch, dass er mich recht distanziert verabschiedet hatte, nach all seinen Offenbarungen und nachdem ich in seinen Armen eingeschlafen war. Natürlich war das gut so, aber die letzten Stunden hatten mich durcheinandergebracht. Es gab vieles, worüber ich nachdenken musste. Gleichzeitig fühlte ich eine seltsame Leere in meinem Kopf. Ich war müde, wenn auch nicht mehr völlig tiefenerschöpft.

Die Vision, Tims Bilder – das konnte doch alles nicht sein. Ich kam mir vor wie in einem Traum, in dem es keine vernünftigen Zusammenhänge gab. Gleichzeitig erschien mir gerade hier die Welt ruhig und heil.

Erschrocken fuhr ich zusammen, als jemand aus der Nische eines Felsens ohne Wohnhöhle trat.

Es war Amber. Entschlossen schritt sie auf mich zu. Ihr Blick beunruhigte mich. Instinktiv sah ich mich um. Wir waren allein auf diesem Weg zwischen Büschen und Felsen. Hinter der nächsten Kuppe mussten jedoch bereits die Wohnhöhlen sein.

»Hi, Kira. Ich nehme an, dass du von Airam kommst. Was hat er gesehen?«, fragte sie direkt und ohne Umschweife.

»Ähm, hallo, Amber. Es ist bereits spät und …«

»Ich möchte, dass du mir sagst, was er gesehen hat!«, unterbrach sie mich fordernd.

Ich fuhr mir nervös durch die Haare. Die Antwort auf ihre Frage würde ihr wahrscheinlich nicht gefallen. Und war sie überhaupt für ihre Ohren bestimmt?

»Ich weiß nicht, ob ich darüber reden darf.«

Sie lachte auf. »Aber selbstverständlich.«

»Dann frag doch besser Airam.«

»Nein, ich will es aus deinem Mund hören. Bei Airam kann ich zurzeit nicht sicher sein …«

Amber hatte sich dicht vor mir aufgebaut, als wollte sie mir Angst einjagen. Zuerst wirkte das sogar. Aber dann fragte ich mich, was sie mir eigentlich anhaben konnte? Nichts. Ich würde mich im Ernstfall zu wehren wissen. Außerdem, sie hatte selber Angst. Ich spürte es. Angst vor dem, was sich zwischen mir und Airam ereignen könnte.

Ich trat einen Schritt zurück und holte tief Luft.

»Amber«, sagte ich und ließ eine kleine Pause. »Ich weiß, dass du mit Airam einen Streit hattest. Ihr müsst darüber reden, so viel ist klar. Von meiner Seite aus kann ich nur sagen, es gibt überhaupt nichts zu befürchten. Weder was Airam anbelangt noch in Bezug auf deine Rolle in Jonays Vision.«

Amber seufzte und strich sich eine Haarsträhne aus dem Gesicht.

»Das ist sehr nett von dir, Kira. Und ich weiß deine Lüge zu schätzen. Doch hier geht es nicht um Nettigkeiten. Hier geht es um die Wahrheit, um das, was größer ist als wir. Ich möchte die Wahrheit wissen, auch wenn ich sie bereits in deinen Augen sehe.«

Ich schluckte. Jedes meiner Worte an Amber war aufrichtig und trotzdem …

»Airam hat etwas Besonderes in deiner Ahnenreihe gefunden, nicht wahr?«

Ich sah ein, dass es nichts brachte, ihr etwas zu verheimlichen. Sie würde es ja doch erfahren.

»Sie geht auf ein Ratsmitglied im Mittelalter zurück. Diese Frau war angeblich eine Vorbotin für mich. Aber ich glaube nicht an solchen Kram.«

Amber rang um Fassung.

»Was du glaubst, ist leider unwichtig«, fuhr sie mich böse an.

»Aber er liebt DICH, das hat er mir gesagt«, verteidigte ich mich.

Sie betrachtete mich mitleidig.

»Du bist netter, als ich anfangs dachte, sorry. Aber das ist nicht alles, was er gesagt hat. Mit Sicherheit hat er noch einen *Aber*-Satz hinzugefügt. Bitte sag ihn mir, damit ich weiß, dass ich mich auf deine Aufrichtigkeit verlassen kann.«

Was blieb mir anderes übrig? Amber ließ sich nicht an der Nase herumführen.

»… aber Verliebtheit ist nicht immer der Weg zu der Liebe deines Lebens«, wiederholte ich leise Airams Worte.

Amber nickte bestätigend.

»Airam ist sehr attraktiv, findest du nicht?«, fragte sie plötzlich.

»Ich bin nicht glücklich über das, was Airam gesehen hat, falls du das meinst. Kein bisschen. Ich liebe jemand anderen, schon lange. Und ich liebe ihn wirklich. Daran kann niemand was ändern, ob er nun hellsehen kann oder nicht.«

Amber lächelte nachsichtig. Dann wiederholte sie den Satz, den ich ihr gerade noch einmal aufsagen sollte:

»*… aber Verliebtheit ist nicht immer der Weg zu der Liebe deines Lebens.*«

Sie sah mich lange an.

»Was willst du? Dass ich mich deinem Airam an den Hals werfe, weil das irgendwelche Visionen und Zeitreisen vorschreiben, oder dass ich dir in aller Friedlichkeit das Feld überlasse? Das Zweite habe ich dir bereits mehrfach angeboten! Nicht, weil ich etwa Angst vor dir hätte, nein. Sondern weil … du und Airam, ihr seid das perfekte Paar. Das sieht doch jeder. Und zudem bist du erfahrener und … erwachsener als ich. Das ist auch nicht zu übersehen.«

Amber musterte mich nachdenklich.

»Ich danke dir für deine Worte.«

Sie berührte versöhnlich meine Schulter und lächelte mich an. Es war ein aufrichtiges Lächeln.

Doch dann sagte sie:

»Wir könnten Freundinnen sein. Vielleicht werden wir das sogar irgendwann. Doch gegenwärtig sind wir Konkurrentinnen, starke

Konkurrentinnen. Ich spüre, dass du keine Furcht vor mir hast. Jemandem, der mir unterlegen wäre, würde es anders ergehen. Und du unterschätzt leider die Fähigkeiten des Ur-Rates. Was sich Jonay und Airam offenbart, lenkt das Schicksal.«

»Nur zu fünfzig Prozent, über den Rest können wir selbst entscheiden«, widersprach ich.

»Eben drum. Es macht mich wütend, dass es dich gibt, ja!« Ihre gnadenlose Direktheit beeindruckte mich. »Aber wirklich verachten werde ich dich, wenn du dich weigerst, die Herausforderung anzunehmen, und womöglich die magische Welt opferst, nur für dein kleines, persönliches Glück.«

Ambers Augen blitzten mich an. Dann drehte sie sich um und verschwand ohne einen Abschiedsgruß dorthin, woher sie gekommen war. Regungslos sah ich ihr hinterher.

Wie hypnotisiert bewegte ich mich die letzten Schritte zu meiner Schlafstätte.

Unruhig wälzte ich mich in meinem Bett hin und her und fand keinen Schlaf, obwohl ich furchtbar müde war. Amber verlangte, dass ich kämpfte. Auch wenn sie eigentlich sicher war, die Frau in Jonays Visionen zu sein. Doch falls sie sich irrte, wollte sie wohl nicht die Schuld an den Folgen tragen. Immerhin schien sie die Wahrheit über alles zu stellen, auch wenn sie nicht mit ihren Wünschen übereinstimmen sollte. Doch wenn sie mit mir darin einig war, dass wir keine statischen Elemente in einer Vision waren, sondern die Zukunft mitgestalten konnten – warum war sie dann dagegen, dass ich ihr das Feld überließ? Weil ein Sieg ohne Gegner nichts wert war?

Kurz bevor ich endlich einschlief, kam mir noch ein anderer Gedanke, der Sinn ergab und ein ganz neues Licht auf Amber warf: Vielleicht befürchtete sie ja, dass Airam mit der magischen Welt unterging, falls sie nicht die Person war, die sie bewahren konnte? In dem Fall bedeutete ihr Verhalten, dass sie ihn aufrichtig liebte.

Teil 2

17. Kapitel

Daida hatte mich gebeten, zum Ufer des magischen Meeres zu kommen. Dorthin, wo eine Gruppierung verschieden großer runder Felsen bis ins Wasser reichte.

Ich sah Daida schon von Weitem. Sie trug ein weißes Kleid und sah zwischen den bunt bewachsenen Felsenkugeln und dem lagunengrünen Wasser aus wie eine Fee. Versunken hockte sie vor dem Wasser und badete darin ihre Hände. Als ich näher kam, stellte ich fest, dass der Saum ihres Kleides völlig durchnässt war, aber es schien sie nicht im Geringsten zu stören. Mit Sicherheit hatte sie mich kommen hören, doch sie drehte sich nicht zu mir um, sondern fuhr mit der Handfläche über die Wasseroberfläche.

»Hallo«, begrüßte ich sie.

Keine Reaktion. Ich wartete. Irgendwas stimmte nicht. Daida legte ihre Hand, wo das Wasser den Strand begrenzte, auf den Sand und drückte ihre Handfläche dreimal nebeneinander hinein. Sie markierte genau den dunklen Streifen nassen Sandes, der daneben in pudrig trockenen überging.

»Das Meer hat sich zurückgezogen.«

Langsam drehte sie sich zu mir um und ich bekam einen Schreck. Daida sah aus, als hätte sie über Nacht ihre strahlende ewige Jugend verloren und die gesamte Last der Welt auf ihre Schultern gehoben.

»Ich nehme an, das hat nichts Gutes zu bedeuten?«, fragte ich vorsichtig.

Sie erhob sich schwerfällig und gab mir einen Begrüßungskuss auf die linke Wange. Ihre Lippen fühlten sich rau an.

»Ohne Wasser keine Magie. Wenn das magische Meer austrocknet, stirbt die Urblase«, sagte sie tonlos.

Automatisch glitt mein Blick über das Wasser bis zum Horizont. Schwer vorstellbar, dass es nicht Ewigkeiten dauern würde, ehe dieser Ozean verdunstet wäre.

»Es hat sich nur etwas zurückgezogen«, versuchte ich sie zu beruhigen. »Ist das denn noch nie vorgekommen?«

»Nein«, antwortete Daida. Und auf einmal lächelte sie. »Mich macht alles nervös, ich weiß. Vielleicht kam es schon öfter vor, nur hat es nie einer bemerkt, weil es keinen Grund gab, auf so etwas zu achten. Das kann natürlich sein.«

Ich wusste nicht, ob sie selbst glaubte, was sie sagte, oder ob sie mich nur beruhigen wollte. Noch einmal sah ich zu den runden Felsen und bildete mir plötzlich ein, dass die Blüten darauf eben noch mehr geleuchtet hatten. Daida folgte meinem Blick, schien zu wissen, was in mir vorging. Ob sie dasselbe dachte?

»Gehen wir«, schlug sie vor. »Als Erstes möchte ich dich zu den kranken Elementarwesen führen, die aus den anderen Blasen hierhergebracht wurden. Du hast verlauten lassen, dass dein größtes Anliegen das Heilen ist. An dem Punkt möchte ich ansetzen.«

Wir liefen ein Stück am Strand entlang. Der drei Hände breite, nasse Streifen ließ Daida keine Ruhe. Sie war darauf bedacht, ihn nicht zu betreten, als könnte es alles noch verschlimmern.

Nach ein paar Minuten bogen wir in ein Waldstück ab, das aus riesigen Mammutbäumen mit quittegelben Baumstämmen und Ästen bestand. Sie trugen schwarze Blätter, auf denen überall bunte Glühwürmchen saßen. Es sah hübsch aus und außerordentlich exotisch.

Bald erreichten wir eine Lichtung, auf der sich ein in allen Farben schillerndes kuppelartiges Gebilde befand. Es sah aus, als hätten sich verschieden große Seifenblasen aneinandergereiht.

Im Eingangsbereich, der größten Seifenblase von allen, begegnete uns eine Heilerin, die einen Erdgnom am Arm führte. Mir fielen seine Augen auf, die ihre bernsteingelbe Farbe verloren hatten und dunkelgrau geworden waren.

Drinnen herrschte sakrale Stille. Die seltsame Bauweise des Gebäudes schien dafür zu sorgen, dass sämtliche Geräusche im Inneren geschluckt wurden.

Daida und ich folgten den beiden und gelangten in eine Blase, in der sich weitere Gnome befanden. Hier waren Heilerinnen tätig, die seltsame Bewegungen mit den Gnomen vollführten, als handele es sich um eine besondere Form der Krankengymnastik. Eine ältere Frau sah sich nacheinander die Augen der Gnome an und träufelte eine blaue Flüssigkeit hinein. Wir erfuhren, dass ihre Sehkraft sehr schnell nachließ.

»Hilft es denn?« Daida besah sich ein Fläschchen mit Augentropfen.

»Am Anfang konnten wir sie schnell damit heilen. Doch inzwischen … Das Mittel schlägt nicht mehr gut an.«

Vorsichtig trat ich an einen der Gnome heran, der mit hängenden Schultern und apathisch vor sich hin starrend auf einem der Kissen saß, die überall auf dem Boden herumlagen. Von der sonstigen Angriffslust dieser Wesen, die mich immer beunruhigt hatte, war nichts zu spüren. Ich berührte ihn. Langsam sah er auf. Etwas flackerte in seinen Augen, kleine weiße Leuchtpunkte. Dann verloschen sie und er wandte den Blick wieder ab.

»Was war das?« Die Heilerin kam neugierig näher.

»Keine Ahnung.« Ich zuckte mit den Schultern.

»Es war, als hättest du ihm einen Energiestoß verpasst. Kannst du das noch mal tun?«

Ich berührte ihn erneut am Arm, doch diesmal blieb der Effekt aus. Die Heilerin gab ein bekümmertes Brummen von sich.

»Er ist der Erste, der vollständig erblindet ist.«

Daidas Miene verdüsterte sich weiter.

Wir kamen am Bereich der Sylphen vorbei. Die runden pausbäckigen Wesen waren kaum wiederzuerkennen. Klapperdürr und abgemagert lagen sie zusammen auf einem großen watteähnlichen Podest und eine andere Heilerin war damit beschäftigt, ihnen irgendeine Flüssigkeit einzuflößen.

In der Blase daneben befanden sich die Ätherwesen, die wie dunkelgraue Schleier auf schneeweißen, schwebenden Liegen lagen.

»Sie sind nicht mehr weiß und können nicht mehr aufwärts fliegen«, sprach Daida das Offensichtliche aus. Eine Heilerin strich mit einem weißen Puschel, der aussah wie sein eigenes Kleidchen, über einen der Engel, als würde er ihn entstauben. Da, wo er den Engel berührte, kam tatsächlich seine weiße Farbe zum Vorschein. Doch bald nahm er wieder seinen ungewohnt dunklen Ton an. Das grüne Wesen wandte sich mit dem Puschel erneut seinem Gesicht zu. Dort war seine Hautfarbe weiß wie gewohnt, doch er hielt die Augen geschlossen wie die anderen. Und alle ähnelten der Heilerin, die jetzt den Raum betrat. Sie imitierten sie wohl trotzdem noch.

Das Leiden der Elementarwesen ließ meinen Atem stocken. Mitleidig strich ich einem Engel über die Stirn. Er öffnete die Augen und lächelte.

»Oh, gelächelt hat schon lange keiner mehr. Wer bist du? Jemand Neues, der uns hilft?« Die Heilerin sah mich hoffnungsvoll an.

»Ihr Name ist Kira«, antwortete Daida für mich.

»Oh«, wiederholte sie und trat ehrfurchtsvoll einen Schritt zurück. Mir war dabei etwas unbehaglich, weil ich nicht wusste, was es bedeutete.

Im Bereich für die Undinen trafen wir Amber an, die mit einer Helferin eine Undine von einem großen Becken mit grünlich trübem Wasser in eins mit klarem, sauberem Wasser trug. Fauliger Gestank schlug uns entgegen.

Ich sah, wie in dem ersten Wasserbecken Undinen reglos und mit weit aufgerissenen Augen umeinander trieben. Ihr sonst weißes Haar hatte eine gelbe Farbe angenommen und ihre Haut besaß einen grüngrauen Ton.

Amber wischte sich den Schweiß von der Stirn und kam auf uns zu.

»Über Nacht ist es viel schlimmer geworden. Das Milieu des Wassers ist schlagartig gekippt. Wir müssen sie schnell in das saubere Wasser bringen. Jede, die wir noch retten können. Zwei sind bereits gestorben.«

Daida und ich machten uns sofort an die Arbeit. Vorsichtig hoben wir die kranken Undinen aus dem Wasser und trugen sie hinüber. Im sauberen Wasser verbesserte sich schlagartig ihre Farbe, aber sie ließen sich antriebslos treiben und keine sagte ein Wort.

»Wir sollten das Wasser in dem ersten Becken sofort erneuern, sobald wir alle im zweiten Becken haben, denn dort wird es sich ebenfalls schnell verschlechtern.«

Als wir die vorletzte Undine hinübertrugen, kam eine andere Heilerin in den Raum geeilt.

»Kann uns jemand sofort bei den Salamandern helfen?« Sie erblickte Daida. »Daida! Was für ein Glück, dass du hier bist. Das Fieber der Salamander ist auf hundertachtzig Grad gestiegen. Sie verkohlen uns einfach und wir wissen nicht, was wir tun sollen. Schnell!«

»Gleich, ich bin gleich da.«

»Ich schaff das auch allein«, sagte ich und nahm die Undine auf meine Arme. Sie war schwer, aber es gelang mir, sie hinüberzutragen.

»Danke.« Daida eilte mit der Heilerin aus dem Raum.

Ich verweilte einen Moment bei der Undine, die ich gerade ins frische Becken getragen hatte. Reglos lag sie im Wasser und schien zu schlafen.

»Du bist Kira …«, flüsterte sie plötzlich und lächelte kaum merklich. Dann färbte sich ihre Gestalt plötzlich weiß, als würde sie ungewöhnlich schnell von Raureif überzogen. Erst dachte ich, das wäre ein gutes Zeichen. Doch als ihre Konturen zu verschwinden begannen, ahnte ich, was passierte.

»Sie ist tot.«

Amber stand neben mir.

»Nein!«, rief ich, weil ich es nicht wahrhaben wollte. Diese Undine hatte mich gekannt. Wahrscheinlich waren wir uns im magischen See begegnet.

»Doch«, antwortete Amber bestimmt und löste meine Hand von dem zarten Handgelenk der Undine, während mir die ersten Tränen über die Wangen liefen.

»Sie war aus meiner Blase, zu Hause«, erklärte ich, als könnte das noch was ändern.

»Wir müssen sie herausheben und in die Grotte bringen.«

Amber trug die Undine mühelos allein fort. Der Tod schien sie leicht gemacht zu haben wie eine Feder.

Verstört verließ ich den Bereich der Undinen und fand Daida in einer Abteilung, in der es schwül war wie in der Hölle. Hier lagen Salamander auf Liegen aus Metall. Daida stand am Kopf eines Salamanders, hielt sein Gesicht auf beiden Seiten und blies Luft über Augen, Nase und Brust. Sie fluchte leise vor sich hin, blies noch einmal kräftiger. Ich verstand nicht recht, was sie mit ihrem Atem bei den Temperaturen bezwecken wollte. Doch dann stieß sie unter Anstrengung eine Eiswolke aus, aus der feinste Kristalle rieselten und dort, wo sie den Salamander berührten, die Farbe seiner Haut von viel zu heißem Blau in harmloses Gelb verwandelten. Das schien sein Fieber zu senken.

Ich staunte, weil Daida doch eigentlich Feuer war. Noch nie hatte ich gesehen, wie jemand sein Element in das Gegenteil verkehrte. Wahrscheinlich waren nur die Mitglieder des Ur-Rates zu solch einer Leistung fähig.

Doch mehr als diese eine Wolke gelang Daida nicht.

»Ich weiß nicht«, entschuldigte sie sich, »ich bin heute nicht gut in Form.«

Die Heilerin nickte verständnisvoll und legte einem anderen Salamander, der rot glühte wie Kohle, Eisbeutel auf.

Ich stürzte mich verzweifelt auf den dritten, um gegen die Ohnmacht in mir anzukämpfen. Irgendwas musste ich doch fertigbringen, auch ohne besonderes Wissen. Einmal hatte ich schließlich Sulannias Haare geheilt, nachdem ich wild mit ihr umgegangen war. Irgendwo schlummerten sie in mir, diese besonderen Kräfte, die sich bereits in Ausnahmezuständen gezeigt hatten.

Der Salamander warf sich hin und her. Seine Flammen schienen ihn selbst zu verbrennen. Ich legte meine Hände darauf. *Saug sie auf. Saug sie auf. Saug sie auf!*, beschwor ich mich selbst. Tatsächlich sprangen die Flammen in meine Handflächen und verschwanden darin. Es funktionierte! Ich nahm sie in mich auf, eine nach der anderen.

Der Salamander kühlte merklich ab und wurde ruhiger, hörte auf, sich hin und her zu werfen. Seine schuppige, raue Haut wechselte die Farbe von Blaurot auf Gelborange.

»Er hat seine normale Temperatur erreicht!«, triumphierte ich … und dann sackte ich weg.

18. Kapitel

Als ich wieder zu mir kam, befand ich mich auf einer moosig weichen Liege an der frischen Luft. Daida legte mir kühlende Tücher auf die Stirn und Amber brachte gerade eine Schüssel mit frischem Wasser.

»Was ist passiert?« Meine Stimme klang matt wie bei hohem Fieber.

»Danke, dass du dich so eingesetzt hast. Aber es bringt nichts, wenn du ihr Leiden in dich aufnimmst und selbst daran zugrunde gehst. Hundertachtzig Grad verträgst auch du nicht.«

»Das war ziemlich dumm«, bemerkte Amber nur und reichte Daida einen neuen kalten Lappen, den sie gegen den auf meiner Stirn auswechselte.

Resigniert schloss ich die Augen. Offensichtlich hatte ich das Gegenteil von dem erreicht, was ich wollte. Statt dass Amber und Daida weiter für die Elementarwesen da waren, kümmerten sie sich nun um mich. Ich war wirklich eine großartige Hilfe und fühlte mich nutzlos wie noch nie.

»Aber sie werden alle … Es werden noch mehr sterben, nicht wahr?«

Daida nickte.

»Wir können nur ihr Leiden lindern. Sie sind das Symptom und nicht die Ursache. Deshalb können wir so wenig tun.«

»Und die Symptome werden schlimmer«, folgerte ich.

Daida nickte noch einmal. Das Graue, Verhungerte, Erblindende und Verbrannte der Undinen schien sich in ihrem Antlitz widerzuspiegeln.

Entschlossen richtete ich mich auf.

»Ich muss zu Jerome! Sofort.«

»Du?«, fragte Daida. »Warum du?«

Der Berliner Rat hatte wohl nicht alles über mich erzählt. Also berichtete ich Daida von meinem besonderen Verhältnis zu Jerome, dass er mich nach dem Tod meiner Eltern in der Realwelt untergebracht hatte, seit meiner Kindheit ein Auge auf mich hatte und in der magischen Welt kurz davor gewesen war, mein Vertrauen zu gewinnen, um die radikalen Pläne meiner verstorbenen Eltern weiterzuverfolgen.

»Dann bist du wie eine Tochter für ihn«, schlussfolgerte Daida. *Oh ja, Leo der Sohn und ich die Tochter.* Der Gedanke randalierte unangenehm in meinem Innern. »Und er versucht weiter alles, um zu dir eine besondere Beziehung aufrechtzuerhalten.«

»Wenn es sein muss, auch mit Erpressung«, ergänzte ich wütend.

»Daida!«, drang ein Ruf aus dem Wald zu uns. Kurz darauf tauchte Nisa auf. Ihre dünnen Haare lagen wirr um ihren Kopf, als hätte sie eine Abkürzung durch das Unterholz genommen. Ihr braunes Kleid war zu kurz, zu eng und an einigen Stellen zerrissen. Mir fiel auf, dass sie immer noch wie jemand aus dem zehnten Jahrhundert aussah, während die anderen sich eher zu unirdischen Gestalten in zeitlosen Gewändern stilisiert hatten.

»Da bist du ja, ich suche dich überall. Es ist was passiert!«

Sie kam atemlos vor uns zum Stehen.

Daida blieb ruhig.

»Warum schickst du mir keine Nachricht?«

Nisa verdrehte die Augen. »Weil ich dumm bin, natürlich!«, blaffte sie.

Daida und Nisa sahen sich schweigend an. Dann verengten sich Daidas Augen. Sie fixierte Nisa und ihre Lider schlossen sich. Auch Nisa schloss die Augen. Beide verharrten so einen Moment, der mir ewig vorkam. Daida öffnete die Augen zuerst und gab ein klangloses Nein von sich.

»Doch«, antwortete Nisa und verschränkte die Arme vor der Brust. »Auch wir können uns jetzt nicht mehr via Quantenkommunikation mit anderen Räten verständigen.«

Daida ließ das Gesicht in die Hände fallen.

»Jemand räumt auf in der Urblase!«, zischte Nisa und wollte wieder gehen.

»Nisa!« Daidas Stimme klang mächtig und streng, sodass ich erschrocken zusammenzuckte.

»Bring Kira zum Ätherdurchgang, sobald sie sich wieder gut fühlt. Es ist sehr wichtig.«

Bedächtig legte Daida das zweite Tuch in die Wasserschale zurück, die Amber hielt, erhob sich und entfernte sich, ohne etwas zu erklären. Einmal mehr spürte ich die besondere Macht, die Daida ausstrahlte.

Nisa lachte mich schallend aus, nachdem ich ihr erklärt hatte, was mir die Beine weggehauen hatte.

»Kannst du eine grüne Kirsche zwingen, an einem Tag reif zu werden? Nein! Also, lass es auch mit deinen Fähigkeiten!«

Okay, Nisa gehörte dem Ur-Rat an. Gleichzeitig kam sie mir wie meinesgleichen vor. Sie konnte zwar auf einige Tausend Jahre mehr Lebenserfahrung zurückblicken als ich. Andererseits hatte sie sich in der Realwelt nur aufgehalten, bis sie sechs war. Danach nie wieder. Besaß sie also wirklich mehr LEBENS-Erfahrung als ich? Trotzdem flößte sie mir Respekt ein.

»Warum bin ich dann hier?«

Nisa schlug einen kleinen Schlängelpfad durch dicht stehende Bäumchen ein, die mich mit ihren feinen Nadeln an Lärchen erinnerten, jedoch war ihre Farbe hellblau.

»Wenn du dir die Frage nicht selbst beantworten kannst, frage ich mich das allerdings auch.«

Na großartig. Sie war doch diejenige gewesen, die dafür gesorgt hatte, dass ich hierblieb! Plötzlich spürte ich ihre Hand auf meiner Schulter.

»Sorry. Ich bin angespannt. Du hast halt was versucht. Das hätte ich wahrscheinlich auch an deiner Stelle. Aber es hat keinen Sinn mehr. Es ist zu spät.«

Nisas endgültige Worte schockierten mich. Und dann grinste sie mich auch noch an.

»Altes muss vergehen, damit Neues kommen kann. Das ist ein Naturgesetz. Du hast das ja wohl auch schon mal beobachtet.«

»Aber …« Mir fehlten die Worte.

»Schau sie dir doch an, unsere heile Familie. Oder soll ich etwa *heilige Familie* sagen?« Sie prustete verächtlich.

»Wir sind ein festgefrorenes Ahnenbild. Weiter nichts. Die eine will ein Engel sein, der andere ein Gott und der Dritte nach dreitausend Jahren endlich mal verliebt …«

Nisa riss einen blauen Zweig ab und zog wütend die feinen Nadeln ab. Vor uns öffnete sich ein kleines Tal, das am Horizont in eine dichte Wolkenbank überging. Der Ätherdurchgang.

»Und du?«, fragte ich.

»Was, ich?«

»Was möchtest du sein?«

Sie zuckte mit den Schultern.

»Sieht man das nicht?« Nisa blieb stehen und breitete die Arme aus, damit ich sie betrachten konnte.

Ich blickte auf ihre Hände, die sich von den Nadeln blau gefärbt hatten. Etwas davon hatte sie auch im Gesicht verschmiert.

»Ja, man sieht es. Ein Kind deiner Zeit«, analysierte ich mit fester Stimme. »Es muss seltsam sein, wenn einem die Jahre zwischen sechs und zwanzig fehlen.«

Nisa schnappte nach Luft. Sogleich tat es mir leid, dass ich an diese Wunde gerührt hatte.

»Nicht nur diese paar Jahre, auch alle danach!«, rief sie und ging mit großen Schritten weiter, sodass ich kaum mithalten konnte. Es fing an zu nieseln. Ich zog mir die Kapuze über die Haare. Nisa fuchtelte mit den Armen in der Luft. »Stopp«, rief sie in den Himmel. Es sah ganz danach aus, als hatte sie diesen Nieselregen verursacht. Doch statt nachzulassen, wurde der Regen heftiger. »STOPP!!!«, schrie sie wütend und beschwor den Regen. Der Regen antwortete mit haselnussgroßen Tropfen. Im Handumdrehen waren wir komplett durchnässt.

Nisa raufte sich die Haare, atmete ein paarmal tief ein und aus, konzentrierte sich. Und dann gelang es ihr endlich, den Regen unter Kontrolle zu bringen. Es tropfte nur noch ein paarmal und kurz darauf leuchteten die Sterne wieder wie Millionen kleine bunte Sonnen von einem goldstrahlenden Himmel herab und brachten die umhersummenden Glühwürmchen zum Glitzern, als wäre nichts gewesen. Sie zog die Augenbrauen zusammen und sah mich vorwurfsvoll an.

»Es tut mir leid«, sagte ich.

»Was? Dass ich meine Fähigkeiten nicht richtig im Griff habe?«

Ich tat einen Schritt auf Nisa zu und umarmte sie. Erst wehrte sie sich, aber als sie bemerkte, dass ich eine Fähigkeit einsetzte, um uns zu trocknen, gab sie den Widerstand auf. Dicke Wolken kondensierendes Wasser stiegen zwischen uns auf. Es zischte und im Nu waren wir trocken. Ich dachte daran, wie ich Tim mit dieser Fähigkeit beeindruckt und seinen Taucheranzug getrocknet hatte, nachdem ich die Wasseraufbereitungsanlage zerstört und Neve uns gerettet hatte … Das Material hatte geknistert und auch seine Haut … Nein, lieber nicht an Tim denken, nicht jetzt.

Wir erreichten den Durchgang viel schneller, als ich gedacht hatte. Die ersten kleinen Wolkenbänke umwaberten meine Füße.

»Was hast du drüben vor?«, fragte Nisa, nachdem wir die letzten Minuten geschwiegen hatten.

Etwas in mir wollte es ihr nicht sagen. Sie weckte ein tiefes Misstrauen in mir, weil sie mich mit ihrem Frust auf das *tausendjährige Einerlei* an Jerome erinnerte.

»Du gehst zu Jerome, nicht wahr?«

»Ja«, antwortete ich nur.

»Viel Glück.«

Den Tonfall, in dem sie mir Glück wünschte, konnte ich nicht deuten. Klang darin Aufrichtigkeit oder Verachtung mit? Sie machte kehrt und ich sah ihr hinterher, bis sie die ersten Wohnfelsen erreicht hatte.

Irgendwo musste es eine undichte Stelle geben, wenn nun auch die Urblase ihre Immunität verlor. Nisa verhielt sich ziemlich seltsam. Ob sie etwa irgendwas mit Riley zu schaffen hatte? Dagegen sprach allerdings, dass sie sich dafür eingesetzt hatte, mich in der Urblase zu behalten.

Ich konzentrierte mich auf den Steg in den Wolken und lief langsamen Schrittes in das Wolkenmeer hinein.

19. Kapitel

Eine heftige Sturmbö riss mich von den Beinen, als ich auf der anderen Seite des Durchgangs das Ende des Steges erreichte und aus den Wolken trat. Ich wurde auf den Waldboden geschleudert, konnte mich ein wenig mit dem Ellenbogen auffangen, aber verspürte einen scharfen Schmerz in der Hüfte. Die Wipfel der mächtigen Kiefern rauschten im Wind. Es regnete Kiefernnadeln. Sie stachen mir ins Gesicht. Hastig setzte ich wieder die Kapuze auf, schnürte sie unter dem Kinn zu und krabbelte in den Schutz der Kiefernallee. Das Stechen in der Hüfte ließ zum Glück nach. Von hier drehte ich mich noch einmal um. Das Wolkenmeer des Durchgangs lag hoch aufgetürmt über der tiefen Schlucht, als würde es bald ein heftiges Gewitter geben.

Ich sah, dass genau von meinen Füßen aus ein Regenbogen über die Wolken bis zum Horizont reichte. Jeder auf der Ostseite der Insel konnte ihn jetzt wahrscheinlich sehen. Das lenkte mich kurz ab. Doch schon traf mich ein kleiner Ast an der Schulter und erinnerte mich daran, dass es gefährlich war, ein Unwetter im Wald zu erleben.

Am besten, ich sah zu, dass ich so schnell wie möglich Ediths Haus erreichte. Ich richtete mich auf, ignorierte das Stechen in der Hüfte und rannte los.

Als ich das Grundstück erreichte, hörte ich den Motor des Pick-ups. Nicht Edieth, sondern Leo saß am Steuer. Er fuhr in die Einfahrt, während ich den vom Sturm verwüsteten Garten durchquerte. Wir gelangten gleichzeitig am Haus an. Leo stieg aus und schleppte zwei schwere Tüten mit Lebensmitteln zum Haus. Ich nahm ihm eine ab.

»Was für ein Wetter!«

»Gestern war es noch heftiger«, schrie er gegen den Wind an. »Besonders die Westseite der Insel ist betroffen.«

Die Haustür öffnete sich. Edieth tauchte im Türrahmen auf und nahm mir die Tüte ab. Als sie die Tür hinter uns schloss, kehrte augenblicklich Ruhe ein, während der Wind draußen weiter bedrohlich ums Haus pfiff.

»Kommt das hier oben öfter vor?«

»Nein«, sagte Edieth ernst und bestätigte, was ich bereits ahnte. Natürlich war das alles NICHT normal.

In der Küche lief der Fernseher. Ich starrte immer wieder auf den Bildschirm, während wir die Einkäufe in die Schränke räumten. Verwüstete Plantagen, Verletzte durch umherfliegende Steine, die der Sturm aus den bröckelnden grauen Mauern, hinter denen geschützt die Bananenstauden standen, auf die Straße getragen hatte. Hier und da lagen Palmwedel herum. Teilweise waren Palmen abgeknickt und versperrten Wege und Straßen.

Ich vernahm Jeromes Stimme hinter mir.

»Schön, Kira, dass du gekommen bist. Es wird auch langsam Zeit, wie man sieht.«

Mit einem unguten Gefühl drehte ich mich um. Jerome lehnte in der Küchentür, klein und erschöpft, schien sich aber dennoch unwiderstehlich vorzukommen, denn seine Augen loderten.

»Hallo, Jerome.«

Edieth nahm mir die Sachen für den Kühlschrank ab, die ich aufgestapelt in meinen Händen hielt.

»Geht in die Wohnstube. Dort könnt ihr ungestört reden.«

»Ich würde mein Zimmer vorziehen«, antwortete Jerome.

Mir wäre das Wohnzimmer angenehmer, dachte ich sofort. Aber Edieth nickte mir kaum merklich zu und Leos beruhigender Blick lag auf mir. Passieren konnte mir nichts.

Wahrscheinlich wollte Jerome nur wieder Macht präsentieren. Und wenn schon, Jeromes niedere Motive konnten mir gestohlen bleiben. Auch wenn er sich aufplusterte, war er in meinen Augen nur noch ein armer, kleiner Wurm.

In seinem Zimmer, einem Schlauch, der höchstens acht Quadratmeter maß, befand sich allerdings nur ein Schrank, ein Bett und ein kleiner Nachttisch mit einer Lampe. Nicht mal ein Stuhl. Jerome schloss die Zimmertür, setzte sich auf die Bettkante und wies auf den freien Platz neben sich. Zögerlich setzte ich mich. Immerhin war das Bett gemacht und mit einem Überwurf versehen, einem roten indischen Tuch mit schwarzen Zweigen und schwarzen Vögeln darauf, die mir bedrohlich erschienen, obwohl es eigentlich ein schönes Muster war.

»Kira«, begann Jerome seufzend und nahm meine Hand. Ich zog sie entsetzt weg, als hätte ich mich verbrannt.

»Kira«, seufzte er noch einmal. »Egal, was passiert ist. Egal, was für Fehler ich gemacht habe. Du sollst wissen, dass ich dich liebe wie eine Tochter. Das werde ich immer, unabhängig davon, was passiert.«

»Mit der Masche hast du bereits Leo um den Finger gewickelt. Das klappt bei mir nicht!«

Ich stand auf und lehnte mich gegen die Tür.

»Bitte komm wieder her.«

Er wischte sich über die Stirn, gab einen weiteren theatralischen

Seufzer von sich und durchbohrte mich mit seinem Blick. Ich wusste, dass er nichts erzählen würde, wenn ich nicht tat, was er sich wünschte. Also setzte ich mich wieder zu ihm.

»Wo ist Riley, wie kann man ihn finden?« Am besten kam ich gleich zur Sache.

Jerome seufzte wieder.

»Das weiß ich nicht.«

»Erzähl keinen Bullshit! Warum bin ich dann überhaupt hier?«

»Du sollst wissen, dass ich dich immer schützen werde, Leo und dich. Und dass ich Riley nichts preisgegeben habe. Er weiß nichts von deinen besonderen Fähigkeiten. Er hat keine Ahnung, dass es auf dich ankommt. Dass du sein größter Feind bist.«

»Bullshit!«, wiederholte ich, weil mir bei seinen Worthülsen, die er von sich gab, nichts anderes einfiel.

Jerome packte mich an beiden Handgelenken und beschwor mich: »Kira! Du bist die Herrscherin. Du musst alles wieder in Ordnung bringen! Du hast die Macht und ich werde dich unterstützen, alles tun, was du sagst.«

Ich riss mich los und schlang instinktiv die Arme um mich. Jerome machte mir Angst. Es klopfte an die Tür. Ohne eine Antwort abzuwarten, schaute Leo herein.

»Alles in Ordnung?«

»Ja«, beruhigte ich ihn. Er musterte mich. Dann schloss er die Tür wieder.

Jerome hatte sich vorgebeugt, hielt den Kopf in die Hände gestützt und starrte die weiße Wand gegenüber an.

»Es tut mir leid. Ich packe es falsch an. Ich erreiche das Gegenteil von dem, was ich will. Ich will dich doch nicht verschrecken. Ich …«

Er sah flehend zu mir herüber, während ich bis ans äußerste Ende des Bettes zurückgewichen war.

»Leo und du … ihr seid die Zukunft. Ihr …«

»Jerome! Hör auf damit. Hör endlich auf!« Ich sprang erneut auf und blieb diesmal stehen.

Jerome sah mich ehrlich erstaunt an.

»Aber … ihr liebt euch doch … oder nicht?«

Er schien es tatsächlich nicht zu raffen.

»Nein! Tun wir nicht!«, rief ich entnervt aus.

Er lächelte wissend und schüttelte den Kopf.

»Oh nein, Kira, du irrst … Ihr seid …«

Mir reichte es. Ich wollte auf diesen Schwachsinn nicht mehr eingehen.

Jerome erhob sich ebenfalls und blieb dicht vor mir stehen. Ich griff nach der Türklinke. Er fixierte mich mit einem flackernden Blick. *Er ist verrückt. Er ist einfach nur verrückt*, schoss es mir durch den Kopf.

»Riley versucht, an Amber ranzukommen. Dich hält er nur für ein unreifes Schulmädchen.«

»Er kann nicht in die Urblase eindringen. Und ich werde dafür sorgen, dass sie sie nicht verlässt.«

»Das sollte sie aber tun. Bring sie dazu. Damit er seiner falschen Spur folgen kann.«

Er sah mich verschwörerisch an. Mein Gehirn arbeitete auf Hochtouren. Meinte er das ernst mit Amber oder wollte er sie nur aus dem Weg haben, um besser die Urblase angreifen zu können? Ich warf einen Testballon.

»Riley hat bereits einen Zugang zur Urblase, stimmt's? Sag mir, wie!«

Inzwischen klebte ich förmlich an der Tür. Jerome rückte endlich einen Schritt ab und fuhr sich mit der Hand durchs Gesicht.

»Schon möglich. Aber ich weiß es nicht. Riley hat mir nie richtig vertraut. Genau das wird ihm jetzt zum Verhängnis!«, fauchte Jerome und kam mir plötzlich so nah, dass sich fast unsere Nasenspitzen berührten. Ich roch seinen nach Kohlrabi riechenden Atem. »Denn nun arbeite ich mit dir zusammen, Kira. Und nicht mit ihm!«

Angewidert drehte ich den Kopf ein Stück zur Seite. Jerome wich zurück. Er ließ sich auf das Bett fallen und atmete schnell und flach. Es sah nach einem kleinen Schwächeanfall aus.

Ich merkte, dass ich die Luft angehalten hatte, und tat einen tiefen Atemzug.

»Dann tu das auch!«, sagte ich streng, ging einen Schritt auf ihn zu und blieb mit verschränkten Armen vor ihm stehen. »Was ist mit der Zwischenwelt, in die ihr euch verkrochen habt? Wie gelangt man hinein? Wenigstens das musst du doch wissen!«

»Die Zwischenwelt ist ein Echo der implodierten Blasen. Als würde man durch Erinnerungen waten wie durch dicken Rauch. Man sieht Konturen der Dinge, die einmal waren. Man glaubt, etwas genau zu erkennen, und dann ist es doch nicht greifbar. Es macht einen melancholisch, wenn die Farben fehlen.«

Während er wieder auf die Wand starrte, bestätigte Jerome, was wir über die Zwischenwelt bereits vermuteten. Seine Stimme klang tieftraurig, aber davon durfte ich mich nicht ablenken lassen. Ich musste mich auf die Fakten konzentrieren. Alles, was ich brauchte, waren ein paar konkrete Informationen.

»Wie gelangt man hinein?«, wiederholte ich, als spräche ich mit einem kleinen Kind, das von seiner leicht durchschaubaren Lüge nicht ablassen wollte.

»Ich weiß nur, dass man die Rauchsäulenfähigkeit braucht. Riley hat mich jedes Mal mit ihr hineingebracht. Und Leo später, als wir flohen, wieder hinaus.«

»Warum ist Leo dann nicht gleich abgehauen?«

»Weil er keine Ahnung hatte, wie.«

»... bis du es ihm gesagt hast!«

»Genau«, gab er ohne Zögern zu. »Man muss sich schnell bewegen, und zwar in die Richtung, wo die Zwischenwelt zu einem schwarzen Tunnel wird. Nicht dahin, wo sie sich erhellt und am Horizont die farbenfrohe Realwelt bereits wie eine Fata Morgana auftaucht. Das machen die, die flüchten wollen, immer falsch. Deswegen schaffen sie es nicht.«

Jeromes Atmung hatte sich normalisiert. Er richtete sich ein wenig auf. Endlich schien er sachlich mit mir reden zu wollen. Ich nahm wieder auf der Bettkante Platz, um ihn darin zu bestärken.

»Dann beschreib mir jetzt, wie man hineinkommt.«

»In einer Rauchsäule. Auch wenn ich gerne würde, Kira, mehr kann ich nicht sagen. Ich war selbst darin eingehüllt.«

Verdammt, langsam glaubte ich ihm das. Es klang ehrlich. Er schien es tatsächlich nicht zu wissen.

»Ist das wirklich alles? So kommen wir nicht weiter.«

Jerome drehte sich zu mir und fasste mich an den Schultern. Sein fiebernder Blick machte mich nervös.

»Kira. Rileys Herz ist verkohlt und das ist der Schlüssel!«

Er sagte das, als vertraute er mir damit das größte Geheimnis an, aber das waren nur leere Worte.

Ich löste seine Hände von meinen Schultern, die sich schmerzhaft hineinkrallten.

»Ich verstehe nicht, was du damit sagen willst«, antwortete ich und versuchte, möglichst ruhig zu klingen.

Doch ehe ich was tun konnte, packte mich Jerome abermals an den Schultern.

»Du musst böse sein, Kira, sehr böse – damit alles wieder gut wird. Aber das wirst du nicht packen, wenn du dich weiter von falschem Edelmut leiten lässt – und Angst hast vor deiner dunklen Seite! Dann wirst du nie die Elemente beherrschen!!«

Seine Stimme war mit jedem Wort lauter geworden. Den letzten Satz schrie er mir fast ins Gesicht. Ich spürte kleine Tropfen seines

Speichels auf meinen Wangen, machte mich von ihm los und rieb mir mit dem Ärmel voller Ekel das Gesicht, während ich auf die Tür zusprang. Im selben Moment öffnete sie sich, Edieth erschien und ich flüchtete an ihr vorbei hinaus.

20. Kapitel

Edieth schloss die Küchentür hinter uns. Leo lehnte am Kühlschrank und sah mich besorgt an. Mein Atem ging schnell.

»Er … ich weiß nicht … Erinnerst du dich an seine Tagebuchaufzeichnungen, nachdem Clarissa und Alexander tot waren?« Ich sprach von dem Tod meiner biologischen Eltern, aber es kam mir vor, als handelte es sich um Fremde, wenn es im Zusammenhang damit geschah, dass sie so was wie Terroristen gewesen waren.

Leo nickte. Natürlich war die Frage nur rhetorisch gemeint und er wusste sofort, wovon ich sprach: den letzten verzweifelt hingekritzelten Notizen, die Jerome zu Papier gebracht hatte, teilweise verwischt von Tränen.

»Genauso kommt er mir jetzt wieder vor«, setzte ich hinzu. »Fanatisch … unberechenbar, irgendwie irre …«, ich stieß hilflos einen Schwall Luft aus.

Edieth reichte mir eine Tasse Tee. Meine Hände waren eiskalt vor Aufregung und zitterten.

»Hat er dir etwas gesagt, was uns weiterbringen könnte?«

»Nichts. Gar nichts. Nur Dinge, die wir schon wissen oder die klingen, als hätte er nicht mehr alle beisammen. Ich bin mir nicht sicher, ob er wirklich mit uns zusammenarbeitet …«

»Das tut er«, unterbrach mich Leo.

»Leo, womit hat er eigentlich dein Vertrauen verdient, wenn er bei allem, was er unternimmt, doch immer selbst an erster Stelle steht?«

Um Leos Augen zuckte es nervös. Ein sicheres Zeichen, dass er wütend wurde. Er verschränkte die Arme. Trotzdem konnte ich jetzt nicht lockerlassen.

»Hast du schon mal überlegt, warum es eigentlich etwas geben sollte, was er nur mir anvertrauen will und nicht auch dir?«

Edieth, die sich gerade Tee eingoss, hielt mitten in ihrer Bewegung inne.

Leo jedoch brachte diese Frage nicht aus dem Gleichgewicht:

»Ja, habe ich. Er will dir gar nichts anvertrauen, weil er nicht mehr weiß, als er weiß. Er versucht nur alles, um dich zurückzugewinnen. Er liebt dich, Kira, auch wenn er einen Haufen Mist gebaut hat.«

»Na toll. Dann verschwende ich also nur meine Zeit für die Befindlichkeiten eines Fanatikers, während ringsum die Welt untergeht!«

Ich verließ wütend die Küche, knallte die Tür zu, trat vor das Haus und setzte mich auf die Bank neben dem Eingang, damit der Wind mir um den Kopf blasen konnte.

Leo folgte mir eine Minute später und setzte sich neben mich.

»Hey. Entschuldige. Du hast mit allem recht. Jerome ist zwiespältig, ich weiß das genauso wie du. Trotzdem bin ich mir diesmal sicher, dass er uns helfen will. Das will er sogar unbedingt! Glaub mir.«

Ich fummelte mir die Haare aus dem Gesicht, die der Wind mir hineinblies.

»Er meint, wir sollten ihm Amber als falsche Fährte schicken«, erzählte ich.

»Dasselbe hat er mir auch schon vorgeschlagen. Aber ich halte nichts davon. Ich denke, in der Urblase ist sie genau richtig. Denn Riley wird alles daransetzen, Zugang zur Blase zu finden.«

»Wahrscheinlich schafft er es bereits.«

»Jonay war heute früh hier.«

»Jonay? Hier?« Ich sah Leo überrascht an.

»Nicht leibhaftig. Als Hologramm. Er hat uns erzählt, dass die Symptome für eine beginnende Instabilität der Urblase seit heute eindeutig sind.«

»Dann haben Riley und seine Leute es geschafft, in die Urblase einzudringen.«

»Jonay sagt, es gäbe keine Anzeichen. Eindringlinge hätten die Mitglieder des Ur-Rates bisher sehr schnell bemerkt.«

»Bisher …«, wiederholte ich sorgenvoll.

»Hat Jerome dir seine Vermutung mitgeteilt, Riley wäre nicht nur zwischen Realwelt und Zwischenwelt gependelt, sondern es gäbe noch einen weiteren Ort?«

»Nein, hat er nicht. Damit kann er doch nur die Urblase meinen.«

»Wohl nicht.«

»Was für ein Ort soll es sonst sein?«

»Ich habe nicht die geringste Ahnung und Jerome leider auch nicht.«

Einige Minuten später saß ich in Ediehs kleinem Arbeitszimmer mit Blick auf die wolkenverhangene Caldera und starrte abwechselnd auf den Monitor ihres Laptops, der langsam hochfuhr, und hinaus aus dem Fenster. Ich versuchte, meine durcheinanderstolpernden Gedanken zu sortieren, kam aber zu keinem vernünftigen Ergebnis. Riley schien ungreifbarer als je zuvor, während seit heute ein Riss durch die Urblase ging, aus dem Stürme auszutreten schienen, die La Palma verwüsteten und bald auch die anderen Inseln.

Entschlossen trank ich meinen Tee in einem Zug aus und straffte mich. NEIN! Von solchen resignativen Gedanken durfte ich mich nicht unterkriegen lassen.

Endlich poppte das E-Mail-Programm auf. Ich loggte mich ein. Eine Mail von Tim!

Cutie,
Edieth hat mir geschrieben, dass du bleiben wirst. Es hat mich nicht überrascht. Am besten, ich komme gleich zur Sache. Ich habe dir erzählt, dass ich manchmal Dinge plötzlich weiß. Damals saß ich in der Küche auf dem Sofa, dachte darüber nach, was beim Sport passiert war, und sah auf einmal vor mir, wie du dich zwischen den Mülltonnen versteckst.
Neuerdings werde ich von solcherart *Wissen* mindestens drei Mal in der Nacht wach ...
Ich habe einen Flug gebucht und komme morgen Abend an. Edieth hat mir angeboten, bei ihr zu übernachten. Sie holt mich sogar am Flughafen ab und findet es richtig, dass ich komme.
Ich liebe dich und bin glücklich, dass wir uns trotz allem so schnell wiedersehen werden.
Dein Tim

Tims Nachricht verursachte noch mehr Durcheinander in mir. Ich fühlte alles gleichzeitig: Ich war aufgebracht, dass er wegen eines Traumes – denn danach klang es in meinen Ohren – seine Zukunft aufs Spiel setzte.

Ich war beunruhigt, dass er wieder irgendwas *wusste*, was ihn zu solchen Maßnahmen trieb. Und es ergriff mich ein seliges Gefühl, dass ich Tim wiedersehen würde. Schon morgen!

Aber warum hatte er nicht geschrieben, was es mit diesem Wissen auf sich hatte? Warum wollte er deshalb lieber herkommen? Das würde mir von jetzt an keine Sekunde Ruhe lassen.

Liebster Tim,
ich habe ein schlechtes Gewissen, weil ich mich so freue, dass du kommst. Das gefährdet doch deine Ausbildung. Außerdem habe ich Angst vor dem, was es zu bedeuten hat. Ich weiß, du wirst deine Gründe haben, nicht darüber zu schreiben. Bitte mach nichts Unvernünftiges! Ich komme mir dumm vor, dich zu ermahnen. Und es ist ja auch dumm! Ich vermisse dich die ganze Zeit. Komm bitte heil hier an. Deine Kira

21. Kapitel

Die ganze Nacht tat ich kein Auge zu und grübelte in einer Endlosschleife darüber nach, wie ich morgen Nachmittag am besten zum Flughafen kam. Ich wollte Tim selbst abholen. Eigentlich war mein Tag vollgestopft mit Terminen, die mir Ranja bei meiner Rückkehr in die Urblase mitgeteilt hatte. Nisa, Airam, Jonay und Daida wollten mit mir nacheinander meine elementaren Fähigkeiten durchgehen. Im Anschluss daran sollten wir uns zu fünft zusammenfinden. Das würde bis spät in den Abend dauern.

»Euer Wiedersehen wird bis übermorgen warten müssen«, lautete Ranjas Reaktion auf meinen Wunsch, Tim vom Flughafen abholen zu wollen.

»Aber er hat mir etwas Wichtiges mitzuteilen!«

»Wenn es wichtig für uns alle ist, kann er das auch über die Grotte tun.« Ranja sah mich mit Bedauern an.

»Aber …«

»Es ist wundervoll, dass Tim sich für deine Belange interessiert und für dich da ist. Er ist sensibel, aber du weißt selbst, dass er uns nicht helfen kann.«

Meine Erklärung, dass er manchmal Vorahnungen hatte, würde Ranja nicht umstimmen. Also schwieg ich.

Trotzdem ließ mir mein Herz keine Ruhe und versuchte, eine Lösung zu finden. Und wenn ich den Ur-Rat einfach fragte? Würden sie mich am Nachmittag gehen lassen? Daidas Unterstützung würde ich wahrscheinlich erhalten. Aber sie konnte darüber nicht allein entscheiden. Airam wäre definitiv dagegen. Am Schluss würden bestimmt alle dasselbe wie Ranja antworten – weil es die einzige vernünftige Antwort war.

Ich frühstückte Joghurt mit frischen Früchten und einer Portion Rosinen und Nüssen und versuchte, es positiv zu sehen. Tim war da! Schon in ein paar Stunden. Und auch wenn wir uns erst morgen sehen würden – das gab mir Kraft.

Jonay wartete bereits an der großen Kiefer, wo wir uns verabredet hatten. Bei Tageslicht erschien mir der Baum bis auf seine unglaubliche Größe recht normal. Unvorstellbar, dass sich darin Zeitreisen unternehmen ließen und Öffnungen daraus tief in das Weltall hineinreichten.

»Hallo Kira«, begrüßte er mich und teilte mir mit, dass wir den Erddurchgang aufsuchen würden. Er klang aufgeräumt und freundlich. Ich schloss daraus, dass es über Nacht keine beunruhigenden Neuigkeiten gegeben hatte.

Während wir den höchsten Berg der Insel erklommen, wollte Jonay alles über meine gestrige Begegnung mit Jerome wissen. Mehrmals gab er während meines Berichtes ein Brummen von sich, das bestätigte, dass er mir zuhörte. Nachdem ich fertig war, liefen wir einige Meter schweigend nebeneinanderher. Von hier oben hatte man einen grandiosen Rundumblick auf das magische Meer. Friedlich glitzernd lag es da, als wäre alles in bester Ordnung.

»Dieser Jerome ist keine Hilfe. Ich denke, wir können ihn ignorieren«, lautete Jonays Urteil.

»Ignorieren?«

»Er zeigt alle Anzeichen von jemandem, dessen Taschen leer sind, der das aber nicht wahrhaben will. Ich bin mir sicher, wir verschwenden unsere …«

Plötzlich rieselte Staub auf uns herab. Jonay blieb abrupt stehen, hielt sich die Hand über die Augen und sah in den Himmel. Da war ein Regenbogen, der zu Asche zu zerfallen schien.

»Komm, schnell.« Jonays Stimme vibrierte, während er zu rennen begann. Ich bemühte mich, Schritt zu halten.

Der Erddurchgang kam in Sicht – ein felsiger Eingang auf der Spitze des Berges, der hinab in die Tiefe führte wie in den Krater eines Vulkans.

Zuerst sah ich nur grünes Gewimmel. Ein Tumult von Ur-Elementarwesen genau vor dem Eingang. Als wir näher kamen, lag jemand in ihrer Mitte und versuchte vergeblich, auf die Beine zu kommen. Es handelte sich um Marco, der, verschüttet von einer Ladung Erde, ein besorgniserregendes Röcheln von sich gab. Die Elementarwesen ignorierend, kämpfte ich mich zu ihm durch, ergriff seine Hand und bemühte mich, ihn aus dem Tumult zu ziehen.

Sofort stürzten sich Elementarwesen auf mich, als wäre ich der größte Feind, den sie hätten, ergriffen meine Arme und Beine, schlangen sich um meinen Hals. Ich schnappte nach Luft, wirbelte um mich, schleuderte einige von mir, aber schon waren neue da. Die Erde schien unter uns zu beben. Gleichzeitig regnete es Sand von oben und in meinen Augen brannte es. Ich konnte mich nicht mehr bewegen, bekam keine Luft und alles vor mir verschwamm zu einem wirbelnden Grün. *WIND*, schoss es mir durch den Kopf. Schon spürte ich, dass der Druck an allen Stellen meines Körpers nachließ, ich mich auflöste, den gierigen Händen der Urwesen entkam und im nächsten Moment über ihnen schwebte.

Krass, das war knapp gewesen, auf mentaler Ebene hörte ich mein Herz in meiner Kehle wummern, obwohl ich mich in Luft verwandelt hatte.

Alles passierte in Sekundenschnelle. Unten tauchten auf einmal Amber und der Rest des Rates auf. Amber brachte die Elementarwesen erstaunlich schnell zur Ruhe. Wie abgemahnte Schulkinder tippelten sie zurück in den Eingang des Durchganges. Nisa und Airam kümmerten sich um Marco, während Daida Jonay half, den Sand aus den Kleidern zu klopfen.

»Kira? Alles in Ordnung?«, vernahm ich Airams Stimme. Er schaute zu mir hoch und konnte mich als ebenfalls Windbegabter wahrnehmen.

Beklommen schwebte ich zurück auf den Boden und nahm wieder meine Gestalt an. Nicht zum ersten Mal kam ich mir ziemlich hilflos und überflüssig vor. Immerhin hatte mich diesmal keiner retten müssen.

»Sie haben mich nicht durchgelassen. Ich weiß nicht, warum …«, versuchte Marco zu erklären.

»Weil die Durchgänge nicht mehr funktionieren«, sagte Nisa. Jonay machte ein ungläubiges Gesicht und holte Luft, um zu widersprechen. »Kein einziger«, setzte Nisa hinzu. Es gab keinen Zweifel, dass sie wusste, wovon sie redete.

Jonay schwieg einige Sekunden. Dann ging er auf den Höhleneingang zu.

Konzentriert und mit vorgeschobenen Händen betrat er ihn. Ein Zischen wie von Schlangen kam ihm entgegen. Solche Geräusche hatte ich von den Elementarwesen noch nicht gehört. Bisher war es immer ein liebliches Summen gewesen.

Jonay murmelte etwas, doch sie gaben nicht friedlich den Weg frei, sondern griffen ihn an, genau wie mich eben. Wieder musste Amber einschreiten, während es die anderen Ratsmitglieder gar nicht erst versuchten.

In Jonays Miene spiegelte sich Entsetzen.

»Ich kann ihn nicht einmal betreten«, sagte er.

»Niemand von uns«, ergriff Daida das Wort. »Weder unsere Bewohner noch unsere Gäste. Wir haben uns bereits alle Durchgänge angesehen, mein Lieber.«

Sie berührte sachte seine Schulter und er legte seine Hand auf ihre. Sein Blick richtete sich auf Amber.

Amber nickte ihm zu und Jonay atmete tief aus.

»Aber sie lassen Amber durch«, deutete er hoffnungsvoll ihr Nicken.

»Das tun sie« bestätigte Daida, während sie sich wieder von Jonay löste.

»Dann ist sie jetzt unsere letzte Verbindung zur Welt.«

»Sie und die Grotte«, ergänzte Nisa.

»Und vielleicht Kira«, bemerkte Airam.

Vielleicht … ich … ja. Denn wenn nicht, dann war ich hier gefangen. Der Gedanke hätte mir eine Gänsehaut über den gesamten Körper gejagt, hätte ich nicht schon eine besessen. Sie hielt sich allein durch den Anblick der Urwesen, die wie ein grünes Ungeheuer in der Dunkelheit des Erddurchgangs lauerten und tiefe, unheimliche Laute von sich gaben.

Sechs Augenpaare richteten sich auf mich.

Erst senkte ich den Blick, aber dann forschte ich in Ambers Gesicht. Sie war sich ihrer Sache inzwischen sicher, was die Prophezeiung anbelangte.

Das war mir recht. Dennoch wollte ich zu Tim. Und zwar noch heute.

Entschlossen löste ich mich aus dem Kreis und ging auf den Erddurchgang zu.

Unzählige grüne Arme wie die eines Meereskraken versuchten, nach mir zu greifen. Ich dachte an die Gnome zu Hause in der Berliner Blase, hielt meine gesamte Energie diesen Urwesen entgegen und wagte mich weitere Schritte näher. Sie zitterten, zitterten so sehr, dass die Felsen und die Erde unter meinen Füßen zu vibrieren begannen.

»Was für eine Angst sie haben«, kommentierte Nisa beeindruckt.

Doch ihre Angst machte sie umso gefährlicher. Sie zitterten zwar wie Espenlaub, trotzdem gaben sie den Weg in das Innere des Berges nicht frei.

Mutig ging ich weiter hinein. Dann fielen sie über mich her. Und zwar ungeahnt gewalttätig.

Tausend Wesen, die mich bissen, kratzten, traten. Ein Schwarm Piranhas musste harmlos dagegen sein.

Wieder konnte ich nur mit der Windfähigkeit entkommen und ließ mich einige Meter entfernt erschöpft auf die Wiese fallen. Mein zerkratztes Gesicht blutete. Sie hatten mir büschelweise Haare ausgerissen.

Airam kniete als Erster neben mir und tupfte meine Wunden mit einem kühlenden Blatt ab.

»Auch Kira gelangt nicht hindurch«, vernahm ich Amber dicht hinter ihm.

Sofort war ich auf den Beinen.

»Das ist noch nicht sicher. Ich möchte die anderen Durchgänge sehen. Ich werde es bei allen versuchen.«

Zuerst machten wir uns auf den Weg zum Ätherdurchgang. Ich konnte mir einfach nicht vorstellen, ihn nicht mehr benutzen zu können, nachdem ich noch vor wenigen Stunden problemlos hindurchgereist war. Doch schon aus einiger Entfernung sah ich die grüne Front, die den Steg hinüber in die Realwelt bevölkerte.

»Warum erklären sie uns den Krieg?« Mit einer unbedachten Bewegung berührte ich den großen Kratzer auf meiner Wange und verspürte dabei einen brennenden Schmerz.

»Nein, sie beschützen uns nur. Die Ur-Elementarwesen tun alles, um das Gleichgewicht der Blase zu erhalten«, sagte Daida mit sanfter Stimme.

»Sie bewahren unseren goldenen Käfig«, lautete Nisas Version. Jonay bedachte sie mit einem strengen Blick, während Nisa tat, als wenn sie es nicht bemerkte, und sich ein blaues Glühwürmchen von der Schulter schnipste.

»Sie bewahren dein Leben, Nisa«, bemerkte Airam.

»Was für ein Leben«, flüsterte Nisa und verdrehte die Augen. Ich fragte mich, was abging, wenn der Ur-Rat unter sich war. Stritten sie sich, machten sie sich gegenseitig Vorwürfe? Beschuldigten sie sich? Kannten sie längst den Verursacher aller Probleme und verhielten sich nur nach außen diplomatisch? Dann erhielt ihre Fassade jedoch gerade empfindliche Risse. Oder hatte niemand von ihnen etwas mit den Vorgängen zu tun?

Wir waren am Ätherdurchgang angekommen. Ich näherte mich den Elementarwesen bis auf einen Meter. Sie fauchten und zischten. Ich versuchte, sie zu beschwören, zur Kooperation zu bewegen, schließlich war ich kein Feind, sondern wollte alles tun, um die Urblase zu bewahren. Doch sie wurden nur aggressiver. Ich verwandelte mich wieder in einen Wind, auch wenn ich mit diesem Element natürlich nicht den Ätherdurchgang durchqueren konnte. Die Urwesen ließen mich über ihren Köpfen herumschwirren und blieben ruhig. Sie wussten das.

Danach machte ich mich auf ätherische Weise unsichtbar und näherte mich ihnen zu Fuß. Sie stürzten auf mich zu, sobald ich ihnen zu nahe kam. *Warum habt ihr Angst?*, fragte ich sie, doch als Antwort wurde ihr Zittern nur noch stärker. Statt ihnen ihre Ängste zu nehmen, übertrugen sie sich nur auf mich, sodass ich ebenfalls begann zu zittern.

Ich fuhr herum, als mich jemand am Arm berührte. Kein Urwesen, sondern Daida.

»Das reicht, Kira. Es hat keinen Zweck.« Mir wurde bewusst, dass ich die Anwesenheit der anderen für eine Weile vergessen hatte.

Um uns zu zeigen, wie die Dinge standen, nahm es jetzt Amber mit den Elementarwesen auf und sie machten ihr anstandslos den Weg frei.

Für mich war es eindeutig. Die Zukunft der magischen Welt lag in Ambers Händen. Allerdings bedeutete es keine Erleichterung mehr für mich. Ich war hier auf unbestimmte Zeit gefangen, ob ich nun etwas ausrichten konnte oder nicht. Dabei kam mir etwas anderes in den Sinn:

»Was ist mit den Reisekräutern?«

»Es funktionieren noch die, die zu den intakten europäischen Blasen führen. Allerdings gibt es davon fast keine mehr. Wir sind seit heute dabei, alle Gäste und Bewohner der letzten Blasen auf anderen Kontinenten in Sicherheit zu bringen.«

Neue Hoffnung flammte in mir auf.

»Bis Afrika ist es nicht weit. Man könnte nach Marokko und dann mit dem Schiff nach …«, ich hielt inne. *La Palma* wollte ich sagen, aber hatte bisher noch niemandem erklärt, warum es mir wichtig war, in die Realwelt zu gelangen.

Airam zog die Augenbrauen zusammen und bedachte mich mit einem seltsamen Blick. Er ahnte wohl, dass ich etwas verbarg.

»Ich möchte es noch mal beim Wasserdurchgang versuchen. Wasser ist das Element, das mir …«

»Ich glaube nicht, dass es dort anders ist«, unterbrach Amber mich.

»Wenn Kira das wünscht, dann gehen wir dem nach«, entschied Airam. Amber schenkte ihm einen vernichtenden Blick.

22. Kapitel

Der Wasserdurchgang der Urblase befand sich auf einer kleinen Insel, zu der man schwimmen oder mit kleinen rot glitzernden Booten über die grünen Wellen des Urmeeres gelangen konnte. Eigentlich war sie nur ein felsiges Eiland, in dessen Mitte sich eine Art Geysir befand – eine Quelle warmen Wassers, aus der sich eine kleine Fontäne erhob.

Elementarwesen saßen am Beckenrand oder schwammen darin ihre Bahnen. Sie wirkten friedlicher als am Äther- und Erddurchgang.

Ich starrte auf die sprudelnde Mitte des Beckens. Alles in mir WOLLTE hindurch, wollte sich nicht aufhalten lassen. Wollte nicht nur zu Tim, sondern wollte einfach nicht mehr zurückweichen, nicht mehr klein sein, sich zurücknehmen, unterliegen, als Spielball benutzt werden, an der Nase herumgeführt werden, in sinnlosem Konkurrenzkampf mit jemandem wie Amber stehen. Keine Ahnung, warum diese Gefühle über mich hereinbrachen, während meine Begleiter nach mir das Eiland erreichten und nun ebenfalls in das Becken hinabblickten.

Nisa, als Element Wasser, setzte zu irgendeiner Erklärung an. Doch statt zuzuhören, schoss ich wie der Blitz ins Wasser hinein, ließ Flammen aus meinen Fingern züngeln, schlug damit um mich, war mit meinem gesamten Sein nicht bereit dafür, dass sich etwas mir in den Weg stellte. Ich wusste, wovor ich die ganze Zeit zurückschreckte: davor, meine Impulse nicht unter Kontrolle zu haben wie damals, als ich die Wohnung, Gregors Firma und die Wasseraufbereitungsanlage zerstörte hatte. Aber das war mir jetzt egal. Wenn es keinen anderen Weg gab … Wie bisher ging es schließlich nicht weiter. Irgendwas musste passieren.

Während das Wasser um mich herum brodelte, weil ich es im Nu aufheizte, tauchte ich ab in die Tiefe des Durchgangs. Urwesen berührten mich, ließen aber sofort wieder los, weil sie sich an meiner Haut verbrannten.

Irgendwann schwamm ich allein durch tiefe Dunkelheit. Nein, ich wusste nichts über diesen Durchgang. Aber das war mir egal. Einfach weiter, immer weiter.

Etwas Weißes tauchte vor mir auf, kam näher. Eine Undine! Noch nie hatte ich mich über deren Anblick so gefreut – sofern sie mir freundlich gesonnen war. Aber das war sie. Als sie mich erreichte, wechselte sie die Richtung und schwamm neben mir her. Ihre hohe Stimme klang vertraut in meinen Ohren. »Ich bringe dich raus.«

Nach und nach wurde es heller.

»Wo sind die anderen?«, fragte ich, weil es mir seltsam vorkam, nur einer einzigen Undine zu begegnen.

»Krank.«

»Alle?«

»Nein, nur die, die übrig geblieben sind, nachdem die meisten weggeholt wurden.«

Sie sagte das, als ginge es sie gar nichts an. Ihre Stimme verriet keinerlei Emotionen.

»Weggeholt?«

»Von den Rauchwesen. Am Schluss sind sie sogar in den Durchgang eingedrungen. Sie besaßen Wasserkräfte.«

Wir schwammen in ein Wurzelgeflecht hinein und tauchten auf. Über uns erhob sich ein gigantisches Wurzelwerk.

»Dort musst du hinaufklettern, ein ganzes Stück.«

Sie lächelte mich an.

»Ich werde alles dafür tun, dass die Undinen zurückkehren«, hörte ich mich sagen, um sie zu trösten, auch wenn sie nicht den Eindruck machte, Trost zu brauchen, und ich mich fragte, wie ich nur so etwas versprechen konnte.

»Ich weiß. Du bist Kira, nicht wahr? Wir haben von dir gehört.«

»Woher?« Erstaunt sah ich sie an.

»Das magische Wasser, es verbindet alles und es trägt Botschaften. Dein Name taucht darin schon seit einer Weile auf.«

Mir lag die Frage auf der Zunge, ob es auch von Amber sprach. Aber sie kam mir fehl am Platz vor, also stellte ich sie nicht. In dem spärlichen Licht, das von draußen in das Wurzelwerk drang, glaubte ich auch bei dieser Undine bereits ein ungesundes gelbliches Schimmern wahrzunehmen. Hoffentlich war das nur eine Täuschung. Ich verabschiedete mich von ihr und begann meinen Aufstieg durch die Wurzeln.

Keuchend gelangte ich an die Oberfläche der Erde, schob mich unter einem über dem Boden schwebenden Wurzelbogen hervor und stand im Freien. Ehrfürchtig betrachtete ich den jahrhundertealten Kanaren-Wacholder, unter dem ich hervorgekrochen war. Ein bizarr vom Küstenwind verbogener Baum. Das Element hatte seinen dicken Stamm in der Mitte niedergebogen und den Wipfel bis auf die Erde geneigt wie eine Lakritzstange.

In der Nähe standen mehrere Bäume und Büsche dieser Art. Von außen war nicht erkennbar, dass es tief unter diesem einen Exemplar zu einem unterirdischen See und in eine andere Welt ging.

Ich schaute um mich und schätzte, dass ich mich einige Hundert Meter über dem Meeresspiegel befand. Es war seltsam, gerade noch auf das lagunengrüne Meer der magischen Welt geblickt zu haben und nun das tiefblaue Meer der realen Welt an den schwarzen Felsklippen aufschäumen zu sehen.

»Kira«, hörte ich plötzlich Airams Stimme hinter mir und drehte mich überrascht um. Er schwebte direkt vor mir, allerdings nur als Hologramm. Sie hatten sich also in die Grotte begeben und beobachteten, was passierte. Natürlich!

»Wunderbar, du hast es geschafft«, sagte Airam und ich hörte, wie Amber aufgebracht dazwischenrief: »Stört es denn niemanden, dass sie Gewalt angewendet hat?« Ambers Einwurf verunsicherte mich, doch Airam ignorierte ihn und sprach weiter: »Wenn du zurückkehrst, werden dir die Urwesen keine Schwierigkeiten machen.«

»Ich kehre nicht gleich zurück, zuerst muss ich nach La Palma«, erklärte ich hastig. »Tim kommt heute Nachmittag an, weil er mir etwas Wichtiges mitteilen will.«

»Das wissen wir bereits von Edieth, Kira. Er wird mit ihr sprechen und …«

»Nein! Ich muss selbst zu ihm«, widersprach ich.

»Kira, deine Kräfte entwickeln sich. Dein Platz ist hier und du weißt das«, schaltete sich Jonay ein.

»Ja, das weiß ich. Ich werde zurückkommen, sobald ich kann.«

Ohne zu überlegen, drehte ich mich um, verwandelte mich in einen schnellen Wind und schwang mich hinunter Richtung Meer. Man durfte nicht einfach seine Kräfte in der realen Welt benutzen. Ich hätte allerdings eine Geldkarte dabeihaben müssen, um einen normalen Flug hinüber auf die andere Insel buchen zu können. Doch davon wollte ich mich nicht aufhalten lassen.

Während ich über das Meer flog, versuchte ich, mein Verhalten vor mir selbst zu rechtfertigen: Wie sollte man eine Heldin sein, wenn man sich von anderen sagen ließ, was zu tun und zu lassen war?

Ich orientierte mich an den Inseln. La Palma lag von hier aus im Norden und nicht einmal weit entfernt. In östlicher Richtung erstreckten sich die Küsten von La Gomera, Teneriffa und Gran Canaria und ich fragte mich, was mit den beiden Inseln geschehen würde, die keine magischen Durchgänge beherbergten, mit Gran Canaria und

Teneriffa? Würden sie länger bestehen bleiben, während die anderen … Nein! Daran durfte ich nicht denken.

Wie ich durch die Luft sauste, an kleinen Wattewolken vorbei, fühlte ich mich stark und auf einmal überzeugt, dass ich es war, die alles in Ordnung bringen würde. Und zwar mit Tim und nicht mit Airam. Vision hin oder her. Ich schenkte Tims Andeutungen mehr Vertrauen und spürte, wie mein Herz schneller klopfte: weil ich mich einfach über den ehrwürdigen Ur-Rat hinweggesetzt hatte, weil ich Tim gleich sehen würde und weil ich gespannt auf das war, was er mir zu sagen hatte.

23. Kapitel

Es war zu spät, um noch den Flughafen aufzusuchen. Tim musste bereits seit zwei Stunden gelandet sein.

Unter mir kam die Caldera in Sicht. In der Ferne konnte ich Ediehs Haus ausmachen – ein kleiner weißer Fleck in einer riesigen Weite aus Bergen, Wald und Wolken.

Die letzten hundert Meter kam ich ziemlich ins Schlingern und spürte, dass mich meine Kräfte verließen. Tatsächlich war ich noch nie so weit geflogen. Dafür brauchte man anscheinend genauso gute Kondition wie für einen gewöhnlichen Dauerlauf.

Einige Hundert Meter vor meinem Ziel sank ich Richtung Boden und rutschte auf ein weiches Bett aus braun gewordenen Kiefernnadeln, die den gesamten Waldboden bedeckten. Ich blieb eine Weile liegen, um wieder zu Atem zu kommen. Mir wurde klar, wie riskant es gewesen war, so weit über das Meer zu fliegen.

Die Wipfel über mir schwankten. Eigentlich war es der immer noch heftige Wind, der mich über das Meer getragen hatte. An einem windstillen Tag hätte ich keine Chance gehabt, die Strecke zu schaffen.

Ich richtete mich auf und schlich in langsamen Schritten zum Haus. Als ich in Sichtweite war, öffnete sich die Haustür und schon eilte Tim auf mich zu.

Erschöpft sank ich in seine Arme und konnte es nicht fassen, dass er hier war. Er war tatsächlich auf La Palma!

»Hey, alles in Ordnung? Was ist passiert?« Tim sah mich besorgt an, während er mich ins Haus brachte.

»Nichts … Ich bin nur erschöpft.«

Ich erzählte ihm, wie ich hierhergelangt war. Zwischen seinen Augen zeigte sich eine steile Falte, die ich schon öfter beobachtet hatte: »Das bestätigt meine Ahnungen.«

Tim führte mich zu dem Zimmer, in dem Jerome wohnte, und öffnete die Tür. Doch Jerome war nicht da. Stattdessen sah ich Tims Rucksack auf dem Bett.

»Wo ist … Jerome?« Überhaupt kam es mir sehr still im Haus vor. Auch Edieth und Leo schienen fort zu sein.

»Im Krankenhaus. Edieth hat ihn dort hingebracht, bevor sie mich abgeholt hat. Und jetzt ist sie draußen und spricht gerade mit dem Ur-Rat.«

»Im Krankenhaus? Jerome? Wieso …«

»Leo ist bei ihm. Es geht ihm schlecht. Er redet wirres Zeug. Man weiß noch nicht, was mit ihm los ist.«

Tim räumte den Rucksack vom Bett und sofort ließ ich mich darauf fallen und schloss die Augen.

»Das war gefährlich, was du da gemacht hast.«

Tim hockte sich neben das Bett und küsste mich.

»Ich weiß …«

»Du musst Hunger haben.«

»Und wie. Vor allem auch Durst. Ich habe einen ziemlich salzigen Geschmack im Mund von der Meeresluft.«

Tim verließ das Zimmer und kam mit einer Flasche Mineralwasser und zwei übergroßen Pfannkuchen zurück.

»Der Teller stand auf dem Küchentisch. Ich hoffe, wir dürfen sie essen. Was anderes habe ich nicht gefunden.«

»Sehen aus wie mutiert.«

Tim lachte und die Punkte in seinen Augen glitzerten. Wieder wünschte ich mir, dass wir einfach nur den ersten Tag eines gemeinsamen Urlaubs erlebten, während ich versuchte, des fettgebratenen Ungetüms Herr zu werden, ohne Puderzucker überall hinzupusten.

Ehe er erzählte, wollte Tim wissen, was sich ereignet hatte. »Das heißt, nur noch du und Amber können die Durchgänge benutzen?«

»Bis jetzt, ja. Keine Ahnung, wie lange noch. Die Dinge verschlimmern sich von Tag zu Tag.«

Mir ging Ambers Zwischenruf nicht aus dem Kopf. Erneut packte mich das schlechte Gewissen, einfach eine eigene Entscheidung getroffen zu haben.

»Im Gegensatz zu mir hat Amber die Urwesen im Griff. Ich musste gegen sie kämpfen, um durchzukommen. Dabei habe ich ein paar verletzt und es bestimmt noch schlimmer gemacht.«

»Du hast richtig gehandelt.«

Erstaunt sah ich zu Tim auf, der seinen Arm um mich gelegt hatte, während wir beide auf dem Bett saßen und mit dem Rücken an der kühlen Wand lehnten. Mein Freund war eigentlich die wandelnde Besonnenheit und Gewaltlosigkeit. Aggressivität, Dickköpfigkeit und Egoismus ließen ihn sonst stets allergisch reagieren.

»Das ist es, was ich immer wieder vor mir sehe, Kira.«

»Was?«

»Dass du kämpfst.«

Ich konnte ihn nur verständnislos anstarren.

»Es ist eine Gewissheit, die mich verfolgt, die mich, seit du weg bist, aus dem Nichts überfällt wie eine Panikattacke. Ob es Tag ist und ich in der Journalistenschule sitze oder nachts.«

»Du hast Angst um mich«, stellte ich fest.

»Ja, das habe ich.«

»Übertriebene Angst.« Beruhigend strich ich über seinen Handrücken.

»Nein, übertrieben ist sie bestimmt nicht. Sonst würde ich keine Panikattacken bekommen, bei denen ich anfange zu zittern, Schweißausbrüche kriege und dich vor mir sehe, wie du …«

Er sprach nicht weiter und fuhr sich stattdessen nervös durchs Haar. Ich bemerkte, dass seine Hände merklich zitterten.

»Tim!« Ich legte meine Hand auf seine Brust und schmiegte mich eng an ihn. »Alles ist gut. Ich bin hier. Ja, das mit der magischen Welt ist extrem deprimierend. Trotzdem …«

»Kira!«, unterbrach er mich und sah mich aus flackernden Augen an. Unwillkürlich musste ich an Jerome denken, mit dem ich noch vor nicht allzu langer Zeit am selben Ort gesessen hatte und der auch …

»Es wird hart. Es wird wehtun. Aber du kannst es schaffen. Du musst mit allem, was in dir ist, kämpfen. Mit all deinen dunklen Seiten. Du darfst davor nicht zurückschrecken. Ich werde bei dir sein, auch wenn du mich verletzt. Wir stehen das durch. Wir stehen das zusammen durch. Versprich es mir!«

Mit jedem Wort, das Tim ausstieß, wich ich ein Stück zurück. Jetzt machte ER mir Angst. Auf seiner Stirn stand ein dünner Schweißfilm.

»Hey … du darfst dir das nicht alles so zu Herzen nehmen. Ich … du …« Ich wusste überhaupt nicht, was ich sagen sollte. Am besten, ich versuchte, ruhig zu bleiben und erst einmal mehr aus ihm herauszubekommen.

»Was sind denn das genau für Ahnungen, die du hast und die dich so … verschrecken?«

Tim seufzte und griff nach meiner Hand, als fürchtete er, ich würde sie ihm bald nicht mehr geben wollen. Er verunsicherte mich zutiefst, weil ich ihn so noch nie erlebt hatte.

»Sie sind etwas wirr, Momentaufnahmen. Es blitzt, donnert, regnet, brennt und stürmt und du schreist mich an. Davon schrecke ich hoch. Du behandelst mich abfällig, aber ich weiß, ich werde zu dir halten. Ich muss bei dir sein. Egal, was du tust. Ich muss HIER sein. Das ist so sicher wie …«, er suchte verzweifelt nach einem passenden Bild, »wie … wie …« Tim strubbelte mir ergriffen durch die Haare, packte mich theatralisch an den Schultern und umarmte mich fest. »Ich bin froh, dass wir nicht mehr getrennt sind. Du glaubst nicht, wie schrecklich die letzten vierundzwanzig Stunden waren. Ich dachte ständig, dass noch etwas dazwischenkommt, ich zu spät komme, der Flug gestrichen wird …«

Nach Luft schnappend befreite ich mich aus seinem Griff. Eine grausige Ahnung beschlich mich. Tims Mutter. Sie war in eine psychiatrische Einrichtung gebracht worden, als Tim noch klein war. Und wenn Tim jetzt ebenfalls begann, Symptome zu entwickeln?

»Was ist mit deiner Ausbildung?«, fragte ich, während ich mir nervös die zerzausten Haare glättete.

»Mach dir keine Sorgen. Ich bin krankgeschrieben. Ich hätte auch nicht weiter hingehen können. Dazu waren die Panikattacken zu schlimm.«

»Bekommst du … Medikamente?«

»Medikamente?« Tim sah mich irritiert an. Dann lächelte er wieder. »Ach was, nein. Ich bin doch nicht wirklich krank. Ich …« Er forschte in meinem Gesicht, hob mein Kinn an, damit ich ihm in die Augen sah. »Kira, glaubst du etwa, ich werde verrückt?«

»Nein … natürlich nicht … nur …«

»Doch, du befürchtest genau das«, widersprach er und ich schwieg. Statt sauer zu sein, nahm er mich in den Arm und seine Stimme klang jetzt wieder beruhigend normal. »Nein, das darfst du nicht glauben. Es tut mir leid, dass ich so aufgelöst bin. Das ist sonst nicht meine Art, aber … Kira, ich weiß, dass du diejenige aus Jonays Vision bist. Ich weiß es einfach. Genauso wie ich wusste, dass du mein Schicksal bist, als du zu spät in den Klassenraum gestolpert kamst und wir uns zum ersten Mal sahen.«

Ich schmunzelte bei der Erinnerung an unsere erste Begegnung und entspannte mich ein wenig. Er gab mir einen sanften Kuss auf die Stirn. Trotzdem war das der Moment, in dem ich ihm die ganze Wahrheit sagen musste, das Detail, das ich bisher ausgelassen hatte. Weil es mir unangenehm war, weil ich hoffte, dass es nicht wichtig war, weil es vielleicht nicht wahr wurde, wenn ich es nicht sagte. Aber das war natürlich Quatsch.

»Tim?«

»Spuck's aus, was immer du auf dem Herzen hast.«

»Diese Frau aus Jonays Vision. Jonay behauptet, sie ist gleichzeitig die Frau, die zu Airam gehören wird.«

»Was willst du damit sagen?«

»Dass ich diese Frau nicht bin, natürlich! Amber liebt Airam. Sie waren sogar zusammen, bevor ich kam.«

»Und dann hat Airam dich gesehen … und …«

»Na ja … Er … Ich weiß nicht genau, was in ihm vorgeht. Er scheint sich nicht sicher. Aber ICH bin mir sicher. Und zwar, dass Airam NICHT der Mann meines Lebens ist. Darauf kommt es an!«

Tim schien in sich zusammenzusacken und sah still aus dem Fenster. Ich erkannte meinen Tim, der mich sonst immer an Sommer, Sonne, Meer und Glück denken ließ, kaum wieder, so niedergeschlagen und durch den Wind, wie er war. Er hatte alles stehen und liegen lassen und war hierhergekommen, weil ihn Ängste schüttelten, wegen mir, wegen uns. Ich wollte ihn ernst nehmen. Nein, ich nahm ihn ernst! Niemand war mir wichtiger als Tim. Doch vielleicht stand das, was er erlebte oder ahnte, auf einem ganz anderen Blatt als das, was wirklich geschah. Wieder drängte sich der Vergleich mit Jeromes Zustand auf.

»Es geht nicht um uns, sondern um etwas Größeres. Ich werde zu dir halten und alles geben, was ich kann, solange es sinnvoll und nötig ist«, wiederholte Tim. »Aber Kira, trotzdem …«

Er sah mich an und in seinen Augen zeigten sich Tränen.

Erschrocken nahm ich sein Gesicht zwischen meine Hände und küsste ihn, lange und innig. Er erwiderte den Kuss.

»Du und ich, Tim«, schwor ich. »Nur du und ich.«

Tim nahm meine Hände von seinem Gesicht.

»Nicht um jeden Preis, Cutie. Aber nicht um jeden Preis!«

»Doch!«, widersprach ich.

»Mit dieser Einstellung wärst du nicht die Richtige für mich.« Er versuchte ein Lächeln, doch ich wandte mich von ihm ab und verschränkte die Arme, weil mir seine Worte einen tiefen Stich verpassten.

In dem Moment klopfte es an der Tür. Ohne eine Antwort abzuwarten, schneite Edieth herein und hielt uns eine frische grüne Kiefernnadel hin.

»Zweinadelig. Sie wachsen nur noch zweinadelig. Das werden die Bäume nicht lange überleben, weil sie so zu wenig Wasser bekommen.«

24. Kapitel

Was Edieth uns zu berichten hatte, ließ sich als Potpourri düsterer Nachrichten bezeichnen. Jeromes Fieber war nach meinem Besuch kontinuierlich gestiegen. Doch er war nicht im Bett geblieben, sondern durch das Haus geirrt, hatte herumgeschrien, schien überall Gespenster zu sehen. Zusammen mit Leo war es Edieth gelungen, ihm ein Beruhigungsmittel zu verabreichen und ihn angeschnallt im Auto in die Notaufnahme zu bringen. Auch dort gab es einen Arzt, Doktor Santas, der sich mit magisch Begabten auskannte. Leo war bei Jerome geblieben.

Alle Reisekräuter der Urblase hatten ihre Wirkung verloren, was die nächste erschreckende Nachricht ergab. Trotzdem konnten sich die, die sich noch in der Urblase befanden, darunter die Studenten und Ratsmitglieder der Berliner Blase, in Sicherheit bringen. Nisa hatte an einem schattigen Ort noch ein paar Büschel robustes Blaubeerkraut entdeckt, das nach New York führte. Außer Grete, die, wie nicht anders zu erwarten, ihren eigenen Kopf besaß. Auch auf die Warnung hin, dass sie ihre besonderen Kräfte noch nicht ausreichend im Griff hatte und deshalb in der Realwelt unangenehme Symptome entwickeln könnte, hatte sie entschieden, mithilfe von einem Kraut namens Tüllwinde nach Marokko zu reisen, um von dort aus das Schiff nach La Palma zu Leo zu nehmen.

Genau der Plan, den ich ebenfalls in Erwägung gezogen hatte. Niemand konnte sie besser verstehen als ich.

Es beruhigte mich irgendwie, dass Grete sich zusammen mit Leo um Jerome kümmern würde. Sie war in der Lage, Jerome etwas entgegenzusetzen, soweit ich es aus der jüngeren Vergangenheit von ihr gehört hatte.

Auch auf La Palma waren Bewohner in Notunterkünfte gebracht worden, die in der Nähe der Bananenplantagen lebten. Zu gefährlich zeigten sich umherfliegende Abdeckungen und Mauersteine. Wanderrouten in der Nähe der seit Jahrhunderten nicht mehr aktiven Vulkane hatte man gesperrt, weil wieder Eruptionen im Erdinneren von den Messgeräten aufgezeichnet wurden.

Im Internet grassierten bereits wilde Theorien. Wir erfuhren, dass die abgedeckten und ummauerten Bananenplantagen Pflanzen beherbergten, die eigentlich gar nicht auf der Insel beheimatet waren, jedoch unsinnig subventionierte Bananen nach EU-Norm hervorbrachten. Die heimischen kleineren Bananen gerieten unterdessen ins Hintertreffen, weil sie sich nur regional verkaufen ließen. Und nun rächte sich die Natur oder eine höhere Macht und vernichtete diese Plantagen, die nicht nur abwegig waren und Ressourcen verschwendeten, sondern auch das gesamte Landschaftsbild der Insel verschandelten.

»Wenn es doch nur so wäre«, schloss Edieth seufzend.

Oh ja, dann ginge es *allein* um ein Problem der Insel, das ins Rollen gekommen wäre, und nicht um das gesamte geologische Gleichgewicht Europas.

»Das heißt, nur noch der Ur-Rat und Amber sind in der Urblase zurückgeblieben?«, fragte Tim.

»Und soweit ich weiß, zwei Heilerinnen, die sich weiter um die kranken Elementarwesen kümmern wollten.«

Wir schauten gleichzeitig aus dem Fenster auf einen Plastikstuhl, den der Wind gerade über die Einfahrt ins Gebüsch schleuderte.

»Was soll ich tun?«, fragte ich, obwohl es klar war.

»Du musst versuchen, wieder nach drüben zu gelangen, Kira. Sie warten auf dich. Jonay hat eine neue Vision gehabt.«

Eine neue Vision? Darauf war ich gespannt.

»Ich werde dich begleiten«, entschied Tim.

»Das geht nicht.«

»Das kannst du nicht wissen, bevor wir es nicht versucht haben. Lass uns den Wasserdurchgang benutzen.«

Er sah auf Unterstützung hoffend zu Edieth, die uns am Küchentisch gegenübersaß.

Sie sagte nichts, zog jedoch eine magische EC-Karte mit einer Abbildung des Blütenregens in unserem magischen Wald hervor und reichte sie ihm.

In der Berliner Blase war es der Wasserdurchgang, durch den Tim mit seinem Sonderstatus als Besucher der magischen Welt in sie hineingelangen konnte. Die Undinen ließen ihn durch. Vermutlich besaß er eine Affinität zu Wasser, ohne eine wirkliche magische Begabung zu haben. Solche Affinitäten wurden allgemein bei Menschen vermutet, die einen sechsten Sinn für Dinge zeigten, die sich physikalisch als nicht beweisbar oder messbar erwiesen. Auch auf Fritten-Jonny oder Gretes Mutter traf das wahrscheinlich zu. Es war noch nicht erforscht. Doch für mich waren das jetzt schon die Menschen, die sich als Botschafter zwischen den Welten eigneten und auch von der Magie, die die materielle Welt trug, wissen sollten. Ich würde mich genau für diese Menschen einsetzen und sie miteinbeziehen, sollte ich in ein paar Jahren …

»Kira, wo bist du mit deinen Gedanken?«, holte Tim mich zurück in die Gegenwart und schaute mich fragend an.

»In der Zukunft, Tim …«, gab ich ehrlich zu und spürte, wie es mir Kraft gab, sie mir in einem guten Licht vorzustellen.

»Ich würde gern sofort los«, sagte er und legte seine Hand auf meine Schulter.

»Ich auch«, antwortete ich und berichtete von Airams Aussage, dass die Urwesen auf dem Rückweg keine Schwierigkeiten machen würden. Edieth erklärte uns, dass die Urwesen die Blase von innen bewachten und die herkömmlichen Elementarwesen dafür zuständig waren, dass niemand unbefugt von außen eindrang.

»Dann sollten wir, ehe wir die Reise nach El Hierro auf uns nehmen, es zuerst beim Ätherdurchgang versuchen.«

»Beim Ätherdurchgang?«

Tim zog die Augenbrauen misstrauisch zusammen. Vielleicht weil er glaubte, ich hätte vor, ihn auf diese Weise abzuhängen.

»Der Wasserdurchgang wurde nur noch von einer Undine bewacht. Möglicherweise gibt es am Ätherdurchgang auch kaum noch Engel.«

»Ein Engel reicht, um mich nicht durchzulassen.«

Edieth hielt es jedoch auch für zweckmäßig, zuerst den Ätherdurchgang aufzusuchen. Falls es nicht klappte, beschrieb sie uns den Weg zum Hafen, wo ein mit ihr befreundeter Fischer wohnte, der uns mit seinem Kutter nach El Hierro bringen würde.

Sie gab uns ein paar belegte Brote, Äpfel und etwas zu trinken mit. Wir schulterten unsere Rucksäcke, traten vor die Tür und zogen uns die Kapuzen unserer Jacken eng um das Gesicht, um uns vor dem stürmischen Wind zu schützen.

Direkt am Ätherdurchgang herrschte Windstille. Die Wolken über dem Steg türmten sich nicht weiß auf wie beim letzten Mal, sondern bildeten eine düstergraue Wand. Der Beginn des Steges in den Wolkendunst hinein war nicht auszumachen. Ich trat nah an das Meer aus kleinsten Wassertropfen und suchte danach.

An einer Stelle lichtete sich der Wolkennebel, der auf die Wiese waberte, ein wenig und ich konnte das Braun der Holzplanken erkennen. Wir beobachteten das milchige Nichts vor uns. Kein Ätherwesen näherte sich. Kein einziges war zu sehen. Nirgends. Durch Tims Auftauchen hätten sie sofort zur Stelle sein müssen.

Konzentriert versuchte ich, Formen oder Gesichter in den Wolken zu erkennen. Aber da war nichts als Wasserdampf. Tim sah mir an, was ich dachte.

»Sie sind alle fort.«

»Ja.«

Tim und ich tauschten einen ernsten Blick und brauchten nicht auszusprechen, was wir dachten. Wir würden es einfach versuchen.

Langsam, sehr langsam setzte ich einen Fuß vor den anderen und zog Tim hinter mir her. Wir bemühten uns, jedes Geräusch zu vermeiden, um nicht doch noch einen Engel zu wecken. Aber da war keiner.

Schnell verschluckten uns die Wolken, nahmen uns auf in ihrem umfassenden schmutzig weißen Nichts. Ich hörte nur meinen Herzschlag. Sicher ging es Tim ähnlich.

Mein einziger Halt blieb seine Hand, während ich mich Zentimeter um Zentimeter vortastete, um den Boden unter den Füßen nicht zu verlieren. Diesmal hielt ich die Augen nicht geschlossen, sondern riss sie weit auf, darauf bedacht, sofort auf einen doch noch auftauchenden Engel oder ein erstes grünes Urwesen reagieren zu können. Doch nichts geschah. Alles blieb gräulich und ruhig. Tims Hand lag still in meiner. Er folgte mir schweigend. Ich wollte stehen bleiben, mich zu ihm umdrehen, aber ich wagte es nicht. So weit konnte es nicht mehr sein.

Der Wolkennebel verzog sich. Endlich nahm ich ein paar Konturen wahr, graue Schemen, die sich jedoch nicht rührten. Es konnte sich nur um Ur-Elementarwesen handeln. Instinktiv ging ich in Verteidigungsstellung, als eins der Wesen direkt vor mir erschien. Doch es stand nur mit geschlossenen Augen da und interessierte sich kein bisschen für uns.

Ich schleuste Tim an dem Wesen vorbei. Nichts, keine Regung. Weder meinetwegen noch wegen des fremden Eindringlings.

Vier Augenpaare waren starr auf uns gerichtet, als wir aus dem Nebelmeer traten. Jonays, Airams, Nisas und Ambers.

»Das ist unmöglich«, entfuhr es Jonay und er musterte Tim misstrauisch.

»Kein einziger Engel hat sich blicken lassen«, erklärte ich.

Er nickte wissend: »Es waren sehr viele kranke Engel, die die Urwesen heute in die Kuppeln gebracht haben. Dann scheint keiner mehr da draußen zu sein. Trotzdem hätten die Urwesen auf deine Begleitung reagieren müssen.«

»Das ist Tim«, stellte ich ihn der Form halber dem Ur-Rat vor. Natürlich wussten sie bereits, wer er war. Sie hatten uns beobachtet, während wir den Durchgang passierten.

»Warum bringst du ihn hierher?«, ergriff Airam das Wort und es klang wie ein Vorwurf.

»Offensichtlich hat doch niemand etwas dagegen gehabt«, spielte ich darauf an, dass sie durch die Grotte zugeschaut, sich aber nicht bemerkbar gemacht hatten.

Mir entging nicht, wie Tim und Airam sich gegenseitig musterten, während Ambers Blick nicht von Airam abließ. Sie hatte wahrscheinlich am wenigsten dagegen, dass mein Freund hier aufkreuzte.

»Tim, hat dich Kira auch informiert, dass …«, begann Airam, doch der schnitt Airam entschlossen das Wort ab.

»Sie hat mir natürlich von der Vision erzählt. Ich bin nicht hier, um sie zu widerlegen, sondern um alles für den Erhalt der magischen Welt zu tun, was in meiner Macht steht.«

»Und warum glaubst du als normaler Mensch, dass dir eine solche Aufgabe zufällt?«, fragte Airam spitz.

»Das kann ich nicht objektiv begründen. Ich folge nur meinen persönlichen Gewissheiten«, antwortete Tim auf seine ausgeglichene Art.

Um Airams Mundwinkel zuckte es, während Nisa sich ein Grinsen nicht verkneifen konnte.

»Gehen wir«, schlug sie vor und setzte sich in Bewegung. Ohne Widerspruch folgten wir ihr ins Zentrum der Blase, während ich mich fragte, wo Daida sich aufhielt. Wahrscheinlich bei den kranken Elementarwesen. Dort mussten sich die Zustände inzwischen ziemlich verschlimmert haben.

25. Kapitel

Der üppige Garten innerhalb der Kleckerburgmauern beeindruckte mich aufs Neue in seiner Pracht. Trotzdem kam er mir nicht mehr so überirdisch schön vor wie bei meinem ersten Besuch. Seine Farben hatten ihre magische Leuchtkraft verloren. Jetzt erinnerte er eher an einen kunstvoll gestalteten botanischen Garten, den es auch in der Realwelt geben könnte.

Auf dem Weg hierher hatten überall vertrocknete Blüten gelegen, die von dem schwarzen Felsgestein abgefallen waren.

»Sieht aus, als sei gerade Herbst«, überlegte Tim.

»Nein, leider nicht«, sagte ich nur und Tim verstand, was ich damit meinte.

Wir machten einen kleinen Abstecher in unsere Unterkunft, um die Sachen abzulegen. Das verlassene Ensemble der Wohnhöhlen kam mir auf einmal trostlos vor. Die Glühwürmchen erfüllten zwar nach wie vor mit ihrem Summen die Luft, doch es schien in eine seltsame Leere hineinzuhallen. Unterwegs zum vereinbarten Treffpunkt mit dem Rat zeigte ich Tim das Meer. Es hatte sich erschreckend weit zurückgezogen. In einiger Entfernung sah man nur noch einen schmalen Streifen Wasser.

Jonay war davon ausgegangen, dass Tim in der Unterkunft blieb, doch er ließ sich nicht davon abhalten, mich in das Gebäude des Ur-Rates zu begleiten.

»Behandelt mich bitte nicht wie einen Gast!«, betonte er entschlossen, und ich bewunderte ihn für sein Selbstbewusstsein, mit dem er dem Rat gegenübertrat.

Wir wurden auf die lauschige Blumenwiese vor der Grotte geführt. Erst wollte mir nicht klar werden, warum wir einen bestimmten Ort aufsuchen mussten, um miteinander zu sprechen.

Doch die Frage erübrigte sich, als Jonay sich vor dem *Spiegel* der Grotte aufbaute, seine Hände befeuchtete, immer wieder über die glatte Fläche strich und sich konzentrierte.

Inzwischen war es ganz dunkel geworden in der magischen Blase. Doch das schwarze Gestein wechselte nicht wie gewohnt in sein strahlendes Weiß, sondern wurde höchstens mittelgrau. Die Blüten leuchteten kaum darauf und auch am schwarzen Himmel erschienen nur vereinzelte Sterne.

Auf der Fläche flackerte ein Bild auf. Erst glaubte ich, Jonay würde uns etwas in der Realwelt zeigen. Doch schnell wurde klar, dass die Bilder nicht aus der Realität stammten.

Regungslos stand Jonay da, während seine Vision wie bei schlechtem Empfang über die Oberfläche des Gesteins krisselte.

Ich konnte zwei Schemen erkennen, die gymnastikähnliche Bewegungen vollzogen. Es blitzte, donnerte, regnete Feuerfunken. Aus dem Boden loderten Flammen, dann stürzten Wasserbäche dazwischen. Überall wimmelte es von Elementarwesen, die entweder völlig chaotisch aus den Elementen hervorgingen oder mit ihnen zu verschmelzen schienen.

Doch nach und nach wurde das Bild deutlicher und fanden die beiden Gestalten offensichtlich in einen Rhythmus, begannen ein Muster zu bilden, ein wunderschönes Muster, das sich auf seinem glatten steinernen Hintergrund in seiner Bewegung verlangsamte und zum Standbild wurde.

Ich starrte wie gebannt darauf, während Jonay auf einen der Steine sackte, die sich um die Grotte gruppierten und auf denen auch wir Platz genommen hatten.

Langsam wurde das Muster wieder blasser. Jonay atmete tief ein und aus. Die Projektion seiner Vision schien ihn sehr zu erschöpfen. Niemand sagte etwas. Als das Bild vollständig verschwunden war, trafen Jonays Augen meinen Blick.

»Was hast du gesehen, Kira?«

Spontan hatte ich an mich und Tim gedacht, wie wir … Doch dann sah ich in die Runde und wurde von Ambers stechendem Augenpaar festgehalten, das sich in mich zu bohren schien.

»Wir können es nur gemeinsam schaffen – Amber und ich.«

Ambers Blick irritierte mich. Da war keine Eifersucht, nichts Feindliches lag mehr in ihm. Stattdessen so was wie ein Flehen.

»So ist es«, bestätigte Jonay meine Worte.

»Und Airam?«, entfuhr es mir, weil mir die Frage nach seiner Bestimmung sogleich auf der Seele brannte.

»Ich habe euch nur einen Teil meiner Vision gezeigt. Es gibt einen zweiten, den ich noch nicht verstehe, zu undeutlich und verwirrend ist er. Ich muss warten, bis sich dieser Part klarstellt.«

»Heißt das, die letzte Vision ist nicht eindeutig?«

Während Airam sich unwillig räusperte, seufzte Jonay und erklärte mir in einem leicht belehrenden Ton:

»Visionen, Kira, sind nie eindeutig. Airam wird seinem Herzen folgen. Und genau das solltest du auch tun.«

Ich atmete auf. Nun gut, das war nicht schwer. Doch obwohl ich so fühlte, sahen mich alle an, als stimme an meiner inneren Klarheit, was meine Gefühle anbelangte, irgendwas nicht.

Unbewusst griff ich nach Tims Hand, verfehlte sie jedoch, weil er sie nach einem Glühwürmchen ausstreckte, das vom Himmel taumelte, als hätte es mitten im Flug das Fliegen verlernt. Es fiel in Tims hohle Hand, drehte sich ein paarmal um sich selbst und blieb dann reglos liegen, während sein violettes Licht verlosch.

Airam ging auf Tim zu und hob das Tier aus seiner Handfläche.

»Es ist tot«, stellte er fest und beantwortete meinen und Tims fragenden Blick: »Magische Glühwürmchen leben eigentlich ewig.«

Airam hockte sich hin und legte es zärtlich auf die feuchte Wiese. Ein Frösteln erfasste meinen Körper, als registrierte er erst jetzt, dass es mit dem Fortschreiten der Nacht kalt geworden war.

Tim sah, wie ich zitterte, während Airam sich wieder erhob. Doch ehe Tim mich in den Arm nehmen konnte, ergriff Airam meine Hände und hielt sie fest. Ein leuchtendes Glühen schoss von seinen Schultern durch seine Arme hinab bis in meine Hände und breitete sich in meinem gesamten Körper aus. Für Momente sah es so aus, als würde sich meine Haut mit einem rötlichen Schimmern überziehen. Wohlige Wärme durchströmte mich. Sie wärmte nicht nur, sondern machte mich zuversichtlich. Es war ein wunderbares Gefühl, sodass meine Hände gegen meinen Willen in Airams Händen bleiben wollten.

»Wir müssen alle zusammenarbeiten«, sagte er und ließ mich wieder los.

Erschrocken suchte ich Tims Blick. Doch Tim schaute über mich hinweg zu Airam: »Das werden wir.«

»Und wir sollten so schnell wie möglich damit anfangen«, vernahm ich die Stimme von Amber.

»Sobald es dämmert. Bis dahin haben alle eine kleine Pause nötig«, beschloss Jonay.

Nicht Amber widersprach, sondern Nisa, die sich die ganze Zeit still im dunklen Schatten eines fliederartigen Gewächses aufgehalten hatte, sodass ich sie fast vergessen hatte.

»Ich werde weitersuchen. Irgendwas muss passiert sein.«

»Nein, Nisa. Auch du musst dich etwas ausruhen. Daida wird ihre Gründe haben …«

»Was für Gründe denn bitte? Man macht doch keinen Urlaub, wenn zu Hause das Haus brennt!«, brauste Nisa auf.

Ich sah verständnislos von einem zum anderen.

»Daida ist heute früh hinunter zum Meer gegangen und dann nicht mehr aufgetaucht«, erklärte Nisa.

»Die Veränderungen machen ihr furchtbar zu schaffen. Heute früh, als sie sah, wie weit sich das Meer zurückgezogen hat, war sie unendlich verzweifelt«, berichtete Jonay.

»Aber verzweifelt sind wir alle!«, rief Nisa aus. »Deshalb kann man doch nicht einfach abhauen.«

»Nisa! Es ist vielleicht die schwerste Krise, die wir haben, aber nicht die erste. Deine Mutter wird sich an ihren Wunschort zurückgezogen haben, um nachzudenken. Nicht selten ist sie von dort mit einer Lösung zurückgekehrt.«

»Weißt du es? Hat sie es dir gesagt?«

»Schluss jetzt.« Airam nahm sie am Arm. »Du machst immer den gleichen Fehler. Es ist nicht deine Rolle, auf Mutter aufzupassen wie auf ein Kind. Du weißt, dass es am Ende nie nötig war.«

Nisa befreite sich aus seinem Griff.

»Euch muss doch auch klar sein, dass seit heute jeder in die Urblase eindringen kann. Jeder! Selbst gewöhnliche Menschen.« Sie streifte Tim mit einem Blick. »Vielleicht wurde sie verschleppt!«

»Wenn es so wäre, Nisa, dann könnten wir nichts mehr für sie tun.«

»Pff. Wer weiß das schon. Keiner von uns kann mit Sicherheit sagen, dass wir da draußen in der realen Welt einfach sterben. Keiner hat es je ausprobiert.«

»Nicht mit Sicherheit, aber mit an Sicherheit grenzender Wahrscheinlichkeit. Du kennst die Chroniken der magischen Urblasen.«

Jonay versuchte, ruhig zu bleiben, obwohl es offensichtlich in ihm brodelte.

»Es sind nur Chroniken. Legenden! Du weißt, wie es um unsere eigenen unzuverlässigen Erinnerungen steht!«

»Schluss jetzt«, donnerte Jonay, sodass ich zusammenzuckte. »Diese Diskussion hatten wir schon Tausende Male. Wir brauchen alle ein paar Stunden Schlaf. Sollte Daida morgen nicht zurückkehren, werden wir nach ihr suchen. Während Amber und Kira als Erstes alles daransetzen müssen, die Durchgänge wieder zu sichern.«

Kraftlos sank ich neben Tim auf die Schlafstatt, nachdem wir hungrig unseren Proviant verschlungen hatten. In der Wohnhöhle hatten wir nur noch hartes Brot und vertrockneten Käse vorgefunden. Niemand war mehr da, um sich um irgendwas zu kümmern.

»Mini!«, rief ich überrascht aus, als direkt vor mir ein rotes Bündel auf das Kopfkissen sprang und sich schnurrend niederließ. »Warum hat Grete sie nicht mitgenommen?«

»Vielleicht war sie gerade nicht da?«, sagte Tim. Gut möglich. Ich gab Mini ein Stück von dem trocknen Käse, das sie gierig verschlang. Sichtlich erfreut über unser Dasein ließ sie sich kraulen und schmiegte sich eng an unsere Köpfe.

Ich kuschelte mich in Tims Arm, während er die Decke über uns zog. Trotz meiner Erschöpfung war an Schlaf jedoch nicht zu denken. Immer wieder öffnete ich die Augen und lauschte, ob Minis Schnurren oder Tims Atemzüge regelmäßiger wurden.

»Deine Wimpern kitzeln an meinem Oberarm. Du musst schlafen, Cutie«, ermahnte er mich flüsternd und gab mir einen sanften Kuss auf mein Haar.

»Was ist dein Eindruck?«, fragte ich.

»Was meinst du?«

»Alles. Insgesamt. Der Ur-Rat und so.«

»Ehrlich gesagt, ich glaube, dass etwas mit der magischen Familie nicht stimmt«, sagte er geradeheraus. Seine Worte bestärkten mich in meinen eigenen Eindrücken.

»Aber was?«

»Keine Ahnung. Es herrschen jedenfalls starke Spannungen unter den Mitgliedern und das sicher nicht erst seit heute.«

»Was denkst du über Airam?«

Tim lachte leise auf.

»Dass er ein sehr intelligenter und attraktiver Mann ist?«

»Ach, hör auf …«, ich rollte mit den Augen, obwohl er es gar nicht sehen konnte.

»Kira?«, fragte er plötzlich und klang alarmiert.

»Was?«

Ruckartig setzte er sich auf und berührte mein Gesicht. Ich zuckte zurück, weil sich seine Hand eiskalt anfühlte.

»Meine Güte, du glühst ja wie ein Backofen.«

Ich richtete mich auf und befühlte meine Wangen, bemerkte dicke heiße Wölbungen, dort, wo mich die Urwesen im Wasserdurchgang erwischt hatten.

»Die Kratzer, sie sind extrem entzündet. Grünlich und in der Mitte purpurn wie glühende Lava!«, rief Tim.

Erschrocken sprang ich aus dem Bett, lief ins Bad und betrachtete mich im Spiegel. Tatsächlich. Ich sah schlimm aus, total verquollen. Wo kam das auf einmal her?

Hitze stieg mir in den Kopf. Mein Spiegelbild verschwamm vor mir und Schwindel erfasste mich. Tim war zum Glück sofort hinter mir und hielt mich fest, während ich aus dem Bad taumelte.

»Am besten, ich hole jemanden.«

»Nein.« Ich hielt mich an ihm fest.

»Vielleicht schaffen wir es in die medizinischen Kuppeln. Dorthin, wo die Elementarwesen behandelt werden.«

26. Kapitel

Die frische Nachtluft tat gut. Anfangs musste Tim mich fast tragen, so schwach fühlte ich mich, doch nun besserte sich mein Zustand etwas.

»Ich glaube, das Fieber geht runter«, sagte ich, während die schillernden Kuppeln zwischen den Bäumen ins Sichtfeld rückten. Dieses schnelle Steigen und Sinken des Fiebers erinnerte mich an die Anfangszeiten, als sich die ersten Symptome meiner magischen Begabung gezeigt hatten.

Tim beobachtete mich besorgt, während ich unsicheren Schrittes auf den Eingang zuging. Wir betraten das filigrane Gebilde. Eine Frau kam uns entgegengeeilt. Sie rempelte mich an, sodass ich den Halt verlor und hinfiel. Tim gelang es nicht, mich abzufangen, weil er genauso überrascht war wie ich.

Sofort kniete sich die Frau neben mich.

»Oh, mein Gott. Das tut mir leid!« Sie packte mich an der Hand und wollte mir aufhelfen, ließ mich jedoch schnell wieder los und pustete auf ihre Handfläche. »Au, verdammt!«

Die Innenfläche meiner Hand glühte. Keine Ahnung, ob es mir von dem Anblick oder von der Wärme hier drinnen auf einmal wieder schlechter ging. Das Gesicht vor mir verzerrte sich und der Raum begann sich zu drehen. Mir wurde schwarz vor Augen. Ich hörte verschiedene Stimmen durcheinanderreden, die Stimme von Tim und noch fremde. Und dann die von Else. Else war hier? Warum war sie noch hier?

Man hob mich hoch und trug mich irgendwohin. Die Menschen um mich waren nervös. Immer noch waberten schwarze Wolken vor mir, ich konnte nichts sehen und kämpfte mit Schwindel und Übelkeit, aber einzelne Gesprächsfetzen kamen einigermaßen deutlich bei mir an.

»Sie darf das Bewusstsein nicht verlieren … Flößt ihr kaltes Wasser ein … Keine Fähigkeiten mehr? … Nein … Wir können nur etwas gegen das Fieber tun …«

Die Stimmen wurden leiser, traten allmählich in den Hintergrund. Dann geschah etwas Seltsames. Ich erhob mich, obwohl sich meine Knochen wie Blei anfühlten und ich mich keinen Zentimeter bewegen konnte. Eine zweite Version von mir verließ jedoch die Liege und steuerte auf ein Wasserbecken zu. Das bedeutete, dass ich mich im Bereich der Undinen befand. Was dort im Becken unangenehm roch, war eine noch schlimmere Brühe als beim letzten Mal. Grüngelbliche Undinen trieben darauf herum. Warum kümmerte sich bloß keiner um sie?

»Unsere magischen Heilkräfte versagen uns seit dieser Nacht den Dienst«, drang eine Antwort an mein Ohr. Hatte ich meine Frage nicht nur gedacht, sondern laut ausgesprochen? Ich konnte es nicht sagen.

Kira Nummer zwei war beim Wasserbecken angelangt, drehte sich zu mir um, nickte mir entschlossen zu und ließ sich rücklings in die Jauche fallen.

Es platschte. Ich tauchte unter, riss die Augen weit auf, aber hatte keinerlei Sicht in dem trüben Wasser.

Vor mir nahm eine feingliedrige Hand Konturen an. Ich griff danach, schloss die Augen und fühlte plötzlich einen unglaublich starken Sog in meinen Lungen. Als würde ich alles um mich herum aufsaugen. Ja, ich sog es in mich hinein, Ohnmacht, Krankheit und Tod. Und dann schoss ich aus dem Wasser.

Ein paar Meter entfernt auf der Liege, um die mehrere Personen standen, lag niemand mehr. Ich war jetzt wieder eine Person, obwohl ich nicht nachvollziehen konnte, wann und wie ich mit meinem Trugbild eins geworden war.

Tatsächlich, da stand neben zwei Heilerinnen Else und hielt ein nasses weißes Tuch in der Hand, aus dem es ihr auf die Füße tropfte. Ihren Gesichtern nach zu urteilen musste ich ziemlich überraschend aufgesprungen sein.

Tim eilte auf mich zu, doch ich stieß ihn von mir.

»Geh weg. Du kannst niemandem helfen.«

Mein eigenes Verhalten schockierte mich zutiefst. Ich tat das Gegenteil von dem, was ich tun wollte. Als hätte jemand Fremdes die Führung in mir übernommen. In dem Moment, wo ich das dachte, wusste ich, dass es so war. Ich war ich und auch wieder nicht. Ich fühlte mich endlich genauso stark, wie ich es mir die ganze Zeit gewünscht hatte, während mein Überforderungsgefühl mich einfach nicht aus seinen Klauen gelassen hatte. Gleichzeitig beherrschte mich nun etwas anderes. Etwas mit großer dunkler Macht.

Hinter mir stieg eine der Undinen aus dem Wasser.

»Danke«, sagte sie und ging, ohne die anderen zu beachten, an mir vorbei Richtung Ausgang. Mit jedem Schritt verlor sie mehr von ihrer gelblich grünen Farbe und wurde wieder weiß, erst die Haare, dann die Haut und dann auch ihr Gewand.

Weitere Undinen tauchten aus dem Wasserbecken auf und folgten ihr.

»Sie hat sie geheilt«, raunte eine der Heilerinnen.

»Wie hat sie das gemacht?«

»Keine Ahnung.«

Ich beachtete weder sie noch Tim, der hilflos neben mir stand, sondern schritt an ihnen vorbei und folgte den Undinen.

Ihr Ziel war klar, sie liefen Richtung Wasserdurchgang und hatten es sehr eilig. Hin und wieder drehten sie sich um und bedachten mich mit Blicken, als wäre ich ihre Anführerin.

Wir traten aus dem Wald und vor uns erstreckte sich eine endlose sandige Weite, die bis vor Kurzem vom magischen Meer bedeckt gewesen war. Mit Schrecken stellte ich fest, dass uns Kilometer vom Meeresufer trennten. Wie sollten die Undinen es ohne Wasser bis dorthin schaffen? Doch einige Schritte weiter erkannte ich im fahlen Licht der wenigen Sterne die felsige Insel, auf der sich der Durchgang befand. Sie hatte sich nicht mit dem Meer entfernt, sondern ragte aus der schlammigen Sandwüste. Hilflos lagen die kleinen roten Boote auf der Seite.

Die Undinen wurden langsamer und langsamer. Dann blieb eine dicht vor mir stehen, sodass ich fast in sie hineinlief, und hauchte: »Wir brauchen Wasser, sonst vertrocknen wir.«

Das war der Moment, um herauszufinden, wie es um meine Fähigkeiten stand. Ich richtete mein Gesicht zum Himmel und konzentrierte mich, stellte mir vor, wie sich jeder Wassertropfen in der Atmosphäre der magischen Blase über uns einfand und zusammenballte zu einer mächtigen Wolke, die ihren Inhalt auf die Undinen niederschüttete. Schon kam ein kleiner Wind auf, perlengroße Tropfen begannen, auf uns niederzuprasseln, und in Sekundenschnelle war ich bis auf die Haut durchnässt.

Ich sah, wie die Undinen unter dem Regen regelrecht aufblühten und wieder ihre gewohnte Schönheit entfalteten. Aber noch mehr staunte ich über meine Kraft. Ich verspürte keinerlei Schwierigkeiten mit meinen Fähigkeiten, im Gegenteil, ich empfand sie stärker als je zuvor.

Die Undinen eilten auf den Felsen zu, kletterten behände hinauf, blieben jedoch abrupt am Rand der kraterartigen Innenform stehen. Als ich oben ankam, sah ich, was sie sahen. Der kleine See in der Mitte, der den Durchgang bildete, war übervölkert mit grünen Urwesen. Doch noch mehr überraschte mich Ambers Anwesenheit, die dort unten saß und erst ungläubig zu mir aufschaute und dann die Undinen musterte.

»Was tust du hier?«, fragten wir beide gleichzeitig.

»Ich bringe die Undinen zurück.«

»Sie werden sie nicht durchlassen.«

»Warum sollten sie sie nicht durchlassen?«

»Sieh doch selbst.«

Ich verstand kein bisschen, was geschah. Aber die Urwesen entstiegen dem Wasser, buddelten sich eng an eng in den Boden und bildeten einen undurchdringlichen lianenhaften Wall, vor dem die Undinen in respektvollem Abstand stehen blieben.

»Was soll das? Das ist doch …!«, rief ich.

Amber erhob sich. »Sie wissen, dass kein Elementarwesen mehr da ist, das die Blase auf der anderen Seite des Durchgangs schützt, und lassen niemanden hinaus. Mich auch nicht mehr.« Hilflos hob sie die Arme und ließ sie wieder an die Seite fallen.

»Aber das sind doch Undinen! Sie sind wieder gesund und wollen ihre Aufgaben übernehmen. Das ist total widersinnig!«

»Ist es, aber sie checken es nicht. Als hätte sich ihr System aufgehängt.«

Ratlos sah ich zu, wie die Undinen und die Urwesen sich reglos gegenüberstanden wie zwei Armeen.

»Warum bist du überhaupt hier?«, stellte ich Amber jetzt noch einmal die Frage.

»Ich … ich hab versucht, irgendwas zu tun! …«

»Sag den Urwesen, dass sie den Weg freigeben müssen. Auf dich hören sie.«

Amber schüttelte den Kopf.

Was sollte das? War sie etwa auch dagegen, dass die Undinen zurückkehrten?

Ihre Augen füllten sich plötzlich mit Tränen.

»Meine Kräfte … ich hab keine magischen Kräfte mehr!«, rief sie verzweifelt und ließ jetzt ihren Tränen freien Lauf.

Ich wollte ihren Arm berühren, etwas Tröstliches sagen, obwohl mich die Nachricht ziemlich durcheinanderbrachte. Doch Amber schlug die Hände vors Gesicht und lief über den trockengefallenen Meeresboden davon. Mein erster Impuls war, ihr hinterherzulaufen.

Aber da waren die Undinen. Sie würden einfach vertrocknen, wenn ich ihnen nicht umgehend den Weg ins Wasser freimachte. So schnell konnte ich keine neue Regenwolke erzeugen, nachdem ich gerade erst sämtliche Feuchtigkeit aus der Luft gezogen hatte.

Kämpfe!, vernahm ich eine Stimme in mir, die meine war, aber doch fremd und viel dunkler klang.

Entschlossen trat ich zwischen den Undinen hervor und schritt den Abhang hinunter zum Wasserbecken, das die Urwesen komplett verstellten. Sie begannen sich unruhig zu bewegen, wichen jedoch nicht zurück. Meine Kratzer auf der Wange brannten, wie um mich an meine letzte Auseinandersetzung mit ihnen zu erinnern. Doch das hielt mich nicht auf, sondern schürte meine Entschlossenheit noch weiter.

Zuerst wandte ich Erdkräfte an und wühlte den Boden auf, in den sie sich gegraben hatten. Lauter winzige Füße wurden sichtbar und versuchten, erneut im schotterartigen Lavasand Halt zu finden. Eng hakten sie einander unter und ließen keinen Blick auf den Durchgang frei. Trotzdem bemerkte ich das Zucken um ihre großen Puppenaugen, wenn ich eins genauer ansah.

Ich versuchte es mit Wind, ließ ihn zum Sturm anwachsen, doch Wind schien ihnen überhaupt nichts auszumachen. Nun ja, sie waren die Wesen der vier Elemente. Unbeweglich standen sie vor mir, als wehte nur ein kleines Lüftchen. Ich brauchte eine andere Kraft, um mich zu behaupten – eine seelische. Mir wurde klar, dass es beim letzten Mal nicht das Feuer gewesen war, was mir Erfolg beschieden hatte, sondern mein Wille und die Wut, mich durchsetzen zu wollen. *Hör auf zu grübeln und tu was!*, rief es wieder in mir. Ich sträubte mich dagegen, auf diese befremdliche Stimme zu hören. Lieber wollte ich strategisch und überlegt agieren.

Doch stattdessen stürmte ich vor. Kleine Flammen flogen über meine Hände. Ich verwandelte mich in einen Feuersturm und stob blindlings in den Wall der Urwesen hinein.

Die Luft erfüllte ein hohes angsterfülltes Fiepen, gleichzeitig roch es nach verkohlten Pflanzen. Grüne Arme, Beine, Körper flogen um mich herum, ohne dass ich sie zuordnen konnte. Es war schrecklich, aber mein inneres Toben ließ sich nicht aufhalten. Qualm, Feuer, Gestank, Chaos. Ich fand erst wieder zur Besinnung, als es endlich still um mich wurde.

Der Boden rauchte wie nach einem Waldbrand. Überall lagen Urwesen wie Gefallene. Keins regte sich mehr. *Was hast du getan?*, rief die winzige Stimme in mir, die doch ich war. Jedoch die neue Person in mir behielt nach wie vor die Führung und fuhr sie an zu schweigen.

Der Boden bebte noch ein wenig und aus dem Wasserdurchgang erhob sich eine Welle, die über das Schlachtfeld schwappte und alles, was noch brannte, löschte.

Flink bewegten sich die Undinen zum Wasser, umgingen dabei ungerührt die im Weg liegenden Hindernisse und tauchten in den Durchgang ein. Es dauerte nicht mal zwei Minuten, bis keine mehr zu sehen war.

Ehe ich einen klaren Gedanken fassen konnte, erschienen oben am Kraterrand Airam, Nisa, Jonay und Tim. Langsam kamen sie herab und schauten auf das, was ich angerichtet hatte. Ich bewegte mich ebenfalls auf sie zu, kam mir dabei jedoch vor wie in einem Gefährt, das ich weder befehligen noch lenken konnte.

»Gütiger Himmel!«, rief Nisa. Jonay gab ihr ein Zeichen zu schweigen. Sie blieben stehen, Airam neben Tim, als wären sie inzwischen Freunde geworden. Abwartend musterten sie mich. Doch statt irgendwas zu erklären, tat ich etwas, was mich von allen wohl am meisten schockierte. Ich trat dicht vor Airam hin, legte meine Arme um seinen Hals, gab ihm einen langen Kuss auf seinen Mund und schloss dabei die Augen, als wären wir ein Liebespaar, das sich nach überstandener Heldentat wieder in den Armen lag. Mein kleines, in meinem eigenen Körper gefangenes Ich begehrte gegen das auf, was die Führung in mir übernommen hatte. Doch es war machtlos.

Gerade als Airam meine Umarmung erwidern wollte, ließ ich von ihm ab und sah ihm tief in die Augen, als wären die anderen nicht da und schon gar nicht Tim.

Airams dunkle Augen glitzerten mich an. Er öffnete den Mund, doch ich legte einen Zeigefinger auf seine Lippen, damit er schwieg, wandte mich ab, ging zwischen Airam und Tim hindurch, ohne Tim noch einmal anzusehen, und verließ die Insel, als gäbe es nichts weiter zu sagen.

27. Kapitel

Ich schreckte hoch, blinzelte und sah, wie jemand auf mich zukam. Das war … das war doch ich. Ich selbst! Ich kam auf mich zu, kniete mich auf das Bett und kam mir so nahe, als wollte ich mich selbst küssen. Die Gestalt vor mir ging in mich hinein. Ich verschluckte mich beim Atmen, als atmete ich zweimal ein, ohne dazwischen auszuatmen. Ein vollkommen verrücktes Gefühl. Dann schreckte ich erneut hoch und dachte: *Okay, erst jetzt bin ich wach. Das davor war ein Wachwerden in einem Traum.*

Wieder war da eine Person am Ende meines Bettes. Und noch eine, die gerade den Raum verließ. Ich befand mich in meiner Wohnhöhle, erinnerte mich sofort an alles, was am Wasserdurchgang geschehen war, aber besaß keinen Schimmer, wie ich hierhergekommen war. *Bitte lass es Tim sein, der am Fußende sitzt, und nicht Airam*, flehte ich. Mein Flehen wurde erhört. Die Umgebung stellte sich scharf und ich sah in Tims grüne Augen mit den goldenen Pünktchen. Mein Gewissen zog mich zentnerschwer in einen tiefen Abgrund. Hastig setzte ich mich auf, rutschte zu ihm heran, fiel ihm um den Hals und klammerte mich fest.

»Ich weiß nicht, wie das passieren konnte … Das war nicht ich!«, beteuerte ich.

Tims steifer Körper entspannte sich bei meinen Worten. Seine Arme legten sich erst zögerlich, dann jedoch fest um mich.

»Das macht mich froh«, sagte er nur.

»Sie ist wach«, hörte ich Airams Stimme hinter mir und drehte mich nach ihm um, während mich Tim weiter im Arm hielt. Er hatte meine Wohnhöhle betreten und fixierte mich mit seinen tiefdunklen Augen, während seine weißblonden Locken ein wenig zerzaust wirkten. Wie immer war er ganz in Weiß gekleidet. Ein wirklich schöner Mann. Aber das war noch lange kein Grund, ihn zu küssen – während Tim danebenstand! Was zur Hölle war nur in mich gefahren? Ich verstand es kein bisschen. In Airams Blick las ich Verletztheit.

»Es … tu…t … mir leid«, stotterte ich und wollte mich vor Scham am liebsten unter der Decke verkriechen.

Airam wandte den Blick ab und reagierte nicht darauf, sondern sagte: »Der Wasserdurchgang funktioniert wieder. Vollständig. Was immer da passiert ist, Kira war erfolgreich. Sie muss es auch bei den anderen Durchgängen versuchen. Am besten sofort.«

Er redete von mir in der dritten Person, als wäre ich gar nicht anwesend.

»Erst wenn sie gegessen hat«, schaltete sich Else ein, die mit einem großen, dampfenden Topf den Raum betrat. »Ohne etwas im Magen kann niemand Heldentaten vollbringen, zumindest nicht auf die Dauer.«

Sie stellte den Topf auf einem breiten Stövchen mit drei mächtigen Teelichtern ab. Ich bemerkte, dass sich bereits Schalen, Löffel und ein Laib Brot sowie ein Butterfass auf dem Tisch befanden. Else teilte mir zuerst eine große Kelle aus. Es duftete herrlich nach Kartoffeln und Gemüse.

»Alles drin, was ich in der Küche des Rates noch finden konnte.«

Auch Mini, die mindestens genauso hungrig sein musste wie wir, bekam eine große Kelle in ihr Schälchen und stürzte sich gierig auf die Suppe.

»Warum bist du noch hier?«, fragte ich. Else wischte sich die Hände an der Schürze ab. Sie trug wieder ihr blaues Kleid mit weißen Punkten. Ehrlich gesagt, hatte ich sie noch nie in einem anderen Kleid gesehen. Wahrscheinlich besaß sie mehrere davon.

»Das siehst du doch, Kindchen. Weil sonst niemand achtgeben würde, dass ihr nicht einfach tot umfallt vor Hunger, Durst und Fieber.«

Sie warf einen Blick auf meine Hände, die in weißen Verbänden steckten. Da, wo die Finger herausschauten, sah ich einige Brandblasen. Nach und nach trudelte die Wirklichkeit bei mir ein.

»Was ist passiert?«, fragte ich.

»Iss«, lautete Elses strenge Antwort, während sie mir ein Stück Brot reichte.

Airam ließ sich gegenüber auf einem Sitzkissen nieder und bekam ebenfalls eine volle Schüssel Suppe zugeteilt.

Während wir aßen, erfuhr ich, dass ich keins der Urwesen getötet hatte, auch wenn es so ausgesehen hatte.

»Viele waren verletzt, das schon. Aber Urwesen sterben nicht, indem man sie über den Haufen rennt. Sie sind unsterblich. Eher begibt sich der Angreifer in Lebensgefahr.«

»Oh. Ich hatte keine Ahnung.« Diese Info machte mir die Tragweite meines Unterfangens bewusst, nahm mir aber gleichzeitig eine unglaubliche Last von den Schultern.

»Du scheinst allerdings nichts zu befürchten zu haben, Kira. Sie haben Angst vor dir. Das heißt, sie wehren sich zwar gegen dich, aber sie schrecken davor zurück, dich zu töten.«

Bei Airams Worten fiel mir ein, in was für einem Albtraum ich mich befunden hatte, während ich schlief. Urwesen hatten mich von allen Seiten überfallen und sich auf mich geworfen, bis es mir die Luft abschnürte. Als kein Atemzug mehr möglich war, war ich endlich aufgewacht … und hatte in Tims Augen gesehen.

Die Urwesen machten mir ebenfalls Angst. Trotzdem war meine Sorge um das Wohlergehen der Urwesen seltsamerweise größer.

»Was ist mit den Verletzten?«

»Sie regenerieren sich, wie zertretene Pflanzen auf dem Feld. In ein bis zwei Tagen werden sie wieder geradestehen und aussehen, als wäre nichts passiert.«

Ich löffelte nachdenklich meine Suppe, während ich registrierte, wie Airam und Tim sich spannungsgeladene Blicke zuwarfen. Es war seltsam, mit beiden an diesem Tisch zu sitzen und zu essen.

»Ich lag auf der Liege, dort bei den Wasserbecken, und habe gesehen, wie ich zu dem Becken gegangen bin. Habe mich hineinfallen sehen. Gleichzeitig lag ich weiter auf der Liege. Als wäre ich zwei Personen …«, begann ich.

Airam nickte wissend.

»Mach dir darum keine Sorgen. Es ist ein Zeichen dafür, dass etwas in dir erwacht.«

»Aber es fühlt sich nicht gut an!«, fuhr ich fort. »Sondern irgendwie …«

»Lass es einfach geschehen«, sagte Airam und Tim nickte zustimmend.

Airams Blick lag bedeutungsschwer auf mir, während ich in Tims Blick so was wie Traurigkeit zu sehen glaubte. Worüber verdammt waren sich die beiden einig? Hatten sie miteinander gesprochen, als ich geschlafen hatte?

»Wie bin ich überhaupt hierhergekommen?«

»Nachdem du die Insel verlassen hast, hast du dich in Wind verwandelt. Ich habe sofort dasselbe getan und bin dir gefolgt. Du bist direkt hierhergefegt, hast dich hingelegt und erst im Tiefschlaf wieder deine Gestalt angenommen.«

Ich schenkte Airam einen kurzen, verlegenen Blick. Er war also allein mit mir gewesen, war in der Lage gewesen, mir zu folgen, wusste, wohin ich mich begeben hatte, während Tim eine Weile gebraucht hatte, um mich überhaupt zu finden.

Armer Tim. Verlegen griff ich nach seiner Hand und drückte sie fest. Airam sah es und schaute weg. Tim ließ seine Hand nur kurz in meiner, dann entzog er sie, um sich einen Nachschlag Suppe zu nehmen. Eine kalte Gänsehaut erfasste meinen Körper. Was, wenn der Kuss einen Riss in unserer Liebe verursacht hatte, der zu tief ging, um ihn zu reparieren?

Ich wollte Tim nicht verlieren. Niemals!

Airam tupfte sich vornehm den Mund mit einer Serviette ab und erhob sich.

»Wir sollten gehen.«

28. Kapitel

Auf dem Weg zu den Seifenblasenkuppeln lag die Welt der magischen Urblase in dunstigen Nebel getaucht. Eigentlich gab es hier weder Morgennebel noch Abendnebel. Ich hatte jegliches Zeitgefühl verloren. Von Airam, der ein Stück vor mir und Tim ging, erfuhr ich, dass es früher Abend war. Wir redeten nicht weiter darüber. Jeder wusste, was es bedeutete und dass uns die Zeit davonlief.

»Was ist mit Daida?«, fragte ich, obwohl ich mich vor der Antwort fürchtete.

»Nisa hat sie bisher nicht finden können. Jonay hilft nun bei der Suche«, antwortete Airam.

»Und Amber?«

Er zuckte nur mit den Schultern.

»Sie sagt, ihre Kräfte hätten sie verlassen.«

Wir hatten den Eingang zu den Kuppeln erreicht. Airam blieb davor stehen und drehte sich zu mir um: »Nicht nur Amber. Auch dem Ur-Rat schwinden die Kräfte. Nisa hat ihre bereits vollständig verloren. Jonay hüllt sich in Schweigen, aber ich bin sicher, auch er besitzt keine mehr, will uns nur nicht beunruhigen.«

»Und deine?«

Airam verschränkte die Arme vor der Brust.

»Ich habe es noch nicht getestet.«

Seinem Tonfall nach vermied er es, sie zu testen, weil er sich vor dem Ergebnis fürchtete.

Nackte Angst kroch in mir hoch. Wenn die Ur-Familie ihre magischen Kräfte verlor, war das wie die Diagnose für eine tödliche Krankheit, die schnell voranschritt. Alle, die sich noch in der Blase befanden, begannen, in akuter Lebensgefahr zu schweben. Falls es mir gelang, die Durchgänge in Ordnung zu bringen – stabilisierte ich damit die Urblase oder öffnete ich Tim, Amber, Else, den Heilerinnen und mir nur eine Möglichkeit, sich in die Realwelt zu retten, bevor die Urblase implodierte? Würden wir diese Möglichkeit nutzen, um uns in Sicherheit zu bringen, und die Mitglieder des Ur-Rates ihrem Schicksal überlassen?

Ich durfte nicht so weit in die Zukunft denken. Bei jedem Zwischenziel bestand die Möglichkeit, dass sich der Weg dorthin veränderte. Solange ich etwas bewegen konnte, war alles eine Chance. Endlich schien tief in meinem Innern anzukommen, was Tim offensichtlich längst klar war: Egal, was mit mir passierte und mit meinem kleinen privaten Leben – ich durfte mich nicht vor dem fürchten, worüber ich keine Kontrolle besaß. Ich durfte keine Angst vor meinem Schicksal haben.

»Wir sollten keine Zeit verlieren«, sagte ich und ging schnellen Schrittes hinein in das seifenblasenartige Gebäude.

Tim und Airam folgten mir.

»Versuch es als Nächstes bei den Salamandern. Sie sind jetzt am schlimmsten dran und es leben nur noch wenige von ihnen«, schlug Airam vor.

Ich betrat den Raum der elementaren Feuerwesen. Emsig liefen die Heilerinnen hin und her, transportierten große, triefend nasse weiße Tücher, die sie aus einem Bottich mit Eiswürfeln zogen. Unschlüssig trat ich auf einen Salamander zu, der lilablau flimmerte. Er war viel zu heiß.

Die Heilerinnen grüßten mich flüchtig, während sie einen verkohlten Salamander hinaustrugen. Ich wandte den Blick ab.

Sieh hin!, forderte mich die dunkle Stimme in mir auf. Wieder beobachtete ich, wie sich ein Teil von mir löste, sich auf den verkohlten

Salamander zubewegte und dabei die Verbände von den Händen abwickelte. Übelkeit stieg in meiner Kehle auf, als ich darunter ähnlich verkohlter Haut gewahr wurde. Neue Flammen züngelten aus meinen Händen hervor. Die Heilerinnen blieben stehen. Erst beobachtete ich nur, was mit der Gestalt geschah, die aus mir hervorgegangen war. Dann gab es einen Ruck und durch meine Hände fuhr ein brennender Schmerz. Jetzt stand ich selbst vor dem Feuerwesen. Es besaß eine menschliche Gestalt, seine Haut erinnerte jedoch an einen Salamander, ledrig und gemustert, wo sie noch nicht verbrannt war.

Allerdings befanden sich dort, wo sonst seine runden Feueraugen saßen, nur noch zwei schwarze Höhlen. Ich versenkte mich tiefer in den grausigen Anblick. Da! Da loderte ein Funke auf. Die Heilerinnen legten ihre Last auf den steinigen Boden und entfernten sich.

»Was tut sie nur?«, hörte ich jemanden rufen.

»Es wird das Richtige sein«, antwortete eine männliche Stimme. Airam.

Hitze stieg in meinem Gesicht auf. Von allen Seiten züngelten Flammen auf mich zu, als würde ich meinen Kopf durch einen Feuerring stecken. Ich begriff, dass das meine Haare waren, die in Flammen standen, und sah an mir herab. Flammen züngelten auch an meinen Beinen hoch, als würde ich auf einem Scheiterhaufen stehen.

»Sie verbrennt!«, rief jemand anders in Panik. Das war Tim.

»Lass sie, verdammt!«, antwortete Airam.

Das Feuer tat weh, überall. Ich verbrannte tatsächlich. Warum half mir niemand? *Hör auf zu jammern und tu, was du tun musst!*, herrschte die dunkle Stimme mein eigentliches Ich an, das sich gerade wieder im hintersten Winkel meines Seins kleinmachte.

Ich ließ mich auf den toten Salamander fallen, ohne darüber nachzudenken, was das für einen Sinn haben sollte. Wälzte mich mit ihm auf dem schwarzen Schotter aus Lavagestein, wie um die Flammen zu löschen. Doch in Wahrheit wollte ich ihn anzünden.

Tatsächlich, die Flammen, die er übernahm, verlor ich. Der Schmerz ließ etwas nach. Trotzdem stand ich nach wie vor viel zu heftig in Flammen. Lichterloh durfte man auch mit Feuerbegabung nicht brennen, weil die Gefahr bestand, sich selbst vollständig zu versengen.

Der Salamander erhob sich, seine runden Augen erwachten zum Leben, während die lilaschwarze Farbe seiner Haut nach und nach in ein helles Rotorange überging.

Etwas riss mich von ihm fort. Eine starke Orkanböe, die sogleich Form annahm und sich als Airam entpuppte.

Der eisige Luftzug verschaffte mir Linderung gegen die Hitze. Meine Augen stachen und tränten. Ich wusste, wenn sie zu brennen anfingen, war es vorbei mit mir.

Werd die Flammen los, verdammt!, brüllte ich mich mit tiefer Stimme selbst an. Auch Airam brüllte etwas, aber ich verstand ihn nicht.

Blindlings stürzte ich mich auf einen Salamander nach dem anderen, die im Raum lagen und mit zu hoher Hitze kämpften, riss sie von ihrem Krankenlager, wischte meine Flammen an ihnen ab.

Es qualmte und zischte. Der Rauch vernebelte mir die Sicht. Aber mir ging es besser und besser. Mein Gesicht war jetzt frei von Flammen, meine Haare hörten endlich auf zu knistern. Nur meine Waden und Füße loderten noch und meine rechte Hand. Ich berührte damit den letzten Salamander, der sich noch im Raum befand, wischte die Flammen von mir ab, als wären sie eine zu eng sitzende Haut. Es tat weh, weh, weh, als schürfte ich mit meiner wunden Haut über raue Lavabrocken.

Der Salamander erhob sich in goldroter Farbe und folgte den anderen Salamandern, die bereits den Raum verlassen hatten und dem Ausgang der Kuppeln zustrebten. Ich sackte zusammen, kam mir vor wie ein ausgetretenes Lagerfeuer, vernahm ein unmenschliches Stöhnen tief aus meinem Innern. Ja, das war ich und war auch nicht ich und war doch ich.

Verzweifelt versuchte ich, mich zu erheben, aber es ging nicht. Tim eilte auf mich zu, doch sah hilflos auf mich herab, als wüsste er nicht, wo er mich anpacken sollte. Es gab wohl keine Stelle an meinem Körper, die nicht verwüstet war.

Auch Airam bewegte sich auf mich zu, stockend, als wollte er auf mich zustürzen und gleichzeitig davonrennen. Ich beobachtete, wie seine Gestalt verwischte.

Sanft wurde ich wie von unsichtbaren Händen hochgehoben und spürte sogleich wohltuende Kühle am gesamten Körper. Airam hüllte mich ein in milde Winterluft und trug mich fort. Es war ein zutiefst erlösendes, hoffnungsvolles und zugleich erschütterndes Gefühl, denn es bedeutete einiges: wer mir im Notfall helfen konnte und wer nicht, und dass Airam und ich nun die Einzigen waren, die überhaupt noch Kräfte besaßen. Dann waren es nicht Amber und ich gewesen, sondern Airam und ich, die Jonay in seiner letzten Vision gesehen hatte …

Ich stieg auf durch eine Öffnung in der Hauptkuppel, getragen von der verlässlichen Kraft meines Gefährten. Ich schaute nicht zurück, wollte den Ausdruck in Tims Gesicht nicht sehen. Natürlich traf ihn die gleiche Erkenntnis in diesem Moment: dass ich für jemand anderen bestimmt war, sich das einfach nicht leugnen ließ.

Die Baumwipfel flossen unter uns dahin.

»Wir müssen zum Feuerdurchgang«, vernahm ich meine Stimme. Sie klang jetzt nicht mehr tief und dunkel, sondern seltsam hoch und zerbrechlich.

»Ich weiß nicht, was du in deinem Zustand dort ausrichten könntest.«

»Aber …«

»Wir werden nachsehen, wie es läuft.«

»Wie soll es schon laufen?« Das Sprechen fiel mir schwer, weil meine Zunge geschwollen war und extrem brannte.

Airam schwieg und flog stattdessen tiefer. Langsam fröstelte ich in der Kühle seines Windes, der mich vollständig umfing. Es fühlte sich an wie Schüttelfrost.

Wir flogen direkt auf einen kleinen, glühend roten Sandkegel zu, der sich auf einem Bergplateau schwarzen Gerölls erhob, als hätte ihn jemand dort hingeschüttet.

»Du hast die wichtigste Arbeit bereits getan«, kommentierte Airam, während ich unter mir in den Feuer spuckenden Kegel blickte. Ich konnte erkennen, dass die Urwesen die Salamander ohne Probleme hindurchließen, damit sie ihre Plätze auf der anderen Seite des Durchgangs wieder einnehmen konnten.

»Warum machen die Urwesen keine Probleme mehr?«

»Sie kommunizieren. Das funktioniert ähnlich wie die Quantenkommunikation unter den Ratsmitgliedern, nur dass es nicht wie ein bewusster Austausch passiert. Eher erhalten sie von jeglichen Dimensionen unabhängige Informationen wie zwei miteinander verschränkte Teilchen in der Physik.«

Davon hatte ich in der Schule gehört. Ein Teilchen richtete sein Verhalten nach dem anderen aus, auch wenn sie sich in verschiedenen Räumen, einen halben Erdball voneinander entfernt oder gar in einem anderen Universum befanden.

»Heißt das, sie haben aus dem Kampf am Wasserdurchgang gelernt?«

»So muss es sein.«

Wir entfernten uns wieder vom Feuerdurchgang, während mich ein seliges Gefühl durchströmte, weil meine Heilung der Salamander erfolgreich verlaufen war.

»Wohin bringst du mich?«

»Schließ die Augen und ruh dich einfach aus.«

Eigentlich war keine Zeit zum Ausruhen. Die Gnome und Sylphen mussten noch … Eine betörende Melodie erklang, jemand sang irgendwo, mit wunderbar klarer und heller Stimme. Wärme begann, meine inzwischen eiskalt gewordenen Hände und Füße zu durchströmen. Ich roch den anziehenden Sommerduft von Rosen …

Erst nahm ich nur bunte Flecken wahr. Doch schnell stellten sich diese Flecken scharf und ich erkannte Blumen. Genauer gesagt, es waren Rosen. Viele Rosen. Allerdings … Ich zuckte zusammen, als ich begriff, woher die wohlige Wärme kam, die mich einhüllte.

Ich lehnte mit dem Rücken an Airams Brust, umhüllt von einer Decke, die er um uns beide geschlossen hielt, indem er mich mit seinen Armen umfing. In Bruchteilen einer Sekunde lief vor mir ab, was passiert war. Ein Schmerz durchfuhr mich, als ich an Tim dachte … und dass er mir nicht hatte helfen können, als ich fast verbrannte. Aber dieser Schmerz war dumpf, wie eingeschlossen in einer Kammer, aus der er nicht entweichen konnte.

Seufzend schmiegte ich mich an Airams Brust, während er die Decke ein wenig höher zog.

»Die Rosen lassen ihre Köpfe hängen«, bemerkte ich leise.

»Ihnen geht es nicht gut.«

Natürlich nicht.

»Und dir?«, fragte Airam weiter. »Du hast sehr gefroren. Deshalb …«

Ich drehte meinen Kopf, sodass ich in seine Augen sehen konnte. Sie waren so dunkel und leuchteten geheimnisvoll wie eine Truhe voller unentdeckter Schätze.

Ich berührte seine Lippen mit meinen, damit er nicht weitersprach.

»Wir sind die Einzigen, die noch Kräfte haben, und wir werden es schaffen.«

Airam nickte und löste die Berührung unserer Lippen wieder auf. Melancholisch schaute er an mir vorbei auf die Rosen, die aus der Wand gegenüber wuchsen. Wir befanden uns in einer Wohnhöhle aus weißem Stein. Sie war viel größer als meine, schlicht, aber wunderschön eingerichtet, mit weißem Fußboden, weißen Decken und Kissen, auf denen wir saßen. Der gesamte Raum war in dezentes goldenes Licht getaucht.

Durch die in sämtlichen Farben schillernde Membran des Ausgangs sah ich in eine trübe Welt wie an einem Novembertag. Entschlossen setzte ich mich auf.

»Wir müssen uns als Nächstes um Luft und Erde kümmern!« Ich versuchte aufzustehen, sackte jedoch zusammen, als wären meine Beine aus Gummi.

Airam fing mich ab, nahm mich jedoch nicht wieder in den Arm, sondern ließ etwas Abstand zwischen uns.

»Iss erst einmal was.«

Er reichte mir eine Schüssel mit Couscous und Gemüse und sah zu, wie ich das Essen hinunterschlang.

Das Schweigen zwischen uns war mir unangenehm. Doch warum nur? Fühlte es sich immer so an, wenn man sich noch fremd war? Ich erinnerte mich an meine Anfangszeit mit Tim. In seiner Gegenwart war ich auch extrem aufgeregt und zutiefst unsicher gewesen, das war allerdings eher mit einem starken Prickeln vergleichbar gewesen, während mein Zusammensein mit Airam mir wie eine Leere vorkam, die unter verborgener Spannung stand. War denn das alles richtig? Oder lag es an den Umständen, unter denen wir … *zusammenkamen*? Waren wir … *zusammen*? Der Gedanke fühlte sich … *fremd* an.

»Was wird, wenn wir es geschafft haben?«

Airam sah mich verständnislos an.

»Ich meine, wenn alles in Ordnung kommen sollte.«

»Was meinst du?«

»Na«, ich wand mich, diese Frage zu stellen, aber sie wollte nach draußen, »… wie geht es dann mit uns weiter?« Meine Stimme klang wacklig. Irgendwie war die Antwort doch klar. Airam gehörte in die Urblase und konnte nirgendwo anders hin. Mein Platz würde also hier sein und meine bisherigen Zukunftspläne verloren sich in der Ferne. Es verwirrte mich, dass ich mit diesem Gedanken keinerlei Gefühl verband, er mir keinerlei Probleme zu bereiten schien.

Airam nahm mein Gesicht in beide Hände. »Pst, Kira. Denk jetzt nicht daran.«

Er war schön, seine Hände so warm, seine Stimme so weich – vielleicht kam ja richtige Liebe auch wie eine sanfte Sommerbrise daher und nicht als heftiges Beben wie bei Tim …

Ein feiner Gesang zerschnitt erneut die Stille draußen. Zart und klar und engelsgleich drang die Melodie an mein Ohr. Ich kannte die Stimme … Ihre überirdische Schönheit und der Rosenduft waren das Letzte, was ich wahrgenommen hatte, bevor ich zuvor das Bewusstsein verloren hatte.

Wie ein trauriger Zauber legte sich das Lied über die blasser werdende Welt, in der wir uns befanden. Ich verstand den Text nicht. Bald war es nur noch ein Summen, dann wurde es wieder still.

Natürlich wusste ich, wem die Stimme gehörte. Amber. Sie sang so unvergleichlich, dass ich mir vorstellte, sie sei eine Göttin, die allein mit ihrem Gesang jeden Kummer heilen konnte.

Vorsichtig warf ich einen Blick auf Airam, der durch die Membran in die Ferne starrte. Seine Augen hatten sich mit Traurigkeit gefüllt. Er schien mich vergessen zu haben. Dachte er an Amber? Ein Teil von mir war glücklich darüber, dass Airams Herz wieder Amber zuflog. Ein anderer Teil packte Airams Hand und zog ihn hoch. Ich schlang meine Arme um seinen Hals und legte besitzergreifend meine Hände auf seine Ohren, obwohl Amber längst verstummt war.

Airam sah mich eine Weile an, dann nahm er meine Hände behutsam wieder fort.

»Wir müssen sie in Sicherheit bringen, Amber und Tim. Raus aus der Blase. Sie können nicht mehr helfen.« Meine Stimme dröhnte dunkel und fremd durch das Gewölbe und bildete ein schroffes Gegenteil zu dem, was aus Ambers Mund gekommen war.

»Nein«, vernahm ich eine Antwort. Jedoch nicht aus Airams Mund, sondern aus dem von Amber, die eingetreten war und nun vor uns stand. Airam fühlte sich sperrig an in meiner Umarmung und Amber sah mich entschlossen an.

»Ich werde nicht gehen. Mein Platz ist dort, wo Airam ist«, sagte sie ruhig. Das machte mich nervöser, als wenn sie ausgerastet wäre.

»Es ist sinnlos, sich gegen sein Schicksal zu wehren«, hörte ich mich ähnliche Worte sagen, die Daida und Ranja erst vor Kurzem an mich gerichtet hatten.

»Das stimmt«, antwortete Amber fest und ließ meinen Blick nicht los.

Eine Weile standen wir uns schweigend gegenüber. Plötzlich ging eine Welle durch meinen Körper, als hätte ich in eine Steckdose gefasst. Ich taumelte, schluckte, krampfte meine Hände in Airams Arme, gleichzeitig biss ich mir schmerzhaft auf die Zunge. Die Welt krempelte sich einmal von innen nach außen. Ich stieß einen Schrei aus, riss mich von Airam los. Es war, als wäre ich erst jetzt wirklich aufgewacht, aus einem Traum, der ein Albtraum war.

Natürlich gehörte ich NICHT zu Airam! Was war denn nur in mich gefahren? Unkoordiniert stürzte ich an Amber vorbei ins Freie und floh in die graue Höhlenlandschaft. Das Novembergrau raste links, rechts und unter mir vorbei. Ich musste weg, weg, weg – so viel Abstand wie möglich zwischen mich und diese durch und durch falsche Szene bringen. Ich musste zu Tim, so sagenhaft schnell wie möglich!!

29. Kapitel

Zitternd wand ich mich in Tims Armen und legte ein wirres Geständnis ab über das, was ich mit Airam erlebt hatte, obwohl es mir wie ein Traum vorgekommen war.

»War es nun ein Traum oder war es keiner?« Tim sah mich ernst an, während er mich festhielt, als könne er damit das Zittern anhalten. Ich hatte ihn auf der Wiese vor den Kuppeln auf einem Stein sitzend gefunden.

»Nein … Ja …«

Meine Augenlider flackerten.

»Nein«, ergänzte ich einen Moment später.

»Es war natürlich kein Traum, eher … als gäbe es zwei Personen in mir, die abwechselnd die Kontrolle übernehmen. Aber diese andere, die sich an Airam ranschmeißt, die bin ich nicht, Tim. Das musst du mir glauben!«

»Sch. Ich glaube dir ja.«

Ich spürte, wie mir Tränen über die Wangen kullerten, und biss die Zähne fest zusammen, damit ich endlich aufhörte zu schlottern.

»Ich glaube dir«, wiederholte er, doch die Sorge in seiner Stimme ließ mich nicht gerade ruhiger werden.

»Aber wer ist dann diese zweite Person?«

Nervös befreite ich mich aus Tims fester Umarmung und begann, auf und ab zu laufen, schwenkte dabei die Arme, als könnte ich das Zittern zum Stillstand bringen, indem ich mich hektisch bewegte. Es funktionierte sogar ein bisschen.

»Sie ist … eine Kraft … die auch ich bin, aber …«

Ich hob hilflos die Hände in die Luft.

»Aber …« Wie sollte ich das nur erklären? Ich verstand ja selbst nicht, was geschah. Es war, als würde ich durch verschiedene Schleier schauen, die alles vernebelten.

»Kira, du bist da, komm schnell!« Eine der Heilerinnen eilte auf mich zu.

Ratlos sah ich zwischen ihr und Tim hin und her. Tims Gesichtsausdruck gefiel mir nicht. Trotzdem musste ich zuerst der Heilerin folgen, die wieder hineinrannte.

»Nur noch zwei von ihnen leben!«, rief sie atemlos, während sich mir ein grausiges Szenario bot. Ausgetrocknet und verwelkt lagen die Gnome auf ihren Liegen. Sie wirkten dünn und winzig wie Laub aus dem vorigen Jahr. Ihre sonst bernsteingelb funkelnden Augen waren geschlossen.

»Sie sind alle erblindet und immer mehr in sich zusammengefallen, bis sie heute Nacht nacheinander ihr Leben ausgehaucht haben.«

Die Heilerin ging zu einer Liege, auf der zwei Gnome ineinander verschlungen lagen.

»Oh Kira, komm schnell. Sie zucken bereits. Das passiert, kurz bevor sie …«

Der Drang zu helfen, endlich irgendwas gegen den Zerfall um uns und das Chaos in mir zu tun, verlieh mir übermenschliche Kräfte. Der Boden bebte, ein Riss öffnete sich. Erdklumpen wurden überall hochgeschleudert. Ich nahm die fast vertrockneten und ineinander verknäuelten Gnome in meine Arme wie bedürftige Babys, spürte, wie ich zu Erde wurde, zu schwerer, dunkler Muttererde, die in den Erdriss hineinrutschte wie eine Lawine. Die Gnome verschwanden mit mir darin. Grundwasser sprudelte nach oben. Ich sog es auf, fühlte mich wie ein Teig, der sich um die Gnome legte und sie nährte. Auch sie begannen sich aufzulösen. Ihre Erdmasse mischte sich mit meiner. Eine seltsame Angst überkam mich, dass wir miteinander verschmelzen würden und ein neues Wesen ergaben, ich nicht mehr zu meiner eigentlichen Gestalt zurückfände. Ich kam mir mit jeder Sekunde schwerer vor. Wie ein Klumpen Erde, der immer weiter in die Tiefen hinabfloss. Wind. Wir brauchten Wind, damit er uns auflockerte, die durchnässte Erdmasse trocknete und emporhob.

Vor dem Feuer der Salamander hatte mich Airam mit seinem Element Wind gerettet. Doch er war nicht hier. Nur Tim, der mir in solchen Situationen nicht helfen konnte. Ich hoffte, dass er nicht zusah und meinen entmenschlichten Zustand miterlebte. Ich kam ja kaum selbst damit klar. Neuer Zweifel bohrte sich wie ein Stachel in mein Inneres. Was war richtig? Was war falsch? Was war ich? Und was war ich nicht? Was sollte ich fühlen?

Die unförmige Erdmasse, die ich war, sackte weiter abwärts, drohte sich zu verlieren. Auf mir bewegte sich etwas, zog sich zusammen, versuchte sich zu lösen. Kleine gelbliche Lichter blitzten auf. Die Gnome! Sie waren mit mir vermischt und wollten sich separieren. Aber es gelang ihnen nicht. Ich durfte nicht aufgeben, nicht jetzt!

»Du kannst selbst Wind sein«, dröhnte meine Stimme entstellt und finster aus dem Erdreich, als wäre ich ein Ork. Ich fühlte mich völlig matschig, spürte, wie ich immer mehr die Form verlor, begann, in Ritzen zu kleckern, auseinanderzufallen. Sobald das mit mehr als der Hälfte meiner Masse passierte, würde ich mich nicht mehr zusammenfügen können.

Ich dachte erst an einen lauen Sommerwind – Airam … Bestimmung … NEIN! Und dann an einen Sturm, einen Orkan, einen Taifun. JA! Jedes einzelne meiner Atome geriet in Schwingung, ein Flirren und Sirren ging durch den Teil meiner selbst, der Materie war.

Die mich in die Tiefe ziehende Schwere ließ langsam nach. Ich wurde leichter und leichter, fühlte mich bald wie trockene Krümel, dann nur noch wie Wind. Wind, der etwas nach oben schleuderte, das aufstöhnte und gelb flackernde Leuchtpunkte besaß. Die Gnome. Sie landeten auf der Erdoberfläche, während ich aus der Schlucht hinausfegte und sie Richtung Ausgang trieb. Es sah rührend aus, wie sie sich an die Hand nahmen und losliefen, Richtung Erddurchgang. Vorbei an Tim und den Heilerinnen, die sich aus den Seifenblasenkuppeln begeben und am Waldrand in Sicherheit gebracht hatten.

Ich ging im Sturzflug nach unten und schlitterte auf einem piksigen Bett aus abgestorbenen Nadeln über den Waldboden wie ein Flugzeug, dem die Landung missglückte. Regungslos blieb ich liegen und spürte meinen menschlichen Körper mit jeder Faser. Er war ein einziger Schmerz. Kein Knochen schien mehr heil zu sein.

30. Kapitel

Ich hasste diese Filmrisse. Jedes Mal verabschiedete ich mich aus dem Leben, um dann wieder darin zu erwachen, ohne genau zu wissen, was geschehen war und wo ich mich befand. Und vor allem, wie ich drauf sein würde.

Diesmal war alles dunkel um mich. Kein einziges Licht. Im ersten Moment wusste ich nicht, ob ich mich drinnen oder draußen befand, in einem Bett oder … Ich bewegte meine Handflächen und spürte kleine Schottersteine unter mir. Lag ich etwa immer noch auf dem Weg, auf den ich gestürzt war, nachdem mich meine Erdkräfte verlassen hatten? Leise rauschten die Baumwipfel über mir. Langsam gewöhnten sich meine Augen an die Dunkelheit. Normalerweise wurden die Wege in der Nacht weiß, doch die Steinchen unter mir waren schwarz wie bei Tag, und kein einziger Stern leuchtete am Himmel. Vorsichtig bewegte ich meine Arme, und als ich keinen

Schmerz dabei spürte, hob ich ein wenig den Kopf an. Tatsächlich, die ungeheuren Schmerzen waren verschwunden. Ich fühlte mich normal. Offenbar hatten sich die Bestandteile meines Körpers wieder in der richtigen Form zusammengefunden.

»Kira!«, flüsterte es ganz in meiner Nähe. Tim trat aus dem Schatten der Bäume. Dann war ich wohl nur kurze Zeit ohne Bewusstsein gewesen.

Ich setzte mich auf. Mein Sweatshirt und meine Hosen hingen in Fetzen an mir. Meine Schuhe hatte ich verloren. Misstrauisch begutachtete Tim mich, eindeutig auf der Hut, in welcher Verfassung er mich vorfand.

Das Leuchten der goldenen Pünktchen in seinen grünen Augen kam mir plötzlich wie das letzte Licht in dieser grauen, kaputten Welt vor. Eine Welle von Liebe erfasste mich. Tim! Er war mein Leben. Ich musste ihn schützen. Musste alles geben – für ihn, für uns, für unsere Liebe, obwohl ich sie dauernd auf die Probe stellte, und das ohne zu begreifen, warum. Denn er würde nicht von meiner Seite weichen, auch wenn es lebensgefährlich für ihn wurde. Ich warf mich in seine Arme und schluchzte: »Ich bin okay«, weil seine Körpersprache signalisierte, dass er unsicher war, ob er mich berühren durfte.

»Ich liebe dich. Ich liebe dich. Ich liebe dich …«, flüsterte ich ihm ins Ohr, flehte, als müsste ich gegen die helle Gestalt, die sich uns näherte, ankämpfen. Es war Airam. Ich packte Tim an der Hand und versuchte, ihn hochzureißen.

»Die Sylphen. Wir müssen sofort zu ihnen. Ich brauche deine Hilfe!«, behauptete ich, wohl wissend, dass Tim mir nicht helfen konnte.

Doch Tim war stärker und blieb einfach sitzen. Meine Gefühle für Tim schalteten meine magischen Kräfte aus. Das war schon öfter vorgekommen und machte mich glücklich, weil mein Zusammensein mit ihm sich dadurch normal anfühlte. Doch in diesem Moment hätte ich gerne mehr Macht besessen. Ich wollte Airam nicht in die Augen sehen, wollte nicht mit ihm reden, besaß kein Vertrauen in mich selbst, dass nicht wieder etwas in mir kippte, was sich nicht kontrollieren ließ.

»Die Sylphen sind alle tot«, vernahm ich Airams Stimme. Zaghaft drehte ich mich zu ihm.

»Was? Das kann nicht …«

»Doch, Kira, leider«, bestätigte Tim. »Niemand konnte mehr etwas für sie tun.«

Ich sprang auf. »Aber warum habt ihr mich nicht geweckt?«

Airam sah mich an und lächelte nachsichtig.

»Weil du nichts weiter hättest tun können, als dir selbst zu schaden. Du musstest erst heilen, das weißt du.«

Ja, natürlich wusste ich das.

Airams dunkle Augen ruhten unergründlich auf mir. Ich wandte mich ab, spürte, wie mein Inneres vor Panik vibrierte.

»Und die Engel? Sie sind doch unsterblich!« Bittend sah ich Airam an, als könnte das seine Antwort und damit die Wahrheit beeinflussen.

»Alle Elementarwesen sind eigentlich unsterblich«, sagte er langsam.

»Aber die Engel sind der Äther, der Raum, der alles einschließt und den anderen Elementen erst eine Seele gibt!«

»Vielleicht …« Airam legte den Kopf in den Nacken und blickte hinauf zu den Baumwipfeln, die dunstig verhangen waren.

»Sie haben sich aufgelöst, sind mit dem Nebel verschmolzen. Niemand weiß, was es bedeutet. Ob noch etwas von ihnen existiert oder nicht …«

An seinem Gesichtsausdruck war abzulesen, dass er nicht mehr an ihre Existenz glaubte.

Ich fiel vor Tim auf die Knie und schlang meine Arme um seinen Hals.

»Ich bringe dich hier raus. Und zwar sofort!«

Das war der einzige Sinn, den ich jetzt noch in der Reparatur der Durchgänge sah.

Tim schüttelte langsam den Kopf.

»Nein, ich bleibe hier.«

»Das wirst du nicht!«, schrie ich ihn an, während er stur meinem Blick auswich.

»Du wirst nicht hierbleiben, hörst du?!«, wiederholte ich verzweifelt.

Tim befreite sich aus meinen Armen. Der Rest meines einen Ärmels rutschte hoch. Er hing nur noch mit einigen Fäden am Pullover. Ich legte schützend meine andere Hand auf die Schulter, weil ich die nächtliche Kälte der Urblase an mir hinaufkriechen spürte.

»Komm, du musst dir was anderes anziehen und etwas Warmes essen«, sagte Tim ruhig, als wäre ich einfach nur hysterisch und es gäbe keine weiteren Probleme. Entschlossen nahm er mich bei der Hand und zog mich hoch.

»Solange es den Urwesen gut geht, gibt es Hoffnung.« Airams Stimme klang wie immer sanft und tröstlich.

Das stimmte und gab mir tatsächlich ein wenig Mut, auch wenn sich das Befinden der Urwesen ebenfalls jeden Moment ändern konnte.

»Ich kümmere mich um den Winddurchgang«, sagte er. »Vielleicht kann ich ihn bewachen.«

»Du?«, rief ich erstaunt.

»Nun ja, es ist eine Möglichkeit.«

»Aber du darfst die Blase nicht verlassen!«

»Das werde ich auch nicht.«

»Und wenn sie dich wegfangen, in die Realwelt bringen, dann …« *Stirbst du* brachte ich einfach nicht über die Lippen. »… Oder du wirst ebenfalls krank.«

Plötzlich galt meine ganze Sorge Airam.

»Ich muss es versuchen. Jonay hat vor ein paar Stunden Fremde in die Blase eindringen sehen.«

Geschockt schaute ich zu ihm.

»Riley ...«, kam es tonlos über meine Lippen.

»Wahrscheinlich ...«

»Wieso wahrscheinlich? Wo sind sie? Wer hat sie ...«

»Noch nirgends«, unterbrach mich Airam. »Es war eine neue Vision, in der Jonay sie gesehen hat ...«

»Ach so ...«

Airam bedachte mich mit einem strengen Blick.

»Riley muss erst herausfinden, dass Durchgänge nicht mehr funktionieren. Dazu müssen er und seine Leute die Inseln bereisen. Das gibt uns Zeit. Du solltest Jonays Visionen ernst nehmen, Kira.«

Sein Blick durchbohrte mich und die Vieldeutigkeit seines Tonfalls war nicht zu überhören. Wenn ich an die Visionen glauben sollte, warum war Airam dann beim letzten Mal in seiner Wohnhöhle so verhalten mir gegenüber gewesen?

»Pff«, machte ich. »Wie wäre es, wenn er auch mal Daidas Aufenthaltsort sieht? Fänd' ich angebracht. Oder ist sie etwa wieder aufgetaucht?«

In Airams Augen zuckte es. Ich biss mir auf die Lippen.

»Tut mir leid«, hauchte ich, weil ich kurz nicht daran gedacht hatte, dass Daida nicht irgendwer, sondern seine Mutter war.

Airam antwortete nicht, sondern wandte sich an Tim und sagte:

»Kommt zur Grotte, sobald Kira so weit ist. Alle, die noch da sind, werden sich dort versammeln.«

Auf dem Tisch in meiner Wohnhöhle stand noch der Suppentopf, warm gehalten durch das Stövchen. Die Teelichter brannten mit magischen Flammen, die nie ausgingen. Daneben lag ein Zettel mit einer Nachricht von Else, dass wir den Rest mit zur Grotte bringen sollten.

Ich hob den Deckel an und ein köstlicher Duft stieg mir in die Nase. Es roch tröstlich nach Zuhause und ließ mich für einen Augenblick die Dunkelheit und Kälte um mich herum vergessen. Ich hockte mich neben den Tisch und aß ein paar Löffel direkt aus dem Topf. Wärme stieg in mir auf. Das Brot war nicht mehr so frisch, aber der Hunger machte es genauso lecker.

»In der Dusche ist noch lauwarmes Wasser«, hörte ich Tim rufen. Seltsam ungewohnt, dass alles, was ich bisher im Leben als selbstverständlich angesehen hatte, hier jeden Moment verschwinden konnte: Erst die Sonne, dann die Sterne, die Vorräte, warmes Wasser … und irgendwann würden sich einfach die Dinge auflösen … bald …

Ich suchte ein paar frische Sachen aus meinem Rucksack und ging damit ins Bad, während Tim sich an dem niedrigen Tisch niederließ und etwas aß.

Wohlig rann das Wasser über meine Schultern. Ich schloss die Augen und stellte mir vor, ich würde am nächsten Morgen in die Schule gehen und Tim kennenlernen. Auf einmal sehnte ich mich nach meiner damaligen Ahnungslosigkeit, die mir in diesem Augenblick wie das größte Geschenk meines Lebens vorkam.

Die Wasserstrahlen aus dem Duschkopf wurden dünner, bald tröpfelten nur noch ein paar kalte Tropfen herab und dann ließ sich gar nichts mehr aus der Leitung locken.

Ich trocknete mich ab und warf einen flüchtigen Blick in den Spiegel. Ich war noch dünner geworden und meine Haare – sie hatten ihre rotbraune Farbe verloren, fühlten sich strohig an und besaßen nicht mehr das Volumen, das sie während des Erwachens meiner Fähigkeiten erhalten hatten.

All das, was ich durchmachte, hinterließ Spuren. Aber daran durfte ich jetzt nicht denken.

Ich schlüpfte in frische Unterwäsche und registrierte bekümmert, dass auch mein BH viel zu locker saß. Dann griff ich nach meinem Pullover, zögerte jedoch. Feuer schoss in meine Wangen. Hitze wallte in meinem gesamten Körper auf. Als würde sich die Wirkung von heißer Suppe und warmer Dusche nun geballt zeigen.

Aber das war es nicht, ich wusste es. Es war was anderes. Etwas, das verhinderte, weiter darüber nachzudenken.

Nur mit meinem blauen BH und Pants bekleidet, tippelte ich zurück in den Wohnraum. Tim schaute auf. Ehe er etwas sagen konnte, kletterte ich zu ihm auf die Sitzkissen, nahm ihm den Löffel aus der Hand und begann, ihn leidenschaftlich zu küssen. Erst erwiderte er den Kuss nicht, doch dann öffneten sich seine Lippen und wir glitten in die Kissen, während die Welt um uns versank, im wahrsten Sinne des Wortes.

Tims Duft und sein Körper ließen mich alles vergessen. Es tat so gut. Es war, als konnte man das Geschick der Welt einfach dadurch lenken, dass man sich liebte. Als müsste sich alles danach ausrichten wie Eisenspäne nach einem Magneten.

Ich fühlte mich wie im Rausch, war verrückt nach dem wunderbarsten Boy der Welt, seiner Haut, seiner Wärme, wollte mit ihm verschmelzen, so wie beim ersten Mal, dieses Glücksgefühl wieder spüren und alles andere vergessen.

Erst als Tim mich wegschob und rief: »Hör auf!«, merkte ich, dass irgendwas an meiner heilen Welt nicht stimmte. Wir hatten keine Kondome dabei, das war mir schon klar. Aber das war doch auch völlig egal. Noch einmal presste ich mich an ihn und versuchte, Tim in meine Mitte zu bekommen, flehte leise in sein Ohr: »Es ist doch nicht schlimm, wenn wir ein Kind bekommen. Wir gehören zusammen! Für ewig!«

Diesmal packte er meine Handgelenke und stieß mich unsanft zur Seite. Seine Angst, ich könnte Kräfte anwenden, die mich überlegener machten, stand fühlbar zwischen uns. Dann sprang er auf, schlüpfte panisch in seine Shorts, nahm noch mehr Abstand von mir und fuhr sich aufgelöst durchs Haar.

»Hey, was ist? Wir lieben uns doch? Wir …«, jammerte ich und musste mich zwingen, mich nicht wieder an ihn zu klammern.

»Nicht so … Kira. Nicht, weil du verzweifelt bist. Du kannst unsere gegenwärtige Realität damit nicht verändern.«

Ich blickte ihn verständnislos an. Tim schnappte sich seine Hose und stieg hinein.

»Du liebst mich also nicht«, stellte ich fest und begann ebenfalls, mich anzuziehen.

»Darum geht es nicht.«

»Ach so? Worum denn dann?«

»Ich glaube, dass die Elemente dich destabilisieren.«

»Okay, du denkst, ich werde verrückt?«

»Nein, das nicht. Aber du bist dadurch nicht berechenbar, hast dich nicht im Griff, weißt nicht, wann du es bist, die etwas will, und wann die Kraft der Elemente dich beherrscht.«

»Das kann sein. Aber trotzdem weiß ich, dass ich dich will! Immer.«

»Das weißt du nicht …!« Tim sah mich traurig an, doch seine Haltung strahlte Unnahbarkeit aus. »Lass uns zur Grotte gehen.« Er hielt mir seine Hand hin.

Aber ich ignorierte sie, zog meinen Pullover über, verwandelte mich und fegte als Wind an ihm vorbei hinaus ins Freie. Dabei kühlte sich mein erhitztes Gemüt schnell ab. Auf einmal kam es mir absurd vor, dass ich das mit dem Kind gesagt hatte. Natürlich war mein Verhalten unvernünftig gewesen. War es überhaupt meins gewesen? War ich das, die sich wie besessen auf Tim gestürzt hatte? Nein … War ich nicht. Tim hatte recht, alles in mir ging drunter und drüber. Vielleicht hatte sich nur mein Körper immer wieder zusammengesetzt, während meine Psyche … Tims Befürchtungen waren nur allzu berechtigt. Der Schmerz wegen all dieser Dinge saß tief und dumpf in mir, wie etwas, was einen unaufhaltsam auffraß.

Ich kreiste über dem kleckerburgartigen Gebäude, dicht über dem Dach mit seinen vielen kleinen Gauben, während es von innen überhaupt kein Dach gab. Die gesamte Blase war in trübes Licht getaucht. Überall Nebel, der hin und wieder ein wenig aufriss. Das magische Meer ließ sich am Horizont nicht mehr ausmachen. Wahrscheinlich war der aufsteigende Nebel das Letzte, was von ihm übrig geblieben war. Es gab auch keine bunten Blüten mehr, keinen grünen Rasen, keine Sterne und auch keine farbenfrohen Glühwürmchen. Alle Farben waren verblichen, stattdessen überall nur noch Grautöne und Stille. Wie in der Zwischenwelt, die Leo und Jerome beschrieben hatten. War die Urblase bereits dazu geworden? Gab es überhaupt noch etwas zu retten? Hätte ich denn die Zeit, ein Kind zu bekommen? Wenn Tim so etwas befürchtete, prophezeite er uns damit eine ferne Zukunft. Hieß das, ich hatte aufgegeben und er nicht?

Ich landete vor dem Eingang, nahm meine menschliche Gestalt an und ging hinein.

31. Kapitel

Fröstelnd schlug ich die Arme um mich und beobachtete meinen Atem, der an der Luft kondensierte. Es mussten inzwischen Temperaturen um den Nullpunkt herrschen. In meiner Rage hatte ich vergessen, mir eine Jacke überzuziehen. Ich fühlte mich zu schwach, um wärmende Flammen auf meiner Haut zu erzeugen. Etwas sagte mir, dass ich mit meinen Kräften haushalten musste, so gut es ging.

Auch im Paradiesgarten des Ur-Rates war es nebelig, während ein trüber Himmel über mir hing. Trotzdem war hier noch alles farbig, auch wenn mir die Farben nun blasser als in der Realwelt erschienen. Die Pflanzen wiegten sich zittrig in der kühlen Luft.

»Sobald die Temperaturen unter null Grad sinken, werden sie erfrieren.«

Erschrocken wandte ich mich um. Da stand Nisa in ihren vorzeitlichen Klamotten und zog verschnupft die Nase hoch.

»Hi«, sagte ich. Nisa schüchterte mich irgendwie ein. Hatten ihre Augen schon immer dieses Lodern gehabt? Trotzdem rutschte mir sofort die Frage raus, die mich am meisten beschäftigte:

»Gibt es Neues von Daida?«

Sie senkte den Blick und riss von einer Pflanze ein Blatt ab, das sie sogleich in ihrer Faust zerknüllte.

»Nicht, dass ich wüsste.«

In Nisas Gesichtszügen lag tiefe Traurigkeit, gleichzeitig strahlte sie eine wilde Entschlossenheit aus, die mich beunruhigte. Ich war mir sicher, dass sie irgendwas verheimlichte. Nur was? Leider wurde ich den Verdacht nicht los, dass sie etwas mit dem Verschwinden ihrer Mutter zu tun hatte.

Wir gingen zusammen Richtung Grotte. Hin und wieder drehte ich mich unauffällig um, weil ich auf Tim wartete. Mein Inneres war ein einziger Schmerz, sobald ich an ihn dachte. Da lief etwas entsetzlich schief und ich sah keinen Weg, es aufzuhalten.

Zwei Elementarwesen tippelten an uns vorbei und nahmen keinerlei Notiz von uns. Ihre Haut sah erschreckend blass aus.

»Denen fehlt das Sonnenlicht, können nicht mehr genug Chlorophyll bilden … Alles hat seine Zeit«, kommentierte Nisa meinen besorgten Blick.

»Hört sich an, als hättest du aufgegeben«, versuchte ich, ihre undurchdringliche Fassade zu durchbrechen.

Abrupt blieb sie stehen und näherte sich meinem Gesicht. Ich starrte auf ihre tiefen dunklen Augenringe, die mir jetzt erst auffielen.

»Ich gebe nie auf! Was mir allerdings nichts nützen wird, wenn andere es tun!«

Sie drehte sich um und stapfte davon. Fand sie, dass ich mich nicht genug anstrengte? In einem ersten Impuls wollte ich mich rechtfertigen und ihr hinterherrufen, dass ich gab, was ich konnte. Aber … Die Worte blieben mir im Hals stecken und ich schluckte schwer. Es war doch egal, was sie von mir dachte. Es änderte schließlich nichts an der Tatsache, dass ich keinerlei Ahnung hatte, was ich noch tun konnte, außer die Durchgänge wieder in Ordnung bringen.

Ich zuckte zusammen, als Tim neben mich trat und mir wortlos meine Jacke reichte. Dankbar zog ich sie über, während er den schweren Topf von einem Arm in den anderen nahm. Am liebsten wollte ich ihn umarmen, mein Gesicht an seiner Brust verbergen, seinen Duft einatmen … aber die Stimmung zwischen uns war eisig. Viel kälter noch als die Umgebung.

Schweigend liefen wir nebeneinanderher und erreichten die Grotte. Sofort eilte uns Else entgegen und nahm Tim den Topf ab. Sie sah sich um, als ob sie noch jemanden vermisste.

»Ihr habt Mini nicht mitgebracht«, stellte sie fest.

»Mini? Nein, sie hat sich nicht blicken lassen, während wir in der Höhle waren.«

»Sie ist schon eine ganze Weile verschwunden. Das macht mir langsam Sorgen. Schließlich muss sie Hunger haben. Da draußen wird sie kaum noch was finden. Es gibt ja nicht mal mehr richtig Wasser.«

Elses fülliges Gesicht kam mir faltiger vor als sonst. Sie sah nicht mehr so rund und gesund aus. Ihr blaues Kleid mit den weißen Punkten hing an ihr herab wie ein Sack.

»Else, du solltest raus aus der Urblase. Bitte«, flehte ich.

Sie tätschelte mir die Wange. »Du brauchst was zu essen, Kind. Was Kräftiges. Ich kümmere mich drum.« Ohne auf meinen Einwand einzugehen, verließ sie die Grotte.

Jonay stand neben der Projektionsfläche, dem Fenster zur realen Welt. Amber saß mit den zwei Heilerinnen ein wenig abseits in den weißen Samtsesseln auf der Wiese. Mir fiel auf, dass die Wiesenblumen ihre Blüten geschlossen hielten. Tim setzte sich neben Amber. Sie tauschten einen vertrauten und vieldeutigen Blick, der mir einen Stich durch mein Herz jagte. Was hatte das denn zu bedeuten?

Ich ging zu Jonay.

»Unnötige Opfer haben doch gar keinen Sinn. Wir sollten sie endlich rausbringen. Alle: Else, Tim, Amber und …« Nisa trat hinter der Grotte hervor, die Arme vor der Brust verschränkt, und fixierte mich mit einem rätselhaften Blick.

»Ich meine …«, versuchte ich es noch einmal, brach jedoch hilflos wieder ab. Ich konnte nicht mehr.

Nach einer Weile des angespanntes Schweigens schrie ich es heraus: »Dann sagt mir doch, was ich tun soll, und schaut mich nicht so vorwurfsvoll an!«

Nisa trat auf mich zu und schloss mich unerwartet in die Arme. Alles in mir versteifte sich.

»Sorry. Meine Nerven liegen blank. Ich hab mich nicht unter Kontrolle, so wie ich es als Mitglied des Ur-Rates sollte.« Ihre Stimme klang heiser.

Gütiger Himmel, ich verstand sie nur zu gut: Im Gegensatz zu mir gingen ihre Chancen zu überleben gegen null.

Jonay holte tief Luft und schlug einen ruhigen, sachlichen Ton an.

»Wie du weißt, Kira, können wir die Räte auf anderen Kontinenten schon seit geraumer Zeit nicht mehr erreichen, da uns neben unseren magischen Kräften auch die Fähigkeit zur Quantenkommunikation im Stich gelassen hat. Mir wurde zugetragen, dass es dir damals in der

Wüstenstadt dieses verrückten Japaners gelungen ist, deinen Rat auf diese Weise zu verständigen?«

Jonay sah mich hoffnungsvoll an.

»Ja. Ist es. Aber …«

»Hast du irgendwann eine Person kennengelernt, die sich im Rat auf einem der anderen Kontinente befindet?«

Nein, das hatte ich nicht. Die Voraussetzung, dass man auf magische Weise miteinander kommunizieren konnte, bestand darin, dass man sich persönlich kannte. Aber ich hatte bisher niemanden aus Asien, Afrika, Australien oder Amerika getroffen.

»Dann hätte ich es längst versucht«, antwortete ich bedrückt.

»Ich weiß«, antwortete Jonay tonlos. »Ich dachte nur …«

»Verstehe.«

Alle sahen aneinander vorbei. Wir waren abgeschnitten von der restlichen magischen Welt. Wenn nicht doch noch ein Wunder geschah, würden Airam, Jonay und Nisa bald sterben. Und Daida, sie war vielleicht schon tot. Ich verkörperte die letzte Hoffnung. ICH. Mir wurde klar, dass ich lieber mit ihnen sterben würde, als mich zu retten und mir ewig Vorwürfe machen zu müssen, dass ich es nicht gepackt hatte, dass ich noch nicht so weit gewesen war. Dass …

Jonay unterbrach mein immer wiederkehrendes Gedankenkarussell.

»Lasst uns versuchen, mit Edieth zu sprechen, damit wir erfahren, wie es in der Realwelt aussieht.«

Natürlich, tatsächlich war alles sogar noch viel schlimmer. Nicht nur unsere kleinen, unbedeutenden Leben hingen am seidenen Faden. Niemand wusste bis jetzt, wie stark die Auswirkungen auf Europa sein würden, wenn es dort keine magischen Blasen mehr gab, keine magischen Menschen, die für ein Gleichgewicht der Dinge sorgten, keine magischen Nachkommen.

Jonay richtete seinen Blick auf das Fenster der Grotte und konzentrierte sich. Eine oder zwei Minuten warteten wir regungslos, doch nichts passierte.

»Ich kann ihren Aufenthaltsort nicht finden«, erklärte Jonay leise.

Es war möglich, dass man jemanden nicht gleich erreichte. Trotzdem kämpfte ich gegen die Vorstellung an, dass Edieth etwas passiert sein könnte. Wenn nun Riley bei ihr …

Dann begann es jedoch, auf der Steinfläche vor uns zu flimmern. Edieth wurde sichtbar. Sie stieg gerade aus ihrem Auto. Erleichtert atmete ich auf und bemerkte, dass es den anderen ebenso ging.

Als Erstes fiel mir auf, wie dick Edieth angezogen war, mit Pelzmütze, Winterjacke und Wollschal. Sie begrüßte uns, während sie sich ihre behandschuhte Hand wie einen Schirm über die Augen hielt. Schneeflocken trieben ihr ins Gesicht. Sie berichtete, dass sich die Wetterphänomene auf La Gomera, El Hierro und Lanzarote beruhigt hatten. Die Wasserinsel wurde nicht mehr vom Meer überflutet, auf Gomera hatten die Erdrutsche aufgehört, sodass die Straße um die Insel wieder befahrbar war. Zwischenzeitlich hatte man den Südwesten der Insel nur noch vom Meer aus erreichen können, und auch das nur unter Gefahr, weil das tobende Meer um El Hierro bis dort zu spüren war. Lanzarote verzeichnete einen überraschenden Vulkanausbruch. Einige Häuser waren zerstört und Menschen verletzt worden. Die meisten Touristen hatte man aus Sicherheitsgründen zurück in ihre Heimat geflogen. Doch nun schwieg der Berg wieder, als wäre nichts gewesen.

Ich freute mich über die guten Nachrichten. In Jonays Miene kam Bewegung.

»Dann hat es etwas gebracht, dass die Durchgänge wieder funktionieren. Wie sieht es auf Fuerteventura aus?«, wollte er wissen.

»Nach wie vor schwere Sandstürme. Man bringt die Bewohner aufs Festland nach Spanien, weil nicht abzusehen ist, wie schlimm das noch wird. Die Hotels an den Küsten verwehen einfach und auch die Fincas im Landesinneren.«

Das waren weniger gute Nachrichten. Sie bedeuteten, dass Airam vielleicht den Durchgang gegen Eindringlinge zu schützen vermochte, jedoch keineswegs die Sylphen ersetzen konnte.

Edieth kniff gequält die Augen zusammen, weil ihr der Schnee die Sicht nahm.

»Geh erst mal ins Haus«, schlug Jonay vor. Sie nickte.

Jonay berichtete ihr dann, dass die Sylphen alle tot waren.

»Und … die Engel?«, fragte Edieth, während sie sich im Flur den Schnee abklopfte und ihren Mantel an die Garderobe hängte. Es war ihr anzumerken, dass sie sich vor der Antwort fürchtete.

»Sie sind verschwunden. Wir wissen nicht, ob sie noch irgendwo existieren oder …«

Jonay redete nicht weiter. Edieth fuhr sich über die Stirn und ging in die Küche. Sie setzte sich auf einen Küchenstuhl, verschnaufte einen Moment, und dann erzählte sie von La Palma:

»Wir haben minus fünf Grad. Das hat es hier noch nie gegeben. Die Pflanzen erfrieren. Die Startbahn des Flughafens war komplett vereist. Niemand hatte damit gerechnet. Einer kleinen Maschine ist deshalb vor zwei Tagen der Start missglückt. Man konnte zusehen, wie sie über die Startbahn hinausschlitterte und ins Meer stürzte. Dreiundzwanzig Tote. Seitdem ist der Flughafen gesperrt. Wir sind sozusagen isoliert von der Außenwelt. Das Meer ist unruhig wie noch nie. Nur große Transportschiffe sind noch unterwegs.«

»Wie sieht es auf den restlichen Inseln aus?«

»Auf Gran Canaria und Teneriffa gibt es keine Probleme.«

Das war schon mal gut. Dann betraf es also nur die Inseln mit den Durchgängen.

»Erst mal …«, fuhr Edieth fort. »Allerdings steigt der Meeresspiegel an. Wenn er es weiter in dieser Geschwindigkeit tut, wird von den Inseln in zwei bis drei Jahren nichts mehr zu sehen sein. Wie es mit dem Festland aussieht, dafür gibt es noch keine Prognosen.«

»Wir tun alles, was wir können«, versicherte Jonay, doch klang dabei kraftlos.

»Ihr müsst euch retten«, antwortete Edieth. »Irgendeinen Weg muss es doch geben.«

»Ja, das wird es. Die Frage ist nur, wann …«

Mir war sofort klar, was er damit meinte. Er zweifelte nicht daran, dass irgendwann wieder alles ins Lot kommen würde. Jedoch nicht unbedingt rechtzeitig für die Urfamilie.

»Noch etwas ist passiert, Jonay.« Ediehs Tonfall klang unheilschwer, als wäre alles andere bisher nur eine Lappalie gewesen. Ich hielt den Atem an.

»Jerome ist aus dem Krankenhaus verschwunden.«

32. Kapitel

Wir erfuhren von Edieth, dass Jerome starke Psychopharmaka erhielt, die es ihm unmöglich machten, alleine abzuhauen, zumal er wegen seiner aggressiven Anfälle in der geschlossenen Abteilung untergebracht war. Deshalb hatte sich auch Kim nicht mehr ständig in seiner Nähe aufgehalten, um ein Auge auf ihn zu haben. Leo und Grete waren sogar vor ein paar Tagen zurück nach Berlin gereist. Grete hatte darauf bestanden, dass Leo Abstand brauchte von Jerome, weil es ihn zu sehr mitnahm. Stur wie sie war, hatte sie sich gegenüber Leo durchgesetzt.

Es beruhigte mich, die beiden zu Hause zu wissen. Weg von dem, was jetzt mit La Palma passierte.

Unter uns herrschte Einigkeit, dass Jerome entführt worden sein musste. Und zwar sehr wahrscheinlich von jemandem mit magischen Kräften. Denn ohne die wäre es nicht möglich gewesen, ihn aus einem abgeschlossenen Zimmer in der vierten Etage mit Gittern vor den Fenstern zu schleusen. Es sei denn mithilfe einer Schwester oder eines Arztes. Doch da gab es niemanden, der Jerome kannte, versicherte der mit Edieth vertraute Arzt Doktor Santas, der mit seinen Wasserfähigkeiten zu den Eingeweihten gehörte.

Riley war also in der Nähe.

»Warum nur ist sein Hass so groß?«, stellte ich aufgebracht die Frage, die mich schon lange beschäftigte.

»Sein Hass ist irrational und richtet sich gegen niemand Bestimmten. Ein Mensch fühlt sich tief verletzt und will dafür die gesamte Welt brennen sehen. Man kann dem mit Logik nicht beikommen. Solche Leute sind einfach gefährlich.«

Jonays Erklärung brachte es auf den Punkt. Irgendwo war mir das ja klar, aber … trotzdem. Irrationale Dinge machten mich fertig. Vielleicht hätte ich mit Jerome anders umgehen sollen. Vielleicht … Das Gedankenkarussell, voll mit Schuldgefühlen, fing wieder an zu rasen. Immer schneller, bis mir schwarz vor Augen wurde.

Wie aus weiter Ferne hörte ich Jonay sagen, dass wir Airam am Winddurchgang helfen und den Ätherdurchgang vor Eindringlingen schützen mussten.

»Schützen? Wie denn? Wir können diesem Abschaum nur würdevoll entgegentreten, weiter nichts«, schnaubte Nisa.

»Wahrscheinlich wollen sie gar nicht hinein in die Urblase, sondern sehen einfach nur zu, wie sie kaputtgeht.« Meine eigenen Worte wurden undeutlich. In meinen Ohren rauschte es. Immer lauter und lauter. Wie ein aufgepeitschter Ozean.

»Kira«, hörte ich dumpf meinen Namen. Dann noch einmal lauter:

»Kira!« Jonay hatte mich an den Schultern gepackt und schüttelte mich. »Kira, hör auf«, verlangte er streng.

Mir wurde bewusst, dass ich mir die Haare raufte und jaulende Töne von mir gab. Erschrocken biss ich mir auf die Unterlippe. Es tat mörderisch weh, ich schmeckte Blut, aber der Schmerz tat irgendwie gut, machte den Kopf frei.

Still verharrte ich unter Jonays Griff und versuchte, ein klares Bild von ihm zu bekommen, weil er vor mir verschwamm.

»Hör zu. Du hast bisher Großes geleistet. Übermenschliches …«

»Ich glaub, ich werde verrückt.« Meine Stimme klang leise und zittrig, während Angst wie klirrende Glasstückchen durch meinen Körper rieselte.

»Das wirst du nicht. Ich hatte in der letzten Nacht eine Erkenntnis, bei der ich nicht sicher war, ob ich sie dir mitteilen sollte. Möglicherweise könnte es mehr helfen, wenn du davon weißt, als wenn ich dich darüber weiter im Dunkeln lasse.«

Ich kniff die Augen zusammen. Endlich konnte ich Jonay wieder einigermaßen erkennen, und auch seine Umgebung. Hoffentlich fing er jetzt nicht mit irgendwelchen neuen Visionen an.

»Das ganze Auf und Ab, was du erlebst. Es bedeutet, dass du die Schattenseiten der Elemente durchlebst.«

Verständnislos sah ich ihn an.

»Ich glaube, dass es das Eigentliche ist, worum es geht. Viel wichtiger noch, als dass die Durchgänge wieder funktionieren.«

Was redete er? Ich trat einen Schritt zurück und versuchte, mich aus seinem Griff zu befreien. Doch meine Beine fühlten sich wie Gummi an. Ich lehnte mich gegen das Gestein der Grotte, während mich Jonay weiter stützte. Im Augenwinkel registrierte ich, dass sich niemand mehr auf der Wiese befand. Tim und Amber mussten irgendwohin gegangen sein.

»Erde ist besitzergreifend«, fuhr Jonay fort, »Wasser symbolisiert Lüge und Verrat, Wind steht für Bindungslosigkeit, Feuer für Untreue und Äther für …« Jonay zögerte.

»Äther?«, hakte ich nach, damit er wusste, ich war bei der Sache.

»Für Wahnsinn.«

Ein Ruck ging durch meinen Körper, doch ich überspielte ihn, indem ich ergeben mit den Schultern zuckte.

»Sag ich ja.« Dabei hockte ich mich hin und setzte mich auf den nasskalten Boden. Die Kühle tat gut. Erfrieren musste besser sein als verbrennen, überlegte ich, obwohl das gerade gar nicht zur Debatte stand.

Jonay hockte sich neben mich.

»Kira, sieh mich an«, bat er mich mit väterlicher Stimme. Ich tat es, blickte zuerst irgendwohin über seine Schulter und dann direkt in seine tief liegenden Augen. Auch Nisa war nicht mehr da. Wir waren also allein.

»Ich denke, dass dich dieser Prozess vollständig macht. Du wirst eine besondere Kraft entwickeln, wenn du dich den Schattenseiten der Elemente gegenüber behauptest und die richtigen Entscheidungen triffst. Drei der fünf Elemente hast du bereits gemeistert.«

Jonays Worte klangen im ersten Moment blödsinnig. Gleichzeitig ging ich die Elemente durch: Wasser, Erde, Feuer. Ich hatte Tim verraten, indem ich in seinem Beisein Airam einen leidenschaftlichen Kuss gegeben hatte. Ich hatte einen Streit mit Tim heraufbeschworen, weil er nicht das Risiko eingehen wollte, ein Kind zu bekommen. Und als Nächstes hatte ich mich in Airams Wohnhöhle in seine Arme geworfen und mit ihm herumgeknutscht. Alles schrecklich daneben … aber das war nicht wirklich ICH gewesen. Die Erkenntnis erleichterte mich ein wenig. Trotzdem hatte ich all das getan.

Jonay fixierte irgendeinen Punkt in der Ferne und schwieg, als wollte er mir Zeit lassen. Okay, wenn er recht hatte, dann lagen, sollte ich weitermachen, noch Wind und Äther vor mir. Ich würde also Airam ablehnen und Tim verlassen und danach würde ich wahnsinnig werden. Sonnige Aussichten.

»Wo sind die anderen?«, fragte ich tonlos.

»Sie sind zu den beiden Durchgängen aufgebrochen, die nicht bewacht werden.«

Noch nie hatte ich deutlicher das Gefühl gehabt, dass es ein Schicksal gab. Ich wusste, was auf mich zukam, und ich würde es durchleben. Es gab kein Entrinnen. Das war gruselig und gleichzeitig entspannte es mich, denn es bedeutete, ich brauchte keine Entscheidungen zu treffen, konnte nichts falsch machen, würde einfach nur … mein Schicksal erfüllen.

»Gut, ich mache mich auf den Weg.«

Mühselig versuchte ich, mich aufzurichten.

»Aber nicht, bevor du etwas gegessen hast«, erscholl Elses Stimme dicht neben mir. Unbemerkt war sie an mich herangetreten. Sie half mir hoch und legte eine wollwarme Decke um meine Schultern. Dann reichte sie mir einen riesigen Burger, den ich in beide Hände nehmen musste, um ihn festzuhalten. Keine Ahnung, wie sie ihn herbeigezaubert hatte. Er wärmte mir jedenfalls die klammen Finger und der Duft zog mir köstlich in die Nase. Herzhaft biss ich hinein, während mein Kopf endlich schwieg und nur noch mein Magen lebenshungrig nach mehr verlangte.

33. Kapitel

Wo war Tim? Wo war er mit Amber hingegangen? Eine düstere Ahnung ergriff mich. Ich musste so schnell wie möglich zum Winddurchgang. Jonay hatte mir eine Aufgabe gestellt. Es tat gut, ein konkretes Ziel zu verfolgen, und ich wollte es so schnell wie möglich erreichen. Zuerst Wind, weil es mir leichter erschien. Dann der … Wahnsinn … Sollte ich bei Äther in diesem Gemütszustand hängen bleiben, würde ich es immerhin nicht mehr mitbekommen.

Gleichzeitig wollte ich zuerst zu Tim, ihm von Jonays Vision berichten, die alles erklärte. Damit er wusste, dass ich für mein Verhalten nichts konnte, dass es die Elemente und ihre dunklen Seiten waren, die mich beeinflussten, dass ich keinesfalls an unserer Liebe zweifelte.

Ich stapfte über morastigen Grund. Hier hatte einmal das magische Meer gelegen. Der Nebel und meine Eile legten einen feuchten Film auf mein Gesicht. Immer wieder wischte ich mir mit dem Ärmel darüber. Der Tag blieb trübe, obwohl bereits Mittag war. Die Kälte kroch in mich hinein bis auf die Knochen.

Im Laufen verwandelte ich mich in einen Wind, um schneller zu sein. Außerdem spürte ich dann die nasse Kälte nicht mehr. Der Winddurchgang und der Ätherdurchgang lagen dicht beieinander. Die Landschaft mit den Hügeln und Wohnhügeln unter mir wirkte verlassen und trostlos.

Endlich, ein Stückchen vor mir, sah ich ein paar Schemen, die in dem Nebel wie Schatten von Wesen aussahen.

Ich beschleunigte. Und dabei geschah es wieder. Ich sah mich selbst davoneilen, erkannte mich als Gebilde in der Luft, das welke Blätter aufwirbelte, und verlor mich aus den Augen. Wer von beiden war ich wirklich und wer nicht? Der Vorgang ließ sich schwer verstehen. Unerwartet geriet ich in eine angenehm warme Strömung. Wo kam die denn auf einmal her?

»Hey«, wisperte es dicht an meinem Ohr.

»Airam!« Airam war der warme Wind, der mich einhüllte. Wir wirbelten umeinander, tanzten in einem aufsteigenden Kreisel über den Boden wie ein Luftstrudel.

»Warum bist du so warm?«

»Bin ich das?«

»Oh ja. Es ist herrlich.«

Kurz vor unserem Ziel entdeckte ich Tim. Er stand mit Amber nah am Abgrund der Klippe und schien auf etwas zu warten. Vielleicht auf mich. Aber mir war das egal. Für einen Moment glaubte ich, von weit weg meine eigene Stimme zu hören, die verzweifelt nach Tim rief.

Ich wusste nichts damit anzufangen und hielt mit Airam weiter auf den Baumstamm zu. Der Winddurchgang befand sich in dem hohlen Stamm eines hohen, abgestorbenen Baumes. Er stand am Rand des Waldes auf einer Klippe, unterhalb derer das Wolkenmeer begann. Von hier konnte man bis hinüber zum Ätherdurchgang sehen. Durch eine kleine Öffnung in der Rinde, groß wie das Einflugloch einer Spechthöhle, konnte man in das Innere des Stamms gelangen. Urwesen warteten dort und gaben jedem, der den Durchgang passieren wollte, Schwung, um im Inneren des Stammes bis nach oben zu gelangen, wie durch den Schlot eines Schornsteins. Sobald man oben hinausfegte, befand man sich in der realen Welt. Hier nahmen einen normalerweise die Sylphen in Empfang.

»Gibt es etwas Neues?«, fragte ich.

»Nichts. Alles ist friedlich. Keiner hat sich bisher dem Durchgang genähert.«

Es wunderte mich nicht. Gemeinsam schlüpften wir durch das Loch in das Innere des Baumes. Hier drinnen war es warm und trocken. Weit oben konnte ich einen nachtschwarzen Himmel erkennen. Den Himmel von Fuerteventura.

»Es stürmt nicht mehr«, bemerkte ich.

»Nein, die Sandstürme haben sich gelegt. Dafür ist es nun klirrend kalt.«

Urwesen steckten in dem sandigen Boden des ausgehöhlten Baumes, der im Durchmesser ungefähr drei Meter maß, und umringten uns. Ihr krauses Flechtenhaar hing in dünnen weißgrauen Fäden von ihren Köpfen herab wie das einer uralten Frau.

Ich erstarrte innerlich. Edieth hatte gesagt …

»Wollen wir hinauffliegen?«, fragte Airam.

»Nein«, antwortete ich knapp, löste mich aus seiner wärmenden Umhüllung und wurde sichtbar.

»Kira!«, rief Airam erschrocken. »Du darfst nicht …«

»Der Durchgang funktioniert doch gar nicht mehr«, erinnerte ich ihn, ging ohne nachzudenken auf eins der Urwesen zu und berührte das dünne Haar. Es fühlte sich gummiartig an.

Ich setzte mich zwischen die Urwesen in den Sand. Sie sahen mich von allen Seiten mit großen Augen an, beugten sich ein wenig zu mir herunter, verhielten sich ansonsten jedoch friedlich.

Airam rief erneut ängstlich meinen Namen. Es war zu spüren, dass er sich dicht neben mir befand.

»Du siehst doch, sie tun nichts. Sie sind … krank.«

Jetzt wurde auch Airam sichtbar und hockte sich neben mich.

»Es ist total gefährlich, in menschlicher Gestalt in diesem Baum zu hocken. Sie wirbeln alles hoch, und wenn du so aus dem Baum auf die schwarzen Klippen von Fuerteventura katapultiert wirst, brichst du dir alle Knochen.«

»Es WAR gefährlich«, antwortete ich mit Nachdruck. »Sieh dir ihre Haare an.«

Airam seufzte und sagte nichts mehr. Stattdessen legte er den Arm um mich und musterte mich mit seinen schönen Augen.

»Was sollen wir tun, Kira?«

Er bedeutet dir nichts, gar nichts, flüsterte es in meinem Kopf. *Jeder ist allein auf der Welt. Jeder wird allein geboren und jeder stirbt für sich allein. Die anderen Menschen, sie sind nur Bilder, an denen du in der Galerie deines Lebens vorbeigehst.*

Ich wand mich aus Airams Arm, rückte ein Stück von ihm ab und umschlang meine angewinkelten Knie.

Wir starrten beide geradeaus, durch die Urwesen hindurch, an die

Innenwand des Baumes. Nur unsere Augen erhellten die Umgebung spärlich. Hier drinnen waren wir zwar vor Nässe geschützt, aber nicht vor der Kälte. Langsam, aber unerbittlich kroch sie mir erneut unter die Haut.

Trotzdem verspürte ich kein Bedürfnis, mich an Airam zu schmiegen, geschweige denn in einem Luftrausch eins mit ihm zu werden. Wir schwiegen eine Weile und das tat einfach nur gut. Untätig herumsitzen, während der Untergang auf uns zuraste, ihn akzeptieren, annehmen … So kam es mir vor. Ich entdeckte tote Glühwürmchen im Sand. Wie waren sie nur hier hereingekommen?

Auf einmal vernahm ich eine Melodie. Sie kam von draußen. Jemand sang mit glockenheller Stimme. Erst flüsterleise, dann immer lauter. So klar und rein und unverbrüchlich. Als würde diese Stimme alles überdauern. Selbst das Ende der Welt.

»Amber«, flüsterte ich andächtig und legte den Kopf auf meine Knie.

Airam reagierte nicht.

»Es klingt, als könnte allein ihr Gesang alles wieder in Ordnung bringen.«

»Ich hasse sie!«, zischte Airam. Entsetzt hob ich den Kopf und schaute ihn an. Ich hoffte, etwas in seinem Gesicht zu lesen, doch seine Haare fielen davor.

»Warum?«, fragte ich ruhig.

»Weil sie hier ist!«

»Sie liebt dich. Und wen man liebt, den lässt man nicht im Stich.« Kurz überlegte ich, ob ich den nächsten Satz, der mir bereits auf der Zunge lag, auch aussprechen sollte. Dann tat ich es einfach: »Auch nicht im Tod.«

Jetzt strich sich Airam die Haare aus dem Gesicht. Ich hielt seinem Blick stand. Airams Augen brachten mich nicht mehr durcheinander. Er konnte mir nichts anhaben.

Ich glaubte, in seinem Blick zu lesen, dass er etwas sagen wollte, und kam ihm zuvor.

»Du kannst dir nicht vornehmen, mich zu lieben.«

»Du gibst mir aber immer wieder das Gefühl, dass …«

Wieder unterbrach ich ihn.

»… ich was für dich fühle? Nein, Airam, ich bin nur …« Ich stockte, weil an der Innenwand des Baumes plötzlich jemand stand: *ich selber*. Die Geistergestalt trat auf mich zu und ging in mich hinein. Ich schluckte seltsam, als hätte sich mir eine Portion Luft aufgedrängt.

Airam schien mein Stocken gar nicht zu bemerken und fuhr sich nachdenklich durch die Haare. Dann sagte er: »Am Anfang dachte ich, Amber würde nur ehrgeizige Ziele verfolgen. Aber das tut sie schon lange nicht mehr. Sie ist einfach nur … da.«

Seine Stimme zitterte.

»Und du liebst sie. Gestehe es dir ein. Es ist ganz einfach. Das Herz schert sich nicht um Visionen.«

Immer noch hörten wir Amber singen. Die Urwesen waren eng zusammengerückt und hielten die Augen geschlossen, als wenn ihnen ihr Gesang guttat. Gab es nicht Leute, die glaubten, dass es die Musik bereits vor der Schöpfung gegeben hat und dass sie das Letzte war, was bliebe?

»Lass uns hinausgehen«, schlug ich vor und erhob mich. Alles in mir wollte zu Tim, und zwar sofort. Diese zweite Person, die mich zwischendrin verließ, musste mein wahres ICH sein, denn jetzt fühlte ich wieder etwas und erkannte, wie schlimm es war, nichts zu fühlen.

Offensichtlich hatte ich ein weiteres Element gemeistert und diesmal hatte Tim von meiner Gleichgültigkeit zum Glück überhaupt nichts mitbekommen. Dafür war ich unendlich dankbar.

Erneut verwandelte ich mich in Wind und verließ durch das kleine Astloch den Baum. Airam folgte mir.

Ich flog der Stimme entgegen. Sie klang von der Wiese herüber, welche in das wattige Wolkenmeer des Ätherdurchgangs überging.

Airam und ich wurden gleichzeitig sichtbar. Bestürzt schaute ich auf die Szenerie, die sich drei oder vier Meter vor mir bot: Tim und Amber befanden sich bis zum Knöchel in Wolkenschwaden versunken, umschlangen sich gegenseitig und nahmen keinerlei Notiz von uns.

34. Kapitel

Ich wollte zwei Dinge gleichzeitig: auf Tim zustürmen, ihn von Amber wegreißen und ihm eine Szene machen. Und ich wollte davonrennen, so weit weg wie möglich.

Zuerst entschied ich mich für das Zweite, drehte mich um, rempelte dabei heftig gegen Airam und lief in die diesige Hügellandschaft hinein. Ich fühlte mich so ohnmächtig, so hilflos, wollte in der Luft zerplatzen oder implodieren. Alles war plötzlich so abgrundtief sinnlos. Ich hatte es vermasselt! Dieser ganze Irrsinn mit den Elementen versaute mir mein Leben, nahm es mir weg. Wäre dieses schreckliche Dilemma nicht in mir, dann könnten Tim und ich ein ganz normales Leben führen!

Wäre das alles nicht in dir, wären Tim und du gar nicht zusammen, antwortete darauf eine gehässige Stimme aus meinem Innern und brachte mich dazu, abrupt stehen zu bleiben. Verdammt noch mal! Was sollte das?

Trotzdem drehte ich um und rannte zurück zum Ätherdurchgang. Zuerst, weil ich mich selbst loswerden wollte. Und dann … Nein! Ich durfte das nicht auf mir sitzen lassen! Ich musste Tim alles erklären! Er ahnte schließlich nicht, warum ich so durcheinander war, mich so widersprüchlich verhielt. Andererseits, hatte er nicht bis jetzt großes Verständnis gezeigt? Hatte er nicht als Erster vermutet, dass mir die Elemente nicht nur körperlich zu schaffen machten, sondern vielmehr noch psychisch? Eine bittere Erkenntnis durchzuckte mich: Vielleicht hatte er mich genau deshalb verlassen – weil er zu dem Schluss gekommen war, dass Airam und ich zusammengehörten. Airam und ich befanden uns auf einer Ebene. Dagegen war Amber, die keine Kräfte mehr besaß, Tim viel ähnlicher. Außerdem älter, hübscher und nicht so ein Nervenbündel wie ich. Es gab keine Garantie, dass mich die fünf Elemente nicht immer wieder aus der Ruhe brachten. Wahrscheinlich konnte deshalb nie ein besonnener Mensch aus mir werden. In mir wohnten widerstreitende Kräfte: Feuer und Wasser, Erde und Luft … und … Ich stolperte, fiel der Länge nach hin, rappelte mich wieder auf und fiel wieder hin. Meine Hände waren nass, das Gras eiskalt. Der Nebel verdichtete sich. Ich sah überhaupt nichts mehr. Lief ich überhaupt in die richtige Richtung?

»Tim! Tim?«, schrie ich. Doch es kam keine Antwort. »Airam … Amber …« Ich stand gefangen im Nebel und lauschte. Keinerlei Geräusch. Nichts. Entschlossen rannte ich weiter, hielt die Richtung, die ich zuerst eingeschlagen hatte. Sie musste zurück zum Ätherdurchgang führen. So sehr konnte ich mich nicht irren.

»Tim!«, rief ich noch einmal. Oder wollte er mich etwa nicht hören?

Meine Schritte beschleunigten sich noch mehr. Was, wenn ich an den Rand der Wiese gelangte, den Steg verpasste und in den Wolkenabgrund fiel? Diese Befürchtung war absolut berechtigt, doch mir war es egal …

Schon im nächsten Moment fuhr mir der Schreck durch alle Glieder, weil ich tatsächlich den Boden unter den Füßen verlor und nach unten wegsackte. *Okay, das war's dann …*

Ich stürzte in die Tiefe wie ein Fallschirmspringer, dessen Fallschirm sich noch nicht aufgespannt hatte … und es auch nie tun würde. Was würde da unten sein?

»Ha! Du befürchtest, dass Tim dich im Stich gelassen hat. Und was machst du daraufhin? Lässt nicht nur ihn, sondern gleich ALLE im Stich!«

Es war meine eigene Stimme, die von außen zu mir drang und durch die wassertropfenschwangere Luft hallte. Neben mir flog ich selber und blitzte mich zornig an. War das vielleicht jedes Mal mein Ätheranteil, der mich einfach imitierte?

»Das ist überhaupt nicht wahr! Ich ertrage das alles nur nicht mehr!«

»Versagerin! Deine Liebe ist so was von SCHWACH! Tim hat Besseres verdient.«

Dieses zweite ICH regte mich enorm auf! Es sollte mich in Ruhe lassen! War es nicht an allem schuld?! Ich hatte keine Lust, in seine Visage zu gucken.

»Ach, hau doch ab. Hau endlich ab und komm nie wieder!«, schrie ich.

»Hau du doch ab«, antwortete es schnippisch.

Wir befanden uns nach wie vor im freien Fall. Mir war übel. Ich erwartete jeden Moment den Aufprall. Pff, sollte sich doch dieses Alter Ego alleine zu Tode stürzen!

Ein schmerzhafter Ruck ging durch meinen Körper, sodass ich unwillkürlich schrie, dann gelang es mir jedoch, mich in einen Sturm zu verwandeln, der gegen den Sog nach unten ankämpfte und wieder nach oben fegte. Schnell war das andere ICH nur noch ein kleiner Punkt unter mir.

Ich wütete wie ein Hurrikan, schob mächtige Wolkengebilde vor mir her. Doch hinter ihnen tauchten nur weitere Wolkengebilde auf. In Wirklichkeit war überhaupt nicht erkennbar, wo sich oben oder unten befand, rechts oder links. Ich war der Wind, die Wolken, war von allen Seiten von Wolken umgeben, stob in alle Richtungen, bis ich komplett die Orientierung verloren hatte. Vielleicht sollte ich wieder menschliche Gestalt annehmen, um die Schwerkraft zu spüren. Und diesmal einfach fallen und fallen und fallen, bis ich irgendwo ankam …

Ich verlangsamte meine Geschwindigkeit, konzentrierte mich auf meine feste Form und nahm sie nach und nach an, spürte, wie ich schwerer und schwerer wurde, sah meine Arme und Hände vor mir auftauchen und wischte mir automatisch zuerst über das nasse Gesicht.

Wie erwartet sackte ich erneut in die Tiefe. Doch diesmal nicht lange. Ich landete … auf etwas Weichem … was unter mir nachgab wie ein Gummiseil. Um mein Gleichgewicht bemüht, federte ich auf diesem Untergrund einige Male auf und ab, dann fand ich Halt.

Es war wie … ein Band. Ich schätzte es einen halben Meter breit … und es war gestreift. Streifen in sieben verschiedenen Grautönen. Moment, das war doch … ein Regenbogen. Ein grau gestreifter Regenbogen.

Vorsichtig und in kleinen Schritten bewegte ich mich darauf vorwärts. Das war verrückt, aber ich nahm es einfach hin.

Bald tauchte vor mir aus dem Nebel eine Insel auf. Klein, vielleicht so groß wie ein Zimmer, hügelig und im weißen Nichts schwebend.

Ich betrat sie, dankbar, wieder festen Boden unter den Füßen zu spüren. In der Mitte wurden zwei Schemen erkennbar. Das waren zwei Menschen! Ich ging auf sie zu und … Mir stockte der Atem. Nein! Das konnte nicht sein! Das durfte nicht … Das … Es waren Amber und Tim … die sich leidenschaftlich küssten …

Hals über Kopf stürzte ich davon … stolperte das Regenbogenband entlang. Wenn es sich bei dieser Insel um das handelte, was von der magischen Blase übrig geblieben war, dann war alles verloren. ALLES!

Du musst sie retten, Kira. Rette sie! Bring sie zurück nach Hause!, flehte es dicht an meinem Ohr. Ich blickte zur Seite. Mein zweites Ich. Da war es wieder. Hatte es auch irgendwie hierhergeschafft. Es lief allerdings nicht auf dem Regenbogen, sondern einfach im weißen Nichts daneben …

»Ja, ja … Das werde ich … Ich werde sie rausbringen … Wenn es das ist, was ich noch tun kann … Ich werde … sobald ich kann …«

Obwohl ich das sagte und wie ein Mantra wiederholte, lief ich weiter, entfernte mich von den beiden, machte keine Anstalten umzukehren.

Eine weitere Insel tauchte vor mir auf. Diesmal größer als die erste … Ich kletterte hinauf. Schwarze, schwere Erde. Sonst nichts. Erschöpft ließ ich mich auf die höchste Erhebung sinken und den Kopf in meine Hände fallen. Wie sollte ich Tim … und Amber retten? Wo waren die anderen? Warum, verdammt, hatten Tim und Amber in solch einer Situation nichts anderes zu tun, als sich gegenseitig abzuknutschen?

Stimmen drangen an mein Ohr. Nicht meine eigene und auch keine vertrauten, sondern fremde. Hoffnungsvoll hob ich den Kopf und blickte um mich. Da war jedoch nichts. Auch mein Alter Ego schien sich verzogen zu haben. Ich kniff die Augen zusammen … Doch! Da vorn: Ein weiteres Regenbogenband führte auf eine nächste Insel. Im Nebel wurden immer mehr von diesen Inseln sichtbar, wie graue Klumpen, die durch die Wolken schwebten. Ich befand mich in einem ganzen Netz aus grauen Regenbogenbändern und fliegenden Felsen. Kleinen und größeren. Als wenn die Urblase explodiert war und die Überreste durch das graue Wolken-All der magischen Welt drifteten.

Zwei Menschen betraten meine Insel. Ich stürzte ihnen entgegen wie jemand, der verschollen war und endlich gefunden wurde.

»Hey!«

Während ich mich riesig freute, jemanden zu treffen, schienen sie gelangweilt davon zu sein.

»Hi«, sagten die beiden, ein Mann und eine Frau, und wollten einfach weitergehen. Das Haar klebte ihnen an den Wangen. Ihre Kleidung wirkte durchnässt.

»Wartet doch mal. Wo wollt ihr denn hin?«

Der Mann schenkte mir einen Blick, als wäre ich nicht ganz dicht.

»Dorthin, wo du auch hinwillst.«

Ja, raus hier. Nach Hause natürlich! Aber …

»Wer seid ihr?«

»Spielt das noch eine Rolle?«, erwiderte die Frau resigniert.

»Ich bin Kira«, stellte ich mich vor.

Endlich blieben sie stehen und sahen mich erstaunt an.

»Kira? Die Kira?« Hoffnung blitzte in den Augen der Frau auf.

»Wer seid ihr? Sagt es mir!«

»Ina. Und das ist Ted. Eigentlich wohnen wir in Wien. Aber wir haben es nicht mehr aus der magischen Blase dort geschafft, bevor die Durchgänge aufhörten zu funktionieren.«

Endlich verstand ich. Das waren Vermisste!

Dann befand ich mich also in dem, was übrig blieb, nachdem magische Blasen aufhörten zu existieren …

»Kira!« Die Frau griff nach meinem Arm wie eine Ertrinkende. »Wir haben von dir gehört. Du kannst uns hier rausführen, nicht wahr?«

»Ich … weiß es nicht. Ich …« Alles sträubte sich in mir, ihnen die Wahrheit zu sagen. Dass die Urblase offensichtlich zerstört war, dass es keine Hoffnung mehr gab. Dass …

Verblüfft schaute ich zu, wie die beiden plötzlich vor mir verblassten, als wären sie nur Schöpfungen meiner Einbildung gewesen.

Oh, mein Gott … wurde ich Zeugin davon, wie sie … gerade starben?

Panik ergriff mich. Ich lief im Kreis, rief mehrmals verzweifelt: »Hallo! Hallo?! Ina? Ted?«

Niemand antwortete. Niemand …

Es gab noch viele andere Vermisste. Sie mussten hier doch irgendwo sein! Oder …

Gehetzt blickte ich um mich und stellte fest, dass der Nebel sich lichtete. Inseln über Inseln traten aus dem Dunst hervor, so weit das Auge reichte. Sie bildeten mit den grauen Regenbogenbrücken ein labyrinthisches Netz bis in die Unendlichkeit, kamen mir vor wie eine Aufgabe, die man nicht bewältigen konnte.

Stumpfsinnig lief ich weiter. Immer weiter, von Insel zu Insel. Unter mir den bodenlosen Abgrund, über mir endloses Grauweiß. Waren es Minuten oder Stunden oder Tage? Jedes Zeitgefühl war mir abhandengekommen.

Plötzlich stand Airam vor mir, in seiner weißen Sommerkleidung, die warmbraunen Augen auf mich gerichtet. Ich stieß einen spitzen Schrei aus und fiel ihm um den Hals, klammerte mich verzweifelt an ihm fest, während er versuchte, sich von mir zu befreien.

»Kira, hör auf! Wir gehören nicht zusammen!«

Er löste gewaltsam meinen Griff und stieß mich von sich, hinab von einer Insel, in die Tiefe …

Ich schloss die Augen … und kam hart auf. Eine andere Insel hatte mich aufgefangen. Alle Knochen taten mir weh. Ich blieb einfach liegen … *Wer weiß, ob du Tim jemals wirklich geliebt hast … Wer weiß … In deinem Alter bildet man sich das schnell mal ein. Die erste große Liebe ist ein Zauber, der niemals wiederkommt und meist nicht gleichzeitig die wahre Liebe ist, sondern einfach nur der unbekannte Rausch erwachender Hormone …* Ich redete innerlich mit mir selbst … Oder war es jemand anderes, das andere ICH? War es wieder in mir? … egal …

35. Kapitel

Jemand rüttelte an meiner Schulter. Erst sanft, dann immer heftiger.

»Kira! Du musst hier weg. Schnell. LAUF!«, flehte die Stimme. Ich kannte sie. Ja, ich kannte sie! Es fiel mir schwer, die Augen zu öffnen. Als wenn sie zugeschwollen waren. Dann gelang es mir unter größter Mühe, sie zu öffnen, und ich blickte in das wunderschöne Gesicht von … Daida.

»Daida!«

»Pssst«, zischte sie, hielt mir den Mund zu und zog mich gleichzeitig auf die Beine.

»Sie sind hinter dir her. Sie wissen Bescheid, dass du es bist und nicht Amber, die …«

»Wer?«, unterbrach ich sie.

Wieder hielt sie mir den Mund zu.

»Lauf«, flehte sie mich noch einmal an und schubste mich in eine bestimmte Richtung. Ich zögerte weiterhin, doch dann sah ich, wie Leute hinter der Kuppe der Insel auftauchten, auf die ich gefallen war. Den Mann, der sie anführte, hatte ich oft genug auf Bildern gesehen. Es war Riley. Daida ging ihm hastig entgegen, nahm seine Hand und gab ihm einen Kuss auf den Mund wie eine Liebende, die ihren aufgebrachten Geliebten besänftigte.

Ich schluckte schwer, so geschockt war ich. Daida und … Riley? Entschlossen flüchtete ich vor ihnen, rannte und rannte, wie Daida es geraten hatte. Sie waren also hinter mir her.

Dabei stolperte ich über meine eigenen Beine vor Angst. Alles in meinem Innern überschlug sich. Diesmal mischte sich in das kalte

Wolkennass auf meinen Wangen die Wärme meiner Tränen. Daida und Riley … Ich verstand die Zusammenhänge nicht, fühlte nur, dass sie schrecklich sein mussten …

Ich rannte – Stunden oder Tage – von Insel zu Insel … Ich traf niemanden, und ich wunderte mich, dass ich nicht ins Leere trat und fiel.

Plötzlich tauchte etwas auf, was anders war als das ewige graue Einerlei aus Gestein und Wolken. Eine gläserne Kuppel … oder eher eine haushohe Kugel. Sie schwebte über einer der Inseln, nur einige Zentimeter über dem Boden. Jemand war da drin, schaute hinaus und reichte mir die Hand.

Ich nahm sie dankbar, fühlte mich erlöst und stellte mir vor, dass ich *Gott* gefunden hatte, einen lieben Gott, der mich barg und rettete.

In der Kugel war es schön warm. Ich sah in die Augen von … Pio. Pio, der nie jemanden ansah, hatte tiefblaue Augen, die mich nun interessiert musterten.

»Kira. Schön, dass du zu mir gekommen bist. Ich habe dich erwartet.«

»Pio …«

Ich war verblüfft. Er sprach völlig normal mit mir!

»Ja, ich bin es. Du brauchst keine Angst zu haben. Möchtest du vielleicht einen Orangensaft?«

Einen Orangensaft! Das kam mir wie ein Angebot aus dem Paradies vor, denn ich fühlte mich innerlich wie vertrocknet. Ich brachte nur ein heftiges Nicken hervor.

Pio reichte mir das Glas mit der wunderhübschen goldgelben Flüssigkeit. Ein Farbtupfer in der entfärbten Welt. Wie die Sonne!

Ich schüttete das herrliche Getränk in einem Zug hinunter.

»Wo bin ich? Und du bist … auf einmal so anders?«

Pio lächelte mich an und legte sogar einen Arm um mich. Noch nie hatte ich ihn jemanden anfassen sehen. Außerdem duzte er mich, was er sonst nur selten tat, es sei denn, etwas erstaunte ihn. Beispielsweise als ich behauptet hatte, dass ich es mochte, einfach so auf der Tastatur eines PCs herumzutippen, während ich in Wahrheit heimlich an Atropa geschrieben hatte.

»Meine liebe Kira. Du erlebst mich so, weil du hinter die letzten Dinge zu sehen vermagst. Das ist ein gutes Zeichen. Die Elemente beginnen, sich in dir zu vereinen.«

Väterlich sah er mich an.

»Und nun geh.«

Er schickte mich wieder weg? Oh nein. Ich wollte nicht weg. Ich wollte …

»Aber wohin?« Meine Hände zitterten, als er mir das leere Glas aus der Hand nahm.

»Folge der Farbe Orange, wenn du nicht weiterweißt.« Dann ließ er mich los und drehte sich um.

Ich hatte schmerzhaft viele Fragen an ihn, aber …

»Verlass dich einfach auf deine Fantasie. Mit ihr kommst du im Gegensatz zur Logik des Verstandes überallhin.«

Pio und auch die Glaskugel um mich lösten sich auf und ich fand mich allein auf einer dieser tristen Inseln wieder. Warum nur? Was hatte das alles zu bedeuten?

Etwas landete auf meiner Nase und ich wischte es unwillkürlich weg. Es blieb an meiner Hand kleben. Eine Blüte, grau und an den Blütenrändern verkohlt. Sie musste aus der Berliner Blase stammen. Weitere Blüten taumelten auf mich herab, wie schwarze Fetzen verbrannten Papiers. Trotzdem tröstete es mich. Ich musste es nach Hause geschafft haben. Dahin, wo sich einst die magische Blase von Berlin befunden hatte.

Wie in Trance lief ich den Blüten nach und fing so viele davon auf, wie in die Taschen meiner Jacke passten. Verzweifelt stopfte ich sie hinein, als könnte ich so das Letzte bewahren, was geblieben war.

Die Blüten quollen mir wieder aus den Taschen und fielen auf den Boden. Panisch bückte ich mich danach. Ich durfte keine von ihnen verlieren!

Dabei griff ich in etwas Flüssiges, Rotes. Das war … Ich besah meine Finger, die dunkelrot verschmiert waren. Es handelte sich um … Blut.

Ich entdeckte weitere Tropfen frischen Blutes. Augenblicklich vergaß ich die Blüten und folgte der Spur. In einiger Entfernung stand jemand schwankend am Abgrund der Insel.

Er wandte mir den Rücken zu, doch ich erkannte ihn sofort an seiner Gestalt. Wollte er sich etwa hinunterstürzen?

Ich rannte auf ihn zu und packte ihn an der Schulter.

Erschrocken drehte er sich um.

Seine Augen glühten. Sein Mund war schmerzverzerrt. Seine Lippen zitterten. Aus seinem Gesicht war jede Farbe gewichen.

»Er wird mich nicht bekommen. Niemals. Und du, Kira, du bist ein gutes Mädchen!«

»Jerome«, kam es mir tonlos über die Lippen, während ich auf das blutverschmierte Messer starrte, das er in der Hand hielt. Aus seinen Unterarmen flossen rote Ströme, liefen an seinen Beinen hinab und auf den Boden. Ein krasser Kontrast zu den Grautönen um uns.

»Du wirst alles wieder in Ordnung bringen, was ich versaut habe …«, wimmerte er.

»Jerome …«, wiederholte ich und stand wie erstarrt vor ihm. »Wie … bist du hierhergekommen?«

»Ha«, sein Lachen klang hohl. »Ich hab es geschafft. Auch ohne Riley. Er ist nicht allmächtig.«

Er streckte seinen Arm weit hoch und zeigte einen Stinkefinger, als wäre Riley irgendwo über ihm. Gleichzeitig ließ er sich, ehe ich kapierte, was geschah, nach hinten fallen und verschwand unaufhaltsam in den Wolken.

Ich wollte schreien, aber jeder Ton blieb mir in der Kehle stecken. Fassungslos starrte ich auf das viele Blut um mich. Keine Ahnung, wie lange ich dort verharrte, regungslos wie eine Salzsäule, die sich am liebsten an der feuchten Luft auflösen wollte.

Erst als mir stinkender Rauch in die Nase stieg, kam wieder Bewegung in mich. Ich drehte mich um. Schwarze Rauchsäulen waberten auf mich zu. Natürlich kannte ich diese Gestalten. Sie hatten mir damals in Berlin, als ich noch nicht ahnen konnte, wer dahintersteckte, unendlich viel Angst eingejagt.

Jetzt wusste ich, wer dahintersteckte.

NEIN! Sie würden mich nicht kriegen. NIEMALS!

Bedrohlich quollen sie näher. Ich wagte einen gewaltigen Sprung über sie hinweg, versuchte, mich rasch in Wind zu verwandeln, aber es gelang nicht. Ich war einfach zu erschöpft. Also lief ich, lief und lief um mein Leben. … Bis ich mit vollem Karacho gegen jemanden prallte: *gegen mich selbst*!

»STOPP!!«, brüllte mein Alter Ego und sah mich streng an. »Bleib und kämpfe, Kira!! Lauf nicht weg, wir müssen kämpfen!«

»Nein«, antwortete ich panisch und versuchte, mich an meinem zweiten ICH vorbeizudrängeln.

Ich stolperte weiter, aber es blieb mir auf den Fersen.

»Wenn wir zusammen kämpfen, schaffen wir es. Wir müssen sie vernichten. Wir müssen sie töten!«

»Wie willst du sie töten?« Ich lachte laut auf und lief weiter.

»Alle Kräfte, die wir dafür brauchen, haben wir zur Verfügung.«

»So?«

»Wir können sie ersticken, ihnen den Atem nehmen. Du weißt es genau, denn du bist auch Äther.«

»Nur Affinität«, verteidigte ich mich.

»HA. Dass ich nicht lache. Das sind bei dir nicht nur Affinitäten. Und das weißt du.«

Den Atem nehmen … Sofort dachte ich an Clarissa, meine richtige Mutter, die meinem Vater den Atem genommen hatte, damit er nicht noch mehr Unheil anrichtete.

Hinter uns hatten sich die Rauchsäulen zu einer dichten Wand zusammengetan und kamen unaufhaltsam näher. Vor uns lag ein weiteres Regenbogenband … und der Abgrund.

»Wie viele sind es?«, fragte ich.

»Zehn oder zwölf. Wir müssen sie töten, Kira. Jetzt!«

»Ich töte niemanden«, erklärte ich.

»Dann werden sie dich töten«, antwortete mein Alter Ego und spuckte aus. Es war roh, hatte keine Manieren. Ich hasste es und vernahm sein erstauntes Rufen mit Genugtuung, als ich es von der Insel hinunter in den Abgrund stieß … Im Fallen packte es mich jedoch an meinem Knöchel … und riss mich mit sich.

Während wir in die Tiefe rauschten, gelang es mir, mich aus seinem Griff zu befreien, und ich fing mich an einem der Regenbogenbänder auf. Das breite und papierdünne Gebilde schnitt mir in die Handflächen. Blut tropfte in mein Gesicht, aber ich hielt mich verzweifelt fest, hangelte mich hinauf und blieb schwer keuchend auf dem Regenbogen liegen. Ich hatte es geschafft.

Doch gleich darauf hallte mein eigenes Lachen in meinen Ohren. Diesmal war es meins und nicht von diesem anderen ICH. Ich lachte dieses hohle Lachen, weil ich gar nicht wusste, WAS ich denn geschafft hatte! Außer dass ich am Leben in einer toten Welt war. Also … war ich doch genauso tot.

Lebensmüde schloss ich die Augen und entschied mich, liegen zu bleiben … bis in alle Ewigkeit. Doch da sah ich etwas … obwohl ich meine Lider geschlossen hielt. Eine orangefarbene Kugel, die sich auf mich zubewegte … Davon hatte Pio gesprochen …

Eine feuchte Nase berührte meine. Etwas Weiches an meiner Wange. Weiches Fell … und ein beruhigendes Schnurren in meinen Ohren.

Mini … Mini war hier, tippelte ein Stück voran, blieb stehen und sah sich um, ob ich ihr folgte.

Mühselig richtete ich mich auf, schaffte es auf Knie und Hände und kroch hinter ihr her …

Irgendwann wurde der steinige Boden unter meinen Händen weicher. Ich befand mich auf gefrorenem Gras. Ich konnte nicht mehr, kippte einige Male zu Seite und blieb jedes Mal eine Weile liegen. Mini wartete geduldig. Regte ich mich zu lange nicht, stupste sie mich an und miaute. Dass Mini bei mir war, gab mir neuen Mut. Hin und wieder berührte ich ihr Fell – es fühlte sich warm und irdisch an. Ich schleifte mich weiter über den eisigen Boden. Zentimeter für Zentimeter …

Hände halfen mir auf. Vertraute Stimmen um mich. Jonay … Nisa … Tim … Aber es gelang mir nicht, die Augen zu öffnen. Mein Kopf dröhnte von rasenden Kopfschmerzen. Ich wollte nur eins: meinen Kopf loswerden.

Sie hievten mich auf etwas Weiches. Ich blinzelte. Das musste ein Sessel auf der Wiese vor der Grotte sein. Und die dunkle Erhebung vor mir, das war die Grotte. Dann war die Urblase also noch da.

Etwas wohlig Warmes legte sich auf mein Gesicht. Ein Tuch oder eine Wärmflasche.

»Die Brühe wird sie wieder auf die Beine bringen«, vernahm ich Else.

Schon spürte ich warme, salzige Flüssigkeit in meinem Mund. Lecker.

Jemand hielt meine Hand fest, die ganze Zeit. Tim, das konnte nur Tim sein. Das musste einfach Tim sein, weil … sonst …

Mein gesamter Körper zitterte, doch das Zittern ließ langsam nach. Eine dicke Felldecke wärmte mich.

Das sich abkühlende Tuch wurde von meinem Gesicht genommen

und ein neues warmes aufgelegt. Ganz in der Nähe knisterte es. Ein Feuer. Das war ein Feuer.

Sanft strichen Finger über meinen Handrücken.

Ich bewegte meine freie Hand nach oben, zog mir das Tuch vom Gesicht, öffnete langsam die Augen … und schaute in Tims Augen.

Ich wollte etwas sagen, doch Else, die auf der anderen Seite saß, flößte mir erneut Suppe ein. Brav schluckte ich, drehte mich näher zu Tim.

Angestrengt bewegte ich meine Lippen, doch brachte nur ein heiseres Flüstern zustande. Tim beugte sich näher zu mir, um mich verstehen zu können.

»Wa… wa…u… Warum hast du Amber geküsst? Warum? Sei…d ihr zu…sammen?«

Er seufzte, nahm meine Hand in beide Hände und bedachte mich mit einem eindringlichen Blick.

»Es ist vorbei, Kira. Es ist vorbei. Alles, was du erlebt oder gesehen hast, hast du dir nur eingebildet. Nichts davon ist wahr, das musst du mir glauben. Nichts davon ist wirklich geschehen.«

Erneut gelang es Else, mir Brühe einzuflößen. Ich schloss die Augen. Was Tim behauptete, erleichterte mich ungemein, auch wenn ich nicht recht verstand. Ich musste mich ausruhen. Einfach nur ein bisschen Ruhe wünschte ich mir, dass die Welt eine kleine Weile anhielt …

36. Kapitel

Es war mollig warm. Ich spürte die Sonne, sog den Duft des Sommers ein, hörte das Meer rauschen … Und dann wachte ich langsam auf aus diesem Traum, erkannte die Sonne als ein kleines Feuer, das neben mir im Becken der Grotte prasselte, in dem sich einst Wasser befunden hatte. Der Duft des Sommers kam von Tim, an den ich eng geschmiegt unter einer Felldecke lag. Schnell fand ich in die Wirklichkeit zurück. Mein Atem kondensierte an der Luft. Es mussten Minusgrade herrschen.

Ich hob den Kopf und sah, dass die anderen sich ebenfalls Sessel nah an das Feuer gerückt hatten. Airam hielt Amber im Arm und Nisa schlummerte friedlich an der Seite ihres Vaters. Im Schlaf sah sie unschuldig und verletzlich aus.

Else unterhielt das Feuer mit kleinen Ästen.

Es fühlte sich an, als wären wir Gestrandete in der Arktis.

Die Arme streckend setzte ich mich auf und erschrak über meine eigenen Worte, die viel zu laut und klar in die Stille hineinhallten:

»Ich habe Daida getroffen. Sie …«

Sofort waren die anderen wach und starrten mich an.

Verlegen biss ich mir auf die Lippen.

»Sprich weiter«, bat Jonay ruhig. Ich schüttelte den Kopf.

»Nein … ich weiß … ich habe mir alles nur eingebildet.«

»Erzähle uns, was du erlebt hast«, verlangte er nun nachdrücklich.

Eigentlich war es unmöglich, dass ich mir meine Begegnung mit Daida nur eingebildet hatte. Wie um alles in der Welt sollte sie mit Riley liiert sein? Aber wenn es wahr war …

»Ich will es auch wissen!«, verlangte Nisa, die unbemerkt aufgestanden war und auf einmal fordernd vor mir stand. Ich wich etwas zurück, während Tim mich schützend in den Arm nahm.

»Entschuldige, Kira. Ich wollte dich nicht erschrecken. … Aber du musst es uns erzählen.« So, wie sich Nisa aufführte, war ich endgültig sicher, dass sie die ganze Zeit etwas verbarg.

»Irgendwas weißt du, Nisa, nicht wahr? Etwas, das uns alle angeht. Vielleicht sollten wir das zuerst erfahren.«

Überrascht funkelte sie mich an. Dann schlug sie die Hände vor das Gesicht und konnte nicht mehr an sich halten:

»Du hast dir nichts eingebildet. Sie war nicht allein, stimmt's?«

»Nein, war sie nicht. Sie …«

Nisa ließ mich nicht ausreden, sondern begann, sich aufgebracht zu rechtfertigen:

»Dann hat sie also immer noch Kontakt zu ihm … Ich hasse sie!«, brach es aus ihr heraus.

»Zu wem?«, donnerte Jonay mit seinem tiefen Bass.

»Aber es ist doch so lange her. Es kann überhaupt nicht sein …«, rief Nisa verzweifelt.

»Was?« Jonays Befehlston erzeugte eine Gänsehaut auf meinem Rücken.

»Mama … Ich glaube, sie war mal verliebt … in einen Studenten, aber nur kurz …« Nisa konnte unter dem zornigen Blick ihres Vaters nicht weitersprechen und sah mich flehend an.

Meine Kehle war pudertrocken und erschwerte es mir, die richtigen Worte herauszubringen.

»Sie … Sie war mit … Sie ist bei …« Ich brachte seinen Namen nicht über die Lippen. »Sie hat mich gewarnt vor … *ihm*. Sie hat mich gerettet. Sie …«, verteidigte ich sie atemlos.

»Sie lebt also«, sagte Jonay plötzlich.

»Ja.«

»Sie liebt das Miststück immer noch«, zischte Nisa.

»Nein«, widersprach ich. »So hat es sich nicht angefühlt. Ich bin mir sicher, sie ist bei ihm, um ihn aufzuhalten. Um …«

»Du sprichst von *Riley*«, sprach Jonay den Namen aus, um den wir uns herumdrückten. »Ich hätte es wissen müssen.«

Den letzten Satz sagte er auf eine Art, als würde er mit ihm sein Leben aushauchen. Doch stattdessen erhob er sich und ließ seine Faust gegen die glatte Fläche der Grotte sausen, während er brüllte wie ein angeschossener Löwe. »WAAA…RUMMMM HABE ICH DAS NICHT *GESEHEN*?«

Die Luft dröhnte von seinen Worten. Unwillkürlich begann ich zu zittern. Tim nahm mich fester in den Arm.

Unvorstellbar, dass Jonay sich bei dem Schlag nicht die Hand gebrochen hatte. Doch er ballte sie erneut zur Faust, ließ sie jedoch wieder sinken. Die Projektionsfläche hatte am unteren Ende einen deutlichen Sprung davongetragen. Oh, mein Gott, unser Fenster zur Welt, unsere letzte Verbindung zur Realität … Hoffentlich funktionierte es noch!

Jonay stand wie erstarrt da. Nisa stürzte auf ihn zu und umklammerte ihn.

»Du hast im toten Winkel deiner Liebe gestanden, Papa, du darfst dir keine Vorwürfe machen. Das darfst du nicht.«

Ich zitterte immer noch und merkte, wie mir eine Träne über die Wange lief. Tim wischte sie mir behutsam ab.

Airam fragte leise, was genau ich erlebt hatte. Also beschrieb ich ihm, und damit allen, meine Begegnung mit Daida, Riley und den Rauchsäulen. Nisa und Jonay standen nach wie vor da wie eine Skulptur, während meine Worte leise und hastig aus meinem Mund kamen, als könnte ich damit ihren Inhalt harmloser machen.

»Was hast du noch erlebt?«, fragte Tim.

Ich musste nachdenken. Es waren mehrere Dinge, wichtige Dinge. Pio fiel mir als Nächstes ein. Ja, ich war Pio begegnet, in einer riesigen

Glaskugel. Gerührt von meinen Erinnerungen daran berichtete ich, wie schön es war, ihn zu treffen, und dass er mit mir gesprochen hatte wie jeder andere Mensch. Mir fielen die Blüten in meiner Tasche ein und ich holte sie hervor, verteilte die armen welken Blüten auf unserer Decke. Andächtig betrachtete ich sie.

»Ich war wirklich dort, nicht wahr?«

»Das warst du«, bestätigte Tim.

Als Nächstes tauchten die Vermissten in meiner Erinnerung auf und ich berichtete auch von ihnen.

»Du hast dich in der Zwischenwelt befunden«, sagte Airam.

»Das glaube ich auch. Das, was von den Blasen übrig ist, ist miteinander verbunden.«

»Und es ist auch mit uns verbunden«, schaltete Amber sich ein.

»Ja … Von den implodierten Blasen ist immer noch etwas da«, flüsterte ich hoffnungsvoll, während ich im Augenwinkel beobachtete, wie Jonay sich langsam von Nisa löste. Sein Gesicht hatte in den letzten Minuten tiefe Furchen bekommen, dennoch hatte er sich wieder gefasst.

»All das ist also Daidas Schuld«, sagte er. Dabei sah er niemanden an, sondern richtete sein Gesicht in das kaltgraue Weiß des Himmels.

Keiner wagte es, etwas zu entgegnen. Zuerst glaubte ich, dass er Daida aus seinem Schmerz heraus für alles verantwortlich machte. So menschlich war er mir noch nie vorgekommen: verletzt, irrational und kein bisschen weise. Ich meinte, den jungen Mann aus ihm sprechen zu hören, der er vor Tausenden Jahren einmal gewesen sein musste.

Nisa wollte widersprechen. Doch Jonay signalisierte ihr mit einer Handbewegung zu schweigen. Die Worte, die er dann sagte, offenbarten mir erst die Tragweite von Daidas Untreue.

»Wir sind keine normale Familie wie jede andere, in der man seine Liebe einfach jemand anderem schenken kann. Wir sind die Eckpfeiler der magischen Welt. Wir sind Erde, Feuer, Wasser, Luft – die vier Elemente, um die sich der Raum bildet. Bricht ein Pfeiler weg, verlieren wir das Gleichgewicht und alles fällt in sich zusammen. Daida ist diejenige, die das Haus zum Einsturz gebracht hat.« Jonay sah auf den Boden und atmete geräuschvoll aus. »… und ich habe es nicht gesehen. Habe meine Visionen falsch gedeutet. Habe …«

»Du wolltest es nicht sehen und das ist völlig verständlich!«, rief Nisa.

Jonay widersprach nicht, sondern nickte bedächtig. »Deshalb trage ich mit an der Schuld. Ich habe weggesehen, statt darum zu kämpfen, die Familie zusammenzuhalten.«

»Du kannst dir nichts davon aufladen, was Daida getan hat«, widersprach Airam. »Allein meine Mutter … Daida …«, er konnte nicht weitersprechen, weil er zu aufgebracht war. Seine Nasenflügel bebten. Ich kapierte, wie abgrundtief ihn das Geheimnis seiner Mutter traf.

»Sie hat alles kaputt gemacht!«, schrie er aufgebracht, sodass ich einen gewaltigen Wutausbruch befürchtete. Doch Amber nahm Airams Arm und drückte ihn fest.

»Airam! Gerade du musst wissen, wie leicht ein Herz durcheinandergebracht werden kann und wie schwer sich das steuern lässt.« Sie streifte mich mit einem kurzen Seitenblick und ich senkte beschämt die Augen.

Airam kochte innerlich, aber senkte ebenfalls den Blick und schwieg.

Jonay näherte sich seinem Sohn und legte eine Hand auf seine Schulter.

»Airam. Es tut weh, aber Amber spricht wahre Worte. Gegen die Liebe ist man machtlos. Sie kann wunderschön sein und grausam zugleich. Sie ist das Leben, stößt Entwicklungen an. Schon lange weiß ich, dass ein Gleichgewicht nicht ewig halten kann. Denn wir befinden uns nicht im Modus der Ewigkeit. Auch die magische Welt ist eine lebendige Welt, in der die Dinge zerfallen können und das Potenzial besitzen, sich wieder neu zu ordnen.«

Jonays Worte signalisierten, dass er offenbar zu seinem inneren Gleichgewicht zurückfand. Jetzt war er wieder der weise Mann, vor dem ich großen Respekt besaß.

»Aber warum verliebt sie sich ausgerechnet in jemanden, der die ganze Welt zerstören will?«, brauste Airam auf.

»Wir wissen es nicht. Wir wissen überhaupt nichts über diese Liebe.« Bei diesen Worten sah er Nisa an und Nisa kaute auf ihren Lippen. Sie schien nach den richtigen Worten zu suchen und seufzte. Dann holte sie tief Luft und berichtete:

»Es ist schon Jahre her. Daida war in der magischen Blase von London zu Besuch. Und dann kam sie zurück und erzählte von dem neuen Studenten dort. Ihre Augen haben geleuchtet, wie ich es noch nie an ihr gesehen habe.« Nisa stockte und blinzelte zu Jonay hinüber. »Ich weiß, ich hätte das nicht für mich behalten dürfen, aber …«

»Schon gut, Nisa, erzähl weiter.«

»Viel mehr gibt es leider nicht zu erzählen. Nur dass sie vielleicht öfter dorthin gereist ist, als wir wissen, vorgegeben hat, andere Orte zu besuchen, aber jedes Mal in London war. Ich glaubte öfter, es an ihrem Gesicht abzulesen. Aber ich hab … es weggeschoben. Ich meine, es ging mich doch auch nichts an, oder?«

Nisas Stimme klang ungewohnt unsicher und verletzlich.

»Dich trifft keine Schuld. Allein bei Daida liegt die ganze Wahrheit«, versuchte Jonay, sie zu beschwichtigen. Er blickte in weite Ferne. »Ich weiß nicht, ob wir sie je erfahren werden …«

»Trotzdem bin ich mir sicher, dass sie für uns kämpft, dass Kira recht hat mit ihrem Gefühl. Daida hat einen folgenschweren Fehler gemacht, aber sie lässt uns nicht im Stich. Niemals würde sie das tun«, sagte Nisa mit Nachdruck.

»Das glaube ich auch.«

»Dann ist also alles wahr, wa…s i… ich erlebt ha…be?«, stotterte ich bestürzt. Nicht wegen des Auseinanderbrechens der Urfamilie, was bereits Grund genug gewesen wäre, sondern weil mich auf einmal weitere Erinnerungen überfluteten, entsetzliche Bilder vor mir aufblitzten, die ich in meinem Wahn erlebt hatte. *Die Blutspuren, die zerritzte Haut und …*

»Kira, was ist?«, rief Tim besorgt, der die ganze Zeit geschwiegen hatte. Er hatte sich ebenfalls aufgesetzt und die Felldecke eng um unsere Schultern geschlungen.

»Dann ist Jerome … Er ist tot.«

Ich hasste Jerome und ich hasste es, dass es mich so mitnahm. Sechs Augenpaare brannten auf mir.

»Sprich weiter«, meldete sich Else, die aufhörte, Zweige ins Feuer zu legen. »Es wird dich erlösen, Kindchen.«

Ich verabscheute Jerome, weil ich ihn einmal gemocht hatte, weil ich ihm vertraut hatte, weil ich mir wünschte, dass er so gewesen wäre, wie er mir erschienen war, am Anfang unserer Zeit.

»Ich … Er … Er hat sich … mit einem Messer … und dann … ist er … hat er sich …« Ich brachte es nicht heraus. Ich sah die schrecklichen Bilder vor mir und brachte es nicht heraus! Ein anderes Bild schob sich schnell davor.

»Aber der Kuss zwischen Amber und dir …« Ich blickte Tim flehend an. »Er war doch nicht wahr? Oder doch?«

»Nein, war er nicht. Amber und ich haben uns nie geküsst. Und deshalb ist es durchaus möglich, dass Jerome …«

»Wir können es überprüfen, indem wir Kontakt zu Edieth aufnehmen.«

Jonay bat mich mit einer Geste, an den Grottenspiegel zu treten. Ich stand auf und ging zu ihm hinüber. Dicht neben Jonay spürte ich, wie mich seine Energie durchströmte und beruhigte wie eine Droge. Er war unheimlich machtvoll. Und trotzdem konnte er die Welt nicht retten, sondern ich sollte das tun? Das kam mir ziemlich irrwitzig vor.

Ich starrte auf die angeknackte Felsfläche, während Jonay die Feuchtigkeit aus der Luft darauf verwischte und sie mit einem intensiven Blick beschwor.

Erst tat sich nichts, doch dann, Gott sei Dank, wurde Ediehs Garten sichtbar. Wir suchten ihn ab, als säßen wir vor einem Videospiel, nur dass wir keinen Joystick benutzten, sondern Jonay uns allein mit seinen Blicken durch die reale Welt drüben lenkte.

Als wir hinter dem Haus angelangt waren, sahen wir Edieth. Sie hockte vor einer kniehohen Geröllmauer, aus der eine kleine Quelle entsprang und in eine Mulde plätscherte.

Ringsum taute der Schnee und Pflänzchen guckten aus der Erde hervor. Einige sahen recht gesund aus. Sogar die Sonne schien. Edieth bemerkte uns sofort, wandte sich um und richtete sich auf.

»Jonay! Gott sei Dank! Ich hatte befürchtet, ihr … Wir könnten nicht mehr in Kontakt treten.«

»Edieth. Ist alles in Ordnung bei euch?«

»Ja. Die Inseln haben sich beruhigt. Alle. Es gibt keine ungewöhnlichen Wetterphänomene mehr. Nirgends. Schau, der Schnee taut. Seit heute haben wir wieder plus zehn Grad. Die Temperaturen steigen …«

Ediehs Worte traten in den Hintergrund, weil ich immerzu auf einen bekleckerten Stein nahe der Quelle starren musste. Verschieden große dunkelrote Flecken – das war Blut. War es das? Ich wusste, dass es welches war, trat näher an die Grotte und zeigte wortlos darauf.

Jonay fragte, was es mit den Blutspuren auf sich hatte, und Ediehs Gesichtsausdruck verdüsterte sich.

»Jerome … Es ist sein Blut. Nach seiner Flucht aus dem Krankenhaus konnten wir ihn nirgends finden. Keinerlei Spur, nichts. Allerdings kreuzten auch keine anderen verdächtigen Personen auf. Alles friedlich. Bis ich heute Morgen nach der Quelle sah … und ihn hier fand. Tot. Mit aufgeschnittenen Pulsadern und zertrümmertem Schädel. Man hat ihn gleich abgeholt. Es ist mir ein Rätsel, wie er hierhergelangen konnte.«

»Jerome ist tot«, wiederholte ich. »Er ist tatsächlich tot.« Doch ich blieb ruhig, als wenn mir die endgültige Gewissheit Frieden gab. So traurig es war, aber Jerome war womöglich an seiner eigenen Psyche kaputtgegangen. Ich dachte an Leo und dass er es zum Glück nicht hautnah hatte miterleben müssen.

Edieth wollte Näheres über den Zustand der Urblase wissen. Jonay erzählte ihr alles und schloss mit dem Satz:

»Kira hat alle fünf Elemente durchlebt. Vielleicht müssen wir jetzt nur noch ein wenig Geduld haben.«

»Ja …«, seufzte Edieth und es kam mir vor, als ob sie mich direkt anschaute, obwohl sie mich gar nicht sehen konnte, da nur Jonay die Fähigkeit besaß, als Hologramm vor ihr zu erscheinen. Nach einer kleinen Pause sagte sie:

»Der Meeresspiegel steigt immer noch, falls es keine Messfehler sind. Niemand weiß, warum. Wenn das in diesem Tempo weitergeht, werden die Inseln in einem oder zwei Jahren nur noch ein unterseeisches Gebirge sein.«

Doch Jonay beruhigte sie. Und mich damit auch.

»Das kann eine Folge der Unwetter sein. Auch hier sollten wir abwarten. Es braucht ein bisschen, bis sich der Prozess wieder umkehrt. Ich gehe aber davon aus, dass er das tun wird.«

Edieths Gesicht hellte sich ein wenig auf.

»Okay. Dann können wir nur abwarten und wachsam bleiben. Dieser Riley verhält sich zu still, das macht mir große Sorgen.«

Jonay erzählte ihr, dass ich ihm in der Zwischenwelt begegnet und vor ihm geflüchtet war, doch die Sache mit Daida verschwieg er. Zum Abschied grüßte er Edieth von uns allen.

»Pass auf dich auf, Edieth.«

Sie nickte und Jonay trat ein Stück von dem Bildschirm zurück. Sofort verblasste das Bild. Stattdessen spiegelte ich mich auf einmal selbst in der Wand und zuckte zurück. Mir sah ein Mädchen mit spitzem Gesicht und dünnem rostig grauem Haar entgegen, das dunkle Ränder unter den Augen hatte. Bis auf meine Iris, die nach wie vor tiefgrün leuchtete, sah ich wieder aus wie früher. Tim trat hinter mich, legte seine Arme um meine Schultern und drehte mich zu sich.

»Alles wird gut. Ich spüre es.«

37. Kapitel

Eine seltsame Stimmung hing über uns. Darauf warten zu müssen, was als Nächstes geschah, während alles auf der Kippe stand, war ein entsetzlicher Zustand. Wir wussten nicht, wie wir die Leere abwehren sollten. Ich wollte am liebsten einen Stein ins Nichts hineinwerfen in der Hoffnung, dass es plätscherte, oder einen Felsbrocken, auch wenn die Gefahr bestand, dass dann ein Sturm losbrach.

Else hatte das letzte Essen unter uns verteilt. Mehr war nicht da. Und mehr würden wir in der magischen Blase auch nicht finden. Airam versuchte nicht länger, Amber dazu zu bringen, die Urblase zu verlassen. Und auch ich wusste, dass ich Tim nicht dazu überreden konnte. Else würde nicht gehen und auch die Heilerinnen nicht. Wir befanden uns an einem Punkt, an dem es nicht mehr vorstellbar war, dass sich jemand aus unserer kleinen Gemeinschaft herauslöste.

Ich war mir nicht sicher, was jeder Einzelne über mich dachte. Ich hatte die Elemente durchlebt und zur Ruhe gebracht, in der Realwelt normalisierten sich die Dinge wieder. Und sogar in der Urblase fing der Waschküchendunst an, sich zu verziehen. Es klarte auf, auch wenn der Himmel weiterhin grau verhangen blieb und sich kein einziger Stern sehen ließ, geschweige denn die Sonne.

Ob sie weiter darauf hofften, dass ich eine besondere Gabe hervorbrachte, die alles entschied? Oder war das Thema vom Tisch, weil sich Jonays Visionen, beziehungsweise ihre Deutung, bereits in mehreren Punkten als fehlerhaft herausgestellt hatten? Ich konnte es nicht einschätzen. Vielleicht wartete auch nur ich auf ein Wunder, was mir ein Motiv gab, irgendetwas zu unternehmen.

Jonay hatte entschieden, dass wir im Schutz der Grotte blieben. Falls das Schlimmste eintraf und die Urblase implodierte, wären wir hier der Realwelt am nächsten, um uns zu retten. Denn an dieser Stelle war die Urblase aus der wirklichen Welt hervorgegangen und hier würde sie sich auch wieder einstülpen.

Ich sah mich nach den anderen um. Sie hatten sich eng um das Feuer gruppiert, das in die Stille hinein knackte und knisterte. Else schlief oder hielt nur die Augen geschlossen. Die Heilerinnen und Nisa, die in Jonays Arm lag, ebenfalls. Jonay war wach und starrte auf die glatte Steinfläche, als wollte er eine Vision heraufbeschwören. Ambers und Airams Blick verlor sich ins Leere.

»Es wird kälter«, stellte Nisa fest. Das gleiche Empfinden hatte ich auch, hatte aber gehofft, dass es sich nur so anfühlte, weil ich mich nicht bewegte.

»Aber der Himmel klart weiter auf. Da vorne sieht man ein Stückchen Blau«, warf Amber ein.

»Ja, deshalb wird es kälter«, beharrte Nisa.

Wieder schwiegen wir. Niemand sagte etwas dazu, dass es in der Urblase eigentlich keinen blauen Himmel gab. Ich wusste nicht, ob Minuten vergingen oder eine Stunde. Dann sagte Airam plötzlich: »Deine Ahnengalerie, Kira. Ich habe dir etwas verschwiegen.«

Ich antwortete nicht, sondern wartete, dass er weitersprach. Die Leere in mir machte mich widerstandslos und ich war auf alles gefasst.

»Es ist nicht deine Ahnenreihe, die auf ein Ratsmitglied mit dem Element Wind in Berlin während des Mittelalters zurückgeht. Deine besteht nur aus Arbeitern, Handwerkern und Bauern. Und ich muss sogar gestehen, bis auf deine Eltern war niemand dabei, der überhaupt eine magische Fähigkeit besaß.«

Es war nicht zum ersten Mal, dass mir jemand eine Lüge über meine Vergangenheit auftischte. Diesmal ging es zwar um Dinge, die weit vor meiner Geburt lagen, und das war weit weniger schmerzhaft. Trotzdem verursachte Airams Geständnis ein Gefühl in meinem Inneren, als würde ich fallen.

»Warum hast du gelogen, Airam?«, fragte Tim, weil ich schwieg.

»Damit Kira sich stärker fühlt. Ich dachte, es gibt ihr mehr Kraft und Zuversicht.«

»Nein, du dachtest, du könntest mich mit dieser Lüge schneller für dich gewinnen!«, schnaubte ich verächtlich.

»Kira, so war es nicht. Ich habe an die Vision meines Vaters geglaubt, ja. Und ich gebe auch zu, dass ich in dieser Zeit dachte, du wärest darin die Frau an meiner Seite, und nicht Amber. Die Vorgängerin von Jolly, sie gab es wirklich. Und sie hat auf dich verwiesen, nur …«

Airam machte eine Pause und schien nach den richtigen Worten zu suchen. Da lauerte noch etwas hinter seiner Stirn, eine weitere Offenbarung. Instinktiv wanderten meine Hände zu meinen Ohren. Es hatte mich zutiefst verstört, als sich herausstellte, dass die Welt nicht so war, wie ich siebzehn Jahre lang geglaubt hatte, dass meine Eltern gar nicht meine Eltern waren … seitdem hasste ich Lügen dieser Art und hatte regelrecht Angst vor ihnen.

»Es ist die Ahnenreihe von Tim«, sagte er, bevor ich meine Handballen fest auf die Ohren pressen konnte.

Er hatte in mir Tims Ahnenreihe gesehen? Mein Mund stand offen. Tim blieb auffällig ruhig bei dieser Offenbarung. Ich forschte in seinem Gesicht und begriff, wie alles zusammenhängen musste.

»Du weißt bereits Bescheid, du warst mit Airam im Zeitenbaum«, stellte ich tonlos fest. »… und hast mir nichts davon gesagt.«

Tim räusperte sich.

»Ich habe darauf gedrungen, dass du die Wahrheit erfährst. Weil ich glaube, dass die Wahrheit dir mehr Kraft gibt als jede Lüge. Airam war dagegen, doch wir konnten uns einigen, dass er seine Entscheidung noch einmal überdenkt.«

Airam und Tim hatten also ein Geheimnis gehabt. Es machte mich wütend und traurig zugleich.

»Warum hast du Amber umarmt? War das etwa auch ein abgekartetes Spiel, damit ich es leichter habe verrücktzuspielen, und mit Airam … wegen der Vision?«

Ich befreite mich von der Felldecke und sprang auf. Mir war auf einmal nicht mehr kalt.

»Amber wusste, dass Airam sich mit dir verbinden würde für das Element Wind, und ich wusste, dass du mich ablehnen würdest. Es war für uns beide nicht leicht«, entschuldigte sich Tim.

Ja, das war mir doch alles klar. Und es war doch auch mehr als verständlich. Trotzdem …

Ich setzte mich zurück auf den Sessel, auf dem Tim kauerte.

»Ihr habt alle die Vision an erste Stelle gestellt und nicht den Menschen, den ihr wirklich liebt.«

»Das ist nicht wahr, Kira«, sagte Tim.

»In meinem Fall schon«, gab Airam zu und vermied dabei Augenkontakt mit Amber. Doch sie umfing ihn mit einem verständnisvollen Blick.

»Airam«, schaltete sich Jonay ein. »Du lebst seit dreitausend Jahren mit unseren Visionen, die uns lenken und leiten. Du kannst dir keinen Vorwurf machen. Wenn, dann bin ich es, der zu spät erkannt hat, dass sie fehlerhaft sind. Es hat mit dem Verlust meiner Fähigkeiten zu tun. Denn inzwischen haben die Visionen ganz aufgehört. Ich kann keine mehr empfangen.«

Ich begriff, warum er die ganze Zeit auf die Grotte gestarrt hatte. Jonay hatte tatsächlich versucht, neue Bilder zu erzeugen.

Sämtliche Blicke richteten sich auf ihn. Wenn er nicht mehr in die Zukunft sehen konnte – hieß das etwa, dass es keine gab?

Nisa richtete sich auf und seufzte.

»Etwas ist in der Zwischenwelt passiert, wovon du uns noch nichts erzählt hast, Kira.« Sie fixierte mich, als müsste ich genau wissen, worum es sich handelte.

»Ich hab alles erzählt!«, verteidigte ich mich.

»Denk nach«, verlangte sie freundlich. Ich sah Hilfe suchend zu Jonay, doch er nickte nur ermutigend.

Ratlos stützte ich den Kopf in die Hände und kramte in den Bildern meiner Erinnerung. Zuerst tauchten die beiden Vermissten, die ich getroffen hatte, vor mir auf, als Nächstes Pio, dann dachte ich an Daida. Jerome und das viele Blut versuchte ich irgendwie wegzuschieben … Da waren die grauen Regenbögen, die Inseln, Riley, wie er Daidas Hand nahm … und die Rauchsäulen. Wie sie eine Wand bildeten und auf mich zukamen. Und wie … Ja, da war noch etwas … die Sache, an die ich am liebsten nicht mehr denken wollte. Jonay las sofort an meinem Gesichtsausdruck ab, dass mir etwas eingefallen sein musste.

»Was ist in der Zwischenwelt passiert, Kira?«

»Ich … es …« Meine Kehle war wie zugeschnürt. Alle Augenpaare schauten mich erwartungsvoll an. Hoffnung lag darin, als würde ich gleich etwas Wichtiges sagen, was alles verändern könnte.

»*Sie* wollte kämpfen, die Rauchsäulen töten. Aber ich wollte das nicht. Ich wollte niemanden umbringen. Ich meine, diese Rauchsäulen, das sind doch Menschen.«

Ich hielt inne und suchte Bestätigung in den Augen der anderen.

»Von wem redest du?«, drängte Nisa.

»Meinem anderen Ich. Es tritt manchmal aus mir heraus, dann kehrt es wieder zurück. Es verlangt Dinge von mir, ist oft anderer Meinung.«

Nisa nickte wissend.

»Was ist passiert?«

»Ich habe sie … weggeschubst. Hinunter in den Abgrund.«

»Du hast *sie* vernichtet? Einen Teil deiner selbst?«

Tränen schossen mir in die Augen. Alles in mir wehrte sich gegen die Vorstellung, ich hätte einen Teil meiner selbst getötet. Aber gleichzeitig taten Nisas Worte weh, wie nur die Wahrheit wehtun konnte. Ich schüttelte den Kopf, als könnte ich damit abwehren, was in mir war, und fing an zu schluchzen. Tim legte seine Hand auf meine Schulter, aber ich wischte sie weg.

»Du hättest der zweiten Kira die Hand reichen und mit ihr zusammen die Rauchsäulen vernichten müssen. Wasser und Feuer, Erde und Luft … Man kann sich gegenüber Äther nur behaupten, wenn man die Gegensätze integriert. Du hast Äther nicht geschafft«, zeterte Nisa vorwurfsvoll.

»Es reicht, Nisa«, dröhnte Jonay.

Ich hörte auf, den Kopf zu schütteln. Schämte mich, weil ich es überhaupt getan und mein Versagen nicht sofort eingestanden hatte. Still weinte ich vor mich hin, bis ich es schaffte, mir einen Ruck zu geben, mich von Tim losriss und aufsprang.

»Ich habe immer gewusst, dass ich es nicht schaffen kann. Ich habe nie irgendwas versprochen. Ihr wart es doch die ganze Zeit, die mehr und mehr und mehr von mir wolltet, mich dafür angelogen habt, alles versucht habt, um … aus mir ein Rennpferd zu machen.«

Während ich sprach, begann die Luft von einem tieffrequenten Brummen zu vibrieren, das immer lauter wurde.

»Trotzdem tut es mir leid, dass ich versagt habe. Es tut mir UNENDLICH LEID!«, schrie ich heraus, während plötzlich vier Urwesen auf mich zutippelten. Verständnislos schaute ich ihnen entgegen. Ihre sonst tiefgrüne Haut schimmerte mintgrün und war an manchen Stellen fast weiß. Die krause Flechte auf ihren Köpfchen glich verwelktem Laub oder fehlte ganz. Sie trugen etwas und legten es mir genau vor die Füße. Es handelte sich um ein steif gefrorenes Urwesen, das offensichtlich tot war.

Entsetzt stolperte ich rückwärts. Schlagartig wurde mir die Tragweite meines Tuns bewusst: Lieber ließ ich eine ganze Welt mit vielen guten Lebewesen zugrunde gehen, als ein paar Rauchsäulen zu töten, die bereits viele Lebewesen auf dem Gewissen hatten. Ich war ein Feigling, der durch seine Kleinmütigkeit das Böse stärkte und das Gute zerstörte. Ich war verachtenswerter als das Böse selbst!

Hätte mich Tim nicht festgehalten, wäre ich rücklings hingefallen. Er musste doch auch einsehen, dass ich nicht schützenswert war. Dennoch verkroch ich mich in seinen Armen.

Wir bildeten einen Kreis um das Urwesen, nachdem sich Else als Erste zu ihm gehockt hatte und seinen Tod bestätigte. Die großen Augen waren weit aufgerissen und starrten ins Nichts. Eine dicke Schicht Raureif überzog seinen gesamten Körper.

Ohne weiter jemanden zu beachten, begannen die Urwesen mit ihren kleinen Füßchen in Windeseile die Wiese umzupflügen, schaufelten eine Kuhle und begruben es.

Niemand rührte sich. Niemand sagte etwas, während die Kälte an uns heraufkroch. Als wollten wir es dem Urwesen gleichtun und ebenfalls erfrieren.

Die Urwesen buddelten sich eng nebeneinander ein, hielten sich mit geschlossenen Augen umschlungen und wiegten sich leicht hin und her.

In diese hoffnungslose Stille hinein erklang mit einem Mal Ambers wunderschöne Stimme. Sie trat auf das Grab des kleinen Wesens zu und sang ein trauriges Lied mit italienischem Text. Irgendwie war es tröstlich, kein Wort zu verstehen.

Die welken Blüten, die ich überall auf der Felldecke verteilt hatte, flogen auf, als hätte sie eine Windbö erfasst, und segelten auf den Erdhügel vor uns nieder. Kurz bevor sie die frische Erde berührten, leuchteten sie einen Moment auf und gaben einen leisen Ton von sich. Es war wie das letzte Aufflackern einer sterbenden schönen Welt.

Noch während Amber den Refrain ein letztes Mal wiederholte, ließ uns ein mörderisches Krachen herumfahren. Der Grottenbildschirm platzte auf und zersplitterte in Millionen winzige Teile, die uns entgegenflogen und als grober Sand auf uns niedergingen. Ein bedrohliches Grummeln stieg aus dem Felsen heraus.

Wir rannten in verschiedene Richtungen, um uns in Sicherheit zu bringen. Tim zerrte an meinem Arm und wollte ebenfalls wegrennen. Doch ich rührte mich nicht und starrte auf die Grotte, während sie mit lautem Getöse in sich zusammenfiel.

Auch Mini lief nicht weg, wie es sonst jedes Tier auf der Stelle getan hätte, sondern schmiegte sich eng an mein linkes Bein und gab einen klagenden Laut von sich. Ich hockte mich zu ihr und strich über ihr Fell. Leise fing sie an zu schnurren, als wollte sie mich beruhigen.

Tim unternahm einen neuen Versuch, mich von hier wegzuziehen.

»Nein«, wehrte ich mich entschlossen, »es gibt hier keinen Ort mehr, wo wir noch hinkönnten.«

38. Kapitel

Eisern hielt ich Tims Hand fest, bis er aufhörte, sich zu wehren und an mir herumzuzerren. Er sah mir in die Augen und wurde ruhiger. Er vertraute mir – trotz allem.

Reglos standen wir nebeneinander, während sich die Welt um uns herum begann zu krümmen. Es war, als würde sich eine runde Scheibe, in deren Mitte wir uns befanden, zu einer Schale wölben.

Airam und Amber, Nisa und Jonay, Else und die Heilerinnen – ich konnte sehen, wie sie in verschiedenen Richtungen den Boden hinaufrannten, der sich mehr und mehr nach oben bog, wie eine Blüte, auf deren Stempel wir saßen und die sich langsam schloss.

Sand, Steine und Äste flogen uns um den Kopf. Ich zog die Kapuze meines Sweatshirts tief ins Gesicht. Tim tat das Gleiche und hielt mich weiterhin fest an der Hand.

Das Himmelsstück über uns wurde kleiner und kleiner, während sich die Landschaft der Urblase über uns zusammenkrümmte.

Ich wartete … wartete auf den richtigen Moment, spürte in mir, dass er kommen würde und dass ich dann handeln musste. Ich hatte es nicht vermocht, diese wunderbare Welt zu retten, aber ich würde meine Freunde in Sicherheit bringen. Das würde ich … unter allen Umständen und mit Aufbringung aller Kräfte. Auch wenn es mein eigenes Leben kostete.

Auch die Urfamilie würde ich hinausbringen. Irrsinnigerweise hoffte ich, sie würden nicht sterben in der realen Welt. Wenn sie in der implodierenden Urblase blieben, taten sie es jedoch auf jeden Fall.

Die Ebene der Urblase hatte sich inzwischen zu allen Seiten nach oben aufgestellt. Überall hingen eingebuddelte Urwesen von den Wänden, sie regten sich nicht. Ich wusste nicht, ob sie ohnmächtig waren oder nicht mehr am Leben. Else und die Heilerinnen waren zuerst umgekehrt und bei uns angelangt. Nisa und Jonay versuchten, den immer steiler werdenden Boden vor sich zu erklimmen, aber sie gaben bald auf und kamen ebenfalls zurück. Amber hatte schnell eingesehen, dass jeder Versuch zu fliehen zwecklos war, doch Airam riss sie verzweifelt immer wieder mit sich. Jetzt hingen sie beide an einem Ast, der bald senkrecht nach unten zeigte. Mini konnte ich nirgends entdecken.

Ich wirbelte einmal im Kreis, und dann schwang ich mich als Wind zu ihnen hinauf, hüllte Amber ein, während Airam darum kämpfte, sich in einen Wind zu verwandeln. Er verblasste erst, nahm jedoch wieder seine Form an. Auch Airam hatte offensichtlich seine magischen Fähigkeiten verloren.

»Airam«, schrie Amber verzweifelt, während es mir gelang, ihre Hände von dem Ast loszureißen. Ich trug sie sicher in der Luft, raste nach unten zu Tim und warf sie dort etwas unsanft ab, weil ich befürchtete, dass Airam sich nicht mehr lange festhalten konnte und viele Meter in die Tiefe fiele.

Schon sauste er mir entgegen, als ich mich wieder aufschwang. Ich versuchte, ihn abzufedern, doch seine Wucht war bereits zu groß. Gemeinsam knallten wir auf den Boden. Ich verlor die Kontrolle über das Windelement und verwandelte mich zurück.

Der große, schwere Airam lag auf mir und rührte sich nicht. Amber und Tim eilten herbei und halfen ihm auf. Er stöhnte, aber er schien es überlebt zu haben. Mit dem linken Bein konnte er jedoch nicht auftreten und eine der Heilerinnen sah es sich an. »Ein Knöchelbruch. Der Fuß muss geschient werden.«

Nisa schrie auf, weil sie am Kopf von einem herabfliegenden Stein getroffen wurde. Jonay riss sie zu Boden und kauerte sich schützend über seine Tochter. Airam warf sich mit Amber im letzten Moment zur Seite, als Else einen markerschütternden Schrei ausstieß und Richtung Himmel zeigte.

Nur noch ein kleines Stück davon war sichtbar, während etwas riesiges Dunkles auf uns zuraste. Das war ein Baum. Ein mächtiger Baum, der Baum der Zeit, in dem ich mit Airam … Gerade noch rechtzeitig verwandelte ich mich in eine Flutwelle und warf mich dagegen. Der Aufprall erschütterte mich bis ins Mark, doch ich schaffte es, dem Stamm mit seiner enormen Baumkrone eine andere Richtung zu geben.

Wie ein heftiger Regenschauer ging ich auf alle, die am Boden kauerten, nieder und durchnässte jeden bis auf die Haut. Das würde tödlich sein bei den winterlichen Temperaturen, wenn wir nicht so schnell wie möglich hier herauskamen.

Wir saßen in einem tropfenförmigen Gebilde fest. Von außen sah die Urblase vermutlich aus wie ein gigantischer Regentropfen, der grau und schwer in der Zwischenwelt hing. An den Innenwänden klebten Bäume, Hügel, Felsenhöhlen. Und ich erkannte Reste des kleckerburgartigen Gebäudes, in dem sich der Paradiesgarten und die Grotte einmal befunden hatten. Nichts davon bildete noch irgendeinen Zusammenhang.

»Kira!«, rief Jonay. »Kira!«

Ich zog das Wasser der Pfützen in eine große Mulde und nahm wieder meine gewohnte Gestalt an. Ich wollte zu Jonay hinüber, doch wie aus dem Nichts kam ein extrem starker Seitenwind auf und hinderte mich daran. Wo kam er her? Es dauerte nicht lange, bis ich die Quelle entdeckte: ein Leck im Tropfen. Da wo sich die Grotte befunden hatte und jetzt nur noch Gesteinsreste hingen, klaffte ein zusehends größer werdendes schwarzes Loch. Genau so eins, wie ich es im Baum der Zeit gesehen hatte. Tief aus seiner Schwärze funkelten Sterne herab, während es einen Sog entwickelte und erste kleine Dinge wie Blätter oder Zweige verschluckte.

Jonay streckte die Hand nach mir aus und zog mich zu sich.

»Kira. Du musst alles versuchen, damit Tim, Else und die Heilerinnen nicht von dem Loch dort eingesogen werden. Dann habt ihr vielleicht eine Chance, hier heil rauszukommen.«

Nisa kauerte neben ihm und murmelte: »Leb wohl, Kira.«

Amber klammerte sich noch mehr an Airam, doch er löste sich aus ihrem Griff und sagte, dass es alle hören konnten: »Du musst leben, Amber, für mich.«

»Nein!«, schrie sie verzweifelt.

»Doch, wenn du mich liebst, dann musst du leben! Hörst du?«

»Nein«, wimmerte Amber.

Ich richtete mich auf.

»Niemand wird sterben von euch. Niemand!« Nisas und mein Blick trafen sich. Ich sah Hoffnung in ihren Augen und das gab mir Kraft.

Der Sog wurde stärker.

Entschlossen schlang Nisa ihre Arme um einen Baum und funkelte ihren Vater, der sich ebenfalls an diesem Baum festhielt, wütend an: »Wenn du einfach loslässt, werde ich dich für immer hassen!«

Das schwarze Loch schluckte jetzt größere Dinge: Äste, Steine, Pflanzen, die Sessel. Möbelstücke purzelten aus den Wohnhöhlen und verschwanden in seiner unendlichen Schwärze.

Jeder klammerte sich jetzt an irgendetwas, was fest im Boden verankert war. Wie ein Schutzwall bäumte ich mich zu einer Lehmwand auf und baute mich zwischen meinen Schützlingen und dem schwarzen Loch auf.

Grasbüschel sausten an mir vorbei. Vor mir lagen meine Gefährten eng beieinander flach auf dem Boden. Tim hob immer wieder den Kopf und warf mir einen verzweifelten Blick zu. Er hatte viel mehr Angst um mich als um sich selbst. Ich fühlte es.

Die ersten Urwesen verloren ihren Halt im Boden und flogen an mir vorbei. Zwei fing ich auf, kleisterte sie fest in meiner Lehmwand, musste jedoch erkennen, dass sie tot waren. Sie waren alle tot. Hilflos ließ ich sie wieder los und sah zu, wie sie im schwarzen Nichts verschwanden.

Die Wände des Tropfens rissen ein, rollten sich nach außen, brachen weg und wurden in Bruchstücken und Fetzen aufgesaugt wie alles andere.

Es kostete mich ungeheuer viel Kraft, diese Lehmwand zu sein. Mental zitterte ich vor Anstrengung. Solange ich diesen Wall hielt, würde niemandem etwas geschehen. Doch ich würde nicht mehr lange standhalten.

Ich konnte mir nur wünschen, dass die Urblase so schnell wie möglich zerfiel. Immer mehr von dem grauen Himmel über uns wurde wieder sichtbar. Es war nicht erkennbar, ob es sich um die Zwischenwelt, die Realwelt oder wirklich nur das All handelte, das uns da draußen erwartete.

»Bleib verdammt noch mal liegen!«, herrschte ich Tim an, der Anstalten machte, sich aufzurichten. Airam riss ihn beherzt wieder zu Boden.

Der Sog zerrte jetzt so heftig an mir, dass ich mein Fundament bröckeln spürte. Die Urblase zerbrach immer schneller und ihre Bestandteile verflüchtigten sich in das Leck, hinein in das unbestimmbare, endlose All.

Es sah unheimlich aus. Als wären wir ein Raumschiff, dessen Wrackteile die Umlaufbahn verließen.

Ich rutschte weg, musste irgendwas tun. Der Boden unter mir war schlammig. Und durch den immensen Sog verlor ich den Halt. Ich würde eingesaugt werden und die anderen sofort hinterher.

Feuer, schoss es mir durch den Kopf. Sogleich züngelten Flammen an mir hoch und härteten den Lehm in Sekunden. Ich vibrierte vor Anstrengung, war Wind gewesen, dann Wasser, dann Erde und nun Feuer. Noch nie hatte ich alle Elemente in so rasanter Abfolge angewendet. Mir wurde schwindlig und schlecht. Verdammt! Ich musste das durchhalten! Konnte mir Äther helfen?

Der Tropfen ähnelte nur noch einem zerfetzten Sack, auf dessen Boden wir uns befanden. Diesige graue Luft waberte in dicken Wolken herein und wurde von dem schwarzen Loch aufgesogen. Die letzten Wandfetzen flogen davon. Übrig blieb nur die gefrorene Wiese mit ein paar kahlen Bäumen und Büschen hier und da, es sah aus wie nach dem Wüten eines Taifuns.

Langsam, aber sicher rutschte auch das restliche Material Richtung Loch. Es drückte sich an mir als Mauer vorbei, bis auf einen schweren Baumstamm, der genau auf uns zudonnerte.

Verdammt, was sollte ich nur tun?

Ohne nachzudenken, denn dafür war überhaupt keine Zeit, nahm ich meine letzten Kräfte zusammen und schleuderte das obere Drittel meiner Mauer dem Baumstamm entgegen, in der Hoffnung, dass der Rest der Mauer ausreichte, um meine Freunde weiterhin vor dem Sog zu schützen.

Der Baumstamm rollte zuerst wie ein Mikadostäbchen über den Boden. Dann richtete er sich auf und polterte durch die Luft über uns hinweg, bis er im alles verschlingenden Nichts verschwand.

Dabei hatte der Rest meiner Mauer einen empfindlichen Schlag erhalten, genau in der Mitte. Ein großes Stück brach heraus.

Schnellstens musste ich die Lehmstücke, die ich dem Baum entgegengeschleudert hatte, wieder zusammenfügen und die Lücke in der Mauer schließen. Immer bestand die Gefahr, sich in den Elementen zu verlieren und nie wieder in die ursprüngliche Gestalt zurückzufinden. Ein Panikgefühl bedrängte mich, was ich auf keinen Fall heranlassen durfte.

NEIN!, donnerte ich in meinem Innern. Dafür hatte ich jetzt wirklich keine Zeit!

Wind! Als Wind würde ich mich am leichtesten wieder zusammenfügen können. Vielleicht gelang es mir, eine Gegenströmung zu erzeugen, einen Antipol zu der tödlichen Anziehungskraft des schwarzen Loches.

Else ließ ihren Baumstamm, an den sie sich klammerte, los und rutschte Richtung Loch. Doch ich warf sie wieder zurück. Nebenher lösten sich alle umherfliegenden Lehmklumpen in Luft auf. Erleichtert spürte ich, wie ich wieder eins wurde.

Dann rutschten meine Gefährten nacheinander auf mich zu, doch ich konnte sie abfangen, wirbelte sie rasch an der verhängnisvollen Öffnung vorbei und gab sie dicht über dem Boden wieder frei, wo sie sich erneut an Baumstümpfen oder Felsbrocken festklammerten.

Große Teile der Wiese sausten an mir vorbei und verschwanden. Wir waren nur noch eine kleine Insel von der Größe eines Fährkahns. Um uns herum nur Nebel.

Ich bekam es mit der Angst zu tun. Was passierte, wenn das letzte Stück Wiese unter uns verschwand, die Blase restlos zerfiel? Würde das Leck mit ihr verschwinden und wir irgendwo landen? Oder würden wir einfach nur in den grauen Dunst fallen und fallen und fallen? Oder wären wir dann der letzte Happen des gierigen Alls?

Eine Heilerin verlor als Erste den Boden unter sich. Die zweite Heilerin und Jonay packten sie an den Armen, damit sie nicht herunterfiel, sie rückten zusammen und nahmen sie in ihre Mitte. Doch das nützte nicht viel. Als Nächstes brach die Wiese unter Amber weg. Airam zog sie auf sich, verlor aber ebenfalls den Boden unter seinem Rücken.

Ich drängte meine immer stärkere Übelkeit weg. Lieber wollte ich an den Elementen zugrunde gehen als aufgeben. Ich würde kämpfen bis zur letzten Sekunde. Mein Wille würde als letzter übrig bleiben.

Ich nahm zuerst die Heilerin in meinen Wirbelwind auf, der sich nach wie vor kurz vor dem schwarzen Loch drehte, dann Amber, dann Airam, dann Tim, danach Else. Dann ging alles unheimlich schnell. Ich hatte kaum Else weiter oben im Wirbel platziert, als auch Jonay und Nisa den Halt verloren. Sie flogen, sich immer noch an einen Ast klammernd, der ebenfalls durch die Luft wirbelte, auf mich zu. Ich neigte mich gerade noch rechtzeitig zur Seite und fing sie auf, hatte jetzt allerdings das Gefühl, meine eigene Stabilität zu verlieren.

Mein Inneres schien sich nach außen stülpen zu wollen. Als müsste ich alles ausspeien, was sich in meinem Wirbel befand. Ich schwankte, verlangsamte die Drehung. Auch unter mir befand sich kein Boden mehr. Frei durch den Wolkendunst schlingernd kam ich der Öffnung immer näher, die schwarz in dem Wolkenmeer klaffte, als wäre der Himmel aufgerissen. Warum schloss sich das verdammte Ding nicht endlich?

Ich spürte, wie sich meine kostbare Fracht in mir drehte und sie gequälte Töne von sich gab. Wo sollten wir hin, was sollten wir tun? Gütiger Himmel, endlich verkleinerte sich das Loch. Doch es war viel zu spät. Ich war zu nah, wurde schwächer und schwächer. Ich konnte nicht mehr …

»Lass los. Lass uns los, Kira«, vernahm ich Jonays Stimme – lang gezogen und verfremdet.

»Du musst uns loooooooslassen«, verlangte er flehend.

Nein, ich würde niemanden loslassen. Auf keinen Fall!

Wo war Tim? Warum spürte ich seine Anwesenheit nicht mehr? Hatte ich ihn etwa verloren? TIMMMM!!!

Das schwarze Loch raste auf mich zu. Oder ich raste auf das schwarze Loch zu. Das Weiß der Wolken flog zu allen Seiten weg. Es zischte und rauschte unerträglich. Ein verzerrter Ton, der zu einem Piepen wurde. Dann sah ich nur noch Schwarz … Mein letzter Gedanke galt Mini. Wo war MINIIIII???

Und dann hörte ich nichts mehr.

STILLE.

Teil 3

39. Kapitel

Das gleißende Licht kam mir bekannt vor. Hatte ich das nicht schon einmal erlebt? Ja … damals … als ich dachte, im unterirdischen See des Humboldthains zu ertrinken, mich jedoch statt im Himmel in der magischen Welt wiederfand. Halb erfroren und bedeckt von einem Meer weißer Blüten. Doch hier war etwas anders. Ich blinzelte, aber das Licht blieb irgendwie überirdisch und ließ sich mit Sonnenlicht nicht vergleichen. Es strahlte viel heller. Kein normaler Mensch würde hineinstarren können, so wie ich es jetzt mit weit aufgerissenen Augen tat. Ich schwebte dem Licht entgegen und sah einen Schatten auf mich zukommen, eine weibliche Gestalt. Als sie näher kam, verdeckte sie das unglaubliche Licht, sodass es sie wie ein Strahlenkranz umgab.

Ich konnte ihr Gesicht durch das Gegenlicht nicht erkennen, aber ihre Stimme klang unendlich tröstlich und vertraut.

»Kira«, sagte sie, »Kira, Liebes …«

Sehnsüchtig streckte ich die Arme nach ihr aus, flog auf sie zu und dann umschlang sie mich, warm und weich und erlösend.

Clarissa, meine Mutter. Wie dumm, dass ich daran gezweifelt hatte, dass sie noch irgendwo existierte. Natürlich tat sie das und nun waren wir zusammen, für immer.

Alles war überstanden. Alles war gut, endlich gut.

»Kira … warum bist du hier?«

Ich blickte sie verwirrt an. Meine Mutter war genauso jung und schön, wie ich es in Erinnerung hatte. Warum stellte sie diese Frage?

Ohne zu antworten, griff ich nach ihrer Hand und wollte mit ihr einfach nur weiter zu der Lichtquelle fliegen. Doch Clarissa hielt mich zurück.

»Kira, ich bin unfassbar stolz auf dich. So stolz«, flüsterte sie und schenkte mir ihr wunderschönes Lächeln. Verlegen senkte ich den Blick. Ich hatte mir immer sehnsüchtig gewünscht, dass sie stolz auf mich war. Nun war sie es. Aber irgendwas stimmte nicht. Trotz ihrer Worte war das befreiende, leichte Gefühl getrübt. Tief in mir zweifelte ich. Hatte ich denn wirklich alles getan?

Meine Mutter strich mir sanft über die Wange.

»Du musst dir einfach nur vertrauen, mein Schatz. Dann wird es leichter, Macht und Verantwortung zu übernehmen. Es sind weitreichende Entscheidungen, die du treffen musst für dein Alter. Aber du kannst das.«

Erschöpft lehnte ich mich an ihre Schulter und schloss die Augen. Ich fühlte ihre Hand auf meinem Kopf.

»Ja«, sagte ich. Doch ich dachte gar nicht daran, diesen Ort jemals wieder zu verlassen, Clarissa wieder zu verlassen. Warum sollte ich das tun? Ich war glücklich, einfach nur glücklich und fühlte mich angekommen. »Können wir jetzt erst einmal nach Hause gehen?«

Clarissa nahm mein Gesicht in beide Hände. Ich staunte, wie intensiv ihre Augen leuchteten.

»Du hast deine Aufgaben noch nicht erfüllt. Deshalb musst du zurück, Kira.«

»Nein!«, rief ich und klammerte mich an sie. Hinter mir war es dunkel und unheimlich. Dort war das … schwarze Loch. Ich fing an zu zittern, weil mir plötzlich einfiel, wie ich hergekommen war. Durch das Leck in der Blase, das alles verschlungen hatte.

»Hör mir zu, meine Tochter. Hör zu.«

Clarissa sah mich eindringlich an. Von Helligkeit umgeben schienen wir in einem Lichtstrahl zu stehen oder zu schweben, ich wusste es nicht, ich fühlte es nicht. Zumindest nicht so, wie ich es sonst kannte, sondern … *allgemeiner, umfassender* … keine Ahnung, wie ich es beschreiben sollte.

»Äther, das ist der Raum, der alles umschließt. Äther macht aus allen Quantitäten erst die Qualität. Äther ist der Odem des Seins.«

Ich bildete mir ein, dass ihr Atem mein Gesicht berührte, dabei war ich mir sicher, dass sie überhaupt nicht atmete. Ich tat es ja auch nicht …

»Äther hat Macht über das Leben und den Tod, erinnerst du dich?«

Clarissas Augen schienen mich in sich aufzunehmen, als wären ihre Gedanken auf einmal auch meine Gedanken.

»Man kann anderen Menschen den Atem nehmen«, hörte ich mich sagen.

Genau das hatte meine Mutter mit meinem Vater damals getan – um mich zu retten und zu verhindern, dass er weiteren Schaden in der Welt anrichtete. In diesem Moment ergriff mich eine tiefe Erkenntnis: Liebe und Tod fielen ineinander und bildeten keinen Gegensatz. Tod konnte Liebe sein und Liebe Tod. Es war wie eine Erleuchtung, die mir vollkommen logisch vorkam, wobei ich wusste, dass sich dies nur erfahren, jedoch nicht vermitteln ließ.

Wir hielten uns an den Händen. Mir war klar, dass meine Mutter im Begriff war, zurück in das Licht zu gehen. Und dass sie mich nicht mitnehmen würde.

Vieldeutig sah sie mich an, während mich schmerzende Traurigkeit ergriff.

»Aber … ich bin kein Äther … ich …«

Clarissa lächelte, während sie immer mehr eins mit dem Licht wurde.

Wehmütig blickte ich ihr hinterher. Wir würden uns wiedersehen und ich hoffte, diese Gewissheit so lange zu bewahren, bis meine Zeit gekommen war. Daraus würde ich bis ans Ende meines Lebens Kraft ziehen, jede Kraft, die ich brauchte.

Ein kalter Windhauch griff nach mir. Ich geriet in einen Wirbel … der mich dahin zurückzog, wo ich hergekommen war. Schnell war das Licht nur noch ein kleiner Punkt, fern am Horizont eines dunklen Gewölbes. Dann verschwand es ganz.

Ich rutschte in etwas erdrückend Enges und schnappte nach Luft. Doch als ich nach einigen endlosen Sekunden merkte, dass ich genügend Luft bekam, wurde mein Atem ruhiger. Auch meine Muskeln, die ich so stark angespannt hatte, dass sie mich wie ein Korsett einschnürten, entspannten sich und gaben mir wieder Raum.

40. Kapitel

Über mir drehte sich die Welt in einer schnellen Spirale – braun, grün, weiß, braun, grün, weiß. Ich schloss die Augen, das Drehen hörte nicht auf, ich öffnete sie wieder. Es rauschte laut in meinen Ohren, als befände sich neben mir ein Wasserfall. Die Spirale verlangsamte sich. Das Weiß begann sich von dem Braungrün zu separieren. Ich erkannte die Baumwipfel, die sich leicht bewegten, und dahinter den Himmel.

Ich wurde hochgehoben, auf etwas gelegt.

Stimmen.

»Sie kommt zu sich!«

»Gott sei Dank, sie hat es geschafft.«

Jemand legte eine Decke über mich, schnallte mich fest. Mir war kalt, mein Brustkorb tat mir weh.

»Langsam. Ganz langsam.« Die beruhigende Stimme von Edieth …

Sie trugen mich einen Waldweg entlang. Erst ging es bergauf und ich befand mich in unangenehmer Schräglage. Dann wurde es angenehmer. Ich schloss die Augen, versuchte, den Schwindel in meinem Kopf und das Schaukeln der Trage auseinanderzuhalten.

Ein warmer Wind blies mir über die Stirn. Das Atmen fiel mir schwer. Jeder Atemzug schmerzte. Ich begann zu schwitzen. Warum war es auf einmal so heiß?

Sie stellten mich endlich ab und das Schaukeln hörte auf. Wir befanden uns auf einer großen freien Fläche. Warum brachten sie mich nicht in Edieths Haus?

»Kira. Hörst du mich?«

Ich nickte.

»Kannst du mich erkennen?«

Ich öffnete die Augen und blickte in das wettergegerbte, freundliche Gesicht von Edieth.

»Was ist passiert?«, flüsterte ich.

»Pssst, nicht reden. Du musst deine Kräfte schonen. Gleich sind die Sanitäter da und dann bringen sie dich ins Krankenhaus.«

»Was ist passiert?«, wiederholte ich und bekam Edieths Handgelenk zu packen. Es kostete mich unerhörte Anstrengung, aber ich musste es wissen. Sofort!

In Edieths Gesicht zuckte es. Dann sagte sie:

»Es hat einen großen Erdrutsch am Ätherdurchgang gegeben. Man hat dort alle gefunden. Alle, außer dir.«

»Sie leben?«, hauchte ich.

»Pst«, machte Edieth. »Du hattest einen Herzstillstand … Ja, sie leben …«

Sie lebten … ich hatte es geschafft … ich hatte sie gerettet … sie lebten! Viele weitere Fragen drängten heran, doch mir fehlte die Kraft, sie zu stellen.

»Erzähl … bitte … es beruhigt mich …«, hauchte ich und sah Edieth flehend an, während die Schmerzen in meiner Brust stärker wurden.

Edieth verstand, dass es besser war, mir alles zu erzählen, weil mich sonst die vielen unbeantworteten Fragen zu sehr aufregten.

Sie hockte sich neben mich und nahm meine Hand, während zwei Rettungskräfte sich um mich kümmerten, mir den Puls fühlten.

Ich erfuhr, dass zwei Geologen, die hier oben unterwegs waren, den Erdrutsch beobachtet hatten. Die Wiese samt Steg gab es nicht mehr. Der halbe Berg war in die Tiefe gestürzt. Sie hatten Schreie gehört und die Bergwacht verständigt. Die waren sofort mit einem Hubschrauber gekommen und hatten alle Verschütteten lebend bergen können. In den Nachrichten sprach man von Touristen, die sich ohne Bergführer in der Caldera verirrt hatten.

Das hatte sich bereits vor zwei Tagen ereignet.

»Sie sind in Santa Cruz, im Krankenhaus. Niemandem fehlt etwas Ernstes. Du brauchst dir keine Sorgen zu machen, Kira. Alles wird gut.« Edieths Stimme zu hören, war wohltuend beruhigend.

Ich wollte einfach nur schlafen, wegsinken … und wieder bei meiner Mutter sein. Oh ja, das wünschte ich mir so sehr. Warum hatte sie mich nur weggeschickt?

Auf einmal spürte ich etwas warmes Weiches an meiner Wange. Ein leises Schnurren drang in mein Ohr. Mini. Mini war da. Auch sie hatte überlebt. Dann war doch alles in bester Ordnung … und ich konnte gehen … *nach Hause* …

»Mini hat dich gefunden. Gestern war sie den ganzen Tag verschwunden und heute früh hat sie mich mit klagenden Lauten geweckt. Sie ist immer wieder in den Wald gelaufen … Einige Hundert Meter von hier gibt es eine tiefe Schlucht. Dort unten haben wir dich entdeckt … als wärest du vom Himmel gefallen … Es ist ein Wunder, dass du das überlebt hast.«

Nein, war es nicht. Schließlich war Clarissa die ganze Zeit bei mir gewesen. Sie hatte mich nicht verlassen. Und sie würde es nie tun. Auf einmal war ich mir sicher: Mini und Clarissa, da gab es einen tiefen, sinnvollen Zusammenhang, den ich mit jeder Faser meines Seins spürte.

Das Atmen fiel mir wieder schwerer. Die Rettungskräfte hantierten nervös um mich herum. Jede Bewegung, jedes Geräusch verschwamm abermals in einem Wirbel. Hinzu kam ein anschwellendes Brummen. Bald war es unerträglich laut. Ich wurde hochgehoben, spürte starken Wind, glaubte, mich ein weiteres Mal auf den Weg in den Himmel zu machen. Doch die Stimmen, die gegen den Lärm anschrien, verschwanden nicht. Plötzlich hörte das Ruckeln auf und auch der Wind. Ich war im Haus … oder, nein … das Atmen ging wieder besser. Man hatte mir irgendwas auf das Gesicht gesetzt und das tat gut. Jetzt konnte ich auch das Brummen zuordnen: Motorenbrummen. Der Hubschrauber erhob sich mit mir in die Luft.

41. Kapitel

Edieth hatte mich angelogen.

Im ersten Moment war ich furchtbar wütend auf sie. Doch später verstand ich, warum sie es getan hatte. Ich hatte in Lebensgefahr geschwebt und sie befürchtet, dass mich diese schlechte Botschaft das Leben kosten würde.

Tim wurde vermisst. Er war nicht dabei, als sie Else, die Heilerinnen, Nisa, Airam, Jonay und Amber in den Bergen geborgen und ins Krankenhaus gebracht hatten.

Das Unglück lag schon vier oder fünf Tage zurück.

»Kira, sie haben die ganze Gegend abgesucht. Sehr genau und mehrfach. Sie haben ihn nicht gefunden … Aber er kann sich meiner

Meinung nach nicht in Luft aufgelöst haben«, versuchte Else, die neben meinem Bett saß, mir Mut zu machen. Eine Schürfwunde in ihrem Gesicht zeugte von den Ereignissen. Ansonsten schien es ihr gut zu gehen.

»Edieth sagt, dass sie mich ohne Mini niemals in der Schlucht entdeckt hätten. Haben sie denn dort auch noch einmal genau gesucht?«

»Ja, das haben sie, mein Kind. Und jetzt iss noch etwas.«

Sie reichte mir frisch gebackenen Pflaumenkuchen, er war noch warm. Else hatte das Krankenhaus bereits verlassen können, zusammen mit einer Heilerin, die in Santa Cruz eine Wohnung besaß. Dort war sie zunächst untergekommen. Die zweite Heilerin lag mit einem gebrochenen Bein noch im Krankenhaus. Amber hatte sich eine größere Wunde am Kopf zugezogen. Zuerst war auch sie aufgrund einer Gehirnerschütterung bewusstlos gewesen, doch die Schwellung am Hinterkopf war zurückgegangen und es bestand keine Gefahr mehr für sie.

Gestern war ich von der Intensivstation in ein Krankenzimmer verlegt worden. Zwei Rippen waren gebrochen – wahrscheinlich von den Wiederbelebungsversuchen –, ansonsten hatte ich einige Schürfwunden und Quetschungen davongetragen. Lachen und Weinen taten weh, deshalb versuchte ich, möglichst ruhig zu bleiben, obwohl mich die Verzweiflung wegen Tim schütteln wollte.

Ich setzte mich auf, nahm den Teller mit dem Kuchen, biss ein Stück ab und starrte auf den Fernseher, der an der Decke hing. Da war die Rede von einem Vulkan auf Lanzarote, der kochendes Wasser ausgespuckt hatte. Auf Fuerteventura waren Badende panisch aus dem Wasser gerannt, weil plötzlich kleine Flammen über die Oberfläche züngelten. Man vermutete einen Ölteppich, der sich entzündet hatte, auch wenn das eigentlich unmöglich war.

Auf La Palma herrschten seit zwei Tagen Temperaturen von über fünfunddreißig Grad – eine nie da gewesene Hitzewelle.

»Es hat alles nichts genützt. Gar nichts …« Mutlos ließ ich den Kuchenteller auf die Bettdecke sinken.

Else seufzte und schaltete den Fernseher aus.

»Ohne dich wären wir nicht mehr am Leben, Kira.« Sie sah mich liebevoll an.

»Ja … ich weiß … ich …«

Ich befreite mich von der Bettdecke und umarmte sie.

»Man darf nicht aufgeben. Nie. Solange man atmet, hörst du, Kleine?« Ich nickte an Elses Schulter, während ich ein paar Tränen zurückdrängte. »Aber weine ruhig«, sagte sie und strich mir über den Rücken. Und schon liefen die Tränen in kleinen Bächen über meine Wangen.

»Mini hat mich nicht zufällig gefunden«, brachte ich hervor, während mich ein paar Schluchzer schüttelten.

»Nein, das hat sie nicht. In ihr wohnt ein besonderer Geist.«

Ich blinzelte Else zwischen den Tränen an.

»Das ist wahr. Und er beschützt mich.«

Else lächelte und holte ein Taschentuch aus der Tasche ihres gepunkteten Kleides.

»Aber jetzt putz dir erst mal die Nase.«

Brav nahm ich das Taschentuch und schnäuzte mich, während Else den Kuchenteller von meiner Bettdecke hochhob und mir wieder hinhielt.

Schweigend aß ich alles auf und sie nickte zufrieden dazu.

»Nisa, Airam und Jonay, ich will gern zu ihnen«, sagte ich, als ich die letzten Krümel vertilgt hatte. »Geht das?«

»Sie liegen direkt nebenan. Alle drei.« Else sah mich besorgt an. »Aber du solltest wissen, sie sehen nicht mehr so aus, wie du sie kennst.«

Ich nahm das Wasserglas vom Nachttisch und trank es in einem Zug leer. Dann griff ich nach meinem Bademantel, der an einem Haken an der Zimmertür hing, und zog ihn mir über den Schlafanzug.

»Soll ich mitkommen?«, fragte Else.

»Nein, schon okay. Ich schaffe das.«

Erst wollte ich es vermeiden, in den Spiegel zu sehen, während ich mir die Zähne putzte und das Gesicht erfrischte. Dann tat ich es doch. Meine Wangenknochen standen kantig hervor über den eingefallenen Wangen und unter den Augen sah es aus, als hätte ich schwarzen Kajalstift verschmiert. Schnell band ich meine Haare mit einem Haargummi zusammen, damit mir die dünnen Strähnen nicht lose über die Schultern hingen und meine Ohren frei ließen. Ich sah nicht nur unscheinbar aus wie früher, sondern auch ziemlich ausgezehrt.

Trotzdem fühlte ich mich körperlich so gut wie lange nicht mehr. Meine Kräfte kehrten zurück und in meinen Augen sah ich das Funkeln, was nicht von dieser Welt war und woran ich mich bereits gut gewöhnt hatte. Ob meine magischen Fähigkeiten noch funktionierten? Ich konzentrierte mich auf meine Fingerspitzen, hielt sie gegeneinander – bis sie glühten und kleine Flammen herauszüngelten. Ja, es ging noch, und das machte mir neuen Mut.

Als ich die Tür zum Nebenzimmer öffnete, glaubte ich zuerst, falsch zu sein. Es war ein Raum mit drei Betten und in ihnen lagen drei Greise. Zwei Männer und eine Frau. Die Frau drehte den Kopf und sah mich an. Ich erkannte ihre Augen, die als Einziges jung und zeitlos geblieben waren.

»Nisa«, flüsterte ich, schloss die Tür hinter mir und bewegte mich zaghaft auf sie zu.

»Kira.« Ihre Stimme war ein uraltes Krächzen.

Ich brachte ein belegtes Ja heraus und konnte sie ansonsten nur anstarren.

»Willst du etwa meine Falten zählen?« Sie zog verächtlich den Mundwinkel nach unten. Bis auf ihr Äußeres hatte sich Nisa kein bisschen verändert. Das beruhigte mich und machte mich gleichzeitig unendlich traurig.

Unter Stöhnen richtete sie sich auf. Jetzt sah ich, dass die eine Hälfte ihres Gesichtes blau geschwollen war. Ihre rechte Hand trug einen Verband. Jonay lag neben ihr und hielt die Augen geschlossen. Sein linker Arm war eingegipst, während sich seine schlohweißen Haare über das Kissen breiteten. Einen kurzen Moment befürchtete ich, dass er bereits gestorben war, doch sein Brustkorb hob und senkte sich kaum merklich.

Gegenüber lag Airam, der sich langsam zu mir drehte und mich begrüßte. Seinen linken Fuß hatten sie eingegipst. Seine Stirn wurde von einem großen Pflaster bedeckt.

»Unsere Retterin«, nuschelte er. Airam war am wenigsten wiederzuerkennen. Er besaß fast keine Haare mehr und ihm fehlten alle Zähne, was ihm eine neue Physiognomie gab. Ohne die anderen hätte ich ihn niemals wiedererkannt. Was würde aus ihm und Amber werden? Die Frage versetzte mir einen unangenehmen Stich. Ich dachte daran, wie es wäre, wenn Tim alt geworden und ich immer noch jung wäre, weil ich mich zu oft in der magischen Welt aufgehalten hatte. Das durfte auf keinen Fall passieren.

Stumm stand ich in der Mitte des Raumes und wusste nicht, was ich sagen sollte.

»Kira«, vernahm ich Jonays tiefen Bass, während er nach wie vor still da lag. »Das war eine großartige Leistung.« Er atmete angestrengt.

»Nein, war es nicht. Ihr …« *werdet sterben!*, wollte ich verzweifelt rufen, biss mir jedoch erschrocken auf die Lippen.

»Ja, wir werden sterben. Aber ein paar Tage haben wir noch. Mehr als ich vermutet hatte. Ich habe immer gedacht, wir wären sofort tot, würden bereits dort unser Leben aushauchen, wo ich damals vor Tausenden von Jahren die Grotte mit dem Wasser fand.« Jonay holte pfeifend Luft.

»… und siehe da, nun sehen wir sogar noch ein modernes Krankenhaus von innen«, ergänzte Nisa und dann schüttelte sie ein Hustenanfall.

Sofort eilte ich zu ihr, stützte sie und klopfte ihr leicht auf den Rücken. Sie wehrte mich mit einem Arm ab, aber der war so dünn und schwach, dass sie überhaupt nichts ausrichten konnte. Ihre Schultern, ihr Rücken – sie fühlte sich so klein und zerbrechlich an, sie war fast nur noch ein Skelett.

Vorsichtig bettete ich sie zurück in die Kissen, als ihr Husten aufhörte und sie sich wieder beruhigte.

Dann berührte ich ihr Haar und dachte an Sulannia, wie ich ihres damals geheilt hatte. Ich schloss die Augen, konzentrierte mich und versuchte es. Doch nichts geschah, nichts.

»Lass es, Kira. Es hat überhaupt keinen Sinn. Das sind alles nur Symptome.« Sie schloss die Augen und wiederholte beschwörend: »Alles nur Symptome.«

»Dann sagt mir doch bitte, was ich tun kann! Was soll ich tun?« Ich sprang auf und rief es in den Raum, schaute immer wieder zu Jonay und glaubte erneut, er wäre gestorben, weil er sich überhaupt nicht regte.

Lange herrschte Stille. Ich stand da wie angewurzelt und wollte mich nie wieder wegrühren, als könnte ich so die Zeit anhalten und damit auch den Verfall der drei Personen um mich, mit denen ich so viel durchgemacht hatte.

»In dir ist eine Heilerin, Kira, eine große Heilerin. Du wirst viel für die Menschen tun können, die deinen Weg einmal kreuzen. Doch um das in Ordnung zu bringen, was mit der magischen Welt Europas geschehen ist, braucht es eine besondere Heilfähigkeit, die nur das fünfte Element ermöglicht.« Jonays Stimme verebbte.

Mutlos ließ ich die Schultern hängen. Selbst Jonay glaubte nicht mehr, dass ich die Gestalt in seiner Vision gewesen war. Er hatte das

Vertrauen in seine Visionen verloren. Sie hatten am Ende einfach nicht mehr gestimmt.

»Vielleicht gibt es jemanden auf einem anderen Kontinent«, überlegte ich.

»Das wäre wünschenswert für die magischen Welten dort. Europa ist wie ein Pfeiler, der wegbricht und der auf lange Sicht auch ihre magischen Blasen bedroht.«

Hinter mir öffnete sich die Tür und Amber betrat das Zimmer. Sie sah fahl im Gesicht und mitgenommen aus. Schweigend umarmte sie mich. Dann ging sie zu Airam, legte sich auf sein Bett und vergrub ihr Gesicht in seiner Armbeuge. Zitternd hob er den anderen Arm und strich ihr über das Haar. Ich schluckte schwer.

»Weiß irgendjemand etwas von Tim?«, presste ich die Frage heraus, vor deren Antwort ich riesige Angst hatte.

»Er hat sich nicht aus deiner Windumarmung gelöst, als du auf das schwarze Loch zugetrudelt bist«, sagte Amber.

»Ich habe an seinen Beinen gezerrt, aber er ist mir entglitten«, wiederholte Nisa.

Ich sah das Licht vor mir und Clarissa … Hätte er dann nicht auch dort sein müssen? Oder ging jeder im Tod seinen eigenen Weg?

Ich schlug die Hände vor das Gesicht und wünschte mir, eine Weile mit mir allein zu sein.

»Ich komme wieder«, presste ich hervor und eilte zur Tür, die sich in dem Moment erneut öffnete. Eine Krankenschwester schob eine betagte Frau in einem Rollstuhl herein. Ich wich zurück.

Die Schwester ließ die Frau in der Mitte des Raumes stehen.

»In einer halben Stunde hole ich Sie wieder ab«, sagte sie und verließ das Zimmer, ohne mich zu beachten.

Hinter meinen Augen brannte es, weil der Schock verhinderte, dass ich losheulte. Wir starrten stumm auf die alte Frau.

Daida hielt den Kopf seltsam schief und ihre Hände zitterten.

42. Kapitel

Gebannt drückte ich mich gegen die Wand des kleinen Flurs, von dem auch das Badezimmer abging, und beobachtete, wie Jonay sich mühselig in seinem Bett hochrappelte. Er wollte etwas sagen, doch Daida hob die Hände, ohne ihn anzusehen, und gebot ihm zu schweigen.

»Bitte … lasst mich mein Geständnis ablegen … bitte. Lasst es mich tun.« Daidas Stimme klang hoch und dünn. Jonay ließ sich stöhnend zurück in die Kissen fallen. Es war unklar, ob es von seinen körperlichen oder seelischen Schmerzen herrührte.

»Mama …«, erklang Nisas zittrige Stimme. Sie kletterte aus dem Bett, stolperte zu ihrer uralten Mutter im Rollstuhl und umklammerte sie. Mein Atem stockte. Fassungslos starrte ich die beiden weißhaarigen Frauen an. Es war schwer, in ihnen die strahlenden Persönlichkeiten des Ur-Rates zu erkennen.

Eine Weile verharrten sie so, dann schob Daida Nisa von sich. Nisa hielt sich unsicher an der Lehne des Rollstuhls fest. Ich sprang hinzu und geleitete sie zurück zum Bett. Sie plumpste darauf und blieb auf der Seite liegen. Besorgt beobachtete ich sie, ob sie auch weiteratmete.

Daida warf mir einen dankbaren Blick aus wässrigen Augen zu, die jeden Glanz verloren hatten. Ich ließ mich auf der Bettkante neben Nisa nieder und starrte auf das hässliche gelb gemusterte Linoleum unter meinen Füßen.

»Ich weiß, dass ich nicht nur den Zusammenbruch der Urblase und der magischen Welt in Europa auf dem Gewissen habe, sondern vor allem den Verfall der Menschen, die ich am allermeisten liebe auf dieser Welt.«

»Du kannst ruhig sagen, ihren Tod«, meldete sich Airam und räusperte sich, als hätte er eine schwere Lungenentzündung. Amber legte beruhigend die Hand auf seine Brust.

Daidas Hände zitterten stärker. Sie griff nach den Rädern ihres Rollstuhls und hielt sich daran fest.

»Ja, ihren Tod«, hauchte sie. Wahrscheinlich war überhaupt keine Kraft mehr in ihrem Körper. Ihre letzte Energie schien sie in ihre Stimme zu legen, um zu sagen, was sie sagen musste.

»Lasst sie sprechen. Lasst sie einfach sprechen«, bat Jonay, als befürchtete er, dass Daida es nicht mehr schaffen könnte.

»Ich glaube, niemand ist sicher vor der Liebe. Aber es liegt sehr wohl in der eigenen Macht, den richtigen Umgang damit zu finden, die richtigen Entscheidungen zu treffen. Darin habe ich versagt … weil ich egoistisch war … kindisch … überhaupt nicht die Frau, die ich als Mitglied eines magischen Ur-Rates sein sollte.«

»Wie konntet ihr euch überhaupt kennenlernen, du und dieser Riley? Das habe ich nie verstanden«, fragte Nisa, ohne sich umzudrehen. Jonay warf ihr einen strengen Blick zu, weil sie Daida schon wieder unterbrochen hatte. Dann fuhr er sich über das Gesicht, als wollte er den Blick ungeschehen machen. Wie sollte er Nisa vorwerfen, dass sie Fragen hatte? Jeder von ihnen war voll damit, einschließlich mir.

Daida machte eine längere Pause und schloss die Augen. Die Angst, dass jemand in diesem Raum sterben konnte, ließ sich nicht abstellen.

Doch dann erzählte sie, ganz leise und mit sehr zerbrechlicher Stimme, weiter.

»Riley war damals, als wir uns vor ein paar Jahren kennenlernten, ein anderer Mensch. Ein guter junger Mann voller Neugier, Energie und mit vielen Ideen. Er hatte seine Ausbildung an der magischen Akademie in London beendet und studierte in der Realwelt Physik, was ausgezeichnet zu seinem Element Äther passte. Ja, er war schon immer ein wenig frech gewesen, ging seinen eigenen Weg und ignorierte auch gerne einmal Verbote. Aber ist die Geschichte nicht voll von solchen Menschen, die etwas verändert haben, der Welt etwas hinzugefügt haben, sie bereichert haben? Ich konnte nicht voraussehen, dass aus Riley einmal das wird, was er heute ist: eine von Hass und Rachsucht zerfressene Kreatur, die sich selbst verloren hat.

Ich hätte es vorhersehen müssen, ja! Aber rückwirkend betrachtet kann man das leicht sagen. Schaut man dagegen aus der Gegenwart in die Zukunft, gibt es immer mindestens zwei Wege, die ein Mensch einschlagen kann: Entweder er folgt seinen Stärken oder seinen Schwächen.«

Daidas Atem ging ruckartig. Sie machte eine kleine Pause. Ich fühlte mich wie eine Außenseiterin, die einem Familiendrama beiwohnte, und hätte mich am liebsten zurückgezogen. Gleichzeitig wollte ich bleiben, weil ich mich verantwortlich fühlte für die Ur-Familie. Daida fuhr fort:

»Riley war es damals gelungen, ohne Einladung in die Urblase einzudringen. Nun ja, das war nicht das erste Mal, dass es jemand in den Tausenden Jahren versucht und Erfolg dabei hatte. Wir haben diese Eindringlinge immer gleich zurückgeschickt. Ich fand ihn, doch statt ihn sofort zu euch zu bringen … war ich verzaubert von seinen Augen, seinem Charme, von seiner Art, wie er mit mir sprach. Ich weiß es nicht, es hatte mich einfach erwischt, völlig unvorbereitet. Dass ich einmal solche Gefühle empfunden hatte – das war so lange her …«

Daida schaute auf und zu Jonay hinüber, doch er hielt die Augen geschlossen und gab keinerlei Regung von sich.

Um Daidas Mundwinkel zuckte es, aber sie behielt die Fassung und berichtete weiter:

»Ich sagte ihm nicht, wer ich wirklich war. Wir wurden ein Liebespaar, schufen uns einen Wunschort, den nur wir beide kannten. Und dort trafen wir uns. Ich hatte mich so lange jenseits des Lebens gefühlt und auf einmal war ich lebendig. Ich war jung, wieder richtig jung.

Irgendetwas passierte mit mir, was ich überhaupt nicht unter Kontrolle hatte und mich vergessen ließ, dass ich mich aufs Extremste belog. Es war doch nur eine Illusion. Nie würde das Leben etwas anderes für mich sein. Ich war ein magisches Wesen, ein Bild, eine Art Göttin, die für alle Zeiten in einem Zustand gefangen blieb: im Status einer jungen Familie – verewigt in einer magischen Blase.

Ich lag in Rileys Armen und wollte meinem Schicksal ein Schnippchen schlagen. Dabei konnte ich dabei nur verlieren. Und nach einigen Treffen – insgesamt waren es ja nur sechs oder sieben – kam die Realität endlich bei mir an.

Ich klärte Riley über meine wahre Identität auf. Zuerst war es ein Schock für ihn, doch dann schmiedete er Pläne, wie wir einen Weg für uns finden konnten. Je verrücktere Ideen er ersann, desto mehr wich ich zurück. Behutsam versuchte ich, ihm beizubringen:

›Riley, ich habe einen Fehler gemacht. Wir sehen uns heute zum letzten Mal und du weißt, dass es nicht anders geht.‹

›Fehler? Du bezeichnest mich plötzlich als einen Fehler?‹, schrie er und brachte unseren Wunschort derart zum Beben, dass ich Angst bekam, er würde zerspringen. Zum ersten Mal erfuhr ich, wie wütend er werden konnte. Natürlich war es verständlich. Ich hatte ihn eigennützig belogen. Schmerz, Wut und Enttäuschung standen ihm zu … Ich konnte nicht ahnen, was es aus ihm machte, was noch in ihm steckte. Ich … hätte ich es gewusst, dann hätte ich ihm nie das Geschenk anvertraut, was ich ihm in meiner Verblendung am Anfang gemacht habe.«

Daida ließ die Räder ihres Rollstuhls los und schlug die dünnen, knotigen Hände vor das Gesicht. Lautlos weinte sie und ihre knochigen Schultern bebten.

»Sprich es aus«, verlangte Jonay. »Das bist du uns schuldig.«

Ich erschauerte bei der Kälte seiner Stimme. Daida rang um Beherrschung. Beim Anblick dessen, was von der schönsten Frau, die ich je in meinem Leben gesehen hatte, übrig geblieben war, zerriss es mich innerlich.

Daida strich sich die Tränen von den faltigen Wangen, tat einen schweren Seufzer und straffte sich. Mit erstaunlich fester Stimme nahm sie den Faden wieder auf:

»Ich habe ihm die Fähigkeit verliehen, unsere Liebe nie zu vergessen.«

»Gegen eine derartige Fähigkeit wirkt die Substanz nicht, mit der man die Erinnerung an die magische Welt löscht – deshalb also hat die Löschung bei ihm nicht funktioniert«, kombinierte Nisa.

Daida nickte. »Mir ist nie in den Sinn gekommen, dass es jemals einen Grund geben könnte, ihn zu löschen. Aber ich habe ihn völlig falsch eingeschätzt. Nachdem ich unseren Wunschort nicht mehr aufsuchte, versuchte er alles, um mich zurückzugewinnen, Wege zu finden, um mit mir zusammen zu sein. Am Anfang hatte ich ihm gestanden, wie sehr ich mir ein normales Leben wünschte, meine Kinder gern aufwachsen gesehen hätte. Daran erinnerte er mich immer wieder. Er war besessen davon, mit mir ein Leben in der Realwelt zu führen. Er recherchierte, zog Legenden zurate, die angeblich Hinweise enthielten, dass es möglich war. Er wollte nicht einsehen, dass es nie gehen würde. Seine fixe Idee von einem Leben mit mir war zur Besessenheit geworden, zu einer beängstigenden Besessenheit, die nichts mehr mit Liebe zu tun hatte. Er wollte nicht wahrhaben, dass ich mich für meine Familie entschied und meine Aufgabe als Mitglied des Ur-Rates wieder über alles stellte. Schlimm genug, dass ich zeitweilig mein Schicksal komplett aus den Augen verloren hatte. Und war Liebe nicht auch etwas anderes? Bedeutete sie nicht, dass man den anderen sein lassen konnte, wie er war? Nie werde ich all das begreifen. Nie. Ich …«

Daida schnappte nach Luft, als wäre der Sauerstoff knapp. Ängstlich beobachtete ich sie, bereit, den Notknopf über Nisas Bett zu drücken und eine Schwester zu alarmieren. Doch sie fing sich wieder.

»Riley hat Leute, die nicht magisch sind, in die Blase geschleust. Außerdem hat er mehrfach versucht, die Urblase zu bereisen, doch ich hatte Vorkehrungen getroffen, damit es ihm nicht gelang. Als er daraufhin nichts mehr erreichte, erzählte er in der Realwelt von der magischen Welt. Als Konsequenz wurde er gelöscht, und ich hoffte, dass der Frieden zurückkehren würde. Denn inzwischen mehrten sich seltsame Phänomene in den Blasen und signalisierten ein wachsendes Ungleichgewicht. Falls das mit Riley und mir zusammenhing, würde alles wieder in Ordnung kommen. Schließlich hatte man ihn unschädlich gemacht.«

»Aber dann hat er sich erinnert«, sagte ich.

»… und sich Verbündete gesucht … um zu zerstören, was er nicht bekommen konnte. Nicht nur mich, nein … das wäre zu wenig. Nein – ALLES!«

»Warum hast du denn euren verdammten Wunschort nicht gelöscht?«, fragte Nisa, drehte sich auf den Rücken und starrte hinauf zur Zimmerdecke.

»Das konnte ich nicht. Es war auch sein Wunschort.«

»Dann ist das also der Ort, an dem sich Riley und seine Leute die ganze Zeit versteckt hielten«, kombinierte ich.

Daida nickte stumm zu meinen Worten.

»Ich habe immer wieder versucht, mit ihm zu reden. Er wollte nur eins: mich. Dann würde er aufhören mit seinem Werk der Zerstörung. Doch das war ja ein Widerspruch in sich. Sobald ich meine Familie verließ, war das Gleichgewicht der magischen Urblase gestört. Das wollte er einfach nicht glauben. Am Schluss, als ich keine Hoffnung mehr sah, gab ich ihm das Versprechen, bei ihm zu bleiben. Auch wenn es völlig sinnlos war. Er beruhigte sich, sah immerhin davon ab, die Urblase anzugreifen.«

Das war also der Grund, warum nie einer von ihnen in der Urblase aufgetaucht war, warum ich genug Zeit gehabt hatte, die Durchgänge wieder zum Funktionieren zu bringen … und warum es letztendlich doch alles nichts genützt hatte.

Daida sah nun mich an und ich fühlte mich elend unter ihrem gebrochenen Blick.

»Dann trafen wir dich, Kira. Es hat ihn verwirrt, dass du in der Zwischenwelt warst, auf der Ätherebene. Du und nicht Amber, die er als letzte Feindin ansah und auf die er es abgesehen hatte, falls ich meinen Pakt mit ihm brechen sollte. Riley ist inzwischen paranoid, er ist nicht mehr zurechnungsfähig. Gleichzeitig sind seine Antennen deshalb äußerst fein. Es gab mir neue Hoffnung, dich zu treffen. Ich wusste, dass du auf keinen Fall in seine Fänge geraten durftest. Und dass ich kämpfen musste, falls noch irgendetwas zu retten war. Schließlich waren da Jonays Visionen, die Hoffnung, dass alles eines Tages in Ordnung kommen konnte …« Sie machte eine kleine Atempause. Ihr Brustkorb hob und senkte sich heftig.

»In dem Moment begriff ich, dass es um mein Leben schon lange nicht mehr ging. Es war verwirkt, zu Ende …«

»Nein«, rief ich aufgebracht. Nur weil sich Daida auf Riley eingelassen und Jonay betrogen hatte, war es zur Katastrophe gekommen. Trotzdem gab ich ihr irgendwie nicht die alleinige Schuld, konnte ich sie nicht hassen deshalb, tat sie mir leid, wollte ich, dass sie lebte … einfach, weil sie doch auch ein Mensch war, ein Mensch, der sich in den Falschen verliebt hatte … Nach dreitausend Jahren Treue … Das war schlicht unfassbar. So unfassbar tragisch …

»Doch«, sagte Daida. »Ich nahm alle meine Kräfte zusammen und versuchte, den Wunschort zu zerstören – gegen Rileys Willen. Ich habe es sogar geschafft. Aber er hatte zu viele Helfer. Er hat mich packen können, in seine stinkende Rauchsäule eingehüllt und mich in die Realwelt verschleppt. ›Wollen wir sehen, wie lange du dort überlebst. Wollen wir es endlich herausfinden‹, hatte er mir hinterhergebrüllt, als er mich aus einigen Metern Höhe fallen ließ, mitten auf ein Straßenpflaster in Santa Cruz. Im ersten Moment fragte ich mich, warum er mich nicht gleich tötete. Doch er wollte, dass ich langsam zugrunde gehe. Ich sollte leiden.« Wieder machte sie eine kleine Pause, während ich im Augenwinkel beobachtete, wie Jonay sich erhob.

»Das nächste Auto hielt sofort an und alarmierte den Rettungsdienst. Sie haben mich bereits als furchtbar alte Frau gefunden. Dreitausend Jahre sind in der Realwelt eine lange, lange Zeit …« Sie beugte sich etwas vor und strich sich über die Oberschenkel, die von einer dicken Decke umhüllt waren. »Ich habe mir bei dem Sturz das Rückgrat gebrochen. Deshalb sitze ich in diesem Ding.«

Jonay stand ächzend auf und schlurfte auf Daida zu. Bis auf seine Schritte war es vollkommen still im Raum. Man konnte die Spannung förmlich spüren. Daida hob den Kopf, was sie sichtlich Mühe kostete. Er fiel vor ihr auf die Knie und legte seinen schlohweißen Schopf in ihren Schoß, nahm ihre Hände und hielt sie in seinen großen, alten Händen fest. Dann holte er tief Luft.

»Ich verzeihe dir, Liebes. Ich verzeihe dir alles. Gegen die Liebe ist man machtlos. Hat man keine großen Erfahrungen darin, merkt man nicht, wenn man sein Herz an ein Monster verliert.«

»Ich … danke dir«, hauchte Daida und legte ihren Kopf auf Jonays Haupt.

»Wenn ich nicht mehr bin, wird Amber mich ersetzen und für das Gleichgewicht in der Urblase sorgen.«

»So darfst du nicht reden«, flehte Jonay.

»Oh doch … Es gibt Hoffnung. Kira wird es schaffen.«

»Wir alle werden es schaffen«, antwortete Jonay in einem Ton, der keine Widerrede duldete.

»Was soll Kira noch schaffen?«, zischte Nisa verächtlich. »Wenn wir tot sind, was in ein paar Stunden oder Tagen der Fall sein wird, hat sich für Riley alles erledigt.«

Daida lachte hohl auf. Ich erschrak bei dem unerwartet vollen Ton, der aus ihrer schmächtigen Brust kam.

»Oh nein, Riley hat längst sein Ziel aus den Augen verloren. Er wird immer weiter wüten, solange man ihn lässt. Als Nächstes werden ihn die Blasen anderer Kontinente stören, dann der ganze Planet und zum Schluss das Universum.«

Daida schnappte hörbar nach Luft und verschluckte sich. Jonay sprang erstaunlich behände auf. Ich angelte panisch nach dem Schwesternknopf und drückte ihn sekundenlang.

Daidas Augen traten hervor. Sie röchelte beängstigend. Jonay klopfte ihr auf den Rücken. Sie hustete ein wenig, atmete tief ein und richtete dann ihren Blick auf mich.

»Ich habe Riley gesagt, wo er dich finden kann, Kira: in den Bergen bei Edieth. Du wirst zu der Kraft finden, die in dir steckt. Du wirst ihn besiegen.«

Was? Sie hatte Riley auf mich angesetzt? Warum hatte sie das getan? Ich wollte aufbegehren, doch die Worte blieben mir im Hals stecken und Panik packte mich.

Langsam neigte sich Daida zur Seite. Jonay bettete ihren Kopf in seiner Halsbeuge und umarmte sie. Nisa griff nach meiner Hand und wollte, dass ich sie zu ihrer Mutter führte. Airam stützte sich auf Amber, humpelte hinüber und kniete sich an Daidas Seite.

Die drei verharrten links, rechts und vor Daida, während Amber und ich zurückwichen und uns gegenseitig am Arm festhielten.

Daida regte sich nicht. Die Schwester betrat das Krankenzimmer und fühlte ihren Puls. Doch da war kein Puls mehr.

43. Kapitel

Die folgenden Minuten zogen an mir vorbei wie ein Film. Ein Arzt eilte hinzu, dann noch einer. Dann kamen Pfleger, hoben Daida auf eine rollbare Liege … und deckten sie mit einem Laken zu. Sie brachten Daida weg. Das kam mir so falsch vor! Ich wurde hinausgeschoben. Amber auch. Wie es Jonay, Nisa und Airam erging, bekam ich nicht mit. Regungslos glotzte ich den langen Flur der Station entlang, wie sich Daida immer weiter von uns entfernte. Amber sagte irgendwas, doch ihre Worte waren nicht mehr als ein Hintergrundrauschen. Plötzlich stand Edieth vor mir und rüttelte mich an den Schultern.

»Kira. Kira!«

Ich ließ sie rütteln und schaute einfach über sie hinweg. Noch war Daida im Flur. Noch war sie da.

Noch konnte ich was tun!

»Komm, ich bring dich in dein Zimmer.« Edieth packte mich energisch am Arm und zog mich in die entgegengesetzte Richtung.

»Nein!«, schrie ich und riss mich los. »Clarissa hat gesagt, ich habe die Macht über Leben und Tod.«

»Clarissa?« Edieth kniff die Augen zusammen.

»Meine Mutter. Sie ist tot, aber sie lebt. Ich habe sie getroffen …«

»Kira«, Edieth klang beschwörend. »Komm bitte mit mir. Die Schwestern werden dir ein Beruhigungsmittel geben.«

Wieder griff sie nach meinem Arm. Wieder riss ich mich los.

»Nein! Ich brauche kein Beruhigungsmittel. Ich muss … sie retten!«

Ich stürmte los, den Gang hinunter. Der Bademantel flatterte hinter mir her. Eine Schwester versuchte, mich aufzuhalten, aber es gelang ihr nicht.

Kurz vor der Doppeltür am Ende des Flures erreichte ich die Pfleger mit der Liege. Sie wehrten mich nebenher ab. Doch vor dem Fahrstuhl mussten sie warten.

Ich stürzte mich auf Daida, riss ihr das Laken vom Gesicht. Überrascht hörten die Pfleger auf, mich abzuwehren, kapierten, dass sie gegen meine Kräfte machtlos waren. Mir war es egal, was sie von mir dachten, ob sie sich wunderten, dass so ein dürres und krankes Mädchen in der Lage war, sich wie *King Kong* aufzuführen.

Ich sammelte all meine Kräfte, legte meine Hände auf Daidas leblose Brust, presste meine Augen zusammen. Ich spürte, wie sich etwas in mir zusammenballte, irgendwas geschah. Äther! Irgendwo waren meine Ätherfähigkeiten – mächtiger als vermutet. Clarissa hatte es gesagt. Clarissa würde recht behalten.

Ich hielt die Luft an, sah Sterne, glaubte zu platzen, bündelte meine gesamten mentalen Energien in einen Strahl, den ich auf Daidas Herz richtete – doch nichts geschah. Daidas verwelkter Körper regte sich nicht, während ich begann zu hyperventilieren.

»Hör auf!«, rief Amber. »Niemand kann einen Toten zum Leben erwecken. Auch du nicht, Kira.«

Die Türen des Aufzugs öffneten sich. Die Pfleger drängten mich zur Seite, zogen das Laken wieder über Daidas Kopf und schoben sie hinein.

Ich ließ es geschehen, während es sich in meinem Innern anfühlte, als würde ich implodieren.

Zwei Typen eilten auf mich zu … Pfleger … mit einer Zwangsjacke. Edieth hielt sie auf. Sie begriffen, dass das nicht mehr nötig war, denn ich hockte auf dem Fußboden, lehnte an der Wand, unfähig, mich gegen irgendwas zu wehren.

Eine Krankenschwester kam mit einer Spritze. Edieth half mir hoch und hielt mich fest, weil ich schwankte. Sie schoben den Bademantel an meinem linken Arm hoch. Sollten sie mir doch so ein Beruhigungsding reinjagen. Vielleicht half es ja, meine Unsicherheiten und Ängste weiter zurückzudrängen, damit mein neues Ziel umso deutlicher hervortrat: Riley.

»Er hat den Tod verdient«, zischte ich, sodass die Krankenschwester, die bereits die Nadel an meinem Oberarm angesetzt hatte, innehielt.

In dem Moment erschien jemand und hockte sich, in der gleichen Haltung wie ich, an die gegenüberliegende Wand. Ich starrte die Person an. Das war … ich! Jenes Ich, was ich in die Tiefe geschubst hatte. Es lächelte mir verschwörerisch zu.

Ich spürte die feine Spitze der Nadel an meiner Haut. Doch ehe die Schwester zustechen konnte, löste ich mich auf, glitt zu meinem zweiten Ich hinüber, nahm es in mich auf und verschwand durch das nächstgelegene angekippte Fenster.

Ich wusste, dass ich das nicht durfte. Mehrere normale Menschen, die von magisch Begabten nichts ahnten, hatten dabei zugesehen. Edieth erzählte mir im Auto, dass die Krankenschwester einen spitzen Schrei ausgestoßen hatte. Die Pfleger suchten den ganzen Flur ab und inspizierten den Aufzug. Da sie mich nirgendwo fanden, blieb ihnen nichts weiter übrig, als an eine Gemeinschaftspsychose zu glauben.

Edieth hatte unterdessen ruhigen Schrittes den Ort des Geschehens verlassen. Als sie ihren Pick-up erreichte, saß ich bereits auf dem Beifahrersitz.

»Ich habe befürchtet, du würdest die ganze Strecke fliegen«, sagte sie nur und ließ den Motor an.

»Ich muss mit meinen Kräften haushalten. Ich werde sie noch brauchen.«

Wir lächelten uns an, während Edieth auf die Straße einbog. Die brütende Hitze verursachte schnell einen Schweißfilm auf meiner Stirn. Auf La Palma herrschten tropische Klimaverhältnisse. Kein

Mensch verstand es. Ich zog meinen Bademantel aus und warf ihn auf die Rückbank. Zum Glück bestand mein Schlafanzug aus einem kurzärmeligen Shirt und Shorts, sodass er auch als Sommerbekleidung durchgehen konnte.

Edieth fuhr schnell, als wäre keine Zeit mehr zu verlieren. Die Landschaft glitt an mir vorbei. Ich stellte mir vor, wie sie Daida in ein Kühlfach schoben, während ihr Mann und ihre Kinder ihre Beerdigung nicht mehr erleben würden, weil sie selbst im Sterben lagen.

Zwischendurch blitzte immer wieder der Gedanke an Tim auf. Er war verschollen. Wo konnte er nur sein? Lag er irgendwo zerschmettert auf einem Felsen und war von Adlern Stück für Stück davongetragen worden?

»Hier, trink das.«

Edieth holte eine Dose mit einem Energydrink aus der Kühltasche, öffnete sie zischend und reichte sie mir.

Ich schlürfte das süße, prickelnde Zeug in kleinen Schlucken und stellte mir vor, wie es die Teile meines Innenlebens wie Klebstoff miteinander verband.

»Ich werde ihn töten«, wiederholte ich entschlossen und ballte die Fäuste. »Viel zu lange habe ich ihn wüten lassen. Wie soll ich mir das jemals verzeihen?«

»Pssst«, Edieth legte mir beruhigend eine Hand auf das Knie, während sie in den Serpentinen einen Laster überholte, dass mir unter normalen Umständen angst und bange geworden wäre. Doch in Anbetracht der Lage war es zu banal, sich wegen einer kurvigen Autofahrt zu sorgen.

»Vielleicht musst du ihn nicht gleich umbringen«, versuchte sie, mich zu beschwichtigen.

Ich wollte widersprechen, presste aber die Lippen zusammen. Ich wusste, was ich zu tun hatte, und brauchte mit Edieth nicht zu diskutieren.

Je höher wir kamen, desto weniger Autos kamen uns entgegen. Inzwischen lief die Klimaanlage auf vollen Touren und pustete mir angenehm kühle Luft ins Gesicht. Wir bogen auf den Schotterweg ab, der über einige Kilometer zu Ediehts Haus führte. Jetzt waren wir allein. Auf 800 Höhenmetern über dem Meeresspiegel wehte ein angenehm lauer Wind. Ich kurbelte das Fenster hinunter und sog die nach Kiefern duftende Luft ein. Hier irgendwo musste Tim sein, musste. Sie hatten nicht gründlich genug gesucht. Ich bildete mir ein, es zu spüren.

Okay, vielleicht würde ich Riley nicht töten – wenn er irgendwas über den Verbleib von Tim wusste. Ich horchte in mich hinein. War mein zweites Ich damit einverstanden? Nichts in mir widersprach.

Wir hielten auf dem Parkplatz vor dem Haus an. Unruhig sah ich mich nach allen Seiten um. Wann würde Riley auftauchen? Wie viele würden sie sein? Hatte ich denn ganz allein überhaupt irgendeine Chance? Meine Entschlossenheit bröckelte, nachdem ich aus dem Auto gestiegen war. Ich schirmte meine Augen gegen die intensive Sonne ab und blickte über die weite Tiefe der Caldera vor mir. Kein Wölkchen verdeckte heute den Blick ins Tal.

Ich kam mir klein vor in dieser gigantischen Landschaft.

Dennoch: NEIN!, ich würde vor nichts zurückschrecken, egal was geschah. Sonst würde ich niemals mit reinem Gewissen weiterleben können. Es gab keine Wahl. Ich hatte meinem Schicksal zu folgen.

»Komm erst mal rein«, sagte Edieth und schob mich in den kühlen Hausflur.

Ich duschte kalt, zog mir etwas Vernünftiges an und dann setzten wir uns in die Küche, als warteten wir auf Besuch.

Mini lag eingerollt auf einem Kissen und schnurrte. Ich strich über ihr weiches Fell.

»Wenn ich ihn allein treffe, werde ich mit ihm fertig«, sagte ich überzeugt und sah aus dem Fenster. »Aber er wird nicht allein sein …«

»Du auch nicht«, antwortete Edieth und erhob sich.

44. Kapitel

Die riesigen Kiefern des Waldes sorgten für angenehme Kühle. Still ragten die Wipfel in den blauen Himmel hinein. Ihre Rinden zeigten kräftiges Rot, Schwarz und Weiß. War das nicht ein gutes Zeichen, nachdem sich die Farben auch hier immer mehr verabschiedet hatten? Die aufkeimende Hoffnung tat weh, weil ich Angst hatte, nicht rechtzeitig zu kommen.

»Die Sonne tut den Bäumen gut«, bemerkte Edieth, während sie über einen Baumstamm strich. Sie lächelte mich an und ich lächelte zurück.

Vor uns lichtete sich der Wald. Durch die Wipfel flimmerte das Blau des Himmels. Eigentlich hatte man ab hier die Wolkendecke des Ätherdurchgangs erkennen können, doch sie war fort.

Wir traten auf die Wiese, die jetzt nur noch ein schmaler Streifen vor einem Abgrund aus Geröll war. Vorsichtig hockte ich mich auf einen Vorsprung und blickte in die Tiefe. Die steinigen Sandmassen des Erdrutsches verloren sich in einem dunklen Schlund, als wäre dies der Vorhof zur Hölle.

Edieth hockte sich neben mich.

»Die Geologen vermuten, dass sich hier ein Vulkan gebildet hat.«

Das menschliche Gehirn besaß Fantasie genug, Dinge, die unmöglich waren, in den Bereich des Möglichen zu holen, und das war gut so.

Während ich in die Dunkelheit starrte, schien sie in Bewegung zu kommen. Erst glaubte ich, es wäre eine optische Täuschung, doch dann stieg schwarzer Rauch auf. Anfangs in dünnen Rauchfäden, bald jedoch in dicken Qualmwolken, die sich zu säulenartigen Gebilden auftürmten und uns entgegenquollen.

Noch während mir klar wurde, dass es sich nicht um natürlichen Rauch aus dem Vulkan handelte, ließ mich eine laute und höhnisch klingende Stimme herumfahren.

»Da ist sie ja, unsere gymnasiale Weltretterin!«

Nur einige Meter entfernt von uns stand Riley, breitbeinig und mit vor der Brust verschränkten Armen.

»Habt ihr mich ja schön an der Nase herumgeführt mit eurer angeblich hochbegabten Italienerin.«

Das Lodern in seiner Iris war dasselbe, das ich von Jerome kannte. Daidas Worte entsprachen der Wahrheit. Man sah ihm an, dass er sich verloren hatte.

Die Frage nach Tim brannte mir auf der Zunge, doch ich schluckte sie herunter und entschied mich, den Überraschungsmoment zu nutzen, um eine Chance gegen Riley zu haben, sprang auf ihn zu, ließ aus meinen Fingerspitzen Flammen schlagen und verwandelte mich in eine Windhose. Ich konzentrierte mich auf seinen überrascht aufklappenden Mund, sandte einen tiefen Sog in seine Lungen, nahm ihn dann in meinem Wirbel gefangen und presste ihn mit aller Kraft zusammen. Ein lang gezogener Schrei entlud sich aus seiner Kehle, während ich Stimmen und Rufe um mich herum vernahm.

Für einen Augenblick hatte ich das Gefühl, bis in seine Lungen sehen zu können. Ich hüllte ihn vollständig ein und war gleichzeitig in ihm. Das war eklig, er stank erbärmlich, von innen und von außen. Doch das verstärkte nur meinen Wunsch, ihn zu töten. Nie im Leben hätte ich es für möglich gehalten, dass mich einmal Mordlust überkommen könnte. Mein Entsetzen darüber verblasste jedoch rasch hinter dem Drang, dieses Urübel der magischen Welt endlich aus dem Weg zu schaffen.

Riley schlug um sich, versuchte, seine Ätherfähigkeiten oder das, was ihm davon geblieben war, anzuwenden. Deshalb stank er so, weil er sich in diesen ekligen Qualm verwandeln wollte. Doch es gelang ihm nicht, denn ich sog ihm jeden Sauerstoff aus seinem Blut und seinen Zellen.

Riley zog sich unästhetisch in die Länge. Wir waren jetzt fast so groß wie die meterhohen Kiefern. Das musste ziemlich wehtun, wenn sich sein menschlicher Körper dabei nicht verwandelte. Um uns herum herrschte Tumult. Ich wusste nicht, warum, konnte mich darauf nicht konzentrieren. Ich wollte nur eins: mit Riley fertigwerden.

»He, Kira. Nicht so heftig. Geh mehr ins Gehirn. Du musst in sein Gehirn!« Die Stimme, rau und irgendwie schon vertraut, kam aus mir selbst, und ich gehorchte ihr einfach. Wir würden zusammenarbeiten, alle Teile meines Ichs. Ich musste ihnen vertrauen, durfte keine meiner Stimmen ignorieren. Alle hatten sie etwas Wichtiges zu sagen.

Also zog ich mich aus Rileys Luftröhre zurück und verlagerte den Sog durch seine Nase hinauf in sein Gehirn.

Riley verdrehte die Augen und hing schlaff in meinem Wirbelwind. Hatte ich es etwa geschafft? Ich ließ ein wenig locker und sah endlich, was um mich herum geschah.

Da waren Rauchsäulen … und … da waren Ranja, Marco, Jolly, Sulannia und Kim und einige Leute, die ich noch nie gesehen hatte. Sie waren alle HIER und kämpften mit ihren magischen Kräften gegen die stinkenden Rauchsäulen, gegen Rileys Gesindel!

Plötzlich spürte ich ein Kribbeln in meinem Körper wie tausend Nadelstiche und merkte, wie ich die Kontrolle über Rileys leblosen Körper verlor. Was war los? Er rutschte einfach aus meiner windigen Umhüllung weg, schrumpfte zusammen, fiel auf den Boden und blieb dort reglos liegen.

»Das reicht, Kira. Es reicht«, vernahm ich eine knarrende Stimme dicht an meinem Ohr. Jolly. Es war Jolly, der ebenfalls als Wirbelwind über die Wiese fegte, Rauchsäulen einsog und Menschenkörper auf den Boden fallen ließ.

Ein Feuerball rollte auf uns zu und verschlang eine Rauchsäule. Er stoppte kurz vor mir und daraus richtete sich Ranja auf und klopfte sich die letzten Flammen aus den Kleidern. Ich nahm ebenfalls meine menschliche Gestalt an, wobei ich Riley nicht aus den Augen ließ. Sollte er auch nur eine winzige Regung zeigen, würde ich … Aber er rührte sich nicht mehr. Offensichtlich hatte ich ihm den Garaus gemacht. Tiefe Zufriedenheit breitete sich in mir aus. Daidas Tod war gerächt. Daidas Tod und Rileys gesamtes Zerstörungswerk.

Mein Atem ging heftig. Ich taumelte gegen einen Baum und blickte auf das Schlachtfeld. Die Wiese war komplett versengt, es gab keinen einzigen grünen Grashalm mehr. Überall lagen Menschen.

Ranja nahm mich in den Arm und strich mir beruhigend über den Rücken.

»Warum seid ihr hier?«, fragte ich nach Atem ringend.

»Edieth hat uns in New York auf dem Laufenden gehalten und dann sind unsere Kräfte wiedergekehrt. Erst bei Jolly, dann bei den anderen Mitgliedern des Rates. Sofort haben wir uns auf den Weg hierher gemacht. Du hast es geschafft, Kira.«

Ich ließ Ranja stehen und betrachtete die fremden Menschen, die sich nach und nach um uns versammelten, im Schneidersitz auf dem Waldboden niederließen und auf neue Anordnungen zu warten schienen. Irgendwas an ihnen war seltsam. Jolly sah die Frage in meinem Blick und klärte mich auf:

»Das sind Elementarwesen. Wir konnten sie so weit zurückverwandeln, dass sie sich wieder wie Elementarwesen verhalten und uns gehorchen. Doch sie besitzen immer noch ihre menschliche Gestalt.« Ich beobachtete sie genauer. Einige summten wie Sylphen. Andere hatten das titanweiße Haar der Undinen. Die Wesen des Feuers waren an ihrer auffällig roten Haut zu erkennen, die des Äthers an ihrer nebelhaften Gestalt. Und die der Erde an ihren bernsteinfarbenen Augen.

Ich tat einige Schritte auf das Schlachtfeld voller lebloser Körper.

Vielleicht waren es dreißig oder vierzig. Ein kalter Schauer lief über meinen Rücken.

»Haben wir sie tatsächlich alle …?«, flüsterte ich und fuhr im gleichen Moment herum, weil sich in meinem Augenwinkel etwas bewegte, was sich nicht bewegen durfte. Riley!

Er zog seine Arme langsam unter seinem zusammengekrümmten Körper hervor und hob den Kopf.

Sofort stürzte ich auf ihn zu, doch Jolly packte mich mit eisernem Griff am Arm und hielt mich zurück.

Ich wollte mich losreißen. Aber Ranja stellte sich mir in den Weg.

»Ruhig, Kira. Keine Gefahr. Riley ist viel zu schwach.«

Wir beobachteten Riley dabei, wie er sich unter Stöhnen und Krächzen aufrichtete. Seine Haare klebten ihm wirr im Gesicht. Seine Wangen waren grau. Seine Augen erloschen, seine Hände blutverschmiert. Pullover und Jeans hingen in Fetzen an ihm herab.

»Was hast du mit Tim gemacht?«, zischte ich.

Verwirrt blickte er von einem zum anderen. So wie er mich ansah, schien er mich noch nie gesehen zu haben.

»Was … was ist passiert?«, fragte er mit hoher staunender Stimme.

»Das fragst du noch?«

Rileys Augen wurden immer größer, als wären wir Außerirdische.

»Was ist passiert?«, wiederholte er und klang, als wüsste er es tatsächlich nicht.

Ratlos sah er sich um und fing an zu zittern, als er die Menschen überall liegen sah.

Er schlug die Hände vor das Gesicht, dann raufte er sich die Haare. Es bereitete mir große Mühe, den Mann in ihm zu sehen, in den Daida sich einst verliebt hatte.

»Du hast Daida getötet, du Abschaum. Du hattest sie geliebt!«, schrie ich. Schon wieder war ich drauf und dran, mich auf ihn zu stürzen, doch Jolly hielt mich eisern fest.

»Wer seid ihr?«, fragte Riley. Seine Stimme bebte.

»Es hat ein Lawinenunglück gegeben. Wir bergen die Verschütteten der Wandergruppe. Sie haben es überlebt. Versuchen Sie sich zu entspannen. Medizinische Hilfe ist bereits unterwegs«, erklärte Sulannia ruhig und ich glotzte sie verständnislos an.

Riley nickte nur und rieb sich die Stirn. »Ach so«, hauchte er. Dann ließ er sich auf die Seite fallen und blieb mit offenen Augen liegen.

Ganz in der Nähe hatte sich jemand aufgerappelt und kroch auf Riley zu.

»Riley. Riley!«, rief er hilflos und schien in seiner Verzweiflung alle Umstehenden auszublenden. Doch Riley reagierte nicht auf ihn, als könnte er nicht gemeint sein.

»Du hast ihn gelöscht, Kira. Ich bin mir sicher, du hast ihn irgendwie gelöscht«, raunte mir Sulannia zu, während Marco den Mann aufhielt, der auf Riley zurobbte.

In meinem Kopf überschlugen sich die Gedanken. Wie sollte ich ihn gelöscht haben? Konnte das tatsächlich sein? Danach fiel man doch erst mal ins Koma und …

»Überlege, was hast du genau getan?«, fragte Jolly in seinem mir wohlvertrauten Verhörton.

»Ich hab versucht, ihm den Atem zu nehmen.«

»Wie?« Jolly ließ nicht locker.

Hilflos zuckte ich mit den Schultern, doch dann fiel mir etwas ein: die Stimme in meinem Kopf, die mich darauf brachte, den Sog statt auf die Lungen durch die Nase Richtung Gehirn zu lenken.

»Ich glaube, ich weiß, wie«, sagte ich und ging auf den am Boden liegenden Mann zu, der sich vergeblich gegen Marcos festen Griff wehrte.

Er wich zurück, als ich näher kam. Ich fixierte seinen Blick und er wurde augenblicklich ruhig, als würde ich ihn hypnotisieren. Entspannt lehnte er sich zurück und kam halb auf Marcos Beinen zu liegen, während dieser ihn an den Schultern festhielt. Ich hockte mich vor den Mann und beugte mich ein wenig vor. Dann tat ich einen tiefen Luftzug und konnte sehen, wie ein blassgelber Schein einen Bogen aus seiner Nase zu meinem Mund schlug. Ich sog die Luft so lange ein, bis der Lichtbogen verschwand. Dann atmete ich aus. Es sah aus, als würde ich winziges goldenes Konfetti an die Luft abgeben, was sogleich in einer Wolke nach oben stieg und sich auflöste.

Langsam erhob ich mich wieder und blickte auf den Mann hinab, der sich verwirrt aufrichtete und die gleiche Frage wie Riley stellte:

»Was ist passiert?«

»Eine Lawine. Es hat auf der Wanderung ein Lawinenunglück gegeben. Medizinische Hilfe ist unterwegs«, erklärte ich. Der Mann nickte nur und ließ sich von Marco auf eine zusammengerollte Regenjacke betten.

Jolly lächelte mich an, wie er es noch nie getan hatte. Er berührte mich an den Schultern und sagte feierlich: »Kira, das ist deine besondere Fähigkeit. Du hast sie entwickelt, du hast sie gefunden! Ich weiß, das war harte Arbeit und du hast viel durchgemacht. Ich habe mich nicht getäuscht in dir.«

Jetzt sah ich sogar eine Träne in Jollys linkem Auge und … umarmte ihn einfach.

Endlich kam bei mir an, was das bedeutete. Äther, es war eine Ätherfähigkeit. Eine, die es noch nie gegeben hatte.

»Sie bleiben bei Bewusstsein«, sagte ich andächtig.

»Und sie bekommen kein hohes Fieber«, ergänzte Ranja.

»Heißt das eventuell …«, ich schaute einen nach dem anderen an und Marco führte den Gedanken zu Ende.

»Vielleicht werden sie keine malariaartigen Anfälle haben. Aber dafür müssen wir sie einen längeren Zeitraum beobachten.«

»Und wir sollten im Auge behalten, ob die Löschung dauerhaft ist«, ergänzte Sulannia.

Erschrocken fuhr ich herum, weil jemand kurz hinter mir von einem Baum sprang. Es war Edieth, die ihr Funkgerät in der Hand hielt, das jeder Bergführer hier oben immer bei sich trug. Sie hatte sich dort wohl während des Kampfes in Sicherheit gebracht.

»Die Rettungshubschrauber werden bald hier sein. Kira sollte sich sofort um die anderen kümmern.«

Mit dem Kinn wies Edieth ein Stück nach links, wo eine Frau versuchte, sich wieder in eine Rauchsäule zu verwandeln.

Nacheinander löschte ich jeden, der auf dem Feld lag. Ranja, Jolly und Marco sorgten dafür, dass niemand entkam. Kim, Sulannia und Edieth kümmerten sich um die Gelöschten, leisteten Erste Hilfe und machten sie transportbereit.

Ein wunderbares Gefühl flutete mich: Ich hatte niemanden getötet. Ich musste das überhaupt nicht tun! Das war es nicht, was mein zweites Ich in der Zwischenwelt von mir verlangt hatte. Stattdessen würde ich die von der Bahn Abgekommenen löschen, endgültig und ohne Nebenwirkungen. Sie wären andere Menschen, gesunde Menschen mit einer neuen Chance, auch wenn ihre Vergangenheit dunkel war.

Eine Stunde später waren alle Gelöschten fortgeschafft. Erstaunlicherweise hatte mich meine Tätigkeit nicht noch mehr erschöpft, sondern ich fühlte mich wieder stärker. Vielleicht verdankte ich das auch der neuen Hoffnung, die mich durchströmte und mir Kraft gab.

»Reste der Blasen existieren immer noch – in der Zwischenwelt«, sagte ich. Immer wieder hatte ich zuerst nach Tim gefragt, bevor ich jemanden löschte, und wo sie sich aufgehalten hatten, ob es die Zwischenwelt noch gab.

Die meisten verweigerten mir eine Auskunft, sahen mich nur böse an, weil sie wussten, welches Schicksal sie erwartete. Nur eine Frau versuchte, mit mir um ihre Erinnerung zu verhandeln. Sie verriet, dass es noch eine Art Zwischenwelt gab, die jedoch immer mehr schrumpfte. Kurz überlegte ich, ihr ihre Erinnerungen zu lassen, auch wenn das riskant war, denn ich musste wissen, ob sie Tim gesehen hatte. Doch ich durchschaute, dass sie mich hinhielt und in Wahrheit nichts zu berichten hatte.

Ranja umarmte mich. »Jetzt wird alles in Ordnung kommen, Kira.«

Als Antwort schossen mir die Tränen in die Augen.

»A...aber Tim ...«, stammelte ich.

»Hey, hey, meine Kleine.« Sie packte mich sanft an den Schultern, sodass ich sie ansehen musste. »Kopf hoch. Dein Tim, das ist ein schlauer Junge. Vertrau ihm ein bisschen, okay?«

Ich nickte tapfer, während ich mir die Tränen wegwischte. Ranjas Worte taten gut. Schon oft hatte sie die richtigen Worte im richtigen Moment für mich gehabt und dafür war ich ihr zutiefst dankbar.

»Wo werdet ihr hingehen?«, fragte ich, während sich der Rat von mir und Edieth verabschiedete.

»Der Leiter des palmerischen Observatoriums hat uns sein Haus in den Bergen überlassen. Circa eine Stunde von hier. Dort warten wir und schauen, wie die Dinge sich entwickeln.«

»Gibt es denn jetzt nichts mehr zu tun?« Es kam mir seltsam vor.

»Nein«, sagte Sulannia mit ihrer sanften Stimme. »Was sollten wir unternehmen? Wir können nur abwarten, ob das, was wir getan haben, positive Folgen zeitigen wird. Geh dich ausruhen, Kira, schlaf ein wenig und iss etwas. Glaub mir, du hast alles getan, was du konntest.«

Das sah ich anders, weil Tim nach wie vor verschollen war. Gleichzeitig wusste ich, dass sie recht hatte.

Edieths Funkgerät meldete sich, während wir auf der aufgewühlten Wiese standen und den Elementarwesen zuschauten, wie sie den Ratsmitgliedern ergeben folgten. Eine wunderliche Armee, die hier soeben eine Schlacht verloren hatte.

Edieth rief dreimal Ja in das Gerät.

»Ja, ich habe verstanden.« Dann sah sie mich ernst an. »Das war Doktor Santas. Wir sollen sofort kommen.«

45. Kapitel

»Und er hat nichts Genaueres gesagt?«, löcherte ich Edieth, während wir in ihrem Pick-up die Serpentinen hinunter in die Stadt sausten.

»Nur, dass wir sie abholen sollen, so schnell es geht.«

»Dann leben sie noch.«

»Ich nehme es an.«

»Alle?«

»Kira, ich weiß es nicht.«

»Sorry.« Ich war einfach zu aufgeregt. Warum sollten wir sie abholen? Warum so schnell? Was hatte das zu bedeuten? Dann musste es ihnen doch besser gehen, oder?

In Santa Cruz hörte man ständig Sirenen von Krankenwagen. Drei Mal mussten wir am Straßenrand anhalten und einen vorbeilassen. Zuerst dachte ich, es hätte etwas mit den Gelöschten zu tun, aber das passte zeitlich nicht. Zum Glück dämmerte es inzwischen und die Hitze ließ merklich nach. Edieth schaltete das Radio an. In den Nachrichten wurde von überdurchschnittlich vielen Kreislaufzusammenbrüchen berichtet. Die Rettungswagen waren ständig im Einsatz. Der Chefarzt der Klinik gab als mögliche Ursache den heftigen Wetterumschwung an. Allerdings erklärte das nicht, warum es vornehmlich Menschen in Gefängnissen und psychiatrischen Einrichtungen traf. Seltsamerweise waren einige nach der Behandlung in der Notaufnahme trotz ständiger Bewachung spurlos verschwunden, wie vom Erdboden verschluckt …

Edieth hielt auf dem Krankenhausgelände und wir blickten uns an.

»Elementarwesen«, sagte sie und ich nickte.

»Vielleicht verwandeln sie sich zurück?«

»Gut möglich.«

Ich sprang aus dem Wagen. Edieth verriegelte ihn und wir eilten hinauf auf die Station von Doktor Santas.

Als wir vor dem Krankenzimmer ankamen, öffnete sich gerade die Tür und ein Bett wurde herausgeschoben. Darauf lag jemand, der vollständig mit einem weißen Laken abgedeckt war. Ein zweites Bett folgte, dann ein drittes. Zwei Pfleger und Doktor Santas persönlich brachten sie zu den Aufzügen.

»Nein!«, rief ich entsetzt und sprang ihnen hinterher. Doktor Santas hielt mich zurück.

»Mein herzliches Beileid. Wir bringen sie nach unten zum Kühlraum. Dort können Sie sie noch einmal sehen und sich verabschieden. Ihre Angehörige weiß bereits Bescheid.«

Er machte eine Kopfbewegung Richtung Amber, die in der Zimmertür erschien. Sein Tonfall und Ambers Gesichtsausdruck, der kein bisschen Kummer signalisierte, beruhigten mich auf merkwürdige Weise, obwohl ich überhaupt nichts verstand.

Edieth zog mich aus dem Weg, damit sie die Betten weiterschieben konnten.

Amber umarmte mich herzlich und flüsterte mir dabei ins Ohr: »Sie sind nur offiziell tot. Anders bekommen wir sie hier nicht raus. Sie werden wieder jünger, und zwar ziemlich schnell. Vom Krankenhauspersonal darf niemand etwas davon mitbekommen.«

Meine Mundwinkel zuckten. Ich konnte ein breites Lächeln nicht unterdrücken. Amber umarmte mich noch einmal.

»Kira, ich bin dir so dankbar.«

»Aber …«

Ich senkte den Blick und fuhr mir verlegen durchs Haar, weil doch überhaupt noch nicht sicher war, ob ich sie wirklich gerettet hatte. Die

Urblase war vernichtet, die gesamte magische Welt Europas … doch die Zuversicht in Ambers Augen war unzerstörbar.

»Kommt«, drängte Edieth und setzte sich Richtung Treppenhaus in Bewegung.

Als wir im Keller ankamen, verließen die Pfleger gerade wieder den Kühlraum. Wir warteten, bis sich die Fahrstuhltüren hinter ihnen geschlossen hatten.

»Die Luft ist rein«, flüsterte Doktor Santas. Die Gestalten begannen sich unter den Laken zu regen, befreiten sich von ihnen und setzten sich auf. Wow …

Nisa, Airam und Jonay hatten wieder Farbe im Gesicht, ungleich weniger Falten und sahen bedeutend frischer aus. Man konnte sie jetzt auf Anfang fünfzig schätzen.

Amber fiel in Airams Arme, in dessen Augen die Ewigkeit leuchtete. Nisa stand auf, lief auf mich zu und drückte wortlos meine Hand. Es war so unwirklich, wie wir in diesem kühlen, weiß gefliesten Raum standen, wie Auferstandene, die sich zu einem neu geschenkten Leben beglückwünschten, in diesem Raum, der sonst für im Krankenhaus Verstorbene die vorläufige Endstation darstellte.

Doktor Santas kam mit einem Arm voller Kleidung aus einem Nebenraum.

»Zieht das über.« Es handelte sich um die Dienstkleidung der Schwestern und Pfleger. »Wir sollten schnell machen, denn jederzeit kann hier jemand auftauchen«, mahnte er zur Eile.

Trotzdem ließ Jonay seine Sachen erst einmal liegen und richtete das Wort an mich: »Danke, Kira. Ich wusste immer, dass du es schaffst. Ich konnte nur nicht wissen, wie schnell …«

Tränen schwammen in seinen Augen und hinderten ihn am Weiterreden. Ich schluckte verlegen, da sich ein großer und weiser Mann wie er mir gegenüber, die ich doch nur eine gerade mal achtzehn Jahre alte Schülerin war, so verhielt.

»Komm schon, Vater, zieh dich an«, drängte Nisa und half ihm, ein blaues Hemd über seinen eingegipsten Arm zu ziehen.

Wir gelangten zu Ediefhs Wagen, ohne dass uns jemand beachtete, obwohl Jonay und Airam mit ihrer halb angezogenen Kleidung und dem eingegipsten Arm und Fuß mehr als auffällig waren. Auf der Fahrt mussten Edieth und ich detailliert erzählen, was sich ereignet hatte.

»Damit ist das Gleichgewicht wiederhergestellt«, kommentierte Jonay, der neben Edieth auf dem Beifahrersitz saß, unseren Bericht, der mit der Löschung Rileys und aller Mitglieder seines Geheimbundes endete. Die ganze Zeit hielt er sich krampfhaft am Griff der Seitentür fest, weil ihn als jemand, der lange vor der Zeitrechnung geboren worden war, Autos ängstigten. Er versuchte, gelassen zu wirken, aber war das ganze Gegenteil. Ich musste schmunzeln, während sich Nisa Schutz suchend an meine Seite drückte. Nur Airam, der Amber auf dem Schoß hatte, wirkte relativ gelassen.

»Wir müssen herausfinden, wie wir in die Zwischenwelt gelangen können«, sagte ich.

»Jonay hat letzte Nacht einen Traum gehabt. Vielleicht war es auch eine Vision«, erzählte Nisa.

Hoffnung loderte in mir auf. Hatte er darin vielleicht sogar Tim gesehen? Doch Jonay verriet nichts, sondern sagte nur:

»Bring uns an den Ort, wo einst die Urblase entstanden ist. Am besten sofort.«

46. Kapitel

Schwerfällig quälte sich Ediehs beladenes Auto eine schwarze Schotterpiste hinauf. Wir umrundeten einen mächtigen Berg aus Geröll. Hier oben wuchs nichts mehr. Erkaltete Lava, wohin man auch sah. Doch hinter der nächsten Biegung offenbarte sich plötzlich ein atemberaubender Ausblick. Vor uns lag eine hügelige Mondlandschaft. Dahinter ging das Meer bis zum Horizont. Bänke von weißen Haufenwolken spiegelten sich in der glatten Oberfläche, die nicht mal eine Brise kräuselte.

Mitten in dieser schwarzen Landschaft vor tiefblauem Himmel thronte strahlend weiß das Observatorium La Palmas mit dem größten Spiegelteleskop der Welt. Es sah aus wie eine Raumstation. Als könnte man von hier in andere Sonnensysteme starten. Verwirrend, dass sich der runde Bau mit der großen Kuppel in der ganz normalen Welt befand und nicht in einer magischen. Ein besonderer Ort, an dem beide Welten fließend ineinander übergingen.

Edieth hielt an. Jonay stieg als Erster aus und beschirmte seine Augen mit der Hand.

»Man hat die Sternwarte genau an der Stelle gebaut, wo wir damals übergetreten sind«, erklärte er, und ich begriff, dass es kein Zufall war.

»Früher war hier alles bewaldet«, erinnerte sich Nisa und drehte sich langsam um sich selbst, um in jede Richtung zu schauen.

Wie verabredet und ohne etwas zu erklären, stellten sie sich in einem Kreis auf, legten in der Mitte je eine Hand übereinander, legten den Kopf in den Nacken und blickten hinauf zum Himmel – Airam, Nisa, Jonay und auch Amber. Amber ersetzte Daida. Während ich die vier beobachtete, überlegte ich, wie es für Jonay Sinn ergeben hatte, dass Airam in seinen Visionen die Frau seines Lebens finden würde? War damit nicht klar, dass sich die bisherige Vierheit verändern würde? Und was bedeutete es für Nisa und die Liebe, wenn die Vierheit nun wieder hergestellt war? Oder widersprach sich das gar nicht und es konnte jemand hinzukommen, solange jedes Element einmal vertreten war? Vielleicht. Später einmal, falls alles gut ging, würde ich sie danach fragen.

»In meiner Vision, Kira, verbindest du die vier Elemente, welche wir symbolisieren: Airam Luft, Nisa Wasser, Amber Feuer und ich Erde«, begann Jonay zu erklären, was vor sich ging.

»Ein Regenbogen wird sich aus der Mitte unserer Hände in den Himmel heben. Genauso ist es damals geschehen, als Da…ida und ich im Todeskampf nach den Händen unserer Kinder griffen.« Jonay stockte kurz, als er den Namen seiner Frau aussprach, Nisas Augenlider zuckten, Airam blickte mit unbewegter Miene in den Himmel. Ich sah mich nach Edieth um. Sie hatte sich unbemerkt zurückgezogen und in den Pick-up gesetzt.

Diesmal fragte ich nicht, was zu tun sei, sondern folgte einfach meinen Instinkten. Nacheinander legte ich meine Hände auf die Schultern der vier. Bei Amber spürte ich Feuer in meinen Handflächen. Jonays Schultern fühlten sich wie feuchte Erde an. Als ich Airams Schultern berührte, kam ein kleiner Wind auf und wehte durch die Haare der Anwesenden. Und Nisas Schultern verursachten ein Plätschern in meinen Ohren, wie der Lauf eines kleinen Baches.

Ich verwandelte mich in alle Elemente, umfing die vier in einem Wirbelwind, erfrischte sie mit feinem Nieselregen, ließ den Boden angenehm warm glühen und glättete ihn danach zu feinem, dunklem Strandsand.

Etwas Seltsames geschah. Eine Kuppel wie eine Seifenblase, in der sich die Strahlen der Sonne in allen Farben brachen, begann sich um uns zu formen, bis wir vollständig von ihr umschlossen waren. Gebannt schauten wir auf Nisas Hand, die zuoberst lag, und warteten. Doch leider bildete sich kein Regenbogen.

Mein Blick fiel auf den Gips an Airams Fuß. *Versuch zuerst, alle drei zu heilen*, forderte ich mich selbst auf und legte meine Hände darauf. Sofort zeigten sich feine Risse. Dann brach der Gips geräuschlos auseinander. Behutsam zog Airam aus den Resten seinen Fuß heraus und bewegte ihn. Er war wieder vollkommen in Ordnung. Wow, es hatte funktioniert. Das Gleiche gelang mir bei Jonays Arm und Nisas Hand.

Andächtig folgten wir den Geschehnissen. Niemand sprach dabei. In stillem Einverständnis legten sie nun auch die zweite Hand in der Mitte aufeinander. Ich konzentrierte mich auf das Element Äther und wurde unsichtbar, ging im Kreis durch jeden hindurch und tauchte am Schluss in die Mitte der Hände.

Die schillernde Glaskuppel verschwand allmählich wieder. Eine Weile standen alle regungslos da, nachdem sie sich vollständig aufgelöst hatte – aber es ereignete sich nichts.

Ich konzentrierte mich noch einmal intensiv auf die Mitte des Kreises, jedoch leider erfolglos. Kein Regenbogen wollte entstehen. Nach und nach ließen sie ihre Arme sinken. Etwas abseits des Kreises nahm ich wieder meine Gestalt an.

»Ich …«, begann ich, während ich zu ihnen zurückkehrte, doch Jonay gebot mir mit einer Handbewegung zu schweigen.

»Alles ist gut. Alles war genau richtig. Aber es ist wohl noch nicht der richtige Zeitpunkt. Lasst uns ein wenig warten und es morgen wieder versuchen.«

Er klang gelassen. Hoffentlich behielt er recht. Langsam liefen wir zurück zu Edieth und stiegen in das Auto. Ohne Fragen zu stellen, wendete sie und fuhr uns nach Hause.

Es gab keinen richtigen Grund zu erneuter Hoffnungslosigkeit. Trotzdem war ich deprimiert, weil ich mir so sehr gewünscht hatte, Tim wiederzusehen. Ich betete, dass er immer noch *drüben* war und darauf wartete, dass es bald wieder eine Verbindung dorthin geben würde. Noch einen weiteren Tag ausharren. Es kam mir viel zu lange vor. Ich befürchtete, zu spät zu kommen. Gleichzeitig griffen meine schlimmsten Befürchtungen erneut nach mir. Ich sah Tim zerschmettert in einem Abgrund und fühlte mich machtlos gegen diese Bilder.

47. Kapitel

»Das hier ist Zitronenthymian.« Edieth reichte mir ein kleines Blatt, damit ich daran riechen konnte. »Zerreibe es ein wenig.« Vorsichtig rollte ich das Blättchen zwischen Daumen und Zeigefinger. Es roch lecker. Dann hielt ich es Amber hin, die ebenfalls daran schnupperte.

»Hm, das duftet wunderbar. Würde es in der magischen Welt irgendwohin führen?«

»Ja, aber nicht weit. Nur nach Madeira.«

Wir spazierten durch Edieths Garten, der sich unter der warmen Sonne wunderbar erholte, während Nisa, Airam und Jonay noch fest schliefen, obwohl es bereits später Vormittag war. Die Vorgänge in ihren Körpern erschöpften sie ziemlich. Immerhin verjüngten sie sich mit jeder Stunde. Meine Güte, sie lebten! Lebten in der realen Welt. Ob das hieß, dass sie sie später besuchen konnten, wenn die magische Urblase wieder …?

»Erdbeerbaum ist auch köstlich. Davon müsst ihr probieren.« Edieth wies auf einen kleinen Baum, der übervoll mit winzigen roten Beeren hing, die tatsächlich Erdbeeren ähnelten. Ich wusste, dass sie mit uns in den Garten gegangen war, um mich von meinen Grübeleien abzulenken, mir die Zeit zu verkürzen. Dafür war ich ihr dankbar.

Die kleinen Beeren schmeckten sehr intensiv, jedoch mehr nach Mango als nach Erdbeeren.

»Indien. Von der Urblase aus kam man damit in den Norden Indiens, in die Berge.«

Drachenbaum, Pfefferbaum, staudenförmiger Löwenzahn – alles ebenfalls endemische Pflanzen, die in der Realwelt auf La Palma wuchsen und in der magischen Blase zu den Reisekräutern gehörten.

»Oh, schaut mal!« Edieth lief ein Stückchen vor, auf einen knorrigen Baum zu und zeigte auf seine Äste. Als ich näher kam, entdeckte ich die mir wohlvertraute weißgraue, drahtige Flechte. Ehrfürchtig strich Edieth darüber.

»Die Sauerstoffflechte. Sie erholt sich wieder.«

»Das Haar der Urwesen.« Edieth nickte. »Das schönste Geschenk, das mir der Tag heute machen konnte.«

Ich spürte, wie mich ihr Glück ansteckte. Das waren wirklich wundervolle Nachrichten. Doch gleichzeitig tat mir dieses Glück weh – weil ich daran dachte, dass Tim es vielleicht nicht mehr erleben würde. Ich brauchte Gewissheit, endlich Gewissheit, was mit ihm war!

»Ich muss in den Wald. Ich muss Tim suchen!«, platzte es aus mir heraus.

Edieth bedachte mich mit einem besorgten Blick.

»Versteht doch, ich kann hier nicht spazieren gehen, Blümchen betrachten und weiter auf irgendwas warten, während Tim vielleicht …«

»Ich begleite dich«, unterbrach mich Amber und sah mich entschlossen an.

»Danke«, sagte ich. »Wir sollten zuerst noch mal in der Schlucht nachsehen, in der ich gefunden wurde. Ich werde mich in einen Wind verwandeln und …« Ich machte Anstalten, sofort loszulaufen, doch Edieth hielt mich zurück.

»Auch wenn ich es nicht für nötig halte, Tim zu suchen. Ich verstehe dich, Kira. Verstehe dich nur zu gut. Aber ihr solltet euch nicht ohne

Wasser und etwas zu essen auf den Weg machen. Und nehmt mein Funkgerät und noch ein paar wichtige Dinge mit.«

Verlegen steckte ich mir eine Haarsträhne hinter das Ohr. Natürlich hatte sie recht.

»Ich gehe und packe euch alles zusammen, okay?«, schlug Edieth vor.

»Und ich hole unsere Fleecejacken«, fügte Amber hinzu.

Dankbar sah ich Edieth und Amber hinterher, wie sie ins Haus gingen, und setzte mich auf die Steinbrüstung in der Nähe der kleinen Quelle, deren klares, kaltes Wasser munter über das Gestein plätscherte.

Dabei geschah etwas Seltsames. Mini kam durch die Stauden und Edieths frische Anpflanzungen angestrichen, ließ sich an der kleinen Mulde nieder, in der sich Quellwasser sammelte, und trank.

»Mini«, sagte ich und strich ihr über das Fell, das rotgolden in der Sonne glänzte.

Mini schleckerte ungerührt weiter das Wasser. Zuerst bemerkte ich gar nicht, wie sie ihren Kopf immer tiefer hineintauchte, und erschrak umso mehr, als er sich plötzlich komplett unter Wasser befand. War sie etwa ohnmächtig geworden? Doch ihr gesamter Körper begann sich zu verflüchtigen und verschwand vollständig im Wasser. Ungläubig starrte ich auf die orange schimmernde Oberfläche, bis es wieder seine normale Farbe annahm.

Dann setzte mein Gehirn blitzschnell alles zusammen: Mini, die in der magischen Welt verschwunden und in der realen wieder aufgetaucht war. Jerome, der sich in der Zwischenwelt selbst getötet hatte und hier gefunden worden war. Das hier, das war ein Durchgang! Und wenn ich an den Kellerdurchgang am Wetterplatz dachte, war Mini neben einem Komponisten mit magischer Energie, einer magisch Begabten wie Grete und einem Schriftsteller wahrscheinlich das fehlende Puzzleteil dafür, warum sich dort ein Durchgang gebildet hatte!

Mini besaß Wasserkräfte, und so, wie sie sich soeben verflüchtigt hatte, noch mehr: Wasser und Äther … Ein Tier mit zwei Begabungen. Noch nie hatte ich davon gehört. Aber anders ließ sich das nicht erklären.

Ohne lange zu überlegen, wandte ich das Element Äther an und danach sogleich das Element Wasser – und folgte Mini. Unsichtbar tauchte ich in das kleine Gewässer ein und fand mich in einem riesigen unterirdischen Gewölbe wieder.

Ich nahm wieder meine Gestalt an, blickte mich nach Mini um und entdeckte sie in einiger Entfernung. Mit kräftigen Schwimmzügen ruderte ich hinter ihr her und holte sie bald ein. Mini bewegte sich, die Ohren angelegt, wie eine Robbe durch die Unterwasserwelt, als wäre das für eine Katze selbstverständlich.

Grobes schwarzes Gestein umgab uns. Nur von Ferne drang irgendwo etwas Licht in die Höhle. Ohne meine Augen, die selbst Licht erzeugten, hätte ich so gut wie nichts erkennen können.

Mini bog in eine Röhre ein, die so eng war, dass ich kaum Schwimmbewegungen darin machen konnte. Ich zögerte, entschied mich dann jedoch, ihr zu folgen. Ich vertraute darauf, dass sie wusste, was sie tat, und mich irgendwo hinführen wollte. Es wurde immer enger. Ich schob mich durch das Gestein, was hier nicht mehr grob und düster war, sondern glatt wie poliert und bläulich schimmerte. Magisches Gestein! Das gab es in der realen Welt nicht und stimmte mich zuversichtlich. Das Atmen fiel mir in der Enge immer schwerer. Gerade als ich glaubte, stecken zu bleiben, öffnete sich die Röhre endlich vor uns und das Wasser rauschte hinaus ins Freie. Mini verschwand aus meinem Blickfeld und ich hörte, wie es platschte. Dann rutschte ich selbst hinaus und plumpste in einen kleinen lagunengrünen Teich. Mini sprang gleich ans Ufer, während ich mich aufrichtete und umsah. Das Wasser war nur hüfttief und gelb und weiß blühende Seerosen umgaben mich, deren tellerartige Blätter die Wasseroberfläche bedeckten.

Hier und da saß ein knallgrüner Frosch und um meine Beine tummelten sich kleine bunte Fische.

Ich kletterte eine saftig grüne Wiese hinauf. Sie bildete eine hügelige runde Insel unter einer blauen Himmelskuppel, von der die Sonne angenehm warm herabschien. In der Mitte erhob sich ein lustiges Gebilde aus Holz. Es bestand aus verschlungenen Ästen, Treppchen und kleinen Höhlen, die mit kuscheligen bunten Decken ausgelegt waren. Mini kletterte hinauf und sprang munter darin herum.

Eine weiße Maus lugte aus einem Astloch hervor. Schon war Mini zur Stelle und jagte sie über Äste und durch schmale Gänge. Dann hatte sie das Mäuschen, hielt es zwischen ihren Pfoten, und ich war mir sicher, gleich Zeugin eines Dramas zu werden. Aber nichts dergleichen geschah. Mini ließ die Maus wieder frei. Sie flitzte davon und versteckte sich. Mini blinzelte einmal mit ihrem Auge und konzentrierte sich jetzt auf eine braune Feldmaus, die auf einen Ast direkt vor ihrer Nase gesprungen war.

Nachdem ich ein paar Schritte getan hatte, überall Käserollis herumliegen sah und einen Brunnen, aus dem Milch plätscherte, bestand kein Zweifel mehr, wo ich mich befand: in Minis Wunschort. Unglaublich! Ich wäre nie darauf gekommen, dass sie einen besaß. Und sie hatte mich dorthin eingeladen, es war wundervoll.

Ich setzte mich auf die Wiese, um mich von meinem Weg durch die enge Röhre zu erholen, und sah Mini beim Herumtollen zu. Ich konnte es kaum glauben: Ich war wieder in der magischen Welt und sie war bunt.

Wie war es Mini gelungen, aus der realen Welt hierher zu gelangen? Normalerweise ließen sich Wunschorte nur in der magischen Welt erreichen. Mini streckte sich lang auf einem Ast aus, legte den Kopf auf ihre Pfötchen und sah mich miauend an. Sie würde ihr Geheimnis wohl für sich behalten.

Ich stand auf und schaute mich ein wenig um. Nach einigen Schritten um das Baumgebilde herum fiel mir auf, dass die Farben zum Horizont hin in Grau übergingen. Mini rollte derweil unbekümmert ein paar Käserollis durch die Gegend. Dann stopfte sie eins nach dem anderen in sich hinein. Ob Clarissa es tatsächlich vermochte, sich durch Mini auszudrücken und mir beizustehen? Inzwischen kam mir die Idee wieder fast zu verrückt vor. Mini war, bis auf ihre magischen Fähigkeiten, eine ganz normale Katze. Andererseits schien es mir nicht abwegig, dass sie mir die Quelle bewusst gezeigt hatte. Nun ja, es ließ sich nicht ergründen. Ich konnte nur meinem Herzen trauen, das mir sagte, Clarissa war bei mir.

Ich lief Richtung Horizont, um mehr über diesen Wunschort zu erfahren. Doch die Wiese blieb die Wiese und ließ den in dunkles Grau ausfransenden Horizont unerreichbar, so wie es sich mit jedem Wunschort verhielt, wenn man nicht den einzigen Ausgang hinaus benutzte.

Also kehrte ich zurück zu Mini und dem Teich. Das wuschelrote Bündel lag inzwischen im warmen zuckerweißen Sand, der sich auf der einen Seite des kleinen Gewässers befand, und putzte sich ausgiebig.

Mini hielt inne, als ich mich zu ihr hockte und sie streichelte, während ich immer wieder zu der Stelle hinübersah, wo das Wasser aus dem felsigen Röhrengang sprudelte. Edieth und Amber vermissten mich sicher längst. Ob sie sich etwas zusammenreimen konnten? Amber war Wasser und Nisa auch. Am besten, ich kehrte zurück und informierte sie, auch wenn mir mein Gefühl sagte, dass ich irgendwas übersehen hatte.

Ich stieg in den Teich, kam jedoch nicht weit, weil Mini aufsprang und alarmiert miaute. Ratlos drehte ich mich nach ihr um. Mini fixierte mich mit ihrem einen grünen Auge, das mir jetzt besonders groß und rund vorkam.

Ich glaubte, darin zu lesen, dass ich was falsch machte, konnte aber nicht mit Gewissheit sagen, ob ich mir das nur einbildete. Trotzdem stieg ich zurück an das Ufer.

Mini legte sich beruhigt hin und putzte sich weiter. Ratlos sah ich mich um. Was sollte ich tun? Mein Blick blieb an der Quelle hängen. Sie entsprang einem Hügel, der vollkommen mit Katzengras bewachsen war. Ich folgte einem Pfad, wo Mini das Gras heruntergetreten hatte, und bewegte mich auf den Hügel zu. Mini protestierte nicht, sondern schien mich vergessen zu haben und führte ihr Putzprogramm weiter aus. Hinter dem Hügel tat sich überraschend ein Abgrund auf. Ich schwankte einen Moment, sodass ich mich hastig an einem Bambusgewächs festhielt.

Es sah aus, als wäre Minis Wunschort an der Stelle ein Stück abgebrochen. Dort breitete sich vor mir die Zwischenwelt mit ihrem grauen Nebel und ihren dunklen Schatten aus, wie ich sie bereits kannte. Ein Schauer lief mir über den Rücken. Ich kniff die Augen zusammen und versuchte, Genaueres im Dunst zu erkennen. Die Schatten, okay, das waren wahrscheinlich alles Inseln.

»Miau«, machte es. Mini war mir gefolgt, sie stand dicht hinter mir und drängte mich weiterzugehen. Vorsichtig bewegte ich mich vorwärts. Der schmale Pfad zwischen Hügel und Abgrund war nur zwei Fuß breit. Trotzdem folgte mir Mini dicht auf den Fersen und ließ eine Umkehr nicht zu.

Gerade wollte ich mich in einen Wind verwandeln, um weniger absturzgefährdet zu sein. Da tauchte aus dem Dunst einer dieser grauen Regenbogen auf. Ich setzte einen Fuß darauf und drehte mich nach Mini um. Sie saß ruhig am Fuße des Regenbogens und beobachtete mich.

Wie ein Blitz traf mich eine Erkenntnis. Wenn Mini einen Weg in ihren Wunschort gefunden und ihn mir gezeigt hatte, dann … Genau! Das musste die Lösung sein. Entschlossen ging ich vorwärts. Hinter mir verschwand Minis Lieblingsort in dickem Nebel, während mich der Weg immer weiter hineinführte in das dunkelgraue Wolkenmeer …

Ich schloss die Augen und visualisierte meinen Lieblingsort, so gut ich konnte. All seine Farben, die Gerüche des Waldes … Mein kleiner goldener und reich verzierter Dom, sein angenehm kühles Inneres, die Bänke darin, ganz vorn der Platz mit dem roten Teppich, auf den die Sonne durch die runden Fenster schien. Drumherum das üppige Grün des Waldes, der immer tiefblaue Himmel und vor allem die liebliche Ruhe. Eine Silhouette tauchte vor meinem inneren Auge auf, und als ich die Augen öffnete, war sie immer noch da. Zuversichtlich schritt ich darauf zu und … spürte unter meinen Schuhen Waldboden.

Der Nebel verzog sich. Kleine Sonnenstrahlen stahlen sich durch ihn hindurch und schienen ihn zu zerteilen. Umrisse von Bäumen wurden erkennbar. Ich lief weiter, lief einen Waldweg entlang, Kräuter und Farne streiften meine Beine. Und dann geschah etwas so Wunderbares, dass es mir die Tränen in die Augen trieb. Eine Blüte segelte vor meinen Augen herab. Ich fing sie auf und hörte ihr leises Klingen, als sie auf meiner Handfläche landete. Ihre Blütenblätter leuchteten schneeweiß, als hätte sie sich gerade erst geöffnet. Der Nebel riss plötzlich weiträumig auf. Unter tiefblauem Himmel tauchte goldglitzernd zwischen den Bäumen meine Miniaturausgabe des reich verzierten Doms von Orvieto auf, der mich zu meinem Wunschort inspiriert hatte.

Ich zitterte bei seinem Anblick. Tränen liefen mir über die Wangen, während weitere Blüten auf mich herabschneiten. Mein Lieblingsort. Das war er! Ich war an meinem liebsten Ort. Überwältigt eilte ich auf den Eingang zu, versuchte, mit dem Weinen aufzuhören. Doch die Anspannung, die von mir abfiel, musste davonfließen. Gleichzeitig hatte ich mich noch nie so sehr nach Tim gesehnt wie in diesem Moment.

Deswegen konnte ich nicht sagen, ob es Einbildung war oder Wirklichkeit, ihn vorn im Erker der Kirche stehen zu sehen, wo sich in der realen Kirche ein Altar befand. Etwas Ähnliches hatte ich schon einmal erlebt. Damals war ich auf der vordersten Bank eingeschlafen, und als ich erwachte, standen plötzlich Neve und Tim vor mir. Und damals war es kein Trugbild gewesen …

»Kira …«, vernahm ich meinen Namen. »Kira!« Die Gestalt lief auf mich zu, nahm mich in die Arme, duftete nach Tim … Gerüche, die konnte man sich nicht einbilden, nicht wahr?

»Tim …«, schluchzte ich an seiner Brust. »Bist du es? Bist du es wirklich?«

Er drückte mich fest an sich, fuhr mir durchs Haar. Erst jetzt wurde mir klar, wie sehr er mir wirklich gefehlt hatte, ich konnte ihn gar nicht eng genug umarmen, um zu spüren, dass er auch wirklich da war, er war da, Tim, mein Tim.

»Ich wusste, dass du hierherkommst. Ich wusste es einfach«, flüsterte seine tiefe, liebevolle Stimme an meinem Ohr. Erst nach einigen Schluchzern brachte ich wieder einige verständliche Worte heraus.

»Du stammst ja auch von magisch hochbegabten und wichtigen Leuten ab«, versuchte ich zu scherzen, während ich mir ein paar Tränen von den Wangen wischte.

»Ja.« Er schmunzelte. »Aber deine einfache Herkunft macht mir wirklich nichts aus.« Ich musste lachen. Tim hob mich hoch. Und dann küssten wir uns, küssten uns lange, als könnten wir diesen Moment in eine Ewigkeit verwandeln.

»Wie bist du … Was hast du …«, ich wusste überhaupt nicht, wo ich anfangen sollte. »Wo warst du?«

Tim strich mir eine Haarsträhne aus dem Gesicht und sah mich besorgt an.

»Von meinem Glanz ist kaum was übrig geblieben, ich weiß«, sagte ich. Tim drückte mich noch einmal an sich.

»Du bist die schönste Frau der Welt«, schwor er ernst und es tat gut, auch wenn es überhaupt nicht stimmte.

Ich hielt mich an seinen Armen fest, weil meine Knie butterweich wurden, als hätte mich die ganze Zeit meine Angst um Tim im eisernen Griff gehabt und ließ nun endlich los.

Tim führte mich zu einer Bank. Da lag mein Tagebuch mit den bunten Mandalas, das Neve mir geschenkt hatte. Ich strich mit der Hand über die geprägte Oberfläche. Darin hatte ich alles festgehalten bis zu dem Tag, an dem ich zu Tim heimgekehrt war …

Er setzte sich neben mich.

»Es ist so schön, wieder hier zu sein. Ich mag deinen Wunschort sehr«, sagte er. Sein Gesicht war schmal geworden, seine blonden Haare waren stumpf und struppig, seine Hände rau. Aber er lebte und er schien ansonsten unversehrt. Was hatte er durchgemacht?

»Warum bist du nicht wie die anderen abgesprungen und …?«

»Zwei Urwesen, sie haben mich mit ihren dünnen, rankenartigen Armen umschlungen, als die anderen im Dunst verschwanden und du in diesem schwarzen Loch …« Er hielt inne und schluckte. Seine Augen füllten sich mit Tränen. »Ich dachte, du seist tot, Kira. Ich dachte die ganze Zeit, du seist tot.«

»Das war ich auch kurz, glaube ich.« Ich berichtete ihm von meiner Begegnung mit meiner Mutter und dass sie mich zurückgeschickt hatte. Tim drückte meine Hand.

»Ich hätte viel besser auf dich aufpassen sollen.«

»Das hast du. Das hast du doch, Tim.«

Er erzählte mir, wie er in der Zwischenwelt verblieb, zusammen mit den beiden Urwesen, während alles andere um ihn herum verschwand.

»Das schwarze Loch, es hat sich geschlossen, kurz nachdem es dich eingesaugt hatte. Und dann war alles nur noch grau. Die anderen … ich weiß nicht …«

»Sie leben, Tim. Stell dir vor, sie leben. Es geht ihnen gut.«

»Dann sind sie in der Realwelt?«

»Ja, das sind sie.« Ich beschrieb ihm, was sich ereignet hatte, wie Nisa, Airam und Jonay gebrechlich und greise fast gestorben wären, vom Auftauchen Daidas und dass sie gestorben war, meiner Begegnung mit Riley, dem Kampf, alles. Tims Atem ging stockend. Er fuhr sich, während ich erzählte, mehrmals nervös durchs Haar.

»Es ist ungeheuerlich, was du geleistet hast …«

»Ich weiß nicht, ich hab nur getan, was gerade dran war …«

Tim atmete tief ein und rieb sich die Stirn.

»Als ich deinen Wunschort fand, das hat mir so viel neuen Mut gegeben. Ich habe mir immerzu gesagt, dass ich ihn niemals hätte finden können, wenn es dich nicht mehr gäbe, nicht wahr?«

Seine Lippen zitterten, als könnte ich mich doch noch in Luft auflösen.

Ich strich ihm mit dem Finger besänftigend darüber und küsste sie.

»Was ist mit dir und den Urwesen passiert?«

»Wir trieben, ich weiß nicht wie lange, durch diesen grauen Nebel, als wären wir eine Schneeflocke. Manchmal glaubte ich, Stimmen zu hören. Vielleicht waren es die von anderen Vermissten. Ich rief nach ihnen, aber bekam keine Antwort. Man konnte dieses Driften durch den Raum nicht steuern. Es gab ja keine Richtung. Ich schloss die Augen und sagte mir immer wieder: Selbst wenn Kira nirgendwo mehr ist, es ist meine Aufgabe, diese beiden Urwesen festzuhalten, sie zu schützen vor der Kälte, bis zu meinem letzten Atemzug.«

Ich schmiegte mich an Tim, während mir sein Bericht einen Schauer nach dem anderen über den Rücken jagte. Mein Gefühl hatte mich nicht getäuscht. Die Zeit war knapp gewesen.

»Dann wurde es wärmer«, fuhr Tim fort. »Es tröstete mich, wie die Urwesen sich an mich schmiegten, als könnte ich sie retten. Sie waren wie zwei kleine Kinder. Ich habe keine Ahnung, ob Tage, Wochen oder nur Stunden vergangen sind. Ich habe die ganze Zeit nichts gegessen und getrunken. Es war, als hätte ich mich in einer Art Zwischenleben befunden. Aber vielleicht war auch die Zeit aufgehoben, sodass sie überhaupt nicht vergangen ist.«

»Wie bist du dann hierhergekommen?«

»Irgendwann trieb ich mit geschlossenen Augen durch das Nichts. Es war bedeutend angenehmer, als immer in dieses Grau hineinzustarren. Ich überlegte, was ich mir am meisten wünschte. Natürlich bei dir zu sein, an einem glücklichen Ort. Daraufhin fiel mir dein Wunschort ein. Ich träumte mich einfach dorthin und vergaß meinen schrecklichen Zustand. Es war so schön. Ich erinnerte mich, wie Neve mich damals hingeführt hatte und wie sauer du anfangs gewesen warst …«

»Es tut mir so leid«, unterbrach ich ihn.

»Nein, nein«, begehrte er auf. »Das war doch völlig verständlich.«

»Ich bin froh, dass Neve dich damals einfach mitgebracht hat. Sonst wärest du jetzt …« Ich stockte, weil mir in diesem Moment die Tragweite bewusst wurde. Hätte sie Tim nicht an meinen Wunschort geführt, dann hätte er vielleicht niemals … erneut erfasste mich ein Zittern.

»Sch, sch«, besänftigte mich Tim. »Es ist sinnlos, vor Dingen Angst zu haben, die gar nicht mehr passieren können.«

»Erzähl weiter«, bat ich.

»So viel gibt es gar nicht mehr zu erzählen«, Tim lächelte und mein geliebtes Grübchen zeigte sich auf seiner Wange.

»Ich glitt gegen etwas Festes und hielt mich sofort daran fest. Gleichzeitig rutschte ich nach unten, weil wieder eine Schwerkraft zu wirken schien. Erst konnte ich nichts erkennen, fühlte nur weichen Erdboden unter den Füßen. Die Urwesen lösten sich von mir und buddelten sich flink in den feuchten Boden ein. Ich saß eine Weile zwischen ihnen und versuchte, zu mir zu kommen. Mir war schwindlig, als wäre ich aus dem Weltall zurückgekehrt und müsste erst wieder mit der Erdanziehungskraft klarkommen. Langsam verzog sich der Nebel, bis dein Dom in seiner gesamten Pracht vor mir auftauchte. Ich glaube, ich habe lange Zeit regungslos dagesessen und ihn angestarrt, weil ich es einfach nicht fassen konnte.«

Ich schlang meine Arme um Tims Hals und wollte ihn am liebsten nie mehr loslassen. Eine Weile verharrten wir schweigend ineinander verschlungen.

»Wo sind die Urwesen? Geht es ihnen gut?«, fragte ich leise.

»Sehr gut sogar. Seit heute wächst wieder ihr krauses Haar. Aber nun sag mir, wie bist du hierhergekommen? Wie hängt alles zusammen? Ich habe immer noch das Gefühl, überhaupt nichts zu verstehen.«

Ich erzählte ihm von Mini, der Quelle, ihrem Wunschort und dass sie mich darauf gebracht hatte, an meinen eigenen Lieblingsort zu denken. Ich erzählte ihm auch, dass ich glaubte, Clarissas Geist mache mit Mini gemeinsame Sache.

Tim nickte vielsagend. Für ihn waren solche Dinge kein bisschen zweifelhaft.

»Wir müssen weitere magische Begabte dazu bringen, ihre Wunschorte zu visualisieren«, überlegte er, nachdem wir eine Weile geschwiegen und über die vielen Dinge nachgedacht hatten.

»Nur wie? Wie können wir sie erreichen?«

Während ich die Frage stellte, kam mir schon die Antwort und Tim sprach sie aus:

»Quantenkommunikation. Du solltest das mit der Quantenkommunikation versuchen. Gut möglich, dass sie wieder funktioniert.«

Wir lächelten uns an.

48. Kapitel

Tim war hinausgegangen, um Wasser zu holen, weil ich furchtbaren Durst verspürte. Er wollte auch ein paar Apfelbeeren mitbringen, mit denen er sich bereits seit seiner Ankunft den Bauch vollgeschlagen hatte.

Ich beugte mich vor, legte die Unterarme auf die Bank vor mir und die Stirn auf meine Hände. Dann versuchte ich, mich innerlich darauf einzuschwingen, mit jemandem via Quantenkommunikation in Kontakt zu treten. Nacheinander dachte ich an alle, die ich kannte und die zu dieser Art der Verständigung fähig gewesen waren. Das umfasste die Mitglieder des Berliner Rates und die Mitglieder des Ur-Rates.

Zuerst hörte ich nur das Zwitschern der Vögel von draußen, dann ein wenig die klingenden Blüten, und wenn ich mich noch mehr konzentrierte, sogar das Plätschern der Quelle hinter dem Dom. Ich bemühte mich, die Geräusche der Gegenwart auszublenden. Nach und nach traten sie in den Hintergrund. Bald lauschte ich nur noch der Stille. Sich auf die Quantenkommunikation einzustellen, war mit einem Empfinden von ungeheurer Geschwindigkeit im Kopf verbunden und es begann dabei in den Ohren zu knistern.

Das Knistern steigerte sich. Dann wurde es wieder leiser …

»Kira, hey?«, vernahm ich eine Stimme. Sie kam aber nicht von weit her, sondern war direkt neben mir. Verwirrt hob ich den Kopf und sah in Tims grüne Augen.

»… Ich konnte niemanden erreichen«, nuschelte ich entschuldigend.

»Das glaube ich gern. Du hast zwei Stunden geschlafen. Aber ich dachte, jetzt wecke ich dich mal.«

Wie? Geschlafen? Ich brauchte einige Sekunden, um mich zurechtzufinden.

Tim reichte mir Wasser in einer Schale.

»Gut, dass dein Wunschort eine Quelle besitzt. Sonst wären wir aufgeschmissen.« Er lächelte.

»Ja, aber ich hätte damals nicht nur an Wasser und Waldbeeren denken dürfen, sondern vielleicht noch an einen Busch, auf dem Pizza wächst.« Tim schmunzelte.

»Wir werden schon was finden.« Ich nahm ihm die Schale ab, leerte sie in einem Zug und biss dennoch dankbar in eine Apfelbeere.

»Ich war bei Mini drüben. Sie ist kurz mit rübergekommen, hat sich hier umgesehen und dann ist sie wieder gegangen. Einen Weg woandershin konnte ich bisher leider nicht finden.« Tim sah besorgt aus.

»Ich versuche gleich noch mal, mit irgendwem Kontakt aufzunehmen«, sagte ich, stand auf und ging ein paar Schritte, um meinen Kreislauf wieder in Schwung zu bringen. Ich fühlte mich schwach wie nach einer schweren Grippe. Hoffentlich würden meine Kräfte noch reichen, um mich und Tim wieder nach Hause zu bringen. Es gab nichts, wonach ich mich mehr sehnte.

Plötzlich begannen meine Ohren zu klingen, immer lauter. Erst glaubte ich, mein Kreislauf würde streiken, und suchte Halt an einer Bank. Vorsichtshalber ging ich in die Knie. Tim war sofort bei mir, doch ich gab ihm ein Zeichen zu schweigen.

Ich hörte Stimmengemurmel! Es kam von innen und … Nein, Moment, es war nur eine Stimme, die immer wieder von Knistergeräuschen unterbrochen wurde. Im Schneidersitz auf dem Boden nahm ich den Kopf in beide Hände und versuchte mit der höchsten Konzentration, die mir möglich war, diese Stimme zu verstehen.

Amber? Das war doch Amber. Aber warum konnte Amber plötzlich …

Kira, bist du es?

Ja! …

Wow, Kira. Ich weiß nicht … Es war Nisas Idee, dass es funktionieren könnte, weil ich jetzt zum Ur-Rat gehöre. Wo bist du?

Das Knistern wurde immer lauter.

In meinem Wunschort. Ihr müsst euch euren Wunschort vorstellen, so intensiv es geht. Hörst du? Amber antwortete etwas, doch ich verstand es nicht und sprach schnell weiter: *Mini hat mich hierher gebracht. Durch die Quelle. Die Quelle ist ein Durchgang und führt zu ihrem Wunschort, kannst du mich verstehen?*

Ich vernahm nur noch, wie Amber *Jonay … Regenbogen …* sagte, dann übertönte ein unerträgliches Piepen alles. Ich nahm die Hände von den Ohren und riss die Augen auf, damit die Außenwelt wieder in mich eindringen konnte, sprang auf, rannte nach draußen und atmete ein paarmal tief durch, in der Hoffnung, dass das penetrante Geräusch aus meinen Gehörgängen verschwand.

Tim folgte mir, fragte jedoch nichts, sondern war nur da und sorgte dafür, dass ich sanft auf den Boden glitt und mich setzte, weil meine Knie vor Schwäche zitterten. Endlich wurde das Piepen leiser, bis es ganz aufhörte. Erlöst fuhr ich mir durch die Haare.

»Ich habe mit Amber gesprochen«, flüsterte ich. »Aber es gab nur eine kurze Verbindung.«

»Hast du ihr mitteilen können, dass sie ihre Wunschorte visualisieren müssen?«

»Ja, aber … ich glaube, ich muss zurück.«

Tim sah mich fragend an.

»Ich habe nur Wortfetzen verstanden, aber Amber hat von Jonay und dem Regenbogen gesprochen.«

»Das hat aber nicht funktioniert.«

»Beim ersten Mal nicht. Ich sollte es noch mal versuchen. Es ist am vielversprechendsten. Schließlich hat Jonay davon geträumt.«

»Nein, du versuchst es nicht noch mal«, sagte Tim mit Bestimmtheit. Verständnislos sah ich zu ihm auf.

»Kira, du bist total erschöpft. Ich lasse dich nicht allein durch den Durchgang zurückschwimmen.«

»Aber …«

Tim nahm mich entschlossen auf den Arm und brachte mich zu einer Stelle am Waldrand mit weichem Moos. Ich staunte, woher er noch die Kraft nahm.

Wir lehnten uns an den Stamm eines der mächtigen Bäume, ganz in der Nähe der Urwesen, die zufrieden ihre Köpfchen gegeneinander neigten und sich ein wenig hin- und herwiegten, als ständen sie in einer lauen Brise oder schwangen nach einer eigenen inneren Melodie.

»Aber ich muss doch …«

»Wie wär's, wenn du dir einfach Wunschorte von Leuten aus der magischen Welt vorstellst, die du kennst. Du kennst doch sicher welche, oder?«

Mein Kopf war schwer, als hätte jemand ein paar Volt zu viel hindurchgejagt. Trotzdem versuchte ich zu erfassen, worauf Tim hinauswollte. »Meinst du, ich kann damit jemanden hierherholen?«

»Keine Ahnung. Vielleicht lässt sich so die magische Welt weiter neu erschaffen. Wir schauen einfach, was passiert …«

Ich nickte und schmiegte mich in Tims Arm, sah in den sich purpurrot verfärbenden Himmel. Bald würde die Nacht hereinbrechen und ich freute mich darauf. Freute mich auf den Schlaf, wie ich ihn noch nie herbeigewünscht hatte.

Doch vorher dachte ich an meine Freunde. An Neve und ihren lieblichen Wunschort mit der seifenblasenähnlichen Glaskuppel und der üppig grünen Wiese, an Leos Burg, von der mir Grete erzählt hatte, und an Gretes buntes Pippi-Langstrumpf-Haus, das sie mir kurz vor meinen Prüfungen gezeigt hatte. Ich versuchte, mir alles genau vorzustellen, als würde ich hindurchwandeln, um meine Freunde wiederzusehen. Nebenher blitzte die Erkenntnis auf, dass Pios Wohn-Murmel wahrscheinlich sein Wunschort gewesen war. Und ich stellte mir diesen ebenfalls vor: wie er mit mir gesprochen, mich berührt und mir in die Augen gesehen hatte, als wäre er aus seinem Kerker aufgewacht. Das war so schön gewesen …

49. Kapitel

Ein lautes Rumoren weckte mich.

»War das gerade dein Magen oder meiner?«, flüsterte Tim verschlafen neben mir. Die Sonne stand bereits hoch am Himmel. Das hieß, wir hatten mindestens fünfzehn Stunden geschlafen. Freundlich glitzerte die Fassade des kleinen Doms, sodass ich blinzeln musste.

»Ich glaube, unsere Mägen waren im Gespräch über die schlechte Versorgung. Apfelbeeren machen nun mal nicht wirklich satt.«

Ich berührte Tim an der Wange und gab ihm einen Kuss auf seinen lächelnden Mund.

»Kennst du denn einen Wunschort, wo es etwas Ordentliches zu essen gibt?«

»Keine Ahnung, ich hoffe. Aber zuerst müssen wir eine Möglichkeit finden, überhaupt in einen neuen Wunschort zu gelangen.«

Tim nickte und stand auf. Ich erhob mich ebenfalls, streckte meine Glieder und sah mich nach den Urwesen um, konnte sie aber nirgends entdecken. Ein wenig später fanden wir sie hinter dem Dom bei der Quelle. Sie hatten sich dicht daneben eingebuddelt und zogen durch ihre Füßchen das erfrischende Nass in ihre Adern.

Wir benetzten unsere Gesichter mit Quellwasser und tranken so viel es ging. Dann begaben wir uns zur Regenbogenbrücke, die hinüber zu Minis Wunschort führte.

»Schau, der Regenbogen hat Farbe bekommen!«, rief Tim.

Tatsächlich, zwar waren die Töne sehr blass, wie ausgewaschener Stoff, aber immerhin! Links und rechts davon sah mein Wunschort genauso abgebrochen aus wie bei Mini drüben.

In einigen Metern Entfernung entdeckten wir gleichzeitig etwas, das in das dunkle Grau hineinragte. Vorsichtig kletterten wir am Abgrund entlang dorthin und fanden das vor, worauf wir gehofft hatten. Das farblose Regenbogenband hing wie eine abgebrochene Brücke in das Wolkenmeer hinein. Ich setzte einen Fuß darauf, reichte Tim die Hand und zog ihn hinterher, allzeit bereit, mich in Wind zu verwandeln, sollte einer von uns das Gleichgewicht verlieren.

Der Regenbogen reichte sechs oder sieben Meter hinein in den Dunst. Sein ausgefranstes Ende flatterte leicht.

»Welchen Ort wirst du dir vorstellen?«

»Weiß ich noch nicht. Kannst du mich führen?«

Tim griff meine Hand fester. Ich schloss die Augen, um mich besser zu konzentrieren, und setzte mich in Bewegung. In kleinen Schritten ging nun Tim voran, während vor meinem inneren Auge die blumenbunte Wiese vor Neves Seifenblasenhaus auftauchte.

Wir bewegten uns weiter und weiter. Das bedeutete, der Regenbogen wuchs. Ich wagte nicht, meine Augen zu öffnen. Meine Konzentration auf Neves Lieblingsort durfte nicht nachlassen.

Plötzlich packte mich Tim und hob mich hoch.

Ich bekam einen gehörigen Schrecken, riss entsetzt die Augen auf und klammerte mich an ihn, bis ich sah, wo wir uns befanden.

»Es hat geklappt«, jubilierte er und drehte sich einmal mit mir. »Du erschaffst die magische Welt neu!«

»Erst einmal die Wunschwelt … Wie daraus dann die magischen Blasen …«

»Pssst, sei nicht so ungeduldig. Lass uns einfach darauf vertrauen.«

Ach, Tim. Wie oft beruhigten mich seine Worte und gaben mir ein gutes Gefühl.

Was für ein schöner Ort Neves Lieblingsort war! Der Duft der Blumen erfüllte die Luft. Kleine Seifenblasen trieselten überall durch die Gegend und hingen wie winzige Ballons im Gras.

Wir stiegen den Hügel hinauf, auf dem das Seifenblasenhaus thronte, aus dessen Eingang uns ein feiner weißer Vorhang entgegenwehte. Mein Herz schlug wie wild trotz der geringen Steigung. Ich fühlte mich schon wieder schwach und müde. Ein wenig wünschte ich, Neve würde uns entgegenkommen, aber natürlich war das Haus leer. Und leider gab es hier nichts zu essen.

»Na ja, Neve hatte es lange Zeit nicht so mit dem Essen«, scherzte ich, obwohl mir eigentlich nicht danach war.

»Schade eigentlich«, antwortete Tim, nahm mich in den Arm und wir setzten uns ein paar Minuten hin, um zu verschnaufen. Von hier sahen wir bereits einen weiteren kaputten Regenbogen am anderen Ende der Wiese. Es tröstete mich ein wenig, dass wir nicht lange suchen mussten.

Wieder nahm Tim meine Hand fest in seine, ich schloss die Augen und er ging voran.

Unversehrt gelangten wir in Gretes Wunschhaus mit den vielen Fensterchen, Türmen und Treppen. Es war so bunt und voller schöner Dinge. Leider gab es jedoch keine Küche. Nichts Essbares, nirgends.

»Bleiben nur noch Leo oder Pio.«

»Bei Pio gibt es Orangensaft. Das wissen wir immerhin schon.«

Ich war so kurzatmig, dass mir kaum ein Lächeln gelang.

Während wir uns in Gretes Haus umgesehen hatten, hatte sich gleich neben dem Regenbogen, auf dem wir gekommen waren und der sogar in kräftigen Farben schillerte, ein neuer gebildet, der halb fertig in die Wolken hineinhing.

Ich versuchte mehrmals, Pios Wohn-Murmel zu visualisieren, während wir bis an sein Ende liefen, aber es wollte mir nicht gelingen. Wir gingen zurück, bis wir wieder festen Boden unter den Füßen hatten.

»Ich glaube aber, dass es sein Wunschort war«, sagte ich ratlos.

»Wahrscheinlich war es etwas Besonderes, dass du in der Zwischenwelt zu ihm gefunden hast. Pio hat ganz sicher noch nie jemanden in seinen Wunschort mitgenommen.«

»Ein zweiter, identischer Ort vielleicht, falls seiner gewohnten Zuflucht etwas zustoßen sollte«, überlegte ich. »Aber warum war er dort so … normal?«

»Nun. Weil es sein Wunschort ist?« Tim lächelte mich an, aber seine Antwort befriedigte mich irgendwie nicht. »Pio ist eben jemand mit vielen Geheimnissen.«

Das war wohl wahr. Mir fiel wieder ein, was er sinngemäß zu mir gesagt hatte: Die magische Welt, das ist im Grunde ein Gebilde aus Fantasie. Mit dem Verstand kommt man weit, mit der Fantasie jedoch überallhin.

Ich erzählte Tim davon, während ich begann, die tiefere Bedeutung dieser Worte zu erfassen.

Tim nickte und ergänzte: »… ein Gebilde aus Fantasie und Liebe.«

Ich dachte an Daida und an das, was ihr Herz in die Irre geführt hatte …

»Deshalb sind wir bestimmt auf dem richtigen Weg, wenn wir nach weiteren Wunschorten suchen«, überlegte Tim. »Ich glaube sogar, dass sie zuerst da waren und aus ihnen irgendwann die gesamte magische Welt entstanden ist.«

In den Geschichtsbüchern stand nichts darüber. Aber das musste nichts bedeuten. Die Menschen erinnerten die Vergangenheit um, weil das Leben selbst nur funktionierte, wenn es ein Geheimnis blieb.

»Okay, dann als Nächstes Leos Lieblingsort. Lass es uns versuchen.«

Tim hielt mich fest, ich konzentrierte mich. Als ich die Augen nach einigen Metern wieder öffnete, fanden wir uns vor der Zugbrücke einer mächtigen mittelalterlichen Burg wieder. Zögerlich liefen wir über den Burggraben und sahen uns innerhalb der dunklen Gemäuer um. Wir gelangten in die Burgküche, mussten jedoch feststellen, dass sie keinerlei Vorräte enthielt. Entmutigt stiegen wir einen der Türme hinauf. Tim wollte noch nicht aufgeben.

Das Turmzimmer stellte sich als gemütliches Schlafgemach mit einem prächtigen Himmelbett, einem Kamin und schweren roten Vorhängen heraus.

»Es hat keinen Zweck«, sagte ich. Doch Tim bewegte sich auf das Bett zu, bückte sich und zog ein Tablett darunter vor, auf dem sich eine angebissene Wildkeule, deren Fleisch getrocknet, aber nicht vergammelt war, und ein großer Kanten hartes Brot befanden. Immerhin etwas.

Wir teilten gerecht und würgten das trockene Zeug herunter.

»Lass uns ein wenig ausruhen.« Tim ließ sich auf das Bett sinken. Ich kuschelte mich neben ihn und merkte, wie sich alles in meinem Kopf drehte.

»Mir fällt wirklich kein Ort mehr ein, den ich mir noch vorstellen könnte.«

»Vielleicht kannst du jemanden fragen via Quantenkommunikation, wie sein Wunschort beschaffen ist.«

»Kann ich versuchen, aber ich glaube, ich bin zu schwach. Ich müsste erst mal was Richtiges essen.«

Eine dunkle Wolke Resignation schob sich heran, doch Tim hielt sie auf.

»Lass uns eine kleine Pause machen. Wir können nichts erzwingen. Die anderen werden nicht untätig herumsitzen, sondern auch etwas versuchen.«

Tim beugte sich über mich, streichelte mein Gesicht und küsste mich auf die Stirn.

Ich träumte von Quellen, aus denen Saft, Brause und Erdbeermilch flossen. Überall standen reich beladene Büfetts. Es duftete nach Gegrilltem und Gebratenem. Nur gab es ein Problem in diesem Traum: Das Angebot an Essen und Trinken war so reichhaltig, dass ich nicht wusste, was ich zu mir nehmen sollte. Und deshalb aß ich gar nichts, während mein Magen immer schmerzhafter rebellierte.

Plötzlich stand Else vor mir, mit einem frisch gebackenen Hefezopf und einem Tiegel Butter.

»Nein!«, schrie ich, weil mir langsam dämmerte, dass ich mich in einem Albtraum befand, der sich wahrscheinlich steigerte. Doch da waren Tims Arme, die mich ruhig hielten, ich vernahm den beruhigenden Klang von Elses tiefer Stimme, öffnete die Augen und seufzte. Else gehörte nicht zu diesem Traum. Sie stand tatsächlich vor uns, vor Leos Himmelbett in seinem Wunschort.

»Doch! Jetzt wird erst mal was gegessen.«

Sie stellte das Tablett auf einem massiven Holztisch ab, der vor einem der hohen Fenster stand, und schnitt den Hefezopf in dicke Scheiben, die sie dick mit Butter bestrich.

»Hab ich es mir doch gedacht, dass ihr halb verhungert seid. Ihr habt es mir aber auch nicht leicht gemacht, euch zu finden.«

Tim reichte mir einen Becher Milch, den ich gierig trank. Dann biss ich ein großes Stück Hefezopf ab und kaute. Und dann fand ich endlich meine Sprache wieder.

»Else …«

»Iss erst mal, Kindchen. Ich erzähle ja schon.«

Amber hatte von ihrem Kontakt zu mir berichtet. Nisa wollte sofort durch Minis Durchgang aufbrechen, doch Jonay hatte eine neue Vision gehabt. Eine, die erstaunlich klar war und anzeigte, dass er sich wieder erholte.

»Es muss nicht Kira sein, die uns wieder zurückbringt. Es ist nicht Kira … Es … Äther ist der Raum, der alles umfasst und aus den Quantitäten neue Qualitäten hervorbringt, doch …« Bei dem, was er dann sagte, runzelten die anderen Ratsmitglieder die Stirn. »Essen hält Leib und Seele zusammen. Ohne Nahrung können sich die Dinge nicht materialisieren und ohne eine greifbare, lebendige Welt kann sich der Geist nicht selbst erkennen.«

Zuerst herrschte Schweigen. Alle sahen sich fragend an und versuchten zu verstehen, was Jonay damit sagen wollte. Seine Augen leuchteten triumphierend. »Es ist zu einfach, nicht wahr?«

Nisa verzog ihren Mund zu einem Grinsen: »Meinst du etwa …? Du glaubst, dass Else uns weiterhelfen könnte!«

»Ich bin mir sogar sehr sicher.«

Else lächelte selig, während Jonay ihr seine Neuigkeiten mitteilte. Jonays Vision bedeutete für Else die größte Anerkennung für ihre Aufgabe als Köchin. Der Rat wollte sofort zum Planetarium aufbrechen. Doch Else bestand darauf, dass das nicht mit leerem Magen zu geschehen hatte, und servierte allen zunächst Kanarische Kartoffeln mit Mojo-Soße und einen großen Salat.

Dann machten sie sich auf den Weg und stellten sich in der Nähe des Planetariums im Kreis auf, so wie sie es in meinem Beisein schon einmal getan hatten. Kaum hatte Else die übereinandergelegten Hände der Ratsmitglieder berührt, war ein farbenfroher Regenbogen in den Himmel hinaufgeschossen und hatte sie nacheinander wie eine Windhose mit sich genommen.

Ich sprang auf und verschluckte mich vor Aufregung fast an meinem Hefezopf.

»Wow! Heißt das …? Wo sind sie jetzt? Ist die Urblase …«

»Sie sind in meiner Küche. Ich habe erst einmal was gekocht.«

In Elses Küche? Ich verstand nicht.

»Lasst uns hinübergehen. Das Butterbrot sollte euch nur helfen, den Weg zu schaffen.«

Elses Wunschort war natürlich ein Kochparadies, ausgestattet aufs Feinste. Mit kupfernen Töpfen und Pfannen, einer gigantischen Feuerstelle, endlosen Gewürzregalen und Zutaten und Vorräten, so weit das Auge reichte.

»Wo sind die anderen?«, fragte ich, während ich Elses köstliche Curryhühnchensuppe mit Ananas löffelte.

»Sie suchen ihre Wunschorte auf. Es gibt eine Menge zu tun, wenn wir das viele Grau um uns vertreiben wollen.«

»Was ist mit Kim, Jolly, Ranja und …«

»Sie wissen Bescheid und übermitteln ihre Wunschorte. Sie können alle wieder auf magische Weise kommunizieren.«

»Oh, das ist großartig.«

Nachdenklich rührte ich in meiner Suppe, während Else bereits jedem einen dampfenden Teller mit Klößen, Rotkohl und Gulasch hinstellte.

»Wissen sie denn schon, wie wir die Blasen wieder erschaffen können?«

»Nein«, sagte Else nur.

»Gibt es neue Durchgänge? Also, außer den Wasserdurchgang von Mini?«, fragte Tim.

»Nicht, dass ich wüsste. Vielleicht wird unsere magische Welt eine andere als vorher sein …«

»Eine, in der es nur noch Wunschorte gibt?«

»Keine Ahnung, Kira. Wir sollten weiter Geduld haben.«

»Ja …«

Ich probierte den köstlichen Rotkohl. Tim hatte seine Portion bereits zur Hälfte aufgegessen.

»Die Elementarwesen, die unser Rat zurückverwandelt hat, sehen jetzt übrigens wieder so aus wie richtige Undinen, Salamander, Sylphen, Gnome und Engel.«

»Oh, das sind doch gute Nachrichten. Dann wird es auch bald wieder Durchgänge geben.«

Tims goldene Punkte in seinen grünen Augen blitzten mich optimistisch an. Ich lächelte ihm zu und war glücklich, mit ihm in Elses Traumküche zu sitzen.

50. Kapitel

Wie eine verhedderte bunte Perlenkette und schier endlos dehnte sich die Welt der Wunschorte in das graue Wolkenmeer aus. Zuerst Minis, dann meiner und die Wunschorte, an die ich mich erinnerte, dann Elses und die Wunschorte der Mitglieder der Räte und dann jene persönlichen Orte, von denen sie wussten oder die sie sich via Quantenkommunikation mit anderen Ratsmitgliedern in Europa beschreiben ließen – immer mehr Lieblingsorte lebten wieder auf und verbanden sich miteinander, indem sie zwischen sich neue, schillernde Regenbögen hervorbrachten.

Ich betrat eine Insel mit Olivenbäumen, in deren Mitte ein kleines Rustico stand. Auf der Treppe davor saß Amber und stocherte mit einem Stock in den Ritzen der Steine. Bevor ich sie entdeckte, hatte ich mir bereits gedacht, dass es sich um Ambers Lieblingsort handeln könnte.

»Es ist das Haus, in dem ich aufgewachsen bin«, erklärte sie, während ich mich neben sie setzte.

»Als Kind war ich in den Sommerferien öfter in Umbrien. Da hatten meine Eltern ein ganz ähnliches Haus.«

»In der Nähe von Orvieto? Ich habe vorhin einen kleinen Dom gesehen, der mich an den in Orvieto erinnerte.«

»Ja, das ist meiner.«

»Wunderbare Idee. Ein paar Mal war ich dort, habe meine Kindheit aber in den Bergen, nahe des Luganersees, verbracht.«

»Leben deine Eltern noch in dem Haus?«

»Ja.«

Wir schwiegen eine Weile und ich sah zu, wie Amber einen Guanchen-Kringel in den Sand malte, den sie aus den Ritzen gepult und angehäuft hatte. Dann räusperte sie sich und sagte:

»Es tut mir immer noch leid, wie ich mich am Anfang dir gegenüber verhalten habe. Die ganze Zeit schon will ich mich dafür bei dir entschuldigen. Ich war furchtbar.«

»Nein, du hast nur für deine Liebe gekämpft. Das ist schon okay.«

»Aber es war total dumm. Als wäre Liebe etwas, worum sich kämpfen lässt wie um einen Pokal.«

Ich schmunzelte. Nach dem, was ich bisher erlebt hatte, glaubte ich auch, dass man eine starke Liebe nicht schützen musste wie eine zerbrechliche Porzellanvase, sondern sie in der Lage war, durch Widerstände hindurchzugehen wie das Sonnenlicht durch Fensterglas.

»Ist es denn okay für dich, für immer in der Urblase zu bleiben, falls es sie wieder geben wird?«

Amber drehte sich zu mir und sah mich entschlossen an.

»Es fühlt sich absolut richtig an.«

»Das klingt wirklich schön.«

»Und bei dir? Ich meine Tim … Er ist …«

»Ja, er ist normal sterblich. Er kann sein Leben nicht nach Lust und Laune verlängern, indem er sich in der magischen Welt aufhält. Aber das ist überhaupt kein Problem für mich. Für mich fühlt es sich absolut richtig an, ein ganz normales Leben zu führen und mit ihm alt zu werden.«

»Das klingt auch schön.«

Wir lächelten uns an. Dann malte Amber weiter in den Sand. Ich sah ihr zu, während ein paar Schmetterlinge vorbeiflatterten. Gedankenverloren begann sie, vor sich hin zu summen. Erst hörte ich nicht so genau hin. Doch dann …

»Was ist das für ein Lied?«

»Oh, das ist so eine Melodie von einem modernen Komponisten. Ich hatte sie gerade erst entdeckt im Buch der Bücher, kurz bevor …«

»Heißt dieser Komponist vielleicht Tom Taiger?« Amber machte ein erstauntes Gesicht.

»Hey, ja, kennst du ihn auch?«

Ich erzählte Amber die Geschichte, dass Grete und Tom im selben Haus in Berlin wohnten, und dass es dort sogar einen Durchgang gab. Ihre Augen wurden immer größer.

»Dann möchte ich ihn unbedingt kennenlernen! Mir ist ein altes italienisches Gedicht dazu eingefallen. Es passt so gut zu der Melodie, als hätte er sie dafür geschrieben. Oder als hätte der Text jahrhundertelang auf die richtige Melodie gewartet.«

»Tatsächlich? Oh, bitte sing es mir vor.«

Amber wurde ein bisschen rot. »Nun ja … ehrlich gesagt, es fällt mir ziemlich schwer, jemandem etwas vorzusingen.«

»Warum? Ich habe dich doch schon einige Male gehört.«

»Ja, aber da war ich allein. Na ja, oder … Mir war alles egal. Meist singe ich nur, wenn ich traurig bin.«

»Verstehe. Manche Dinge kann man nur für sich allein tun. Trotzdem, wenn du singst … es ist einfach … *magisch*. Du hast mich damit immer beruhigt, mir neuen Mut gegeben. Es war jedes Mal, als würde sich dein Gesang wie eine Heilpflanze auf alle Wunden legen. Danke dafür.«

Meine Wangen glühten vor Verlegenheit und Amber schien nicht weniger verlegen, aber ich hatte es ihr sagen müssen, einfach weil ich so empfand.

Wieder herrschte eine Weile Stille zwischen uns. Doch dann begann Amber zu singen. Erst sehr leise, bald immer klarer und voller. Italienische Worte, die ich nicht verstand, die aber wunderschön und geheimnisvoll klangen.

Die Melodie erinnerte mich an die Hof-Feier im Haus am Wetterplatz. Die Gäste hatten an einer langen Tafel auf der Wiese gesessen, Charlie hatte Blüten von der Terrasse geworfen und Tom auf dem Flügel gespielt, den sie oben aus dem Haus ins Freie geschoben hatten. Zu gern wäre ich jetzt wieder dort, vor allem bei Luisa. Wie es ihr wohl ging? Sicher war sie mit Grete, Neve und den anderen oft zusammen und sie diskutierten stundenlang über die Geschehnisse.

»Worum geht es in dem Gedicht?«, fragte ich, als Amber geendet hatte.

»Ich kann es nicht genau übersetzen, weil es altes Italienisch ist. Aber es handelt von Liebe … und von Blumen. Von einer ungleichen Liebe und von der Macht der Fantasie.«

»Sing es bitte noch mal.«

Amber sang und ich wollte, dass die selige Stimmung, in die es uns webte, niemals verging.

Dabei geschah etwas Unerwartetes. Nach und nach verfärbten sich die grauen Wolken rund um den Wunschort in grünen Dunst. Erst wollte ich meinen Augen nicht trauen, doch es bildeten sich daraus tatsächlich erst grüne Rasenflächen und dann Bäume, immer mehr Bäume …

Amber sang das Lied zu Ende. Als sie verstummte, hörte der Wald auf zu wachsen.

Aufgeregt sprang ich auf.

»Sieh dir das an! Amber, du musst weitersingen. Sieh doch! Sing weiter!«

Ihre Lippen zitterten.

Ich griff nach ihrer Hand und zog sie hoch. Mit einer weiten Armbewegung wies ich auf das, was sie natürlich selbst sah. Der Wald reichte fast bis zur nächsten Wunschinsel.

Amber begann wieder mit der ersten Strophe …

Erst tief in der Nacht kehrte ich zusammen mit Tim an meinen Wunschort zurück. Wir liefen nicht über ein das Nichts überbrückendes Regenbogenband nach Hause, sondern durch einen üppigen

Wald, in dem es, je näher ich meinem Wunschort kam, immer mehr klingende Blüten regnete.

Amber hatte noch stundenlang gesungen, bis ihre Stimme heiser war und sie eine Pause brauchte und Else ihr einen Honigtee mit Salbei kochte.

Später waren alle in Elses Wunschküche zusammengekommen und hatten das große Ereignis gefeiert. Nun war uns vieles klar: Die Retterin in Jonays Vision hatte in Wahrheit mehrmals ihre Gestalt gewandelt. Amber, Else, ich – wir alle waren sie gewesen.

Hell klang das Plätschern der Quelle in der nachtschwarzen Stille, als wir an ihr vorbeikamen.

»Die Urwesen sind nicht mehr da«, bemerkte Tim. Wir inspizierten den Waldrand rund um meinen Dom, konnten sie jedoch nirgends entdecken.

Dabei fiel mir etwas anderes auf …

»Lass uns schlafen gehen, sie passen bestimmt auf sich auf«, wollte Tim mich beruhigen und gähnte.

Aber ich widersprach: »Nein!«

»Kira, mach dir keine S…«

»Nein, ich meine nicht die Elementarwesen. Schau mal, dort! Das ist doch der Pfad, den ich normalerweise … also der sonst von der Berliner Blase hierher …«

Auf einmal war Tim wieder hellwach.

»Komm!« Entschlossen nahm er meine Hand und wir folgten ihm …

In der Berliner Blase ging gerade die Sonne auf und tauchte alles in ein frisches rosafarbenes Licht. Kleine junge Blüten rieselten von den Bäumen, als hätten sie sich gerade erst geöffnet. Mit ihrem Klingen erfüllten sie die Luft und fügten sich zusammen zu Toms Melodie.

Ehrfürchtig liefen wir durch den märchenhaften Wald, traten vorsichtig auf, als könnte ein unbedachter Schritt die magische Blase wieder verschwinden lassen.

Eine Gänsehaut rieselte mir über den gesamten Körper, als wir den Wald hinter uns ließen und sich vor uns das Tal mit den kleinen Häuschen der Studenten und der Akademie der Elemente in der Mitte öffnete. Rosafarbener Tau glitzerte auf dem Gras, das Morgenrot spiegelte sich in den Fenstern, die magische Welt lag friedlich da, wie neugeboren.

Weder Tim noch ich fanden irgendwelche Worte. Es war überwältigend, so unwirklich, so magisch und doch so wirklich.

»Schau«, sagte Tim, der über meinen Kopf hinwegsehen konnte. Ich wandte mich um. Da schritt jemand in weiten bunten Röcken auf die Akademie zu. Ranja! Sie hatte den Weg aus ihrem Wunschort ebenfalls hierher gefunden. Eine zweite Gestalt ließ sich am Waldrand, etwa hundert Meter von uns entfernt, ausmachen. Groß und schlank. Das konnte nur Marco sein.

»In der Akademie ist bereits jemand!« Aufgeregt zeigte ich auf die kleinen Fenster in einem der beiden Türme. Tatsächlich, dort brannte Licht. Und ein Schatten bewegte sich darin. Pio. Der Wächter und Bewahrer unserer Blase.

»Wahrscheinlich hat er sein Zimmer nie verlassen«, sagte Tim nachdenklich.

»… und gelangt von seinem Bett direkt in seinen Wunschort.«

Wir grinsten uns an. Dann nahm Tim meine Hand und zog mich zu sich heran.

»Ich liebe dich, Kira.«

»Ich dich auch.«

Wir umarmten uns, standen lange umschlungen da und rührten uns nicht, während die singenden und duftenden Frühlingsblüten auf uns herabregneten.

Epilog

Ruhig zog Tims winziger Hai im Aquarium seine Bahnen. Durch einen Spalt zwischen den Vorhängen fiel blasses Mondlicht auf das Papier. Leise blätterte ich die nächste Seite meines dicken Tagebuches um und hoffte, dass der Füller nicht zu laut auf dem Papier kratzte, damit Tim nicht wach wurde. Er wünschte sich, dass ich im Zimmer blieb und an seinem Schreibtisch schrieb, wenn ich nachts wach lag und nicht schlafen konnte, weil mir zu viel durch den Kopf ging.

Immer wieder versicherte er mir, dass ihn meine Anwesenheit und die kleinen Geräusche friedlich weiterschlafen ließen, während er unruhig wurde, sobald ich mich in die Küche schlich.

Verliebt sah ich zu ihm hinüber. Tim lag auf dem Rücken, ein Bein angewinkelt und den Kopf zur Seite geneigt. Die Bettdecke umwickelte ihn halb und bedeckte kaum seinen nackten Oberkörper. Eine blonde Haarsträhne fiel ihm über die Wange. Er sah so schön aus und wieder mal durchströmte mich ein großes Glücksgefühl, dass wir uns begegnet waren. Ich wickelte eine rostgraue Haarsträhne um meinen Finger. Manchmal noch hoffte ich, ich würde wieder genauso attraktiv werden wie damals, als ich in die magische Welt kam. Aber es war nicht mehr wichtig. Ich fühlte mich wohl mit Tims Liebe, sicher darin aufgehoben. Das war für mich das schönste Geschenk, welches ich je im Leben erhalten hatte.

Nicht selten dachte ich an unsere erste Begegnung und musste lächeln. Tims Auftauchen hatte wie Zündstoff für das gewirkt, was in mir schlummerte. Damals konnte ich nicht ahnen, dass unsere Schicksale so eng miteinander verwoben sind. Erst nach und nach begriff ich, warum ich mich in ihn verliebt hatte. Nach alldem, was wir bereits zusammen durchgemacht hatten, fühlte es sich nicht wie ein gutes Jahr, sondern vielmehr wie eine Ewigkeit an, die wir uns schon kannten. Gleichzeitig lag noch so viel vor uns, das gesamte Leben.

Ich hatte von Daida geträumt und die Gedanken an sie ließen mich nicht wieder einschlafen. Im Traum war sie wunderschön gewesen, wie bei unserer ersten Begegnung. Warum musste sie nur sterben? Hätte ich etwas anders machen, es irgendwie verhindern können? Ich wollte über sie schreiben, über unsere erste Begegnung, wie engelsgleich und voller Leben sie gewesen war. Während ich nach dem ersten Satz suchte, fiel mein Blick auf die Tageszeitung von gestern.

Ein Artikel beschäftigte sich mit mysteriösen Ausbrüchen aus Gefängnissen und Fluchten aus Krankenhäusern. Personen verschwanden spurlos und blieben unauffindbar. Mir war klar, dass dahinter Elementarwesen steckten, die nach und nach zu den Durchgängen zurückkehrten und wieder ihre ursprüngliche Gestalt und ihre eigentliche Aufgabe annahmen. Darunter Bilder von einem Container auf dem Alexanderplatz und einem am Berliner Dom, in denen Massen von verwelkten Pflanzen gesammelt wurden, die aus den U-Bahn-Schächten und der Spree geholt wurden. Wissenschaftler würden noch Jahre an diesem unerklärlichen Phänomen zu knabbern haben.

Die Berichterstattung brachte die beiden Ereignisse jedoch in keinen Zusammenhang.

Verschwörungstheoretiker dagegen hatten sich im Internet darauf geeinigt, dass es sich bei den bisher nicht klassifizierbaren Gewächsen und den sich soziopathisch verhaltenden Menschen ohne Vergangenheit um eine erste Invasion aus dem All handeln musste.

Ich verdrehte die Augen, aber wie sollten sie es auch besser wissen? Fantasia lag mitten unter uns und nicht etwa irgendwo im Weltall.

Die magische Welt war eine fantastische Energie und sie hatte wieder zurück ins Gleichgewicht gefunden. Von Ranja, die mich zur großen Versammlung eingeladen hatte, wusste ich, dass bei allen Begabten die magischen Fähigkeiten wiedergekehrt waren. Auch die Reisekräuter wuchsen wieder und der Ur-Rat reiste zusammen mit Edieth zu der Versammlung an. Airam, Nisa, Jonay und Amber strahlten ihre gewohnte überirdische Schönheit aus, das heißt, Nisa strahlte in ihrer überzeugenden Eigenwilligkeit. Amber umgab als neues Mitglied nun ebenfalls der besondere Glanz. Unvorstellbar, dass Nisa, Airam und Jonay vor Kurzem noch unfassbar alt waren. Es ging nicht in meinen Kopf hinein.

Zuerst wollte ich ablehnen, als Ranja mir von Jonays Vorschlag berichtete, mich zur *Magischen Botschafterin von Europa* zu ernennen. Doch dann sah ich ein, dass das genau die richtige Aufgabe für mich war. Damit dachte er mir eine ähnliche Rolle zu, wie sie Edieth ausübte, die ja auch in der realen Welt lebte, so wie ich es wollte, und trotzdem der magischen Welt diente. Ich stellte mir vor, wie Tim und ich nach meinem Medizinstudium zusammen durch die Welt reisen würden, er als Reisejournalist und ich als *Sonderbotschafterin* der magischen Blasen. Wie das klang!

Viele Stunden verbrachte ich damit zu formulieren, welche Dinge mir am Herzen lagen. Ich wünschte mir einen europäischen Rat, zu dem magische Leute und normale Menschen mit magischer Affinität gehörten. Leute wie Tim, Luisa und Jonny, Charlie und Tom und Gretes Mutter. Oder auch Lilonda und Minchin, die man im Grunde als Gestaltwandlerinnen bezeichnen konnte. Minchin hatte ihren Vater und drei ihrer Geschwister wiedergefunden und sie an einen einsamen Ort auf Island in Sicherheit gebracht, bis ihre Rückverwandlung in Undinen vollzogen war.

Dieser Rat sollte sich um alle Belange kümmern, die die Verbundenheit und Wechselbeziehungen zwischen realer Welt und magischer

Welt betrafen. Nie wieder sollten Entwicklungen wie die um Riley, Jerome, den Japaner oder auch meine Eltern so lange unbemerkt wuchern und dadurch gefährliche Ausmaße annehmen können.

Luisa wollte ich als Erste fragen, ob sie diesem Rat beitreten würde. Jonny, Charlie, Tom und Emma wollte ich nach und nach die magische Welt zeigen. Ich würde mich dafür einsetzen, dass man Menschen mit magischen Affinitäten mehr einbezog, um das Band zwischen den Welten enger werden zu lassen. Eine weitere Aufgabe des gesamteuropäischen Rates sollte es sein, Sonderentscheidungen über Angelegenheiten zu diskutieren, die Ausnahmen von den Regeln der magischen Welt nötig machten, wie beispielsweise der Wunsch von Lilonda und Minchin, Menschen zu werden.

Tim drehte sich im Schlaf auf die andere Seite, und ich erinnerte mich, wie wir uns diese Vorschläge überlegt und dann zuerst Ranja vorgestellt hatten. Dabei hatte ich mich wie eine Politikerin gefühlt, obwohl ich doch keinerlei Ahnung von solchen Dingen besaß.

»Handle nach deinem Herzen. Dann wirst du besser sein als jeder Graukopf in einer Partei«, hatte mir Ranja lachend darauf geantwortet.

Meine Hände zitterten, als ich endlich vor die große versammelte Menge trat, die auf dem Platz vor der Akademie wartete. Über den Köpfen hing der Duft von Elses Hefezöpfen, die sie zu diesem Anlass in Großproduktion gebacken hatte. Ich wurde beklatscht und bejubelt und dabei ziemlich rot. Luisa stand im Kreis von Tim, Neve, Janus, Grete, Leo und meinen Studienkollegen – Marie und Kay Arm in Arm, in New York waren sie endlich zusammengekommen – in der ersten Reihe, genau vor mir. Aufmunternd strahlte Luisa mich an und zeigte mit beiden Daumen nach oben. In dem Moment spazierte Mini mit ihrem fröhlich aufgestellten Ringelschwanz die Treppenstufe entlang, auf der wir standen, als wäre sie ganz allein hier. Sie strich an meinem Bein entlang, ehe sie in der Akademie verschwand, und mein wilder Herzschlag beruhigte sich endlich.

Jonay ergriff das Wort und fasste zunächst die Ereignisse zusammen. Viele Fragen wurden gestellt. Ich warf einen Blick hinauf zu Pio. Wie bei der letzten Versammlung saß er auf dem Balkon seines Turmzimmers, schaute kein einziges Mal hinter seinem Notebook hervor und schrieb emsig das Protokoll. Doktor Labot aus dem Krankenhaus Neukölln berichtete, dass keiner der Gelöschten bisher krank geworden war. Das hieß, ich konnte tatsächlich folgenlose Löschungen vornehmen. Ein Schauer rieselte über meinen Rücken, weil mir jetzt richtig bewusst wurde, welche Verantwortung ich mit dieser Gabe trug.

Zuerst stotterte ich ein wenig, nachdem mir Jonay das Wort erteilt hatte. Kim, die mit den anderen Ratsmitgliedern neben mir stand, schenkte mir ein warmes Lächeln. Und dann floss alles, was ich sagen wollte, nur so aus mir heraus …

»Kira«, flüsterte Tim und ich zuckte zusammen. Ich hatte nicht bemerkt, wie er aufgewacht war und sich aufgesetzt hatte. »Kannst du wieder nicht schlafen?« Verschlafen fuhr er sich durch sein verwuscheltes Haar.

»Ich habe von Daida geträumt und dann bin ich aufgewacht und … na ja … musste an so vieles denken.«

»Komm her.« Tim streckte seine Arme nach mir aus. Ich stand auf, ging zu ihm hinüber und kuschelte mich hinein.

»Was hast du geschrieben?«

»Nichts. Noch nichts. Eigentlich wollte ich ein bisschen über sie schreiben, unsere erste Begegnung. Es ist so traurig, dass …«

»Solange du von ihr träumst, ist sie nicht endgültig fort.«

Tim strich mir tröstend über den Arm und küsste mich auf die Stirn.

»Ja, ich weiß.«

»Und nun versuch, noch ein bisschen zu schlafen. Du wolltest doch morgen unbedingt wieder zur Schule gehen!«

Tim zog mich auf das Kissen und deckte uns zu, während ich leise auflachte.

»Keine Ahnung, ob das diesmal klappt. Drei Stunden dauert es schließlich noch, bis der Wecker klingelt. Da kann viel passieren!«

Tim erstickte mein Kichern, indem er mich fest umarmte und küsste. Ich schloss die Augen, schmiegte mich eng an ihn und sog seinen unvergleichlichen Duft ein. In mir breitete sich ein tiefer Frieden aus und ich wusste, diesmal würde er bleiben.